작은 용

작은 용 하근찬 전집 13

초판 1쇄 발행 2024년 10월 30일

지은이 하근찬
펴낸이 강수걸
편집 오해은 강나래 이선화 이소영 이혜정 김효진 방혜빈
디자인 권문경 조은비
펴낸곳 산지니
등록 2005년 2월 7일 제333-3370000251002005000001호
주소 부산시 해운대구 수영강변대로 140 BCC 626호
전화 051-504-7070 | 팩스 051-507-7543
홈페이지 www.sanzinibook.com
전자우편 sanzini@sanzinibook.com
블로그 http://sanzinibook.tistory.com

ISBN 979-11-6861-378-2 04810
ISBN 978-89-6545-749-7 (세트)

하근찬 전집 13

작은 용

산지니

발간사
밑바닥을 향한 진실한 시선

세상은 속도에 차이는 있겠지만 늘 변해왔다. 그 변화에 사람들은 순응하기도 하고 저항하기도 하면서 발걸음을 맞춰왔다. 좋은 작가에게 우리가 거는 기대가 있다면, '새로운 눈'으로 세상의 변화를 보여주는 것이다. 작가가 보여주는 세계는 새로운 세상의 창조와 같다. 작가가 개성적으로 바라보는 창조적 관점은 세계에 새로운 옷을 입히는 것과 같기 때문이다.

하근찬은 한국전쟁 이후의 상처를 민중의 관점에서 어루만지면서 '치유의 서사'를 펼쳐 보인 좋은 작가다. 그는 전쟁 이후의 혼란한 세계 속에서 '새로운 눈'으로 창조적 소설 작품을 써낸 존재다. 진실을 향한 집념을 가진 작가는 좋은 작품들을 남긴다. 하근찬은 '새로운 눈'과 '진실을 향한 집념'으로 사실의 기록자에 머물지 않고 진정한 창작자가 되었다.

작가는 맑고 정상적인 눈을 가져야 한다. 건강한 눈으로 항상 세상을 골고루 넓게, 그리고 똑바로 바라보아야 한다. 똑바로 바라본다는 것은 바꾸어 말하면 어떤 현상의 밑바닥에 흐르는 진실을 꿰뚫어 보아야 한다는 뜻이다.

세상을 골고루 넓게 바라보는 것도 중요하지만, 똑바로 바라보는, 즉 꿰뚫어 보는 안광이 작가에게는 더욱 중요하다. 그렇지 않고서는 세상이 빚어내는 갖가지 일들의 의미를 파악할 수가 없는 것이다.(하근찬, 「진실을 꿰뚫어야 하는 안광(眼光)」, 『내 안에 내가 있다』, 엔터, 1997, 274쪽.)

하근찬은 세상을 바라보는 '눈'에는 두 가지가 있다고 보았다. 하나는 '세상을 골고루 넓게' 바라보는 눈이고, 또 하나는 '세상을 똑바로' 바라보는 눈이다. 그렇다면 작가가 강조하는 '똑바로 바라보는 눈'이란 무엇일까? 그것은 나타나는 현상에만 머물지 않고, 그 현상의 밑바닥에 있는 원인을 꿰뚫는 혜안을 말한다. '사건이 있었네!'에서, '왜 이 사건이 일어났을까?'라고 질문하는 탐구정신이기도 하다. 하근찬은 '바로 본다는 것'은 보이는 것에만 시선을 두지 않고, "밑바닥에 흐르는 진실"을 밝히는 것이라고 했다. 진실을 위해서는 깊이, 그리고 많이 생각해야 하고, 현상 이면에 담긴 원리와 작용하는 힘을 밝혀내는 노력을 해야 한다.

하근찬은 밑바닥에 흐르는 진실을 탐구한 작가였다. 웅숭깊은 그의 이 시선과 거룩한 문학적 성취는 한국문단에서 보기 드문 문학적 자산이다. 그럼에도 그의 문학세계를 전체적으로 살필 수 있는 전집이 없었으며, 참고할 만한 좋은 선집도 간행되지 못했다는 것은 참으로 안타까운 일이었다.

하근찬 탄생 90주년을 맞아 구성된 '하근찬 문학전집' 간행위원회는 다음과 같은 목표를 설정하였다.

첫째, 하근찬 작품 세계 전체를 충실히 복원하고자 했다. 그간 하근찬의 소설세계는 단편적으로만 알려져 있었다. 하근찬의 등단작 「수난이대」는 일제강점기와 한국전쟁으로 이어져온 민중의 상처를 상징적으로 치유한 수작이다. 그러나 그의 문학세계는 「수난이대」로만 수렴되는 경향이 있었다. 하근찬은 「수난이대」 이후에도 2002년까지 집필 활동을 하면서, 단편집 6권과 장편소설 12편을 창작했고 미완의 장편소설 3편을 남겼다. 문업(文業)만으로도 45년을 이어온 큰 작가였다. '하근찬 문학전집' 간행위원회는 하근찬의 작품 세계를 '중단편 전집' 8권과 '장편 전집' 13권으로 나눠 총 21권을 간행함으로써, 초기의 하근찬 문학에 국한되지 않는 전체적 복원을 기획했다.

둘째, 하근찬 문학세계의 체계적 정리, 원본에 충실한 편집, 발굴작품 수록을 통해 자료적 가치를 확보하려고 노력했다. 하근찬 문학전집은 '중단편 전집'과 '장편 전집'으로 구분하여 간행했다. 먼저 '중단편 전집'은 단행본 발표 순서인 『수난이대』, 『흰 종이수염』, 『일본도』, 『서울 개구리』, 『화가 남궁 씨의 수염』을 저본으로 삼았다. 이때 각 작품집에 중복 수록된 작품은 제외하여 편집하였다. 또한 단행본에 수록되지 않은 알려지지 않은 하근찬의 작품들도 발굴하여 별도로 엮어냈다. 이를 통해 전집의 자료적 가치를 높였다. 다음으로, 장편의 경우 하근찬 작가의 대표작인 『야호』, 『달섬 이야기』, 『월례소전』, 『산에 들에』뿐만 아니라, 미완으로 남아 있는 『직녀기』, 『산중 눈보라』, 『은장도 이야기』까지 간행하여 전체 문학세계를 조망할 수 있도록 했다.

셋째, 젊은 세대들의 감각과 해석을 반영하여 그의 문학에 새로운 생명력을 불어넣고자 했다. 하근찬의 작품세계가 펼쳐 보이고 있는 한국현대사의 진실한 풍경들도 젊은 세대들에 의해 읽히지 않으면 의미가 반감될 수밖에 없다. 하근찬 문학의 새로운 해석의 발판을 마련하기 위해, 젊은 연구자들의 충실하고 의미 있는 해설을 덧붙였다. 또한, 개작, 제목 바뀜, 재수록 등을 작품 연보에서 제시하여 실증적 가치를 높이기 위해서도 노력했다.

한 작가의 문학적 평가는 전집이 간행되었을 때 비로소 그 발판이 마련된다고 한다. 1957년에 등단, 집필기간만도 45년의 문업을 이루어온 장인적 작가에 대한 본격적 연구의 발판이 60여 년이 지난 이제야 비로소 마련되었다는 것은 안타까운 일이다. 하근찬의 문학세계에 대한 새로운 조명이 2021년 문학전집 간행과 함께 활기를 띨 수 있기를 기대한다.

2021.10.
『하근찬 문학전집』간행위원회
송주현 · 오창은 · 이정숙 · 이중기 · 장수희

일러두기

1) 『하근찬 중단편전집』과 『하근찬 장편전집』은 하근찬의 소설세계를 일반 독자들에게
   널리 소개하고, 그 문학적 의미가 현대적으로 재해석되도록 하는 데 목적이 있다.

2) 이 책의 작품 수록 순서는 단행본으로 발표된 순서에 따랐으며, 출전을 작품의
   끝부분에 밝혀두었다.

3) 작가가 지문에서 사용한 방언과 비표준어는 작품을 훼손하지 않는 범위 내에서
   현대어로 바꾸었으며, 작가가 의도적으로 구분해서 사용한 '목덜미'와 '목줄기'는
   그대로 살렸다.

4) 작가 고유의 표현은 그대로 살렸다.
   예 : 오리막(오르막), 고깃전(어물전), 변솟간(변소), 동넷방(동네 방), 생각키는/
   생각히는(생각나는) 등.

5) 한 작품에서 같은 뜻의 단어를 표준어와 비표준어 또는 방언을 혼용해서 사용한 경우
   하나로 통일했다.
   예 : 뒤안/뒤란 → 뒤안, 복받치는/북받치는 → 복받치는, 무신/무슨 → 무슨, 잘몬/
   잘못 → 잘못, 부시시/부스스 → 부스스, 돋우다/돋구다 → 돋우다 등.

6) 다음과 같은 표현은 어법에 맞게 수정했다.
   예 : 소중스리 → 소중하게, 뭐라고든지 → 뭐라든지, 칭칭하게 감은 → 칭칭 감은,
   그리고 나서 → 그러고 나서

7) 영어 표현의 경우 현행 '외래어표기법'에 따르는 것을 원칙으로 했다.

차례

제1장

1

해가 지고 불그죽죽하게 물들었던 서녘 하늘이 서서히 잿빛으로 사위어 가고 있었다. 마을 들머리에 우람하게 서 있는 느티나무도 묵화 속의 수목처럼 검은빛을 띠어 가고 있었고, 그 그늘 한쪽에 놓인 연자방아도 깔리는 으스름 속에 한결 무게를 더해 가는 듯 육중해 보였다.

칠성이는 그 방앗돌 위에 엿판을 내렸다. 그리고 이마에 내밴 땀을 손등으로 썩썩 문지르고 나서 허리에 찬 전대를 풀어 들고 돌에 걸터앉았다. 검정 무명베 바지 앞자락에다가 돈을 쏟아놓고 셈을 하려는데,

"칠성이, 오늘도 다 팔았능가?"

하는 소리가 들려왔다.

느티나무 저편에 자리를 깔고 앉아 마을 노인 두 사람이 장기를 두고 있었다. 그중 한 사람이 이쪽을 돌아보며 말을 던졌던 것이다.

황만수였다. 예순을 훨씬 넘은 터이지만 아직 얼굴에 주름도 별로 없고, 이마에 반질반질 윤기도 조금 남아 있으며, 허리도 꼿꼿한 노인이었다.

"다 팔긴요. 어림도 없심더."

칠성이는 대답을 하면서 쏟아놓은 돈을 감추기라도 하려는 듯이 얼른 몸을 약간 돌렸다.

"보니까 다 판 것 같은데……."

"다 안 팔았다니까요."

"정말이가?"

"정말입니더."

"그럼 엿이 남아 있겠구나. 개평으로 쪼매만 안 줄래?"

"……."

"응? 와 대답이 없노?"

그러자 어스름에 묻혀 차츰 침침해지는 장기판을 골똘히 들여다보고 있던 또 한 사람의 노인인 박삼암도 칠성이 쪽으로 고개를 돌리며,

"쪼매 조라구마. 이 영감이 뱃속에서 회가 동한단다. 자네 엿이 묵고 싶어서."

하고 히죽 웃었다.

박삼암은 황만수보다 두어 살 아래였으나, 오히려 서너 살 더 늙어 보였다. 눈자위도 움푹 꺼져 들어가고, 허리도 조금 앞으로 굽

어져 있었다. 그런데도 그 노인 역시 황만수와 마찬가지로 어딘지 모르게 아직 꼬장꼬장하고 만만치 않은 구석이 남아 있어 보였다.

"맞다. 지금 배에서 꼬르르 소리가 다 난다 앙이가. 칠성아, 그래도 쪼매 안 줄 끼가? 맛이나 좀 보자와."

칠성이는 말없이 조금 더 몸을 돌려 앉았다.

"자, 이러면 됐지 뭐고."

"되긴 뭐가 돼. 장이야!"

"멍이야."

"또 장이야."

"안 되겠다. 어둡어서 잘 보이야 말이제."

"그래서 손들었다 말이가? 나는 잘 보이고? 허허허……."

두 노인은 털고 일어났다. 장기판을 거두어 박삼암이 손에 들고, 낡은 자리를 말아 황 첨지가 옆구리에 끼었다.

"칠성아, 우리 먼저 들어간다. 더 있어 봐야 엿을 줄 것 같지도 않고."

"칠성이 엿을 개평으로 얻어묵을라 카는 사람이 등신이지. 남한테 개평을 주는 지주 봤나?"

"그렇지, 개평을 조서는*('줘서는'의 영천말) 지주가 몬 되지. 지주한테 개평 뜯을라 카는 내가 등신 맞다. 허허허……."

두 노인은 싱글싱글 농지거리를 하며 마을로 걸어 들어갔다.

"영감태기들이 뭐 저러노. 남의 엿을 공짜로 달라고? 소작들은 다 그렁가. 헹! 지랄이다."

칠성이는 두 노인의 뒷모습을 향해 한 번 눈을 크게 흘겨 주었다. 그리고 다시 셈을 계속했다.

잠시 후, 돈을 다 헤아리고 난 칠성이는 도로 전대에 넣고, 방앗돌에서 성큼 가볍게 궁둥이를 들었다. 오늘도 이문이 짭짤해서 매우 기분이 좋은 것이다.

  엿판을 지고 마을로 들어서면서 그는 가위를 찰그락찰그락 울리기 시작했다. 가위만 울릴 뿐 엿 사이소— 하고 외치지는 않았다. 엿판에 보오얗게 분가루만 남아서 이제 팔래야 팔 엿도 없는 것이다. 그저 기분이 좋아서 가볍게 가위질을 해댈 뿐이다.

  골목을 돌아 집 사립이 저만큼 보이자 흥얼흥얼 입에서 제멋대로 엿 타령이 흘러나왔다.

  "다 팔았네 다 팔았어, 오늘도 다 팔았어. 울릉도 호박엿에 회룡리 박하엿, 찐득찐득 쫄깃쫄깃 달고도 화한 엿, 다 팔았어 다 팔아, 얼씨구나, 다 팔았다니까구마. 흐흐 흐흐흐……."

  배에서 꼬르르 소리가 나도록 시장기가 치밀고 있었으나, 칠성이는 절로 히들히들 웃음이 솟았다.

  1950년의 늦은 봄이었다.

2

  칠성이는 회룡리(回龍里)의 명물이었다. 회룡리는, 동구 앞에 우람한 모습의 느티나무가 서 있는 것으로 보아도 짐작이 가듯이 오십가호가 넘는 오래된 마을이었다. 주로 황 씨 성바지였고, 박 씨네가 여남은 가호 되었으며, 그밖에 두어 타성이 몇 집 섞여 있었다. 칠성이는 그나마 외톨이로 마가였다.

마칠성이는 나이가 서른이 넘었는데 아직 총각이었다. 혼자 살면서 엿판을 지고 가위 소리를 울리며 이 마을 저 마을로, 읍내의 이 골목 저 골목을 비가 오나 눈이 오나 발바닥에 옹이가 박히다 못해 딴딴하고 두터운 피각(皮角)처럼 되도록 엿을 팔고 다니는 게 일이었다. 그의 생활의 전부가 그것이라고 할 수 있었다. 엿을 팔기 위해서 이 세상에 태어난 사람 같았다.

그러나 물론 엿을 파는 일 자체가 목적은 아니었다. 돈을 모아 논을 사는 게 그의 유일한 욕망이며 보람이었다. 그 욕망과 보람을 위해서 다른 모든 것은 뒤로 젖혔다. 먹는 것도 입는 것도, 그리고 세간 같은 것도 최소한이었다. 남의 아래채에 있는 단칸방에 세 들어 사는데, 방 안에 반닫이가 한 개 놓여 있고, 그 위에 얄팍한 이불 한 장과 베개 하나가 얹혀 있을 뿐이었다. 심지어 호롱도 없었다. 밤에 불도 켜지 않았다. 불을 켜려면 석유가 필요한데, 석유는 곧 돈이 아니냐는 생각이었다. 그 대신 반닫이에 큼직한 자물쇠가 채워져 있었고, 집을 비울 때면 으레 방문에도 주먹만 한 자물쇠를 걸었다.

그렇게 해서 칠성이는 논 일곱 마지기를 마련했고, 소작을 주어서 작년 가을에는 도지를 거두어들였다. 말하자면 지주였다. 그러나 일곱 마지기는 그의 욕심의 삼분지 일에 불과했다. 논 스무 마지기가 목표였다. 스무 마지기를 채우기 전에는 절대로 다른 일은 거들떠보지도 않기로 단단히 작심하고 있었다. 논 일곱 마지기를 마련하는 데 꼬박 육 년이라는 세월이 걸렸으나, 이제 거두어들이는 나락 섬도 있고 해서 앞으로는 한결 수월하게 몇 해 안에 스무 마지기를 채울 수 있을 전망이었다.

스무 마지기를 채우게 되면 장가를 들 작정이었다. 논 스무 마지기의 임자가 되어 색시를 얻어서 살림을 할 생각을 하면 칠성이는 지금은 비록 식은 꽁보리밥에 풋고추를 된장 찍어 먹어도, 불을 안 컨 깜깜한 방에 홀로 드러누워 있어도, 절로 가슴이 울렁거렸다.

　칠성이의 그런 속셈을 아는지라 마을 노인들이나 중년의 남정네들이 곧잘 농담 반 진담 반으로,

　"칠성이, 올 갈*(올해 가을)에는 장개들어라와. 지주가 마느래도 없이 혼자 밥해 묵다니 말이 되나."

　"칠성이가 아직 여자 맛을 몰라서 안 그러나. 여자 맛을 알아보래. 지가 장개를 안 들고 배기는강. 맞제? 아직 모르제?"

　"여자 맛 참 좋대이. 니가 그 맛을 보면 엿 팔로도 안 나갈라 칼끼다. 헛헛허…… 그러니까 장개들 생각이 있거든 나한테 말해라. 내가 참한 색싯감 골라 줄 끼니까. 어떤노? 응? 칠성아."

　이런 식으로 나올 것 같으면 칠성이는 자기도 여자 맛을 짐작은 한다는 듯이 히죽히죽 좀 웃고는 정색을 하고,

　"스무 마지기 채우기 전에는 장개 안 간다니까요."

　단호하게 내뱉었다.

　간혹 나이 든 아낙네들도 그런 말을 입에 올렸다. 아낙네들 역시 농담 반 진담 반이었지만, 남정네들과는 달리 정말 칠성이가 사윗감으로 솔깃하거나 누구의 신랑감으로 안성맞춤이라 싶어서 말을 꺼내는 수도 있었다.

　"칠성아, 내가 참한 큰애기*('처녀'의 방언) 중신해 줄 끼니까 장개 안 들래? 열여덟 묵었는데 살결이 박속 같이 희고, 얼굴이 보름달 같이 훤한 큰애기다 아나? 니가 보면 혹할 끼다."

혹은,

"벌써 니 나이가 서른이 안 넘었나 그제? 늦다 늦어. 어서 장개 가서 아들도 놓고 딸도 놓고 해야제. 안 그러나? 칠성아, 우리 분님이 어떻노? 몸 튼튼하것다, 인물 그만하면 개안컷다, 맘씨 좋것다, 나무랄 데 없지. 장개와서 우리 집에서 같이 살아도 되고. 정말이다. 생각해 보래."

이럴 때 역시 칠성이는 거침없이,

"논 스무 마지기 채우기 전에는 장개고 뭐고 싫다니까요."

하고 고개를 내저었다.

그러면 어떤 괄괄하고 싱거운 노파는,

"아매도 칠성이 니 고잔 모양이구나. 맞제? 고자제? 고자 앙이면 서른이 넘도록 장개갈 생각을 안 할 택이 있나. 틀림없어. 고자라니까. 히히히……."

이런 말까지 웃음과 함께 서슴없이 뇌까렸다.

그래도 칠성이는 싫어하는 기색이 없이 정색을 하고 받았다.

"앙이구마. 고자 앙이구마."

"정말이가?"

"정말이구마."

"몬 믿겠는데……."

"그럼 보이주끼요?"

"어디 보이도고……."

"히히히히……."

칠성이는 차마 실물을 보여주기까지 할 수는 없는 듯 킬킬킬 공연히 기분이 좋아서 웃어젖히며 달아나 버리는 것이었다.

서른이 넘은 사내를 마을 사람들이 그런 식으로 재미삼아 아무렇게나 상대하는 것도, 또 그런 취급을 당하고도 화를 낼 줄을 모르는 것도 다 당자인 칠성이가 모자라는 구석이 있기 때문이었다. 멀쩡한 사내 같으면 아무리 외톨이 성바지에 혼자 끼니를 끓여먹으며 엿장수질을 하고 있다 치더라도 그렇게 함부로 다룰 수가 있으며, 그런 취급을 당하고도 가만히 있겠는가 말이다.

칠성이는 팔푼이라고는 할 수 없을지 몰라도 구푼이쯤은 되었다. 굳이 논 스무 마지기를 채울 때까지는 장가도 안 들고, 방에 불도 안 켜는 그런 옹고집도 결코 정상적인 것으로 볼 수는 없는 일이다. 생각이 제대로 뚫린 사람 같으면 일곱 마지기 정도 논을 마련해서 소작을 주어 놓았고, 나이도 서른을 넘었으니 고자가 아닌 터에 장가도 들고, 방에 불도 켜가며 계속 부지런히 엿장사를 해서 스무 마지기를 기어이 장만하고야 말리라, 이렇게 나갈 일이 아니겠는가. 그리고 쓸개가 제대로 박힌 사내 같으면, 남들이 장가 안 드느냐고 재미삼아 하는 말에 굳이 논 스무 마지기를 채울 때까지는 안 간다고 번번이 대꾸를 할 게 뭔가 말이다.

모자라는 사람이 대체로 다 그렇듯이 칠성이도 마음씨는 발랐다. 거짓말을 하거나 남을 속이는 따위 그런 짓은 전혀 몰랐다. 너무 고지식하고 우직해서 오히려 탈이었다. 그래서 마을 사람들은 그를 곧잘 재미삼아 놀리기는 했지만, 결코 미워하거나 싫어하지는 않았다. 지독한 구두쇠지만 그를 욕하는 사람은 없었다. 오히려 그렇게 딱할 지경으로 구두쇠 노릇을 해서 논마지기를 마련해가는 그를 내심 대견하게들 여겼다. 병신이 육갑한다고 나중에 보라고, 칠성이가 우리 마을에서 제일가는 부자가 될지도 모른다고들 했다. 일곱 마지기이긴 하지만 맨손으로 벌어서 벌써 지주가 되어 있는 터이니 말이다.

마을에 지주가 두 사람 있었다. 하나는 황 참봉이었다. 황운갑인데, 마을 사람들뿐 아니라 근동에서도 흔히들 이름 대신 참봉 칭호를 붙여서 불렀다. 황 참봉은 일흔 고개를 바라보는 노인으로 마을 황 씨네 종가 가장이니, 말하자면 황 씨 문중의 족장이기도 했다. 백오십 마지기 남짓한 논을 소유하고 있는데, 그중 서른 마지기만 머슴을 두고 자작하고, 나머지는 다 소작을 주고 있었다. 그러니까 큰 지주라고는 할 수 없었지만, 좌우간 회룡리에서는 으뜸가는 부자였고, 근동에도 꽤나 알려져 있었다. 마을에 기와집이 두 채 있는데, 그중에서 본채와 사랑채, 그리고 문간채까지 거느린 큼직한 쪽이 황 참봉네 집이었다.

또 한 사람의 지주는 곧 칠성이었다. 일곱 마지기 정도의 논이야 다른 집들도 대부분 안 가진 집이 없었고, 그보다 훨씬 많은 논을 소유하고 있는 집도 얼마든지 있었지만, 모두가 자작농이었다. 비록 일곱 마지기이긴 하지만 그것을 전부 소작을 주고 있는 터이니 어쨌든 칠성이는 지주였다.

그래서 마을 사람들은 곧잘 그를 '엿쟁이 지주' 혹은 '홀애비 지주'라고 비아냥거리기도 했다.

3

칠성이의 근본에 관해서 아는 사람은 마을에 아무도 없었다. 그

자신도 자기의 성이 마가라는 것과 이름이 칠성이라는 것 외에는
아는 바가 없었다.

어느 해 늦은 가을, 그러니까 벌써 이십칠팔 년 전의 일이다. 꽤
나 흉년이 든 해였다. 방물장수 아낙네 하나가 마을에 흘러들어 왔
다. 서른을 두셋 넘었음직한 반반하게 생긴 아낙네였다. 머리에는
도붓짐을 이고, 등에는 서너 살 된 사내아이를 업고 있었다. 비록
행상이지만 입성도 그런대로 깨끗한 편이었고, 단정하게 쪽진 머리
에 하얀 가리마*('가르마'의 방언)가 반듯한 여자였다. 그러나 얼굴에
피로한 기색이 역력했다.

흉년이 들어 마을 인심이 메마르긴 했으나, 도붓장수 아낙네를
하룻밤 재워 줄 정도의 선심은 아직 남아 있었다. 어떤 집 부엌방에
서 아낙네는 하룻밤을 잤다. 그런데 이튿날 아침에 보니 아낙네는
온데간데없고, 방에 사내아이만 달랑 남아 있었다. 잠자는 아이를
떨어뜨려 놓고 날이 밝기 전에 어디론지 사라져 버린 게 분명했다.
그 집 주인 내외는 깜짝 놀랐다. 그런 년을 물건을 갈아주고, 밥술
까지 먹여 집에 재우다니 재수 옴 올랐다고 입에 거품을 물었다.

그런데 잠자는 아이의 머리맡에 어찌된 영문인지 비녀 한 개와
금가락지 한 개가 놓여 있었다. 비녀는 은이었으나 가락지는 금이
었다.

"우야꼬, 이거 금가락지 앙이가."

세 돈쭝 정도 되는 금가락지를 보자 그 집 안주인은 눈이 휘둥그
레지며 가만히 그것을 집어 들었다. 욕지거리를 해대던 입이 절로
다물어지고, 대신 고개를 이리 갸웃 저리 갸웃했다.

"흐흠— 그렇구나."

바깥주인도 짐작이 가는 일이라는 듯이 곧장 고개를 끄덕였다.

소문은 곧 온 마을에 퍼졌고, 사람들이 모여들기까지 했다. 이러 쿵저러쿵 얘기들이 분분했는데, 궁금한 것은 그 비녀와 가락지였 다. 왜 비녀와 가락지를 아이의 머리맡에 놓고 사라졌는지, 그 뜻이 어디에 있느냐 하는 점이었다.

"지 속으로 놓은 새끼를 버리고 떠나는 에미 맘이 오죽하것나. 피 눈물이 날 일 앙이가. 그래서 자기가 간직해 온 패물을 몽땅 그 새 끼한테 남겨놓고 떠난 기지 뭐."

"새끼한테 마지막 선물로 준 기라 그 말잉가?"

"그렇다고 봐야지. 말하자면 새끼한테 에미로서 쪼매라도 용서 를 빈 셈이지."

아들을 버리고 떠나는 에미로서 그 어린 아들에게 에미의 애끓는 정을 그런 식으로 남겨놓은 것이라고 보는 축도 있었고,

"그렁기 아니라, 생판 낯선 집에다가 지 새끼를 남겨놓고 떠나려 니까 미안하고 염치가 없어서 그기나마 받고 잘 길러 달라고 놓아 둔 기라."

"그 말이 맞을 것 같은데…… 빈대도 낯짝이 있다고, 생판 남한테 지 새끼를 공짜로 떠맽기다니 말이 되나. 더구나 이 흉년에. 안 그 러나?"

이런 식으로 그 아이에게 남긴 것이 아니라, 집주인에게 부탁한 다는 표시로 놓고 간 것이라고 보는 축도 있었다.

그러니까 그 금가락지와 은비녀가 그 아이 것이냐, 아니면 집주 인 것이냐, 두 갈래로 견해가 갈라져서 콩팥칠팥 끝없이 지껄여 댔 다. 아이의 머리맡에 놓아둔 것을 보면 틀림없이 아이에게 남긴 것

이다, 집주인에게 줄 생각이었으면 바싹 아이 머리맡에 놓질 않고 방 문지방 가까이에 놓아두었을 게 아니냐, 이렇게 우기는가 하면, 되받아서, 아이에게 남길 생각이었으면 그 품에 넣어두는 게 옳지 남의 눈에 얼른 띄는 방바닥에 놓아두었겠느냐, 얼른 집주인 눈에 띄라고 아이의 머리맡에 놓아둔 게 틀림없다, 이렇게 공연히 열을 올려 침을 튀겨 대기도 했다.

어느 쪽이었거나 좌우간 그 아낙네가 사람이 된 여자라는 결론들이었다.

"암, 된 사람이지. 그렇지 않은 여자 같으면 새끼를 버리고 나 살 길을 가는데 값진 패물을 남겨놓겠나. 엣다 모르겠다, 까짓 놈의 것 나나 살아보자 하고 뒤도 돌아보지 않고 내빼 삐릴 끼 앙이가."

"맞다 맞어. 지 새끼한테 주었거나 집주인 앞으로 놓아뒀거나 좌우간 마음만은 바른 여자지. 그런 막판에 그러기가 어디 쉽은 일이가."

"쉽지 않고말고. 우짜다가 그런 여자가 그런 처지가 됐노."

"다 말 몬 할 사정이 있겠지 뭐."

"팔자소관이지."

오죽하면 자기 뱃속에서 나온 자식을 떼놓고 사라졌겠느냐고, 아낙네의 신세를 동정하며 한숨들을 지었다. 그리고 그런 어머니에게서 버림받게 된 아이를 가련하게 여겨 측은한 눈으로 내려다보며 쯧쯧쯧…… 혀들을 차기도 했다.

그 소문은 곧 황 참봉의 귀에도 들어갔다. 황운갑은 마누라한테서 그 얘기를 듣고,

"흠— 그래? 흠—."

천천히 무겁게 고개를 끄덕이더니 대꼭지*(담뱃대의 담배를 담는 부분인 '대통'의 영천말)를 놋재떨이에 땅! 땅! 세게 두들기고 나서 물었다.

"애가 몇 살이나 됐능고?"

"서너 살 됐답니더."

"그럼 지 오짐똥은 가리겠구나."

"⋯⋯."

"그 애를 우리 집에 딜다 기르도록 하지. 그 에미를 봐서 길러주는 기 옳겠어."

그 말에 부인 성주댁도 뭔가 멍하게 가슴에 와 닿는 것이 있는 듯,

"그러지예."

하고는 가만히 한숨을 내쉬었다.

그 말이 그 집에 전해지자 주인 내외는 곧 그 아이를 황 참봉 앞으로 데리고 왔다.

조그맣게 앉아서 겁을 먹은 눈으로 쳐다보는 아이에게 황운갑은,

"네 몇 살이고?"

물었다.

아이는 아무 대답이 없었다. 눈만 더 휘둥그레질 뿐이었다.

"이 녀석이 아직 지 나이도 모르는구나. 이름은 뭐고?"

"⋯⋯."

"니 이름도 모르나?"

그제야 아이는,

"칠성이."

하고 불쑥 입을 열었다.

"성은?"

"마가."

"마칠성이라, 흠— 이 녀석 나이는 몰라도 지 이름하고 성은 아는구나. 그래, 됐다. 이 녀석 몸 좀 씻기고, 옷 갈아입히도록 하지."

그렇게 해서 칠성이는 황 참봉네 집에서 자라게 되었고, 그 에미가 남긴 금가락지와 은비녀는 성주댁이 맡아 장롱 깊숙이 간직했다.

칠성이가 열여섯이 되던 해 설날에 황운갑은 그를 사랑방에 불러 앉히고, 부인에게 금가락지와 은비녀를 꺼내 오게 하여 건네주며 자초지종을 얘기해 주었다. 서너 살 때의 일이라 전혀 기억에 남아 있질 않아서 얘기를 들으며 칠성이는 눈만 하염없이 끔벅거렸다. 그는 자기의 아비 어미는 누군지, 어디 있는지, 그런 생각도 해보는 일 없이 그저 이 집 양주를 어르신네, 마나님 하고 부르며 꼴머슴으로 자랐던 것이다. 그런 점에서도 벌써 그는 구푼이였다.

서너 살 때 어머니가 자기를 버리고 갔다는 사실을 황 참봉에게 들어서 안 뒤에도 그는 그 전과 별로 달라지는 기색이 없었다. 달라진 점이 있다면 어머니가 남겼다는 금가락지와 은비녀를 하루에도 몇 차례씩 꺼내보는 일이었다. 어머니가 남긴 물건이어서 고맙고 신기해서 그러는 게 아니라, 그것이 금이고 또 은이라는 값진 물건이기 때문이었다. 그런 값진 패물이 제 것이라니 놀랍고 희한하고 거짓말만 같았다. 그래서 꺼내어 가슴을 두근거리며 신기한 눈으로 들여다보곤 하는 것이었다.

칠성이가 황 참봉네 머슴살이를 그만두고, 그 집에서 나와 엿장수를 시작한 것은 그로부터 육 년이 지난 뒤였다. 스물두 살 때였다. 그동안 고이고이 간직했던 금가락지와 은비녀를 처분해서 그 돈을 밑천삼아 말하자면 독립된 자기 사업을 시작했던 셈이다.

그가 황 참봉 집을 나오기로 마음먹게 된 까닭은 새경이 없기 때문이었다. 큰머슴에게는 가을걷이가 끝나면 반드시 새경을 주면서도 자기에게는 그것이 없었다. 먹여주고 입혀주는 것으로 끝났다. 스무 살이 넘고부터 칠성이는 그 점이 슬그머니 불만이 되어 속에서 꿈틀거렸으나, 그런 말을 입 밖에 낼 수는 없었다. 서너 살 때부터 자기를 길러준 터이니 그 은공을 생각해서도 그런 말을 꺼내서는 안 될 것 같았다. 그 정도의 분별은 칠성이에게도 있던 것이다.

그러나 한 번 고개를 쳐든 불만은 좀처럼 사그라지질 않았다. 그래서 한 번은 논에서 가을걷이를 하다가 큰머슴에게,

"씨발 것, 나는 와 실컨 부리묵고 새경을 안 주는동 몰라요."
하고 내뱉었다.

그러자 큰머슴은,

"에라잇 이눔아, 너는 황 참봉네 식구 앙이가. 한식구가 새경을 받을 생각을 하다니 심뽀가 삐틀어졌다구마."

이렇게 나무라고 나서,

"억울하거든 구만두고 나가 삐리라마. 다른 데 가서 머슴 살면 새경을 받을 거 앙이가. 안 그러나?"

한편 슬그머니 부추기는 투로 말하고는 묘하게 웃어 보였다.

그 말에 칠성이는 귀가 번쩍 트이는 느낌이었다. 하하 그렇구나, 그러면 되겠구나 싶었다. 그 뒤로 칠성이는 혼자서 속으로 무슨 음

모를 꿈꾸듯 황 참봉 집에서 나갈 궁리를 하게 되었다.

하루는 읍내에 황 참봉의 심부름을 갔다가 엿장수 한 사람을 만났다. 장날이었다. 한약방에 들러 황 참봉이 적어준 대로 약재를 몇 가지 근으로 달아 사 들고 칠성이는 모처럼 장날이어서 구경삼아 장터 쪽으로 걸음을 옮겼다. 장터 들머리 붐비는 사람들 속에서 엿장수 한 사람이 가위 소리를 울리며 구성지게 엿타령을 뽑아대고 있었다. 중늙은이였다.

찰각찰각 찰그락 찰각찰각 찰그락…….

"울릉도라 호박엿, 강원도라 감자엿, 쫄깃쫄깃 찐득찐득 달고도 화한 엿, 자— 엿 사이소. 엿 사이소. 분 바른 저 큰애기 날 보고 웃어 보소. 공짜로도 디리누마. 암 디리고말고. 자— 꿀맛 같고 찰떡 같은 경상도라 박하엿, 전라도라 생강엿, 충청도라 수수엿. 자— 지나가는 저 아지매 말 한마디 잘만 하소. 공짜로도 디리누마. 암 디리고말고. 자 엿 사이소— 엿 사이소—."

찰그락찰그락 찰각 찰그락찰그락 찰각…….

칠성이는 그 가위 소리와 엿타령에 끌려 절로 그 앞에 걸음이 멈추어졌다. 엿을 한 도막 사서 입에 물고는 언제까지나 그 자리에서 떠날 줄을 몰랐다. 그 중늙은이 엿장수에게 얄궂게도 마음이 이끌렸고, 구성진 가위 소리와 신명나는 엿타령에 홀려 들어가는 듯 온몸이 묘한 감동에 흠뻑 젖고 있었다.

그때 칠성이는 황 참봉 집을 나와 다른 데 가서 또 꿍꿍 일이나 하는 머슴살이를 계속하는 것보다 엿장수로 나서는 편이 어떨까 하는 생각이 들었다. 훨씬 수월하고 재미도 있으며 돈도 더 벌 것 같았다. 그래서 그는 그 엿장수를 거의 한나절 이상이나 따라다닌

끝에 제 생각을 털어놓았다. 그리고 어떻게 하면 엿장수가 될 수 있느냐고 도움을 청했다. 그 중늙은이 엿장수가 어쩐지 무슨 먼 친척 아저씨뻘이라도 되는 것만 같아 마치 육친에게 상의를 하듯 했던 것이다.

그랬더니 아니나 다를까, 그 엿장수는 싱그레 웃으며 대뜸,

"나를 따라 댕겨. 그러면 저절로 엿장수가 될 끼니까."

하고 내뱉듯 말했다.

"아이고 고맙심더. 어르신네요, 정말 고맙심더."

"허허허…… 어르신네는 무슨……."

"아닙니더, 정말 앞으로 어르신네로 모실 낍니더."

"앙이다. 어르신네라 카지 말고, 아저씨라 캐라. 그래야 듣기가 편타. 엿장수 신세에 무신 어르신네는……."

"예, 좋심더. 속으로는 어르신네라 생각하고, 부르기는 아저씨라 부르지예. 정말 고맙심더. 그럼 당장 낼부터 따라댕길랍니더."

"그 녀석 참 성급도 하다. 그렇게 하라마."

그날 집으로 돌아가는 칠성이의 걸음은 나는 듯 가볍기만 했다. 그러나 집에 돌아가서 황 참봉에게 되게 꾸지람을 들었다. 십 리 남짓밖에 안 되는 읍에 심부름을 갔다가 거의 해거름이 되어 돌아왔으니 그럴 수밖에 없었다. 어디 가서 뭘 하다가 이제 돌아오느냐고 마구 퍼부어 대듯 꾸짖는데도 칠성이는 여느 때와는 달리 조금도 기분이 언짢지가 않았다. 그날 밤 칠성이는 옷 보따리를 쌌다.

이튿날 이른 아침, 황 참봉은 사랑채 마루 끝에서 떠다 놓은 놋대야 물에 세수를 하고 있었다. 한 손에 보따리를 든 칠성이가 다가와 뜰에 서서 굽신 허리를 숙이며 불쑥 입을 열었다.

"어르신네요, 저 오늘부터 엿장수를 할랍니더."

"뭐라? 지금 뭐라 켔지?"

"엿장수를 한다니까요."

앞도 뒤도 없이 구푼이답게 내뱉었다.

황 참봉은 어이가 없었다. 물에 젖은 얼굴을 들고 칠성이를 멀뚱히 바라보더니,

"헛헛헛…… 난데없이 엿장수는……."

웃음을 터뜨렸다.

"엿장수가 좋을 것 같애서예."

"뭐라고? 엿장수가 좋을 것 같애? 이 녀석아, 그런 생각이 있었으면 진작 말을 해야지, 밤에 자다가 베란간 그런 생각이 떠올랐나, 와 식전에 낯 씻고 있는데 와서 불쑥 그런 말을 하지?"

"미안합니더."

"이 녀석 미안한 줄은 아는구나. 그래 엿장수 하러 지금 당장 떠난단 말이가? 아침도 안 묵고."

"예."

"헛헛허……."

황 참봉은 웃을 수밖에 없었다. 칠성이가 좀 모자란다는 것을 익히 알고 있는 터이라 말려도 소용없다 싶었다.

"그래, 니 하고 싶은 대로 해 봐라. 도리 없지 뭐. 그런데 이 녀석아, 혹시 니 어제 나한테 꾸지람을 들었다고 집을 나가는 거 앙이가?"

"아닙니더. 절대로 안 그렇심더."

"그래? 흠—."

이 녀석이 어제 읍에 심부름을 갔다가 해질녘에야 돌아오더니, 어쩌면 그런 꿍꿍이속이 있어서 그랬던 게 아닌가 하는 생각이 들어서 황 참봉은 새삼스런 눈으로 칠성이를 바라보았다. 그리고 다시 세수를 하기 시작했다.

"어르신네요, 그러면 안녕히 계시이소."

"이 녀석아, 떠나더라도 아침이나 묵고 떠나거라."

"아닙니더, 바쁩니더."

그리고 칠성이는 얼른 안채 쪽으로 향했다. 마나님한테 작별 인사를 하러 가는 모양이었다.

"허허, 그 녀석 참…… 칠성아, 잠깐만……."

황참봉은 무슨 생각이 떠올랐는지 칠성이를 불러 세웠다.

"니 인제 가면 언제 올 끼고?"

"종종 올 낍니더."

"정말이가?"

"예, 정말입니더."

"암, 그래야지. 사람이 그래야 되는 기라."

"어르신네요. 오거든 엿이나 많이 팔아 주이세이."

"엑끼*(예끼)! 이 녀석아, 저 녀석이 벌써 엿장수에 이골이 난 사람 같네. 내 참 벨일도 다 보겠네. 허허허……."

황 참봉은 속으로 저 녀석이 장사를 할 팔자를 타고난 모양이라고 생각했다.

"칠성아."

"예?"

"내가 니한테 꼭 한 가지 당부할 말이 있다."

"뭔데예?"

"니가 장가 갈 때는 반드시 나하고 상의를 해야 한다. 알것제?"

"예."

뜻밖의 말에 칠성이는 헤벌쭉 웃었다.

"니 맘대로 색시를 고르면 안 된다. 알것나?"

"예, 알겠심더."

"나한테 약조하겠나?"

"예, 약조하고말고예."

칠성이는 히죽히죽 웃으며 한 손의 새끼손가락을 쳐들어 약조를 거는 시늉을 해보였다.

"엑끼 이 녀석."

"히히히……."

칠성이는 꾸벅 고개를 깊이 숙여 절을 했다.

"오냐, 됐다. 인제 가도 좋다."

"안녕히 계시이소."

그리고 칠성이는 안채 쪽으로 향했다.

난데없이 옷 보따리를 들고 엿장수질을 하러 떠난다는 칠성이의 작별인사를 받은 성주댁은 아직 잠이 덜 깬 얼굴로 마루에 나서며 무엇에 받힌 사람처럼 그저 어리둥절할 따름이었다. 부엌에서 조반을 짓고 있던 술이네도 무엇이 어떻게 된 영문인지 알 수가 없어 우야꼬 우야꼬…… 소리만 연발했다. 대문을 나서는 칠성이의 뒷모습을 향해 한마디,

"잘 가거래이."

하고는 회심의 미소인 듯한, 그러면서도 조금은 허전하고 쓸쓸한

그런 묘한 표정을 떠올린 것은 큰머슴이었다.

그렇게 집을 나간 칠성이는 읍내의 엿장수 밑으로 들어갔다. 그 집에 얹혀 밥술을 얻어먹으며 심부름도 하고 조수로 따라다녔다. 엿 파는 데 무슨 조수가 필요할까마는 그 중늙은이 엿장수는 정말 무슨 피붙이라도 되는 것처럼 칠성이를 데리고 다니며 엿도가에서 엿을 떼다가 파는 일과 양은이니 쇠붙이 따위를 받아 고물상에 넘기는 요령을 터득케 하고, 엿타령도 가르쳐 주었다. 그렇게 두어 달 말하자면 견습을 시킨 다음, 그 중늙은이 엿장수는 칠성이에게 자기 엿판을 마련토록 하여 독립된 엿장수로 내세워 주었다. 물론 그때 칠성이는 금가락지와 은비녀를 처분했다.

가위 소리를 찰그락거리고, 이따금 엿타령도 뽑아가며 엿을 팔러 다니는 일은 논밭에서 꿍꿍 농사나 짓던 머슴살이보다 월등히 수월하고 재미도 있었다. 그리고 하루의 장사를 끝내고, 얼마나 벌었는가 전대의 돈을 쏟아놓고 셈하는 일은 정말 살맛나는 일이었다. 돈 헤아리는 재미가 그렇게 좋은 것인 줄은 미처 몰랐었다.

하루하루 번 돈을 그대로 간수하는 것이 아니라, 칠성이는 금을 사 모았다. 아무 금붙이나 사는 것이 아니다. 반드시 금가락지를 사 모았다. 어머니가 남겨놓았다는 금가락지 덕분에 엿장수를 시작할 수 있었기 때문에 그것이 아주 고맙고 소중한 것으로 머리에 박혔던 것이다.

칠성이는 엿장수를 시작한 뒤로도 그 중늙은이 엿장수 집에 밥값을 내고 계속 같이 끼여 살았다. 그래서 그는 사 모은 금가락지를 주머니에 담아 가지고 언제나 고의춤 속에 차고 다녔고, 잘 때도 차고 잤다. 돈을 담는 전대는 바지 겉에 차고, 금가락지 주머니는 안에 찼던 것이다. 그래서 그 주머니가 항상 불알과 함께 사타구니에서 덜렁거렸다. 달랑달랑 살에 닿는 주머니를 의식할 때마다 칠성이는 기분이 좋아서 절로 히죽히죽 웃음이 나왔다. 자기의 소중한 전 재산이 살짝살짝 사타구니를 간지럽히는 터이니 그럴 수밖에.

그렇게 이 년 남짓 엿장수질을 하다가 칠성이는 징용에 끌려가는 몸이 되었다. 태평양전쟁이 막바지에 이르렀던 것이다. 징용에 나가게 되자 칠성이는 그동안 모은 전 재산인 금가락지 주머니를 어떻게 할까 궁리를 했다. 사람은 믿을 수가 없었다. 칠성이에게는 육친이 있는 것도 아니니 모두가 남이었다. 남에게 자기의 전 재산을 맡기다니 될 말이 아니었다. 자기를 이끌어 준 고마운 그 중늙은이 엿장수에게도 그 금가락지 주머니만은 맡길 수가 없었다. 그래서 결국 칠성이는 그것을 땅에 묻기로 했다. 아무도 모르게 땅속에 묻어두는 게 가장 안심이 되는 좋은 방법일 것 같았다. 칠성이가 찾아간 곳은 회룡리 뒷산이었다.

뒷산 중턱에 커다란 바위가 하나 있었다. 주위에는 소나무가 우거져 있었다. 머슴살이 시절 산에 나무를 하러 갈 때면 곧잘 그 위에 벌렁 드러누워 낮잠을 자기도 했던 바위였다. 그 덩실한 바위 한쪽 밑을 깊숙이 파고 그 속에 금가락지 주머니를 묻었다.

그리고 칠성이는 북해도 탄광으로 징용을 갔다. 탄광 막장의 광부로 온갖 고초를 다 겪었으나 끝내 견뎌낼 수 있었던 것은 어쩌면 고향의 뒷산에 묻어놓은 그 금붙이 때문이었는지도 모른다. 어떻게든지 쓰러지지 않고 견뎌내어 살아서 돌아가 그 금가락지 주머니를 도로 캐내고, 엿장수질을 계속해서 논도 사고, 집도 장만하

32

고, 장가도 들어 아들딸 낳고 한 번 떵떵거리며 살아 봐야지, 그렇지 않고 이대로 이 막막한 남의 땅 깊은 굴속에서 쓰러져 버린다면 얼마나 원통하고 억울한 일이냐고, 이를 우두둑 악물곤 했던 것이다. 그래서 일 년 반 만에 해방이 되어 칠성이는 살아서 돌아올 수가 있었다.

돌아온 칠성이가 맨 먼저 찾아간 곳은 말할 것도 없이 회룡리 뒷산의 그 바위였다. 묻어 놓은 금이 그대로 있는지, 혹시 누가 파가지나 않았는지, 가슴을 두근거리기까지 하며 그 바위에 당도하여 파보았더니 감쪽같이 그대로 묻혀 있는 것이 아닌가. 흙이 묻은 주머니를 꺼내어 재빨리 아가리를 열어보니 아무 탈 없이 금가락지들이 소복이 담겨 반짝반짝 주인을 반기듯 빛나고 있었다.

"야— 웃훗훗흐……."

칠성이는 마치 무슨 횡재라도 한 것처럼 냅다 소리를 지르며 코를 하늘로 쳐들고 웃어 댔다. 그리고 마치 살짝 실성이라도 한 사람처럼 금가락지 주머니를 불끈 쥔 채,

"만세! 만세! 만만세—."

두 손을 번쩍번쩍 들어 만세를 불렀다. 징용에서 놓여난 해방의 감격에 이은 두 번째 칠성이의 감격이었다. 어쩌면 첫 번째 감격보다도 더 짜릿하게 가슴에 와 닿는 절실한 감격인지도 몰랐다.

전 재산인 금가락지 주머니는 그대로 잘 간직되어 있었으나, 읍내의 그 고마운 중늙은이 엿장수는 가고 없었다. 그동안에 몹쓸 돌림병에 걸려 죽고 말았다는 것이었다. 공동묘지 한쪽 가에 있는 그 무덤을 찾아가서 칠성이는 목 놓아 울었다. 칠성이가 그처럼 줄줄 눈물까지 쏟으며 서럽게 운 것은 처음이었다.

칠성이는 읍내에 방을 얻을까, 회룡리에 거처를 정할까, 생각한 끝에 고향과 다름이 없는 회룡리에 자리를 잡기로 했다. 그래야 나중에 논마지기를 사도 관리하기가 수월할 뿐 아니라, 그곳에 뿌리를 박는 게 옳을 것 같았던 것이다.

칠성이가 회룡리로 돌아오려 하자 황 참봉은 집으로 들어오라고 했다. 그전처럼 문간방을 머슴과 함께 쓰면 되지 않느냐는 것이었다. 그러나 칠성이는 마다고 했다. 황 참봉의 그 마음은 고마우나, 그 집에 다시 들어간다는 것은 어쩐지 염치없는 짓인 것 같았던 것이다. 공짜 밥을 먹을 수도 없고, 그렇다고 밥값을 내놓는다는 것도 좀 이상했다. 그런 분별은 구푼이인 칠성이에게도 있었던 것이다. 그리고 그것보다도 그 집에 다시 들어간다는 것은 앞으로 엿장수를 계속해서 논을 사 모으는 일에 지장이 있을 것만 같았다. 어쩌면 다시 머슴살이로 끌려들어 갈지도 모를 일이었다. 말하자면 자기의 뿌리를 뻗어나가는 일에 제동이 걸릴지도 몰라 두렵기도 했던 것이다.

그래서 칠성이는 딴 집에 방 한 칸을 얻어 거처를 정했다. 그리고 다시 엿장수로 나섰다. 읍내와는 십 리 남짓한 거리여서 새벽 일찍 나가서 엿을 떼어 이 골목 저 골목을 누비고, 집으로 돌아오는 길에 이 마을 저 마을을 돌며 파는 그런 나날이었다. 해방이 되고 나니 웬일인지 사람들이 엿도 더 잘 사 먹는 것 같아 칠성이의 장사 재미는 쏠쏠하기만 했다.

그는 돈이 모이면 그전과 다름없이 금가락지를 사 모았다. 이제는 주머니에 담아 가지고 고의춤에 차고 다니는 것이 아니라, 방 안의 반닫이에 깊숙이 간직해서 큼직한 자물쇠를 잠그고, 방문에도 주먹만 한 자물쇠를 걸었다.

그렇게 해서 칠성이는 사 년 후에, 다시 말하면 징용가기 전의 이 년을 포함해서 육 년 만에 논 일곱 마지기를 장만하고야 말았던 것이다.

4

목련의 흰 꽃잎 한 장이 바람도 없는데 가볍게 나부끼며 떨어져 내렸다. 오후였다. 사랑채 마루 끝에 햇볕이 와서 살짝 걸쳐 있었다.

황 참봉은 아자형(亞字形)으로 된 미닫이문을 활짝 열어놓고 하염없이 바깥을 내다보며 장죽을 빨고 있었다. 뜰 앞 화단의 목련화가 어느덧 그 흰빛이 흐려졌고, 시들시들 생기가 줄어들어 보였다. 어떤 꽃송이는 이가 빠진 것처럼 꽃이파리가 떨어져 나가 볼품없기도 했다. 그 우아하면서도 화사하고 선연하던 꽃이 언제 벌써 저렇게 시들어 버렸는지…… 황 참봉은 마치 무슨 어제까지도 못 느꼈던 놀라운 변화라도 발견한 듯 장죽을 문 입에서 절로 음— 힘없는 신음소리를 흘렸다. 그리고 담배를 크게 빨아들여 푸— 하고 길게 내뿜었다. 주름진 눈자위 한쪽이 공연히 경련을 일으킨 듯 가늘게 떨렸다.

두어 해 후면 고희에 이르는 황 참봉은 일상의 별것 아닌 일에도 곧잘 마음이 흔들리고, 걸핏하면 우울한 쪽으로 생각이 빠져 들어가곤 했다. 별 까닭이 없이 눈에 눈물이 어리는 일도 적지 않았다.

올해 들어 기력이 지난해보다 현저히 부치면서 그런 심약함이 한결 짙어지는 것만 같았다. 그러나 황 참봉은 애써 그런 노쇠의 그림자를 떨쳐버리려고 마음을 다져먹곤 하는 터였다.

"어험!"

일부러 힘을 주어 혼자서 헛기침을 하고는 대꼭지를 땅! 땅! 필요 이상 세게 놋재떨이에 두들겼다. 장죽을 놓고 턱의 수염을 쓰다듬어 내리며 황 참봉은 시선을 들어 담 너머 맞은바라기의 산을 바라보았다.

산의 봉긋한 봉우리가 오늘따라 한결 신선하게 떠올라 보였다. 신록이 어느덧 꽤나 짙어져 있어서 그런 것 같았다. 음삼월*(음력 삼월)도 다 가는 터이니 그럴 만도 했다.

황 참봉은 무료할 때면 사랑방 벽에 기대앉거나 마루에 나가 기둥을 짚고 서서 맞은바라기의 산을 바라보는 게 낙이었다. 산의 형국이 마치 용이 크게 휘감을 듯이 머리를 쳐들고 있는 것 같다 하여 회룡산이라고 이름 지어졌다. 그 회룡산의 품자락*('잠자리'의 방언)에 안겨 있는 형국이어서 마을 이름 역시 회룡리로 불리게 된 것이다. 흔히 용마을이라고도 한다. 황 참봉네 사랑채에서 마주 바라보이는 산은 바로 용의 머리 부분인 봉우리였다.

산의 형세로 보아서 회룡리에 장차 큰 인물이 난다는 말은 이미 예부터 전해져 내려오고 있었다. 그 큰 인물이 언제 나는 것인지, 도무지 그런 징후도 나타나지가 않아서 마을 사람들은 그저 옛 풍설이거니 하고 막연한 기대로 흘려버리고 있는 터였다. 그러나 황 참봉만은 달랐다.

어느 해 겨울, 황 참봉이 사십 고개를 조금 넘은 때였으니까 벌써 이십오륙 년 전의 일이다. 한 사람의 과객이 사랑채에 들었다. 수염이 꽤나 너불너불한 노인이었다. 그러나 행색은 초라했다.

노인은 그날 밤 주인인 황운갑 앞에서 한 장의 글씨를 썼다. 붓으로 쓰는 여느 글씨와는 달리 혁필(革筆)로 그림 그리듯 쓰는 그런 글씨였다. 글씨라기보다도 오히려 그림 쪽에 가까운 혁필화라는 것이었다. 죽필화(竹筆畵)라고도 한다. 민예(民藝)의 일종인 셈인데, 끝이 납작한 가죽이나 대나무로 나비와 꽃, 나무, 혹은 용이니 봉황 같은 가지가지 형태를 꼬불꼬불하게 혹은 삐쭉삐쭉하게 그려 맞추어서 도안처럼 글자를 만들어 놓는 것이다.

노인의 손끝에서 그런 글씨가 하얀 화선지 위에 마치 무슨 요술처럼 그려져 나가는 것을 황운갑은 신기한 눈으로 바라보았다. 혁필화를 처음 보는 것은 물론 아니었다. 장바닥 같은 데서 자리를 잡고 앉아서 그려 놓은 것을 팔기도 하고, 손님이 요구하는 대로 즉석에서 쓱쓱 그려주고 몇 푼 값을 받기도 하는 광경을 더러 본 적이 있었다. 그러나 막상 자기 집을 찾아 든, 수염이 제법 너불너불한 늙은 과객의 손에서 그런 혁필화가 요술처럼 펼쳐지니 신기하지 않을 수 없었다.

노인이 화선지 위에 그림 그리듯 만들어낸 글씨는 '비룡재천(飛龍在天)'이라는 네 글자였다. 혁필을 놓으며 노인은,

"나는 용이 하늘에 있으니 그 기상이 얼매나 좋은 기요."

어떠냐는 듯이 황운갑을 바라보았다.

"좋으네요."

황운갑은 고개를 끄덕였다. 노인의 솜씨도 신기하지만 글귀도 마음에 들어서 황운갑은 그 대가로 꽤 큰 지폐 한 장을 선뜻 내주

었다.

　노인은 말하자면 일종의 환쟁이로, 집도 절도 없이 떠돌아다니는 운수객(雲水客)이었다. 하룻밤을 묵고 떠나면서 그 노인은 황운갑에게 참으로 솔깃한 말을 남겼다.

　갓을 쓰고 미투리를 발에 꿴 노인은 괴나리봇짐을 메면서 사랑채 앞뜰로 내려서더니 무슨 놀라운 광경이라도 눈에 띈 듯 담 너머 맞은바라기의 산을 한참 바라보고 서 있었다. 눈에 뒤덮인 봉우리가 아침 햇살을 받아 눈이 부시도록 산뜻한 은백색으로 번쩍거렸다.

　황운갑은 그냥 마루에 서서 작별을 하려는 참이었다.

　"주인장."

하면서 노인은 고개를 돌렸다. 얼굴에는 약간 놀라워하는 듯한 그런 빛이 떠올라 보였다.

　"참 좋소이더."

　"뭐가요?"

　"양기(陽基)가 말이구마."

　"양기라니요?"

　"집터 말입니더. 풍수설에서 집터를 양기라 안 카능게, 양기풍수와 음택풍수 두 가지가 있는데, 음택은 죽은 뒤의 집, 즉 묘지를 말하는 기지요."

　"풍수도 볼 줄 아는가 베요."

　환쟁이인 줄만 알았더니 풍수지리에도 조예가 있는 것 같아 황운갑은 슬그머니 호기심이 동해서 마루에서 뜰로 내려섰다. 집주인이 곁으로 다가서자 노인은 한결 기분이 내키는 듯 지껄여 댔다.

"풍수의 기본은 일 득수(得水)요, 이 장풍(藏風) 아닝게. 득수, 즉 생기의 원동력이 되는 물을 얻는 일을 첫째로 꼽고, 장풍, 즉 바람을 막아 가두는 일을 둘째로 꼽지요. 풍수란 바로 그 장풍의 '풍' 자와 득수의 '수' 자를 딴 말이구마."

"아, 그렁겨."

황운갑은 대충 알아들은 체하고서,

"우리 집 양기라 캤나…… 집터가 좋은가요?"

솔깃한 그 말을 확인하고 싶었다.

"참 좋으네요. 어제 해거름 때 마을로 들어서면서 보니까 동네가 우선 자리를 잘 잡았던 걸요. 양기에도 두 가지가 있구마. 한 부락이나 나라의 도읍지 같은 넓은 터를 집단 양기라 카고, 개인의 집터를 개인 양기라 안 카능게. 이 부락의 집단 양기가 우선 좋더라 그 말이구마. 마을 이름이 뭔교?"

"회룡리구마. 돌아올 회 자, 용 용 자."

"제대로 들어맞게 지었네요. 바로 마을 뒤의 산이 간용(幹龍)에서 갈라진 지룡(支龍)인데, 그 기세가 바야흐로 휘감으며 솟구쳐 오를라 카는 그런 형국을 하고 있어요. 말하자면 뻗어온 용이 기운을 막 쏟아 놓을라 카는 기라요. 참 좋구마. 풍수의 술법(術法)은 산과 물, 방위 세 가지에 있는데, 산의 형세를 보는 걸 간룡법(看龍法)이라 안 카능게."

이 노인의 지껄이는 품이 들은풍월만은 아닌 것 같아 황운갑은 말없이 천천히 고개를 끄덕였다.

"간룡법으로 봐서 마을이 용의 품자락에 안겨 있어서 장풍이 썩 잘 되어 있고, 동네 앞으로 냇물도 흐르고 있어서 득수가 좋으며,

방위도 정남향이라 이 부락의 집단 양기가 우선 나무랄 데 없구
마."

"우리 집 양기는요?"

황운갑은 마을도 마을이지만 관심은 자기 집 양기에 있었다.

"동네 가운데서도 노른자위라니까요. 한마디로 말해서."

"정말잉게?"

"정말이고말고요. 저 산봉우리가 바로 용의 머리에 해당되는데,
저 머리가 똑바로 이 집 대문을 향하고 있단 말입니더. 말하자면
천리내룡(千里來龍) 하여 입수대문(入水大門)인 기라요."

"……."

"천 리를 달려온 용이 그 머리를 대문으로 들여놓았다 그 말 아
닝게. 얼매나 좋응게. 정말 명당 자리구마."

"호, 그래요?"

황운갑의 입이 절로 헤벌쭉 벌어졌다.

"이 집 대문을 동쪽으로 낸 게 썩 잘한 일이구마. 이 사랑채도 동
향이고…… 풍수를 아는 사람이 집 방위를 잡은 것 같은데요."

"우리 조부 때 지었는데, 조부께서 아주 유식하셨으니까……."

노인은 그러냐는 듯이 고개를 두어 번 끄덕이고 나서 결론을 내
리듯,

"장차 이 집에서 큰 인물이 나겠소이더."

하고 말했다.

바로 그 말을 기대하고 있었다는 듯이 황운갑은 번쩍 눈을 크게
뜨며 활짝 웃는 얼굴에 웃음을 떠올렸다. 노인도 기분이 좋은 듯
곧장 너불너불한 수염을 쓰다듬어 내렸다.

이렇게 노인과 황운갑이 뜰에 서서 담 너머 산을 바라보며 얘기를 나누고 있는데, 언제 나타났는지 칠성이가 대문간의 양지바른 한쪽 문짝 옆에 가만히 웅크리고 앉아 이쪽을 바라보고 있었다. 한쪽 콧구멍에서 흘러내린 시퍼런 코가 곧 입술을 지나 입으로 기어들 것 같았다. 그때 칠성이는 예닐곱 살 되었었다.

"자, 그럼, 주인장, 나는 갑니더······."

노인이 조금 허리를 숙여 작별을 고하고, 대문 쪽으로 걸음을 떼놓자 황운갑은,

"잠깐만······."

하면서 얼른 조끼 주머니에서 지갑을 꺼내어 은전 한 닢을 집어냈다.

"이거 노자에 보태 쓰소."

말하자면 집터를 명당자리로 판정해 주고, 장차 큰 인물이 난다는 매우 솔깃하고 기분 좋은 말까지 해준 데 대한 선심인 셈이었다.

"아이고 이거······ 고맙심더, 고맙심더."

노인은 집주인의 후한 인심에 이번에는 꾸벅꾸벅 두 번이나 깊이 머리를 숙였다. 간밤에 혁필화의 대가로 준 큰 지폐가 고마워서 떠나는 마당에 감사의 표시로 풍수에 관해 한참 늘어놓았던 것인데, 또 이렇게 은전까지 한 닢 주다니, 뜻밖의 횡재를 한 기분이었다.

괴나리봇짐을 추스르며 노인이 앞서고 황운갑이 뒤따라 대문 쪽으로 걸어가자 칠성이가 빤히 쳐다보았다.

힐끗 칠성이를 보더니 노인은 조금 걸음을 주춤거리며,

"저 아가 누군기요?"

하고 물었다.

"굴러들어온 아구마."

"그래요? 흠—."

노인은 고개를 끄덕였다. 뭐라고 입을 떼려다가 그만두는 눈치였다.

황운갑은 노인의 그런 낌새를 보아 이 늙은이가 혹시 사람도 볼 줄 아는가, 관상에도 조예가 있는가 싶자 절로 자기도 시선이 칠성이에게 머물렀다. 그러나 흘러내린 시퍼런 코를 보자 그만 이맛살이 찌푸려지며,

"이 녀석아, 저리 가서 코나 풀어!"

퉁명스럽게 나무라 버렸다.

노인은 히죽이 웃으며 대문을 나서고 있었다.

황운갑은 대문간에서 노인과 작별을 하고, 잠시 가만히 서서 그 갓을 쓰고 괴나리봇짐을 멘 초라한 뒷모습이 집 앞의 넓은 바깥마당을 지나 길을 꺾어 돌아 사라질 때까지 바라보고 있었다. 묘한 늙은이로구나 싶어서 말이다.

그런 일이 있었기 때문에 황 참봉은 마을 사람들처럼 회룡리에 큰 인물이 난다는 말을 그저 막연한 옛 풍설로 흘려버리질 않고, 실제로 장차 그것이 자기 집에서 이루어질 것이라는 기대를 지니고 있었다. 그 노인의 말을 믿어서이기도 하지만, 그런 말이 없었다 하더라도 마을에서 가장 부자이고, 또 황 씨 문중의 종가이기도 한 자기 집에서 당연히 큰 인물이 나야지, 자기 집을 뒤로 젖히고 달리 뉘 집에서 큰 인물이 나겠는가 싶었다. 지금도 그런 생각에는 추호도 변함이 없었다.

그러나 그 기대가 자기 생전에는 이루어질 것 같지가 않아서 황 참봉은 우울했다. 자기 생전에 이루어지려면 세 아들 가운데 어느 한 녀석이라도 지금쯤 벌써 남달리 두각을 내밀었어야 옳은데, 도무지 그게 아니니 말이다. 큰아들은 대물림으로 농사를 감리하고 종가를 지키게 하기 위해서 농림학교만으로 끝막음 했으나, 둘째는 일본 유학을 하여 대학까지 마쳤고, 셋째는 경성에서 전문학교를 졸업했다. 그러나 대학에서 법률을 공부했다는 둘째는 고등관(高等官) 시험 합격은 고사하고 제대로 일자리도 얻지 못해 빌빌거리다가 해방이 되자 한때 정치에 뜻을 둔 듯 서울로 오르락내리락 하더니 그것도 별수가 없었던지 엉뚱하게 지방 전매서에 자리를 얻어 월급쟁이로 주저앉아 버렸고, 셋째는 전문학교를 졸업하자 곧 시골 사립 중학교 교사가 되어 지금도 읍내에서 분필을 잡고 있다. 농림학교만 나온 큰아들은 아직 가업을 황 참봉 자신이 쥐고 있기 때문에 부면장으로 면사무소에 나가고 있다.

황 참봉은 둘째에게 기대를 걸었었다. 법률을 공부해서 고등관 시험에 합격하여 군수나 도지사가 아니면 판사나 검사가 되어 주기를 바랐다. 해방이 되고 정치에 뜻을 둔 듯했을 때는 국회의원이라는 것이 꽤 괜찮은 모양이니 장차 그것이라도 되기를 기대했다. 군수나 판검사, 혹은 국회의원이 과연 회룡산의 정기를 받은 큰 인물이라고 할 수 있을지는 모르지만, 좌우간 그만하면 시골에서는 알아주는 인물이라고 할 수 있으니 그 정도라도 족할 것 같았다. 그러나 공부했던 법률은 어디다 내던지고 엉뚱하게 전매서에 기어들어가 버렸으니 지방 전매서에서 장차 아무리 높아져봐야 담배장수에 불과한 서장밖에 더 되겠는가 말이다. 황 참봉의 실망은 적은 것이 아니었다.

부면장인 큰아들한테는 애당초 출세 같은 것은 기대하질 않았으니, 적당한 시기에 가업을 인수 받아 집 안에 들어앉기를 바랄 뿐이고, 셋째는 성격부터가 접장질*('교원'을 낮잡아 이르는 말)에 안성맞춤이니 더 바랄 것이 없었다.

그렇다면 손자들한테 기대를 걸어보는 수밖에 없는데, 손자들은 맨 윗놈이 이제 겨우 중학교 4학년이니, 설사 그것들 가운데서 큰 인물이 난다 치더라도 그 세월이 언제이겠는가 말이다. 자기의 생전에는 가망 없는 이야기였다.

"후유―."

힘없이 긴 한숨을 내쉬는 황 참봉의 주름진 양쪽 눈구석에 축축한 물기가 어렸다. 하염없이 바라보고 있던 담 너머 산에서 시선을 거두며,

"뜸이나 뜰거나……."

하고 중얼거렸다. 눈구석에 번진 물기를 애써 지워 버리려는 듯이 질끔질끔 두어 번 눈을 감았다 뜨며 문갑에서 뜸통을 꺼냈다.

황 참봉은 점심을 먹고 나서 배가 어느 정도 꺼지면 뜸을 뜨고, 낮잠을 한숨 자는 게 정해진 일과의 하나로 되어 있다.

아랫목에 노상 깔아놓은 요 위에 베개를 의지하여 비스듬히 벽에 기대어서 고의춤을 풀어 헤쳐 배를 온통 드러내고 먼저 쑥을 뾰족하게 비벼서 뜸자리에 세운다. 그리고 가느다란 향에 불을 붙여 그것으로 쑥 끝에다가 점화하는 것이다. 그렇게 뜸을 계속한 지가 벌써 오륙 년이나 되기 때문에 황 참봉의 배에는 뜸자리가 몇 군데 마치 흑갈색의 반점처럼 박혀 있다.

먼저 배꼽 밑의 단전에다가 쑥을 세우고 불을 붙였다. 한 자리에 세 번씩 뜸을 뜨는 것이다. 어디가 특별히 아파서 뜸을 계속하고 있는 게 아니라, 늙어감에 따라 몸이 차츰 마음 같지가 않고, 특히 정력이 말라드는 것 같아 시작했던 것이다. 일구이침삼약(一灸二針三藥)이라고 뜸이 몸에 아주 효험이 있다는 것은 진작부터 알고 있었으나, 불을 붙여 몸을 태우는 일이 어쩐지 끔찍하고 싫어서 실행을 안 했던 것인데, 회갑을 지나 한 해 두 해 해를 거듭할수록 기력이 현저히 부치는 듯해서 보약만으로는 안 될 것 같아 이를 악물고 뜸도 착수했었다. 처음에는 눈에 불이 날 지경으로 뜨거워 못 견디었으나, 차츰 길들여져 뜨거움이 덜 느껴지더니, 나중에는 오히려 화끈하고 짜릿한 시원함이 온몸으로 자르르 퍼져 나가는 쾌감을 맛보기에 이르렀다. 이제는 하루도 뜸질을 안 하면 못 견딜 지경으로 그 야릇한 뜨거움의 맛에 젖어 버린 셈이다.

단전을 세 번 뜨고, 다음은 배꼽 위의 중완(中脘)이라는 혈을 세 번, 그리고 단전 아래 불두덩 가까이의 관원(關元)이라는 데를 세 번 떴다. 회춘에 효험이 있다는 관원에다가 쑥을 세워 불을 붙일 때마다 황 참봉은 절로 씁쓸하고 서글픈 심정이 되지 않을 수 없었다. 피둥피둥하고 뜨끈뜨끈하던 청춘은 어디로 가고, 시들시들한 현재만 눈앞에 축 늘어져 있으니 그럴 수밖에. 뜸을 시작하고 얼마 동안은 효험이 있는 것 같았으나, 나이는 어쩔 수 없는 듯 이제는 별로 그 효력을 느낄 수가 없었다. 그런데도 끝까지 아등바등 매달리듯 살을 지지고 있는 자신이 우습고 처량하기도 했다. 인생 칠십이 허망하기 그지없었다.

"다음은 족삼리(足三里)라……."

중얼거리며 황 참봉은 고의춤을 추슬러 여미고, 대님을 풀어 바짓가랑이를 걷어붙였다. 양쪽 무릎 밑 바깥 편에 있는 족삼리라는 혈을 마지막으로 각각 세 번 떴다.

뜸통을 그대로 놓아둔 채 황 참봉은 바짓가랑이를 내려 대님을 맨 다음 요 위에 드러누웠다. 온몸에 은은한 온기가 퍼지는 듯 조금 나른하면서 기분이 좋았다. 사지를 편안히 내던지고 잠시 누워 있다가 황 참봉은 부스스 일어났다. 그리고 마루로 나가 안채 쪽을 향해,

"연선아— 뜸—."

하고 소리를 질렀다.

"예—."

대답하는 고운 목소리가 들렸다.

방으로 들어와 황 참봉은 쑥을 여러 개 뾰족하게 비비기 시작했고, 잠시 후 목발에 의지한 처녀가 절뚝절뚝 사랑채 앞뜰에 모습을 나타냈다. 황 참봉의 막내딸 연선이었다. 스물여섯 살 먹었는데, 아직 스무 살도 안 된 것 같은 앳된 얼굴을 하고 있었다. 어딘지 모르게 병색이 깃들어 보이는 새하얀 안색이지만 묘하게 그 윤곽이 고왔고, 콧날도 반듯했으며, 입술은 얼굴빛과는 달리 익어가는 앵두 같은 싱싱한 빛을 띠고 있었다. 눈썹이 짙었고, 속눈썹도 길었다. 목도 하얗고 길었다. 한마디로 미인형이었다. 그러나 눈이 살짝 사팔뜨기였고, 얼른 보아도 어딘지 모르게 흐릿하고 멍한 데가 엿보이는 그런 얼굴이었다. 백치미라고 할까, 병든 꽃 같은 느낌이었다.

한쪽 다리가 마비되어 있어서 그것을 가리기 위해서인지 처녀이면서 마치 부인처럼 긴 치마를 입고 있었다. 머리는 짧지도 길지도

않게 한 가닥으로 묶고 있었다. 그 머리가 유난히 칠흑처럼 검었다.

두 개의 목발을 마루의 기둥에다가 세우고, 연선이는 마루로 올라 엉금엉금 기어서 방으로 들어갔다. 그리고 양말을 벗고 아랫목에 깔린 요 위에 말없이 드러누웠다.

매일 황 참봉은 자기의 몸에 뜸을 뜨고 나서는 딸에게도 뜸을 떠주고 있다. 그래서 연선이는 방에 들어오면 요 위에 말없이 드러눕는 게 습관처럼 되어 있는 것이다.

황 참봉은 반듯이 드러누운 연선이의 치맛자락을 살짝 무릎 위로 걷어 올렸다. 한쪽 다리는 제대로 발육을 해서 스물여섯 살의 처녀답게 살결이 제법 피둥피둥한데, 한쪽은 보기에 딱할 지경으로 가느다란 것이 고드러진 것처럼 시들시들했다.

먼저 황 참봉은 양쪽 무릎 아래의 족삼리 혈에 쑥을 한 개씩 세우고 함께 불을 붙였다. 연선이에게는 한 혈에 일곱 번씩 떠주고 있었다.

쑥이 다 타서 불이 살에 닿자 연선이는 조금 콧등을 찡그리며 눈을 감았다. 그러나 뜨거워서 괴로운 듯한 시늉이 아니라, 오히려 따끈하면서 시원하다는 그런 표정이었다.

족삼리를 뜨고 나서 다음은 발목 안쪽 복숭아뼈 밑의 태계(太溪)라는 자리를 또 양쪽 함께 일곱 번 떴다. 태계를 다 뜨자 연선이는 누운 채 양쪽 소매를 걷어 팔꿈치를 내놓았다. 팔꿈치 조금 위에 있는 곡지(曲池)라는 혈 차례였다.

곡지를 마치자 연선이는 일어나 제가 알아서 척척 저고리를 벗고 내의를 훌렁 걷어 올리고서 자리에 엎드렸다. 이번에는 등 위쪽에 있는 신주(身柱)와 허리 아래쪽에 있는 명문(命門)이라는 데를 위아래 한꺼번에 일곱 번씩 떴다. 그것으로 끝이었다.

황 참봉은 뜸통을 치웠고, 연선이는 일어나 앉아 저고리를 입었다. 그동안 한마디 말이 없던 황 참봉이 혼자 중얼거리듯 입을 열었다.

"느그 어메 뭐 하더노? 아침에 머리가 아프다 카더니."

"바느질 하다가 잡니더. 인제 괜찮은가 바예."

연선이는 그 목소리도 어딘지 모르게 앳되고 가냘프면서도 조금 비음이 섞인 듯 고왔다. 대답을 하고서 연선이는 엉금엉금 기어 마루로 나가 목발이 세워져 있는 곳으로 갔다.

황 참봉은 연선이의 기어가는 모습을 슬그머니 외면하고, 장죽에 담배를 담기 시작했다. 미간에 절로 주름이 접히며 그늘이 서리는 듯 표정이 어두웠다.

5

연선이는 황 참봉에게 있어서 말하자면 유일한 근심거리였다. 황 참봉에게는 아들이 셋, 딸이 둘, 자식이 모두 다섯이었다. 그 가운데 연선이가 막내인 셈인데, 연선이는 본처 소생이 아니라 서출이었다.

황 참봉이 소실을 얻은 것은 마흔 고개에 올라서서였다. 이웃 마을 소작의 딸이었는데, 그 집 바깥사람이 오래 병에 시달리다가 죽자 살림이 기울 대로 기울어 처지가 딱할 지경이어서 가엽게 여겨 논 여섯 마지기를 떼 주고 데려왔던 것이다. 말하자면 그쪽도 좋고 이쪽도 좋았던 셈이다. 열아홉 살 먹은 천실이라는 처녀였다. 미모라고까지는 할 수 없었지만, 보기에 수수하면서도 눈매 같은 데가 꽤 곱고 살결도 부드러운 큰애기였다. 간단히 머리도 얹어주었으니까, 황운갑으로서는 두 번째 장가를 든 셈이었다.

물론 본처인 성주댁의 동의하에 이루어진 일이었다. 동의라고는 하지만 가장의 권위와 압력에 못 이겨 도리 없이 고개를 끄덕인 데 불과했다. 그러니 새로 들어온 소실을 본실이 곱게 보아 줄 턱이 만무했다. 처음 일 년 남짓 동안은 사랑채에서 황운갑과 동거를 했는데, 성주댁은 새댁인 셈인 천실이를 마치 종처럼 부렸다.

남편이 다른 여자를 보아도 투기를 해서는 안 된다는 것이 옛 여자들이 명심해야 되는 일곱 가지 허물 가운데 하나였다. 성주댁 역시 그 칠거지악이 무엇이라는 것을 잘 아는 옛 여자였다. 그러나 갓 마흔을 지난 여자의 그 무르익은 몸속에서 절로 피어나는 파란 불꽃같은 질투의 기운을 억누를 길이 없었다. 밤으로 자기의 서방과 열아홉 살짜리 계집이 뜨겁게 뒤엉기는 사랑채 쪽의 광경을 공연히 자꾸 머리에 그리며 질투의 불길에 온몸을 벌겋게 태우기가 일쑤였고, 이리 뒤척 저리 뒤척, 으드득 이를 갈기도 하면서 새벽닭이 울 무렵까지 잠을 이루지 못하는 수도 흔했다. 그렇게 잠을 설친 이튿날은 그 앙갚음을 하듯 성주댁은 천실이에게 유난히 신경질을 부리며 매섭게 대했다.

시집살이가 맵다지만, 이건 시어머니도 아닌 본처에게, 다시 말하면 형님에게 그런 고초를 겪다니 천실이로서는 견딜 수 없는 설움이었다. 그러나 천실이는 잘 참아 나갔다.

태기가 있고부터는 성주댁의 미움이 한층 더 짙어졌고, 천실이는 견딜 수가 없을 지경이 되었다. 입덧이 유별나서 시키는 대로 집안 일을 고분고분 다 해낼 수가 없었고, 은근히 반발심도 머리를 쳐들기 시작해서 더러 말대꾸도 하기에 이르렀다. 그러면 성주댁은 입 덧을 핑계 삼아 일부러 일을 게을리 하면서 어디서 감히 말대꾸냐고, 아이 가진 게 무슨 유세냐고 마구 윽박질렀다. 누구는 아이를 안 낳은 줄 아느냐고, 아들 셋에 딸 하나, 넷이나 낳았다고 떵떵거리면서 말이다.

황운갑은 사랑채에 기거하면서 곧잘 밖으로 나도는 터였고, 또 그가 출타하고 없을 때 주로 성주댁이 천실이를 들볶았으며, 게다가 천실이가 제법 속이 깊은 여자여서 일체 그런 얘기를 입 밖에 비치질 않았지만, 그러나 한 번 두 번이 아닌 그런 집 안의 시끄러움을 황운갑이 눈치 채지 못할 턱이 없었다.

어느 날 저녁, 황운갑은 시무룩한 표정으로 돌아누워 있는 천실이에게 그 속을 떠보려는 듯이 입을 열었었다.

"집안일이 너무 고된 모양이제?"

"······."

"와 대답이 없노?"

"개안심더."

천실이는 들릴 듯 말 듯 말했다.

"알라(아이) 가진 몸이니 너무 함부로 놀리지 말고, 몸을 애끼도록 해. 입덧은 인제 좀 가라앉았나?"

"······."

"응?"

그러자 천실이는 대답 대신 그만 훌쩍훌쩍 나직이 흐느끼기 시작했다.

"우나? 아니 와카노?"

황운갑은 애기를 듣지 않아도 다 짐작이 가는 일이어서 기분이 무거웠다. 잠시 후, 천실이의 흐느낌이 멎자 바싹 다가들어,

"울기는…… 내가 있는데……."

지그시 뒤로 끌어안았다. 그러자 천실이가,

"우리 따로 나가 살림을 하도록 해예."

하면서 얼른 몸을 돌려 남편의 가슴 안으로 얼굴을 묻었다.

황운갑은 천실이의 부드러우면서도 탄력이 있는 몸뚱이를 슬슬 어루만질 뿐 뭐라고 대답이 나오지가 않았다.

"예? 딴살림을 해예."

"……."

"와 대답이 없지예? 안 그라믄 나 죽어 삐릴 끼라예."

"뭐라꼬?"

"호호호……."

"죽어 삐리다니…… 농담으로라도 그런 소리 하는 거 앙이라."

"농담이 아니라예. 정말 나 딴살림 하고 싶어예. 딴살림 채리 조예. 예? 예?"

황운갑은 애첩의 간절한 소망을 외면할 수가 없어서,

"음— 생각해 보지."

하고 말했다.

그래서 결국 천실이는 소원대로 딴살림을 차려 나가게 되었다. 마을 한쪽 호젓한 자리에 새로 아담한 초가삼간을 지어 나앉게 해 주었던 것이다.

그러나 그곳에서의 새살림 재미도 잠깐 동안일 뿐이었다. 몇 달 뒤에 천실이는 그 집에서 해산을 했는데, 어찌된 영문인지 그 아이가 태어나면서부터 시원찮았다.

제대로 달수를 다 채우고 나왔는데도 마치 두어 달 일찍 흘러나와 버린 아이처럼 시들시들했다. 태어나면 곧 울음을 터뜨리는데, 그 첫울음소리부터가 도무지 힘이 없고, 가랑가랑 넘어가는 듯 가냘프기만 했다.

자라는데 보니 제대로 뒤집지도 못했고, 기지도 못했으며, 물론 앉지도 못했다. 배냇병신이었다. 의원을 데려다가 온갖 약을 다 써 보았으나 별 효험이 없었다. 뇌성 소아마비였던 것이다.

어미인 천실이는 말할 것도 없고, 그 아비인 황운갑도 어처구니가 없고 기가 막혔다. 살다가 무슨 이런 엉뚱한 날벼락 같은 일이 다 있나 싶었다. 그 아이로 인해 두 사람 사이에 웃음이 싹 가셔 버린 것은 말할 것도 없다. 웃음이 가신 정도가 아니라, 한숨과 탄식, 때로는 저주와 욕설이 황운갑의 입에서 튀어 나왔고, 그럴 때마다 천실이는 서럽게 목 놓아 통곡을 하기 일쑤였다.

그런 끝에 마침내 황운갑의 입에서 어느 날 밤, 참으로 무서운 소리가 튀어 나오고 말았다.

"없애 삐려! 그러는 수밖에 달리 도리가 없어."

그 말에 천실이는 얼굴에서 핏기가 싹 가시는 듯 아찔한 현기증을 느꼈다. 황운갑은 꽤나 술에 취해 있었다.

"알겠나? 내 말 알아들었지?"

"……."

"몬 알아들었나? 와 가만히 있노, 응?"

천실이는 어이가 없어서,

"없애 삐리다니 뭘 우얀단 말잉교?"

하고 빤히 바라보았다.

"죽여 삐리라 그 말이다. 말도 몬 알아듣나?"

"내 참 기가 맥히서…… 술을 자셨다고 아무 말이나 함부로 캐도 되능교?"

"함부로 카다니, 누가 함부로 캐? 함부로 카는 기 앙이라, 정말로 카는 기라. 정말로…… 알겠나? 이런 병신을 키워서 뭐 우짠단 말이고? 안 그러나? 진작 없애 삐리는 기 순*(어떤 일을 해결하거나 처리하는 방법이나 도리)기라. 지도 편코, 우리도 좋고…….'

듣다못해 그만 천실이는 그 자리에 쓰러져 목 놓아 울음을 터뜨리고 말았다.

한 번 그런 일이 있고부터는 황운갑은 술이 취하면 으레 그 말을 꺼냈다. 어떤 때는 말을 들을 거냐, 안 들을 거냐 하고 마구 윽박질러서 다짐을 받으려고 들기도 했다. 그러다가 나중에는 술기운이 없는 맑은 정신으로 그 일을 마치 상의하듯 입 밖에 내기에 이르렀다.

술기운이 있을 때와는 달리 천실이는 그럴 때면 소름이 끼치도록 남편이 무섭고 싫었다. 그래서 한 번은 그만 단단히 마음을 먹고,

"정 없애고 싶거든 당신 손으로 없애이소. 내사 그런 짓 몬 하느마."

하고 잘라 버리듯 내뱉었다.

"뭐 내 손으로? 와 내 손으로 없애노. 니가 니 뱃속으로 낳았으니

까 니 손으로 없애야지, 안 그랬나?"

"……."

"그카지 말고 내가 시키는 대로 해. 어떻게 하는가 카면……."

황운갑은 아이를 이렇게 이렇게 숨을 끊어 가지고 이렇게 이렇게 감쪽같이 갖다 묻어 버리라고 눈을 번들거리며 그 방법까지 자세히 일러주는 것이었다. 천실이는 들은 척도 안 했고, 다시는 이렇다 저렇다 그에 대해 숫제 입을 열질 않았다.

어느 날 밤, 황운갑은 마침내 빈 밀가루 부대를 하나 가지고 와서 방바닥에 내던졌다. 그리고 명령을 하듯 내뱉었다.

"오늘 밤중으로 해치워! 알았지? 낼 아침에 내가 와 볼 끼니까."

술 냄새를 풍기며 황운갑은 잠시 천실이를 째려보듯 지켜보다가,

"알겠지?"

한 번 더 다지고는 쾅! 방문을 열고 나가 버렸다.

이튿날 아침, 황운갑이 조심조심 찾아와 방문을 열어보니 어찌 된 영문인지 아이는 부대 속에 아랫도리만 집어넣은 채 그대로 누워 아직 잠들어 있었다. 그리고 천만뜻밖에도 천실이는 벽의 대못에 목을 매어 축 늘어져 있는 것이 아닌가.

"으악—."

황운갑은 질겁을 하여 비명을 지르며 그만 뒤로 벌렁 넘어지고 말았다.

아이를 부대에 집어넣다가 차마 못할 짓이어서 그대로 두고 차라리 천실이는 자기 목숨을 끊고 만 게 틀림없었다.

천실이의 그런 죽음은 황운갑의 가슴에 깊은 상처로 남아 그 후

다시는 소실을 얻지 않았고, 두고두고 속죄를 하듯 연선이를 자기 손으로 키웠다. 이제 스물여섯 살, 앞으로 연선이를 어떻게 해서든지 짝을 맞추어 주는 일이 황 참봉의 큰 걱정거리로 남아 있었다.

6

"면장님, 제 잔 받으이소."

향심이가 눈매에 나긋한 염기(艶氣)를 띠며 술잔을 두 손으로 공손히 받쳐 들고 내밀었다.

"난 면장이 아니라니까 그러네. 부면장 앙이가, 부면장."

잔을 받으며 황두원은 그러나 기분이 나쁠 턱이 없어 히죽이 웃었다.

"부면장이나 면장이나 마찬가지 아닙니껴."

"부면장과 면장이 우째 마찬가지고. 택도 없는 소리 말어. 부면장은 면장보다 한 칭계 아랜 기라, 아래. 알기나 해? 허허허……."

"아이고 누가 그것도 모르까봐예. 좋심더, 부면장님요, 그럼 그 한 칭계를 얼른 올라서 삐리이소 와."

"모르는 소리, 한 칭계 아래가 편하고 좋은 기라. 면장 돼보래. 모든 책임을 다 져야제, 점잔빼야제…… 몬 해묵는 기라. 한 칭계 아래니까 까짓것 책임질 끼 있나, 뭐 어른 행세 할 끼 있나…… 내 맘대론 기라. 그런데 뭐 할라고 그 한 칭계를 올라선단 말이고, 안 그러나, 허허허……."

껄껄 웃고 나서 황두원은 향심이가 찰찰 넘도록 따라준 잔을 입으로 가져가 벌컥벌컥 들이켰다.

그러자 오금녀가 맞장구를 치듯 입을 열었다.

"맞심더, 술도 맘대로 자실 수 있고…… 면장 되면 야야, 대낮부터 너 같은 이쁜 색시하고 술을 마실 수가 있나…… 흐흐흐…… 안 그러싱교? 맞지예?"

"맞다, 맞어."

"이래서 우리 황 어른이 좋다니까."

오십 고개가 머지않은 오금녀는 이제 볼일 거의 다 본 얼굴에 그래도 여자랍시고 꽤나 농염한 웃음을 떠올리며 황두원의 한쪽 무릎을 살살 맷돌 갈 듯 어루만지기까지 했다.

대추나무집이었다. 회룡리에서 면소재지인 남구리로 가는 중간쯤에 있는 주막인데, 마당가에 오래된 대추나무가 두 그루 서 있어서 그렇게 이름 지어졌다. 주막 앞에서 길이 갈라져 읍으로 나가기도 했다. 말하자면 삼거리였다. 그래서 흔히 삼거리 주막, 혹은 삼거리 집이라고 부르기도 했다. 색시를 늘 한두 사람 두고 술을 팔고 있었다.

토요일 오후였다. 퇴근을 해서 집으로 돌아가는 길에 황두원은 자전거를 주막 앞에서 내렸던 것이다. 단골이기도 했지만, 새로 반반한 색시가 하나 왔다는 말을 들었기 때문이다.

황두원은 황 참봉의 큰아들인데, 부농의 맏아들답게 주색을 즐겼다. 한량이라고까지는 할 수 없을지 몰라도, 다분히 그런 성품의 호남아였다. 부면장이라는, 면내에서는 알아주는 공직에 몸담고 있기 때문에 그렇지, 만일 그런 감투나마 쓰고 있지 않다면 한량 노릇을 하고도 남을 사람이었다. 사십 중반을 넘어선 터인데도 머리를 올백으로 길게 넘겨서 늘 포마드까지 반질반질하게 바르고 다녔다. 곧잘 넥타이 대신 보타이를 매고 나서기도 했다. 그래서 멋쟁이 부면장이라는 좋은 별명으로 불리기도 했고, 기생오라비라는 듣기 거북한 별명으로 통하기도 했다. 술 좋아하고 여자 밝히는 사람이 다 좀 속이 없듯이, 황두원 역시 마음이 헐렁헐렁하고 후해서 비록 기생오라비라는 소리까지 듣기는 해도 남들에게 뒤에서 손가락질을 당하는 그런 일은 없었다. 대추나무집 주인인 오금녀가 어른 자를 붙여서 황 어른이라고 부르면서도 별 망설임 없이 아무 말이나 노닥거리며 마치 기둥서방 대하듯 하는 것도 다 황두원의 사람됨이 그만큼 후하고 너그럽기 때문이었다. 아무튼 시골 면에서는 좀 보기 드문 꽤나 남다른 사람이었다.

그런 점을 아버지인 황 참봉은 못마땅하게 생각하는 터였다. 농가의 맏이란, 더구나 문중의 종손이란 길게 뒤로 넘겨서 기름을 바른 그런 머리를 하고 있어서는 안 되며, 보타인가 나비넥타인가 하는 그런 얄궂은 것을 목에 매어서는 못 쓴다는 생각이었다. 남자가 젊은 시절에 술을 좀 마시고 여자도 좀 데리고 노는 것은 무방하지만, 너무 시속을 앞지르는 듯한 남다른 용모와 작태는 좋지 않으며, 더구나 부면장이라는 면내에서는 그래도 남들이 알아주는 감투를 쓰고 있는 터이니 어느 모로나 점잖아야 된다는 것이었다.

그래서 황 참봉은 속으로 저 녀석이 머리를 짧게 깎아 올리고, 보타인가 뭔가 하는 것을 매지 않게 된 연후에라야 가업을 물려주지, 그러기 전에는 절대로 자기 손아귀에서 집안의 재산 관리를 놓지 않으려고 마음먹고 있었다. 그놈의 기름 바른 긴 머리와 요망스런 넥타이는 어느 모로 봐도 가산을 축내면 축냈지 절대로 불리지는 못할 그런 조짐으로 눈에 비치기도 했던 것이다.

"부면장님, 정말 멋쟁이십니더."

눈언저리가 살짝 발그레 피어 오른 향심이가 황두원의 목에 붙어 있는 알록달록한 감색 무늬의 보타이가 꽤나 신기한 듯 눈여겨보며 말했다.

"멋쟁이시고말고."

오금녀가 맞받았다.

"내가 멋쟁이로 보이나? 허허허……."

술이 제법 거나해진 황두원은 필요 이상으로 껄껄 웃고 나서,

"오늘 첨 만난 향심이가 그카니까 기분이 썩 좋은걸. 어딜 보니 그런노?"

하면서 얼굴을 약간 향심이 쪽으로 내밀었다.

"온통 몸 전부가 그렇십더."

"몸 전부라니…… 아니, 내 몸 전부를 니가 봤나?"

"호호호…… 부면장님도…… 우선 겉으로 보기에 그렇다는 말이지예."

그러자 오금녀도 히힉 묘하게 한 번 웃고 나서 지껄였다.

"그래, 우선 겉으로만 보고, 나중에는 속까지 골고루 전부 잘 봐 디리야 된다, 알겠제? 잘 모셔야 해."

"물론이지예."

조금 수줍은 듯 향심이는 살짝 고개를 숙였다 들었다. 그리고 술을 한 모금 얼른 마셨다.

"흠—."

황두원은 천천히 고개를 끄덕였다. 그런 향심이가 어딘지 좀 아

직 때가 덜 묻은 구석이 남아 있어 보여 마음에 드는 것이었다.

"부면장님, 그거 나비네꾸다이라 카지예?"

향심이가 화제를 돌리려는 듯 불쑥 말했다.

"그래. 보타이가 정식 이름이고⋯⋯."

"좋다니까예. 정말 멋집니더. 어떤노?"

오금녀가,

"니 저런 네꼬다이 첨 보나?"

하고 물었다.

"아니라예. 더러 봤심더. 활동사진에서는 많이 보고예."

"맞다. 활동사진에 많이 나오지, 저런 네꼬다이 맨 사람⋯⋯ 그카니까 우리 황 어른 꼭 활동사진에 나오는 양반 같대이. 안 그렇나?"

"맞심더. 꼭 배우 같심더."

"하하하⋯⋯."

"호호호⋯⋯."

배우 같다는 말에 황두원은 좀 멋쩍은 듯 보타이를 한 번 만지작거렸다.

그리고,

"어험―."

허리를 쭉 세우며,

"내가 배우 노릇 하면 몬 할 줄 아나? 까짓것 지금이라도 배우로 나서기로 작정만 하면 일류가 되고도 남지. 암, 남고말고."

하고는, 마치 배우가 기생집에서 술잔을 들어 올리듯 점잖게 멋 부리는 시늉을 하며 잔을 입으로 가져갔다.

"우야꼬, 똑 배우 같대이."

"맞아예, 똑 그렇심더."

"정말 일류배우 뺨치고도 남겠는데예."

"허허허……."

황두원은 기분이 매우 괜찮은 듯 코를 위로 쳐들며 걸걸하게 웃었다.

그렇게 시답지 않은 소리를 노닥거리고 히죽헤죽 웃어가며 주거니 받거니 마셔대다가 으레 그렇듯 나중에는 노래판이 되었다. 대추나무집에 새로 온 향심이의 노래 실력을 선보이는 자리이기도 한 셈이었다. 썩 잘 부르는 노래는 못 되었으나, 그런대로 부드럽고 매끄럽게, 때로는 제법 간드러지게 넘어가는 그런 목소리였다. 타고난 소질이 있다기보다는 수없이 부르고 또 불러서 억지로 다듬어진 실력이라고 하는 편이 옳을 것 같았다. 노래보다 오히려 경쾌하고 멋들어지게 두들겨 대는 젓가락 장단이 더 그럴듯했다. 그녀의 노래하는 가락과 젓가락 장단과 그리고 그 표정이나 몸짓으로 보아서 결코 풋내기가 아니라는 것을 대뜸 알 수 있었다. 오히려 그 이력이 만만치 않아 보였다. 어딘지 모르게 때가 덜 묻은 것 같은 구석이 엿보이면서도 한편 푹 젖어서 무르익은 그런 여자 같았다. 어쩌면 그런 점이 향심이의 매력인지도 몰랐다.

"조오타! 잘 부르는데……."

황두원이 불그레해진 두 눈에 번질번질한 미소를 떠올리며 칭찬을 하자, 오금녀는 합격이라는 판정이 내리기라도 한 것처럼 좋아하며,

"야야, 한 자리 더 불러 드리라."

하고 일렀다.

향심이 역시 노래 실력을 인정받아 기쁜 듯 그러나 조금 망설이더니 다시 노래를 뽑았다. 그렇게 내리 세 곡을 부르고 나서야 오금녀도 한 곡조 뽑았고, 황두원도 불렀다. 오금녀는 약간 목이 쉰 듯한 음성이었으나 그런대로 들을 만했고, 황두원은 굵고 낮으면서도 유창하게 넘어가는, 보통 넘는 실력이었다.

"우야꼬, 노래도 잘 부르시네예."

향심이가 박수를 짝짝 쳤고, 오금녀도,

"잘 부르시고말고, 뭐 몬 하시는 기 없지. 자, 재청이야—."

하면서 손뼉을 쳤다.

"한 곡조 더 뽑아 봐? 그래, 좋지. 이번엔 뭘 부를까……."

잔을 들어 술로 목을 한 번 축이고 나서 황두원은 지그시 눈을 감았다 뜨며 부드럽게 목청을 뽑아냈다. 향심이와 오금녀는 젓가락 장단을 한결 신나게 치기 시작했다.

그렇게 유행가판이 무르익고 있을 때 바깥 행길*('한길'의 방언)에 가위 소리가 일어났다. 찰칵찰칵 찰칵찰칵…… 엿장수였다. 물론 칠성이었다. 오늘은 여느 날보다 재수가 좋은지 좀 일찍 엿이 거의 동이 나서 벌써 돌아오는 길이었다.

주막 앞에 이르자 유행가 뽑는 소리와 젓가락 장단 소리가 구성지게 흘러나와서 칠성이는 코를 실룩실룩하고 웃으며 걸음을 멈추었다. 그리고 자기도 냅다 가위로 가락을 맞추듯 치기 시작했다.

찰각찰각 찰그락, 찰그락찰그락 찰각…… 찰그락 착 찰그락 착, 착 착 찰그락…….

"얼씨구 좋구나—."

어깨를 우쭐거리기도 하다가 칠성이는 마당으로 슬금슬금 들어서며 소리를 질렀다.

"엿 사이소— 엿! 엿 안 사능게? 떨이구마, 떨이. 몽땅 그저 싸구 려로 디리 삐릴 끼구마. 예? 엿 안 사능겨? 화하고 쫄깃쫄깃한 박하엿이구마."

방문이 열리고, 오금녀가 내다보았다.

"술 마시는데 무신 엿은……."

"사이소 와. 떨이구마 떨이, 몽땅 헐케 디리꾸마."

"엿으로 안주하는 거 봤나? 안 산다, 안 사."

"사라니까요. 쪼매라도 팔아 주이소."

"억지를 대나…… 안 산다니까 그러네."

오금녀가 조금 짜증을 내자,

"칠성이가? 오늘은 일찍 돌아오는구나."

황두원이 목을 길게 뽑아 밖을 내다보았다.

"아이고, 큰형님이싱교."

황두원을 보자 칠성이는 흠칫 놀라며 얼른 꾸벅 인사를 했다.

엿장수가 부면장을 보고 큰형님이라고 부르자 향심이는 어떻게 된 영문인가 싶어 조금 어리둥절한 표정을 지었다.

"큰형님요, 쪼매 남았심더. 떨입니다. 안 팔아 주실랑교? 헤 헤……."

그러면서 칠성이는 엿판을 마루 끝에 내렸다.

"이눔아야, 형님한테 엿을 팔라 카나? 돈을 받고?"

"헤헤헤……."

"몽땅 그저 도고. 누가 형님한테 돈을 받더노. 안 그런나?"

"헤헤헤……."

"안 줄 끼가?"

"안 됩니더."

"허허…… 그눔아 참 승악하네."

그러자 오금녀가 끼어들었다.

"뭐 저런 동생을 다 두셨능교."

"글쎄 말이네."

"형님 때리 챠 버리소구마."

"그럴까…….'

"칠성아. 형님 때리 챠 삐리신다는데 그래도 안 디릴 끼가?"

"그냥은 안 됩니더, 돈 안 받고 엿을 공짜로 주는 사람이 어딨십니꼬."

칠성이는 고지식하게 말했다. 구푼이다웠다.

향심이는 무엇이 어떻게 돌아가는지 도무지 아리송하기만 한 모양이었다.

"그래, 좋다. 몽땅 얼마고? 내가 떨이 해주지."

하면서 황두원은 지갑을 꺼냈다.

그렇게 해서 조금 남은 엿을 몽땅 팔아버린 칠성이는 얼씨구나, 오늘은 정말 재수 좋다 싶으며 빈 엿판을 지고 이제 필요 없는 가위 소리를 그래도 찰그락 찰그락 울리면서 마당을 걸어 나갔다.

"부면장님, 정말 동생입니꼬?"

향심이가 이상하다는 듯이 물었다.

"동생은 무신 동생…….'

오금녀가 얼른 대답했다.

"그런데 와 큰형님이라고 부르지예? 엿장시*(엿장수)가 감히 부면장님을 보고……."

"우리 집에서 키운 녀석 앙이가?"

황두원이 불쑥 말했다.

"우째된 일인고 하면……."

오금녀가 칠성이에 대한 얘기를 향심이에게 대충 들려주었다. 대추나무집 주인이 되어 술장사를 한 지도 벌써 십여 년이 되는 터이라 오금녀도 칠성이에 관한 사연을 들어서 잘 알고 있었다.

향심이는 처음에는 재미있는 무슨 옛날이야기라도 듣는 듯한 표정이더니, 칠성이가 엿장수로 나서는 대목부터는 바짝 호기심이 동하는 듯 눈이 반질거리기 시작했고, 나중에는 그만 꿀꺽 침을 한 덩어리 삼키기까지 했다.

"그래서 작년에 일곱 마지기의 논을 장만했다지 뭐꼬. 지주가 된 기라, 지주."

"우야꼬. 정말입니꾜?"

"정말이고말고, 그래서 사람들이 엿쟁이 지주라 안 카나."

참으로 놀라운 얘기라도 들은 듯 향심이는 가만히 무슨 생각에 잠기는 것 같더니 불쑥,

"장개는 들었능가예?"

하고 물었다.

"아직 홀애비 앙이가. 논 스무 마지길 장만할 때까지는 장개 안 간다지 뭐꼬."

"그래예?"

황두원이 씩 웃으며 입을 열었다.

"와? 니가 생각 있나?"

"아이고 아닙니더. 벨말쏨을 다……."

향심이는 마치 부끄러운 속마음이라도 들통이 난 것처럼 약간 얼굴까지 붉히며 고개를 내저었다.

"와? 한 번 이력서를 내밀어 보지 그러나."

"싫심더."

"엿장시라고?"

"내밀 만한 이력서도 없고예."

"내가 보기에는 우짜면 천생연분인 것도 같은데…… 한 번 뎀비 보라니까. 그래서 잘 되면 내 제수되는 셈 앙이가, 허허허……."

"아이고, 부면장님도 참…… 너무 사람이 좋으십니더. 동생이라 니, 아무리 한 집에서 컸다지만 어림도 없는 소립니더."

"사람 차별하면 못 쓰는 기라. 지가 어릴 때부터 형님 형님 카는 데 그카지 마라 카나 뭐라 카노. 안 그런나?"

그러자 오금녀가 얼른 받아 말했다.

"야야, 우리 황 어른 보살님 같은 분이시다. 아나? 니 앞으로 정말 잘 모시야 된대이."

"그럼예, 염려 마시이소."

오금녀는 칠성이에 대해 문득 또 생각이 난 듯,

"요새도 금가락지를 사 모으고 있는지 모르겠심더."

하고 황두원을 바라보았다.

"사 모을걸. 전에는 주머니에 넣어서 사타구니에 차고 댕겼지만, 요새는 반닫이 속에 모은다 카지 아매."

"금을 사 모으는 것은 잘하는 일이라예, 그지예? 칠성이를 모두 팔푼이니 구푼이니 카지만, 내가 보기에는 여간 영리한 기 아닙니더. 돈으로 모아 보이소. 값어치가 자꾸 떨어져서 논이고 뭐고 살 수 있능강. 안 그런교?"

"응, 맞어."

가만히 듣고 있던 향심이가 또 눈에 반짝 생기를 띠었다.

"그럼 그 집 반닫이 속에는 금가락지가 수북하겠네예?"

"하하하…… 와? 입맛이 댕기나?"

"아닙니더. 그래서 카는 기 앙이라……."

황두원이 씩 웃었다.

"뭐가 아니라, 그카지 말고 한 번 뎀비 보라니까 그러네. 칠성이 각시가 되면 금가락지를 원 없이 낄 끼다. 허허허……."

"손가락에도 끼고, 발가락에도 낄지 모르지, 흐흐흐……."

오금녀도 재미있다는 듯이 웃었다.

향심이 역시 쑥스러우면서도 절로 웃음이 나오려 해서 얼른 아랫니로 윗입술을 당겨 물며 살짝 고개를 떨구었다.

7

향심이의 본 이름은 분심이었다. 술집에 처음으로 나오게 되었을 때 주인여자가 분심이는 촌티가 나는 이름이니, 마음 심 자는 살리고 대신 향기 향 자를 붙여 향심이라고 부르라 해서 "예, 그러지예." 해버렸던 것이다. 향기로운 마음이니 얼마나 좋으냐고, 얼굴도 반반하니 썩 어울리는 이름이라면서 그 이름을 쓰면 돈도 많이 벌 것이라고 했었다.

그러나 술상머리에 앉은 지 어느덧 사 년이고, 주인집을 다섯 군데나 옮겨 다녔지만 아직 옷 보따리 하나가 전 재산이었다. 나이는 벌써 서른을 바라보고 있었다.

　한 번 살림을 한 일이 있었다. 술집에 나오기 전이었다. 원래 구차한 집 안에 태어난 것은 아니었다. 넉넉하지는 못하지만 그런대로 먹고살 만한 집이었는데, 어머니가 세상을 뜨고 계모 밑에 놓이게 되자 그 눈총을 못 이겨 제 발로 집을 걸어 나왔던 것이다. 처음에는 남의 집 식모로 전전하다가 어떤 남자와 눈이 맞아 살림을 차렸었다. 그러나 그게 처자가 있는 남자여서 결국 본처의 등쌀에 못 이겨 보따리를 싸고 말았던 것이다. 여자가 혼자 떠돌다가 낙착되는 곳이란 십중팔구 화류계이기 마련이다. 그녀도 별수 없이 그 길로 떨어지지 않을 수 없었다.

　술집을 전전하면서도 그녀는 적당한 남자가 나타나면 같이 살림을 하는 게 소원이었다. 비록 화류계에 굴러 떨어지긴 했지만, 말하자면 여자로서의 꿈은 아직 버리지 않은 셈이었다. 그러나 첫 살림에 곤욕을 치렀던 터이라 본처가 있는 남자와는 다시는 솥단지를 걸지 않기로 작심을 하고 있었다. 총각이면 말할 나위 없고, 홀아비도 물론 좋다고 생각하고 있었으나, 그런 마땅한 상대가 좀처럼 나타나질 않았다. 비록 자기는 술을 따르는 여자이지만 그렇다고 아무한테나 신세를 내맡기고 따라 나설 수는 없는 노릇이었다. 우선 사람이 조금이나마 마음에 들어야 하고, 어느 정도 사는 형편도 막막하지 않아서 앞이 보여야 할 게 아니겠는가. 그러다 보니 아직껏 마땅한 상대를 만나지 못하고 있는 터였다.

　칠성이에 관한 이야기를 들은 뒤로 향심이는 왠지 자꾸 마음이 술렁이었다. 어쩌면 이게 바로 자기 앞에 굴러온 호박이 아닌가 하는 생각이 들었다. 읍내의 술집에 있다가 이곳 대추나무집으로 올 때 이상스럽게 선뜻 마음이 내키었었다. 읍에서 면의 주막으로 옮긴다는 것은 말하자면 아래로 미끄러진다는 것과 다름이 없는 일인데도 까닭 없이 한 번 그곳으로 가보고 싶은 생각이 들었었다. 어쩌면 그게 다 이런 기회를 만나기 위해서였던 게 아닌가 싶기도 했다.

그리고 부면장이 비록 취중이기는 했으나, 천생연분이라는 말까지 들먹이며 한 번 덤벼보라고 권한 일도 머리에서 떠나지가 않았다. 물론 농담으로 한 말이었겠지만, 그래도 어느 정도 두 사람이 어울리니까 그런 말이 입에서 나온 게 아니겠는가. 농담 반 진담 반이라고 볼 수 있었다.

비록 엿장수이기는 하지만 벌써 논을 일곱 마지기나 장만해서 남을 주어 지주 노릇을 하고 있다니, 그리고 기어이 스무 마지기를 채우기 위해 지독한 구두쇠 노릇을 하고 있다니, 참으로 놀랍고 마음 든든한 사내가 아닐 수 없었다. 그 사내만 콱 붙들어 버리면 앞날이 훤하게 트일 것만 같았다. 생각할수록 향심이는 마음이 설레었다. 그런 말하자면 횡재 덩어리를 눈앞에 두고서 가만히 보고만 있다니 될 말이 아니었다. 혹시나 다른 여자가 선수를 쳐서 그쪽으로 넘어가 버리면 그런 억울한 일이 어디 있겠는가 말이다. 사람이 좀 모자라서 팔푼이니 구푼이니 한다지만 그게 무슨 상관인가. 사람 멀쩡해 가지고 돈도 못 벌고 건들거리는 것보다는 백배 더 낫다 싶었다. 금을 사 모으고 있다니, 주인아줌마의 말마따나 모자라는 것이 아니라, 오히려 영리하다는 말이 옳을 것 같았다.

'놓쳐서는 안 되지, 안 되고말고.'

마침내 향심이는 속으로 굳게 다지며 자그시 이를 물었다.

결심을 하자, 향심이는 우선 칠성이의 얼굴부터 똑똑하게 봐야 겠다 싶었다. 한 번 보기는 했지만, 그때는 그저 대수롭잖게 여겼던 터이라 건성으로 보았던 것이다. 도대체 어떻게 생긴 사람이길래 그처럼 결심이 단단하고 또 악착같은지, 그 얼굴 생김새에 먼저 호기심이 안 갈 수가 없었다.

기다리면 잘 오지 않는 법이다. 칠성이는 아침 일찍 읍으로 나가 도가에서 엿을 떼어서 먼저 읍내를 누비며 팔고, 이 마을 저 마을을 돌아서 집으로 향하는데, 귀로가 일정하지 않았다. 큰길로 해서 대추나무집 앞을 지나 회룡리로 꺾어지는 수도 있지만, 다른 들길로 해서 귀가할 때가 많았다. 어느 마을을 맨 마지막에 들르느냐에 따라 그 귀로가 달랐다. 말하자면 엿장수 마음 내키는 대로였다.

향심이는 해거름이 되면 주막 밖 행길에 가위 소리가 나기를 기다렸다. 방 안에서 술을 따르면서도 한쪽 귀는 노상 바깥쪽에 두고 있는 셈이었다. 그리고 그녀는 해가 지고 어둠이 짙게 깔리기까지는 술 마시는 것을 삼가 했다. 손님이 굳이 권해도 이 핑계 저 핑계로 살짝 입술에만 대고 눈치껏 상 밑의 빈 그릇에 비워 버리곤 했다. 술기가 있는 얼굴로 칠성이를 대해서는 안 된다는 생각에서였다.

그렇게 기다린 끝에 마침내 어느 날 해질 무렵, 향심이는 귀가 번쩍했다. 찰각찰각 찰그락찰그락…… 가위 소리가 들렸던 것이다. 그때는 마침 손님이 없어서 마루에 앉아 얼굴에 토닥토닥 분을 바르고 있었다.

향심이는 얼른 일어나 마루를 내려서려다가 몸을 돌려 방으로 들어가 옷 보따리 속에서 돈 몇 푼을 꺼냈다. 그리고 후닥닥 뛰어나갔다. 무슨 화급한 볼일이라도 생긴 사람 같았다.

가위를 찰각거리며 주막 앞으로 다가오고 있는 칠성이를 향심이는 사립 밖에 다소곳이 서서 기다리다가,

"엿 좀 주이소."

나긋한 목소리를 던졌다.

"예, 예."

칠성이는 좋아서 벌쭉 웃으며 엿판을 그녀 앞 길가에 내렸다.

"얼매너치나 디리까요?"

향심이는 말없이 눈웃음을 치며 돈 쥔 손을 펴 내밀었다.

"아이고, 흐흐흐…… 엿을 억씨기 좋아하는 모양이네요. 참 맛 좋구마. 다른 엿하고 다르구마."

그녀의 손바닥에 놓인 돈이 생각보다 많았던지, 칠성이는 좋아서 약간 눈이 휘둥그레지며 먼저 얼른 그 돈을 집어 전대에다 넣었다. 그리고 가위의 손잡이 쪽으로 끌 같은 쇠붙이를 탁탁 쳐서 엿을 좀 길게 한 도막 떼 냈다. 향심이는 엿보다도 칠성이의 얼굴 쪽에 관심이 있어서 이모저모 눈여겨 뜯어보았다.

한마디로 원숭이 상이었다. 향심이가 뭐 관상 같은 것을 볼 줄 아는 것은 아니었지만, 얼른 보기에 어쩐지 그렇게 느껴졌다. 전체적으로 크고 훤히 퍼진 얼굴이라기보다 작고 안으로 좁혀드는 듯한 상이었다. 이마도 좁았고, 눈도 작은 편인데 약간 꺼져 들어갔으며, 코도 살짝 하늘로 쳐들려 있었다. 입도 크지 않았고, 입술도 두터운 편이 못 되었다. 턱은 좀 긴데 살짝 앞으로 내밀어서 약간

합죽한 듯한 인상이었다. 그 턱 끝이 묘하게 두 개로 갈라진 것처럼 보였다. 양쪽 귀 역시 크지는 않은데, 오목하게 안으로 부드럽게 오므라져 있었다. 어느 구석에도 복덩어리가 깃들어 있는 것 같지는 않았다. 그러면서도 어쩐지 썰렁한 빈상으로는 보이지가 않고, 꽉 빈틈없이 짜여져 있는 듯한 느낌이었다. 키도 작은 축이었다.

말하자면 혼자서 남자의 선을 본 셈인 향심이는 그저 그렇구나 싶었다. 사내로서 썩 끌어당기는 그런 구석이 있는 것도 아니고, 얼굴이 잘생긴 것도 아니며, 그렇다고 키가 훤칠한 것도 아니니 말이다. 부자가 될 상 같지도 않으니, 장차 아마도 자기 말마따나 스무 마지기 정도의 논은 아등바등 장만해서 꽉 거머쥐고 알뜰하게 살아갈 것 같기는 했다. 그러나 향심이는 그만만 해도 어디냐 싶었다. 벌써 일곱 마지기를 장만해서 남을 준 지주라고 하니, 자기에게는 과분하면 과분했지 조금도 허술히 여길 그런 게 아니라 싶었다. 더구나 총각이 아닌가 말이다. 그러니까 겉모습은 별로 마음에 차지 않았으나, 앞날을 보아서 결코 놓쳐서는 안 될 사내라는 생각을 향심이는 다시 한 번 굳힌 셈이었다.

칠성이가 건네주는 엿을 받아들며,

"성이 마 씨라지예?"

하고 향심이는 눈매에 필요 이상 나긋하고 화사한 미소를 떠올렸다.

"내 성을 우째 아능게?"

"다 알 수 있지예. 이름은 칠성 씨고예."

"호호…… 이름도 아네."

"그리고 지주라면서예?"

"호호호 호호호……."

칠성이는 그녀의 입에서 지주라는 말이 나오자 무척 기분이 좋은 듯 코를 씩 쳐들며 웃어댔다.

"나는 향심이라고 해예. 본 이름은 분심이라예. 집에서는 분심이라고 불러예."

향심이는 일부러 순진한 척 조금 수줍은 듯이 지껄였다. 그리고 엿을 한 입 베어 오물오물 씹으면서,

"우야꼬! 참 맛좋대이. 화하다. 박하엿인강?"

꽤나 호들갑을 떨었다. 칠성이가 엿판을 짊어지고 일어서자,

"내일 또 오시이소, 잉?"

담뿍 애교를 담은 눈으로 바라보았다.

"예, 그러지요. 내일도 많이 팔아 주이소, 잉?"

"호호호…… 그럼예. 기다릴께예, 꼭 오이세이."

"오고말고요."

칠성이는 기분이 좋아 가위를 유난스레 찰그락거리며 회룡리 쪽으로 길을 꺾어 돌았다.

한참 가다가 칠성이는 힐끗 한 번 뒤를 돌아보았다. 그때까지 향심이는 그 자리에 가만히 서서 엿을 씹으며 그의 뒷모습을 바라보고 있었다.

이튿날도 칠성이는 왔고, 다음 날도 그다음 날도 찾아왔다. 향심이를 찾아왔다기보다는 그녀에게 엿을 팔기 위해서 들른 것이지만, 어쨌든 향심이는 일차적인 성공은 거둔 셈이었다. 매일 자기에게 찾아오도록 그의 걸음을 콱 붙잡은 셈이니 말이다. 아직은 엿장수와 엿을 사는 사람의 관계에 지나지 않았지만, 그러나 거듭 만날

수록 서로 낯도 더 익고, 조금씩 남다른 정도 싹트는 듯했다. 그런 정을 칠성이로부터 끄집어내려고 향심이는 제 딴은 온갖 요술을 다 부리고 있었다. 처음부터 너무 아양을 떨어 야하게 나가면 술집의 요염한 갈보로 치부될까 두려워서 순진한 척 소박한 척, 그러면서도 매력이 넘치도록 살짝살짝 미태를 곁들여가며 접근했다. 말하자면 그동안 굴러다니며 갈고 닦은 실력을 십분 발휘하여 능란하게 칠성이를 구워삶아가는 셈이었다.

악착같은 구두쇠인 칠성이도 그런 향심이 앞에 조금씩 마음이 흔들리지 않을 수 없었다. 지금까지 어느 누구에게도 느껴보지 못했던 야릇한 감정이 꿈틀꿈틀 고개를 쳐들고 일어나는 것이었다.

하루는 향심이가 엿을 사고 나서 슬쩍 그의 마음을 한 번 떠보려고 장난처럼 말했다.

"매일 엿을 팔아주는데, 개평 쪼매만 안 줄랑교?"

"개평을요?"

"예."

칠성이는 잠시 심각한 표정이 되더니 그만,

"헤헤헤……."

웃어 버렸다. 그 웃음이 준다는 뜻인지 안 된다는 뜻인지 얼른 알 수가 없어서 향심이는,

"주능교, 안 주능교?"

담뿍 애교를 담은 눈으로 빤히 바라보았다.

"헤헤헤……."

"예? 와 자꾸 웃기만 하능교?"

좀 망설이다가 칠성이는 불쑥 대답했다.

"개평은 안 되느마."

"우야꼬! 억씨기 숭악대이. 매일 이렇게 엿을 팔아 주는데, 개평 쪼매 달라니까 안 된다 카네."

그러나 향심이는 조금도 섭섭한 기색이 없이 오히려 나긋나긋한 미소를 띠며,

"정말 안 줄 낑교?"

살짝 눈을 흘겼다. 그 흘긴 눈에 깜찍하도록 요염한 빛이 반짝였다. 칠성이는 그만 그 요염한 눈빛 앞에 허물어지듯 말했다.

"주께요. 쪼매만……."

그리고 몹시 아쉬운 듯,

"헤 참 헤 참……."

하면서 연장을 조심스레 살짝살짝 쳐서 엿을 엷고 짧게 한 도막 떼 냈다. 말하자면 엿장수 칠성이가 남에게 준 최초의 개평이었다.

칠성이에게서 개평을 뜯어냈다는 것은 곧 그의 마음 한 모서리를 허물어낸 것과 마찬가지여서 향심이는 몹시 기뻤다. 얘기를 들으니 이만저만한 구두쇠가 아닌 모양인데, 그런 구두쇠가 개평을 줄 때는 이미 자기에게 마음이 기우뚱 기울어졌다는 것을 말해 주는 게 아니겠는가 말이다.

'별수 없지, 별수 없어, 사내란 다 여자의 알랑방귀 앞에서는 별수 없다니까.'

향심이는 회심의 미소를 지었다. 그리고 다음 수작을 궁리해 보았다.

그런데 어찌된 영문인지, 개평을 준 뒤로 사흘 동안이나 칠성이가 찾아오질 않았다. 무슨 일인가 하고 향심이는 슬그머니 걱정이

되기까지 했다. 혹시 어디 몸이라도 아파서 드러누워 있는 게 아닌가 싶었다. 하루 이틀 더 기다려보고 소식이 없으면 그의 집으로 한 번 찾아가 볼거나…… 하고 있는데, 나흘 만에 칠성이가 모습을 나타냈다.

"아이고 사흘 동안이나 와 안 찾아왔능교? 엿이 묵고 싶어서 죽을 뻔했구마. 무슨 일이 있었능교?"

향심이는 약간 원망스러운 듯이, 그러면서도 호들갑스럽게 반가운 표정을 지었다.

"아니요."

"그럼 어디 몸이라도 아팠능교?"

"아니요."

"그럼예?"

"히히히……."

"말해 보이소."

"히히히……."

칠성이는 묘하게 히들히들 자꾸 웃기만 했다.

"얄궂대이, 와 자꾸 웃기만 하능교?"

향심이는 살짝 눈을 흘겨주었다. 그리고 돈을 내밀었다.

돈을 받아 전대 속에 넣고, 엿을 떼어 주고 나서 칠성이는 불쑥 말했다.

"인제 개평 달라 카지 마세이."

"호호호……."

향심이는 웃음이 나오지 않을 수 없었다.

"개평 주면 남는 기 없구마."

"호호호…… 그래서 안 왔능교? 사흘 동안…… 또 개평 달라칼까봐."

"히히히……."

"아이구 얄궂어라. 참 숭악대이."

그러자 칠성이의 표정이 그만 뚝뚝하게 굳어져 버리는 것이 아닌가. 향심이는 약간 당황했다.

"아닙니더. 그래야지예. 맞심더, 장사가 개평을 자꾸 줘서는 남는 기 없고말고예."

"……."

"개평을 달라 카는 사람이 야마리*('얌치'를 속되게 이르는 말)가 까졌지. 인제부터 절대로 개평 달라 안 칼 끼니까 매일 오이세이, 잉?"

"예, <u>호호호</u>……."

이제 마음이 놓이는 듯 칠성이는 가볍게 엿판을 지고 일어섰다.

회룡리 쪽으로 멀어져 가는 칠성이의 뒷모습을 바라보며 향심이는 과연 좀 모자라기는 모자라는구나, 구푼이 소리를 듣겠구나 싶었다. 그러나 그런 점이 조금도 못마땅하게 여겨지지가 않고 오히려 마음 든든하게 생각되었다.

8

뻐꾸기 우는 소리가 들려오고 있었다. 회룡산 기슭에서였다.

뻐꾹 뻐꾹 뻐뻐꾹 뻐뻐꾹…….

산허리를 타고 은은한 메아리를 이루며 흘러오는 뻐꾸기 소리에 칠성이는 걸음을 멈추었다. 냇물 가에서였다. 뉘엿뉘엿 해가 저물어가고 있었다.

올해 들어 뻐꾸기 우는 소리가 처음이어서 칠성이는 조금 신기하고 반갑기도 했다. 잠시 회룡산 쪽을 가만히 바라보며 귀를 기울이다가,

"인제 돌아온 모양이제. 어디 가 있었능공⋯⋯."

중얼거리면서 물가의 자갈밭에 엿판을 내렸다.

냇물에 징검다리가 놓여 있었다. 그러니까 삼거리 대추나무집을 지나 회룡리로 들어서는 큰길이 아니라, 지름길인 셈인 들길을 걸어온 것이었다. 큰길 쪽에는 다리가 놓여 있었다.

칠성이는 냇물에 세수를 하고 발도 씻었다. 아직 물이 좀 찬 편이었다. 그러나 피로가 한결 풀리는 느낌이었다.

찰랑찰랑 흘러와 징검돌들을 쫄쫄쫄 휘감으며 흘러내리는 맑은 냇물에는 붕어와 송사리들이 떼를 지어 몰려다녔다. 고기 떼가 눈에 띄면 칠성이의 목구멍에서는 언제나 군침이 꿀컥거렸다.

"햐―, 저누무 것들을 몽땅 잡아 회쳐서 와작와작 씹어 묵었으면⋯⋯."

지금도 한 떼의 고기들이 물살을 타고 흘러가자 칠성이는 절로 탄성이 나오며 굵은 군침이 한 덩어리 꿀컥 목구멍을 넘어갔다.

용수천이었다. 물론 회룡리 앞을 흐르는 냇물인데, 회룡산 줄기의 먼 안쪽에서 발원을 하고 있었다. 그 발원을 한 골짜기가 마침 휘감을 듯이 기다랗게 도사리고 있는 용의 사타구니에 해당이 되어 마을 사람들이 용이 눈 오줌이라고 해서 냇물 이름을 그렇게 지었다.

회룡리 앞 그 용수천에는 칠성이의 어린 시절의 추억이 깃들어 있었다. 비단 칠성이뿐 아니라 마을 사람들 누구에게나, 특히 남자들에게는 다 해당되는 얘기지만 말이다.

칠성이는 어린 시절 꽤나 개구쟁이였다. 조금 모자라는 듯하면서 고집이 이만저만이 아니었다. 그의 고집은 주로 자기 것, 그중에서도 먹는 것에 대해서 나타나곤 했다. 가령 누룽지 같은 것을 한 뭉텅이 얻었을 경우 절대로 남에게 나누어 주는 법이 없었다. 군침을 흘리며 나누어 달라고, 친구가 손을 내밀어도 먹고 있던 누룽지를 얼른 뒤로 감추거나 아니면 휙 돌아서 버리기 일쑤였다. 그래서 더러는 나이가 위인 아이에게 얻어맞기도 했다. 얻어맞아도 끝내 악을 쓰며 누룽지를 지키거나, 도저히 못 견뎌 빼앗길 지경에 이르면 냅다 흙에 짓뭉개 버리기라도 했다. 그렇게도 못할 경우에는 멀리 던져버리기라도 해야 직성이 풀렸다.

먹는 것에 대한 그런 칠성이의 지독한 고집을 누구보다도 싫어한 것은 문기였다. 문기는 황 참봉의 셋째아들이다. 일제 때 경성에서 전문학교를 나와 읍내의 중학교에서 지금도 교편을 잡고 있는데, 칠성이보다 나이가 대여섯 살 위였다. 그러니까 마을에 버려진 칠성이를 황 참봉 집에서 거두어 기르게 된 게 서너 살 때의 일이었으니 그때 문기는 벌써 팔구 세 되어 보통학교에 입학해 있었다. 나이 차는 꽤 되었지만, 자라면서 칠성이는 문기를 작은형 작은형하면서 따랐다. 맨 위의 두원에게는 큰형님이라고 했고, 둘째인 두중에게는 중간형님이라고 했다. 큰형님과 중간형님은 나이 차이가 심해서 따르기도 어렵고, 또 잘 상대도 해 주지 않았지만, 작은형인 문기는 곧잘 칠성이를 데리고 놀아 주었다.

문기는 공부를 잘하고, 꽤나 암띤 성격으로 얼굴도 계집아이처럼 곱살한 데가 있었다. 한마디로 얌전한 소년이었다. 그러나 간혹 가다가 파르르 새파랗게 화를 내는 그런 신경질도 없지가 않았고, 짓궂을 정도로 남을 골려 주는 때도 있었다. 별말이 없어 늘 조용하고 얌전하면서도 이따금 괴팍한 것이 발작하듯 드러나곤 하는 것이었다. 자기 집에 굴러들어와 부모도 없이 자라는 칠성이를 가엾게 여기는 듯 잘 데리고 놀아 주다가도 가다가 한 번씩은 무슨 변덕인지 별 까닭도 없이 미워 죽겠다는 듯 정나미가 떨어질 지경으로 매정하게 골려주고 따돌렸다. 칠성이가 먹는 것을 가지고 고집을 부릴 때면 문기의 그런 짓궂은 심술은 어김없이 터졌다.

"그 고구마 맛좋겠다, 나 한 번만 비묵어 보자. 잉?"

칠성이가 찐 고구마를 먹고 있는 것을 보고 꼬마 친구가 이렇게 말하며 다가설라치면 으레 칠성이는,

"싫어, 안 주어."

얼른 고개를 돌려 버렸다.

그런 장면을 곁에서 보았을 경우, 문기는 대번에 파르르 안색이 변하고 만다.

"임마! 칠성아, 좀 조라! 안 줄 끼가?"

"안 줘, 내 낀데 뭐."

"이누묵 자식, 돼지 같은 자식……."

"싫어 싫어, 내 고구마란 말이다. 내 고구마."

"뭐가 우째? 친구도 모르는 이런 개돼지 같은 자식은 좀 맞아야 돼. 알겠나?"

문기는 그만 달려들어 사정없이 칠성이를 때리고, 그 고구마를

빼앗아 꼬마 친구에게 주려고 한다. 그러나 만만히 빼앗길 칠성이가 아니다. 맞아 넘어져 뒹굴면서도 악을 쓰며 끝내 고구마를 두 손에서 놓질 않는다. 결국은 고구마가 온통 뭉개지고 흙이 묻어 못 먹을 지경이 되어 버려야 조그마한 소동은 끝이 나는 것이다.

한 번은 어느 해 가을, 칠성이가 여덟 살인가 아홉 살 때의 일이었다. 한가위를 며칠 지난 어느 날 오후, 칠성이는 냇둑에 앉아서 손에 닭다리 한 개를 들고 뜯어먹고 있었다. 차례상에 올랐던 고기였다. 냇가에서 놀고 있던 아이들 가운데서 나이가 칠성이보다 두세 살 위인 아이 둘이 그것을 보고 슬금슬금 다가가 빼앗으려고 달려들었다. 칠성이는 놀라 후닥닥 뛰어 일어나 비명을 지르며 냅다 내달았다.

"저놈아 잡아라!"

"빼앗자―."

하면서 두 아이는 뒤를 쫓았다.

닭고기를 불끈 거머쥐고 냇둑을 도망치던 칠성이는 뒷덜미를 붙들릴 지경에 이르자 그만 둑을 굴러내려 냇물 속으로 풍덩 뛰어들고 말았다. 맛좋은 닭고기를 빼앗길 바에야 까짓것 물속으로라도 뛰어들어 버리는 게 낫겠다는 생각이 순간적으로 머리에 와 닿았던 모양이다. 말하자면 죽기 아니면 살기로 자기의 먹을 것을 지키려는 어린 칠성이의 무서운 고집이며 오기인 셈이었다.

여름철도 아닌 한가위 무렵에 냇물에 뛰어들었으니 일이 어떻게 되겠는가. 더구나 옷을 입은 채로였고, 또 마침 뛰어든 자리가 냇물이 흐르다가 웅덩이를 이루고 있는 꽤나 깊은 곳이었다.

"아이고― 나 죽네―."

비명소리가 터져 올랐다.

뒤쫓던 두 아이도 놀라 입이 딱 벌어졌고, 냇가에서 놀던 애들도 눈이 휘둥그레지고 말았다.

"사람 살려— 사람! 아이고 아이고—."

철부덩 철부덩…… 곧장 물에 잠겼다 떠올랐다 하며 칠성이는 죽는 소리를 내질러 댔다.

마침 그때 문기도 냇가 자갈밭에서 팔매질을 하며 놀고 있었다. 그 광경을 본 문기는 후닥닥 그쪽으로 달려가서 홀홀 옷을 벗어 던지고는 서슴없이 물속으로 뛰어들었다. 보통학교 상급생이던 문기는 헤엄도 제법 잘 치는 터여서 허우적거리는 칠성이의 저고리 섶을 잽싸게 거머쥐고 물 밖으로 끌어낼 수가 있었다.

칠성이는 썰렁한 물속에서 옷을 입은 채 잠겼다 떴다 하며 물까지 흠씬 먹은 터라 시퍼렇게 굳어져 곧 숨이 넘어갈 듯이 달달달 떨었다. 문기 역시 한기에 온몸을 후들거렸다. 아이들이 얼른 여기저기서 검부러기랑 나무막대기 같은 것을 주워다가 불을 피우고 칠성이의 젖은 옷을 벗겼다.

그런데 그 경황 중에도 칠성이는 한 손에 닭다리를 그대로 불끈 거머쥐고 있었다. 마치 거머쥔 조그마한 주먹이 딴딴하게 굳어져 버린 것 같았다. 놀랄 일이 아닐 수 없었다.

"야, 이 자식 아직도 손에 그대로 닭고길 쥐고 있대이."

"지독하다 지독해."

뒤쫓던 두 아이가 말했다.

주섬주섬 옷을 입고 있던 문기가 매섭게 쏘아보며 내뱉었다.

"임마, 와 남의 것을 뺏을라 캤노? 앙? 너거 두 놈의 자식 때문에 임마 하마터라면*('하마트면'의 영천말) 칠성이가 죽을 뻔 안 했나. 죽었으면 우쌀 뻔했노?"

"헤헤헤…… 죽기는…….."

"이놈아가 물속에 뛰어들 줄은 몰랐다 앙이가."

말대꾸를 하자, 문기는 그만 발작을 하듯 후닥닥 달려들어 두 아이의 뺨따귀를 냅다 사정없이 후려갈겨 주었다. 두 아이는 질겁을 하고 눈을 핼끔거리며 비실비실 그 자리를 피해 버렸다.

문기는 먹을 것을 친구에게 조금 나누어 주지도 않고 자기 입에만 쑤셔 넣으려는 칠성이의 돼지 같은 욕심도 못마땅했지만, 남의 것을 억지로 빼앗으려 든 두 아이의 못된 수작도 도저히 그냥 보아 넘길 수가 없는 모양이었다. 문기는 그런 남달리 생각이 반듯하고 뜨거우면서 서슬이 퍼런 구석도 있는 소년이었다.

그 소문은 곧 마을에 퍼져 재미있는 화제가 되었다. 닭고기를 빼앗기지 않으려고 칠성이가 냇물에 뛰어들었다는 것도 놀랄 일이지만, 건져내 보니 그대로 그 닭다리를 손에 틀어쥐고 있더라는 말에 마을 사람들은 혀를 내두르기도 했다. 아직 코흘리개를 면치 못한 어린 것이, 더구나 모자라는 구석이 훤히 보이는 녀석이 먹을 것에만은 정말 지독하구나 하고 말이다. 그리고 서슴없이 차가운 냇물에 뛰어들어 칠성이를 구해낸 문기에 대한 칭찬이 자자했다.

그 얘기를 마누라한테서 들은 황운갑은,

"그 녀석…….."

하면서 그저 고개를 두어 번 끄덕일 따름이었다.

"쪼맨한 기 벌써부터 욕심이 이만저만이 아니라니까예. 지 것을 남하고 노나 묵는 법이 절대로 없다지 뭡니껴, 숭악키가 뙤국*('중국'을 낮잡아 부르는 말)놈 이상이라니까."

"······."

"그래서 종종 문기한테 얻어맞기도 한답니더."

그러자 황운갑은 볼멘소리로,

"때리기는 와 때리노. 때릴 일은 아니지, 욕심 많은 기 헤픈 것보 담은 어느 모로나 낫지."

하고 칠성이를 두둔했다.

고기 떼들이 물살을 타고 저 아래 웅덩이 쪽으로 흘러가자 칠성 이는 어린 시절 그 웅덩이에 뛰어들어 하마터면 죽을 뻔했던 그 일 이 머리에 떠올라 절로 히죽 웃음이 나왔다. 그때 일을 생각할 적 마다 칠성이는 작은형 문기가 한없이 고마운 사람으로 가슴에 와 닿았다. 만일 그때 문기 형이 아니었더라면 어쩔 뻔했는가 말이다. 생각만 해도 아찔한 일이었다. 얻어맞기도 많이 했지만 그러나 어 느 누구보다도 늘 친동기처럼 데리고 놀아 주어서 칠성이로서는 어린 시절을 떠올릴 때마다 잊을 수 없는 따스한 사람이 문기 형이 었다.

칠성이는 물가의 자갈밭에 퍼지고 앉아*('퍼질러 앉다'의 영천말) 전 대 속의 돈을 꺼내어 헤아려 보았다. 오늘도 이문이 짭짤했다. 그래 서 흥얼흥얼 콧노래를 흥얼거리며 일어나 엿판을 짊어지고 가볍게 징검다리를 건넜다.

뻐꾹 뻐뻐꾹 뻐꾹 뻐뻐꾹······ 잠시 잠잠하던 뻐꾸기 소리가 다 시 은은한 메아리를 이루며 들려오고 있었다. 그 뻐꾸기 소리도 아 까보다 한결 정답게 느껴져 칠성이는 곧장 회룡산 기슭으로 시선 을 보내며 마을을 향해 걸음을 재촉했다.

집에 당도하자 배에서 꼬르르 소리까지 나며 왈칵 시장기가 솟구쳐서 칠성이는 쪽마루에 엿판을 내려놓기가 바쁘게 부엌으로 들어갔다. 부엌이래야 문짝도 없이 방 옆에 조그맣게 붙어 있는 그런 것이었다. 아침에 먹고 남은 꽁보리밥이 냄비에 그대로 저녁 요기로 기다리고 있을 터였다. 반찬이야 뭐 된장에 풋고추나 마늘장아찌, 그리고 조선간장이면 족했다. 짜면은*(간이 짜면) 되는 것이었다. 소반 같은 것도 따로 없었다. 부뚜막에 그대로 늘어놓고 쭈그리고 앉아 우물우물 와작와작 씹어 삼키고, 물을 한 대접 벌컥벌컥 마시면 그만이었다.

그런데 이게 어찌 된 일인가. 부엌에 들어선 칠성이는 눈이 약간 휘둥그레지지 않을 수 없었다. 부뚜막에 웬 낯선 음식이 눈에 띄었던 것이다. 청포였다. 노오란 녹두묵이 대접에 소복이 담겨 손수건인 듯한 조그만 보자기에 덮여 있었다. 보기만 해도 절로 군침이 넘어갈 지경으로 먹기 알맞게 썰어져 양념장까지 살짝 뿌려 놓았다.

"아니, 이기 뭐꼬? 햐―."

칠성이는 다짜고짜 우선 숟가락으로 그 녹두묵을 푹 한 숟갈 떠서 입을 짝 벌려 집어넣었다. 배에서 꼬르르 소리가 다 나는 판에 이게 웬 떡이냐, 우선 먹고 보자 싶었던 것이다.

그렇게 두 번을 떠먹고 나서야 도대체 누가 이런 것을 갖다 놓았는지 알고나 먹어야 할 게 아닌가 싶어서 숟가락을 놓고 밖으로 나갔다, 안채 주인집 부엌 쪽으로 다가가며 물었다.

"아주무이요, 누가 우리 부엌에 묵을 갖다 놓았네요. 혹시 아주무이가……?"

부엌에서 저녁밥을 짓고 있던 안주인인 토골댁이 얼굴을 내밀었다.

"묵을 갖다 놓아? 글쎄…… 모르겠는데."

"그래요? 누가 그랬을까…… 혹시 누가 우리 부엌에 들어가는 것도 몬 봤능겨?"

"몬 봤는데…… 어디 무슨 묵을 갖다 놓았다 말이고."

하면서 토골댁은 물 묻은 손을 치마폭에 닦으며 밖으로 나와 칠성이를 따라서 그의 부엌으로 가 보았다.

"우야꼬, 청포 앙이가, 누가 묵다 말았네."

"히히…… 내가 맛을 안 봤능겨. 방금."

"맛있겠대이, 누가 갖다 놓았을까, 이런 귀한 걸……."

그러면서 토골댁은 얼른 손가락으로 양념이 묻은 노오란 묵 두어 가닥을 집어서 입으로 가져갔다. 그리고 헤죽 웃으며,

"얄궂어라…… 누가 그랬을꼬?"

좀 묘한 눈길로 칠성이를 바라보았다. 칠성이는 기분이 좋으면서도 얼떨떨하기만 한 듯,

"허 영감 집에서 갖다 놓았능감?"

하고 중얼거렸다.

허병팔 영감은 칠성이의 일곱 마지기 논을 얻어 부치고 있는 소작인이었다. 그 집에서 간혹 무엇을 가지고 오는 수가 있었다. 떡을 했으면 맛을 보라고 가지고 왔고, 제사를 지냈으면 으레 한밤중인데도 제삿밥을 날라 와 깨웠다. 더러 김치를 버무려서 조그만 단지에 담아 갖다 주기도 했고, 닭을 잡아 푹 고아서 가져온 적도 있었다. 말하자면 지주에 대한 진상인 셈이었다. 그러나 그럴 경우 반

드시 칠성이가 집에 있을 때를 보아서 가져오지, 없을 때 갖다 놓는 법은 한 번도 없었다.

어쨌든 미심쩍어서 칠성이는 그 녹두묵을 반찬 삼아 오래간만에 입맛을 다셔가며 뚝딱 저녁밥을 먹어 치우고 허 영감네 집을 찾아가 보았다. 그러나 그 집에서도 모르는 일이라고 했다. 청포라니 이 보릿고개에 그런 음식이 우리 집에 있을 턱이 있느냐는 것이었다. 그렇다면 혹시 싶어서 황 참봉네 집에도 들러 보았다. 역시 마찬가지였다.

"누구의 짓일꼬? 누군가 칠성이를 남몰래 좋아하고 있는 큰애기라도 있는 모양이제?"

하면서 성주댁은 미소를 지어 보였다.

"하하— 우짜면 그런지도 모르겠는데……"

집으로 돌아오면서 칠성이는 문뜩 향심이 생각이 났다. 그녀의 반반하면서도 곧잘 나긋나긋한 웃음을 짓던 얼굴이 떠오르자 아마도 틀림없이 그녀일 것이라 싶었다.

"야, 이것 봐라."

칠성이는 별안간 기분이 붕 뜨는 듯 걸음이 가뿐가뿐해지는 느낌이었다. 향심이가 어떻게 집을 알았을까…… 그거야 뭐 마을에 와서 아무한테나 물어보면 쉬 알 수 있는 일이 아니겠는가. 집에 사립문짝이 달려 있기는 하지만 밤으로도 거의 닫는 일이 없는 터이니, 살그머니 들어와서 부엌에 놓고 얼른 나갈 수 있는 일이었다. 그리고 그 녹두묵은 대추나무집에서 술안주로 내놓는 것임에 틀림없었다. 허 영감 말마따나 이 보릿고개에 마을에 그런 흔치 않은 음식이 있을 턱이 없었다.

그날 밤 이슥토록 칠성이는 향심이 생각에 잠을 이루지 못했다. 고것이 갈 때마다 엿을 팔아주고, 살짝살짝 야릇하게 눈웃음까지 쳐쌓더니 정말 속으로부터 나를 좋아하는 모양인가 싶으니 묘하게 기분이 설레면서 조금 우습기도 하고 재미있기도 했다. 그래서 칠성이는 혼자 어둠 속에서 호호호— 웃기도 하고, 어으으— 어디가 좀 괴롭게 달아오르는 듯한 그런 괴이한 신음소리를 흘리기도 하며 공연히 이리 뒤척 저리 뒤척 했다.

이튿날 칠성이는 돌아오는 길에 대추나무집으로 향심이를 찾아가 보았다. 틀림없었다. 짐작한 대로 그녀였다. 그러나 향심이는 처음에는 시치미를 뚝 뗐다. 여느 때와 별로 다름없는 태도로 엿을 사서 당장 한 입 베어 물고 생글생글 웃으며 맛좋게 씹어 댈 따름이었다. 요 앙큼한 것 봐라 싶으며 칠성이는 불쑥,

"청포 잘 묵었구마."

하고 말을 던졌다.

"예?"

"청포 말이구마. 녹두묵 맛있게 잘 묵었다니까요."

"베란간 그기 무슨 소리라예?"

"헤헤헤…… 다 아느마."

"우야꼬, 알기는 뭘 알아예?"

요 깍쟁이 시치미를 떼기는…… 싶으며,

"그카지 마소. 그캐도 다 알고 있구마. 정말 잘 묵었심더. 고맙구마."

하고 칠성이는 꾸뻑 구푼이답게 머리까지 숙여 감사의 표시를 했다.

"하하하하……."

칠성이가 꾸뻑 절을 하는 바람에 그만 향심이의 입에서 웃음이 터져 나오고 말았다. 깔깔거리며 웃는 향심이를 바라보며 칠성이 저도 덩달아 히죽히죽 웃다가 불쑥 물었다.

"이 집에서 파는 청포지요? 그지요?"

"맞심더."

그러자 칠성이는 무슨 생각엔지 몇 번 두 눈을 끔벅끔벅하더니,

"나한테 돈을 받고 팔라고 갖다 놓은 건 아니지요?"

하고 물었다.

"뭐라고예? 하하하…… 아이고 참 남의 속도 모르고……."

향심이는 뭐 이런 사내가 다 있느냐는 듯이 헬끔 눈을 흘겼다. 그러나 그 흘긴 눈에 얼른 요염한 웃음을 살짝 담았다.

"아이고 그렇게. 정말 고맙구마, 고맙구마."

칠성이는 또 머리를 꾸뻑거리고는 이제 정말 기분이 좋은 듯,

"흐흐흐 흐흐흐……."

코를 씩 위로 쳐들며 히들히들 웃었다.

며칠 뒤, 고사리와 도라지나물이 한 대접 또 부엌에 갖다 놓였고, 세 번째는 돼지머리 고기가 한 접시 갖다 놓이기도 했다. 칠성이는 마치 옛날 밭에 일하러 나갔다 돌아와 보면 부엌에 푸짐한 밥상이 차려져 있더라는 우렁이 처녀의 이야기에 나오는 노총각처럼 그저 좋아서 싱글벙글하며 넙적넙적 먹어 치웠다.

9

비바람에 찌든 방문의 낡은 창호지에 달빛이 얼룩덜룩 얼룩이 지듯 희뿌옇게 어려 있었다. 바깥은 아마도 휘영청 밝은 달밤인 듯 했다. 칠성이는 어둠 속에 누워서 방문의 희뿌연 달빛을 바라보며 잠을 이루지 못하고 있었다. 여느 때 같으면 하루의 피로에 휘감겨 서 정신없이 코까지 골아가며 잠에 깊이 떨어졌을 터인데 말이다.

멀리서 개 짖는 소리가 들려왔다.

"우짠 개가 저렇게……."

칠성이는 가만히 그쪽으로 귀를 기울였다. 밤으로 더러 개가 짖 는 것은 예사로운 일인데, 요즘 들어서 칠성이는 공연히 그런 일까 지가 신경에 와 닿았다. 하루의 피로와 함께 밤이면 이런 생각 저 런 생각이 두서없이 뒤얽혀 머리를 어지럽혔다. 한마디로 뒤숭숭 하다고나 할까. 그렇다고 결코 심란한 것은 아니었다. 오히려 그와 반대로 기분이 가볍게 들떠 있었다. 말할 것도 없이 그것은 향심이 때문이었다.

지금까지 칠성이가 여자들한테서 더러 유혹을 받아본 일이 없 는가 하면 그건 아니었다. 그가 사 모으고 있다는 금가락지가 탐 이 나서 읍내 엿도가 집에서 일하는 중년과부가 얼굴에 유난히 보 오얗게 분을 바르고 엉덩이를 흔들어 대며 접근해 온 일도 있었고, 엿을 개평으로 얻어먹고 싶어서 그러는지, 아니면 정말 마음이 있 어서인지 잘 알 수가 없었지만 좌우간 이웃 동네의 한 처녀는 곧잘 다가와 남달리 살짝살짝 수줍은 듯한 표정을 던지며 꼬리를 치기 도 했다. 그리고 같은 마을의 어떤 아낙네는 아직 나이도 제대로 차지 않은 자기 딸을 내세워서 사윗감으로 유혹한 적도 있었다. 그러나 칠성이는 어찌된 셈인지 그런 유혹 앞에 마음의 설렘을 맛본 적이 없었다. 그저 요것들이 내 재물이 탐이 나서 군침을 흘려 대는구나, 앙큼한 것들…… 하고 오히려 경계를 하듯 떠밀어내 버렸다.

그런데 이번에는 달랐다. 향심이의 얼굴이 남달리 반반해서 그런지, 혹은 여자로서 잘 무르익은 그녀의 교태와 능수능란한 수작 앞에 흐늘흐늘해져 버렸는지 알 수 없지만, 좌우간 칠성이는 서른이 넘어서 비로소 여자라는 것을 처음으로 느끼게 된 셈이었다. 술집에서 술을 파는 여자, 틀림없이 몸도 파는 그런 여자라는 것을 칠성이도 모르는 바 아니었지만, 그런데도 도무지 고개가 내둘러지지가 않고, 오히려 머릿속으로 혹은 가슴속으로 가득 찰 듯이 뜨겁게 다가들기만 하는 것이 아닌가.

"아음— 아으—."

또 칠성이는 야릇한 신음소리를 토하며 괴롭게 돌아누웠다.

그때였다. 누군가가 사립으로 걸어 들어오는 듯한 기척이 있었고, 곧 쪽마루 앞에 와서 가만히 멈추어 서는 듯 방문에 그림자가 덮였다.

"마 씨, 주무시예?"

여자의 목소리였다.

"누구요?"

"접니더."

"저라니?"

"향심이예."

"뭐라꼬?"

칠성이는 너무나 뜻밖의 일에 소스라치듯 벌떡 일어났다.

"들어가도 개않지예?"

"어서 들어오소."

방문을 열어 주자, 향심이는 수줍은 듯 살금*('살짝'의 방언) 방 안으로 들어왔다. 그녀의 두 손에는 무엇인가 들려 있었다. 그것을 그녀는 방바닥에 조심히 내려놓으며,

"불 좀 붙여 보소. 벌써 불을 끄고 잤능게?"

하고 나긋나긋 속삭이듯 말했다.

"흐흐흐…… 불요? 보자. 초 동갱이가 있을 끼라."

그러면서 칠성이는 엉금엉금 기듯이 밖으로 나가 부엌에 가서 성냥과 초 동강을 찾아가지고 들어왔다. 방 안에 불을 켜는 일은 없었으나, 간혹 늦게 돌아와 부엌에서 저녁을 먹을 때 사용하던 초는 한 토막 있었던 것이다. 초 동강에 불을 붙여 반닫이 위에 세우니 방 안이 활짝 밝아지며 거기 방바닥에 놓인 주전자와 상보에 덮인 예반이 드러났다.

"뭘 이렇게 또 가져왔능게? 흐흐흐……."

칠성이는 좋아서 절로 콧구멍이 벌름거렸다.

"술을 한잔 가져왔심더."

향심이는 조금 쑥스러운 듯이 상보를 들추었다. 부침개와 족발이 한 접시씩 차려졌고, 양념장 종지까지 놓여 있었다.

"이건 족발 아닝게? 맞지요?"

칠성이는 절로 꿀꺽 군침이 한 덩어리 넘어갔다.

"맞아예."

"아이고 이거……."

"술잔하고 젓가락을……."

향심이가 일어나려 하자, 칠성이는 얼른,

"내가 갖고 오지요."

하면서 밖으로 나갔다.

향심이는 노랑 저고리에 다홍치마를 입고 있었다. 물론 새 것은 아니었다. 손님에게 술을 따를 때 입는 옷이긴 했으나, 얼굴에 꽤나 짙게 화장을 한 터여서 촛불 아래 보니 꼭 새로 시집온 새색시처럼 화사했다. 다소곳이 앉아 잔에 술을 따르는 향심이를 칠성이는 눈이 부신 듯이 바라보았다. 마치 초례를 치른 신랑 신부가 첫날밤을 맞이하여 야물상을 가운데 놓고 마주앉은 것 같은 기분이었다. 정말 난생 처음 겪는 꿈같은 일이었다.

"자, 한잔 받아예."

향심이가 잔을 두 손으로 사뿐히 받쳐 들고 내밀었다. 잔이래야 뭐 제대로 술잔이 있을 턱이 없었다. 그저 늘 부엌에서 쓰는 보시기였다.

"아이고, 이거…… 흐흐흐……."

노르끄름한 술이 찰찰 넘치는 잔을 칠성이는 자기도 두 손으로 공손히 받았다. 입으로 가져가는데 가슴이 다 두근거렸다.

칠성이는 술을 거의 마시는 일이 없었다. 그렇다고 못 마시는 것도 아니었다. 마실 줄을 알기는 아는데, 절대로 자기 돈을 내고 술을 사서 마시는 일은 없었다. 공짜 술이 생기면 마셨다. 그러니 누가 공짜 술을 번번이 줄 턱이 없었다. 술이란 일종의 추렴인 셈이어서 한 번 얻어 마시면 자기도 한 번 내야 되는 법인데, 그게 아니니 칠성이와 더불어 술을 마시려는 사람이 있을 턱이 없었다. 그리고 또 칠성이는 술은 일에 지장을 가져왔으면 가져왔지 도움이 되지는 않는다고 생각하고 있었다. 엿을 팔아 돈을 벌어서 금가락지를 사 모으고, 그것으로 논을 장만하는 일만이 하루하루 살아가는 유일한 재미이며 보람인데, 그 일에 지장을 가져온다면 굳이 그것을 밝힐 필요가 없다는 생각이었다. 그래서 자연히 술과는 거리가 먼 나날을 보내오고 있는 터였다.

그러나 오늘 밤 같은 때 안 마시고 어쩔 것인가 말이다. 술은 청주 전내기*(물을 조금도 타지 않은 술)였다.

"아— 입에 짝짝 달라붙는 것 같네요."

알알하게 목구멍을 적시며 넘어가는 전내기 맛에 칠성이는 절로 눈이 다 스르르 감기는 듯 콧잔등을 조금 찡그리기까지 하며 입맛을 쩝쩝 다셨다. 그리고 족발부터 한 점 집어서 입으로 가져갔다.

"술 좋아하능교?"

향심이가 미소를 지으며 물었다.

"잘 안 묵심더."

"와예?"

"술 받아 묵을 돈이 어딨능게."

"우야꼬, 논을 일곱 마지기나 사서 남을 준 지주라 카더마는……지주가 돈이 없으면 그럼 누가 돈이 있능교?"

"호호호……."

"안 그래예?"

"돈이 있다고 자꾸 술을 묵으면 되능게. 술 좋아하면 돈 몬 모으느마."

"그 말은 맞심더."

향심이는 역시 딴딴한 구석이 있는 기댈 만한 사내라는 듯이 지긋한 눈길로 바라보며,

"어서 들고 나도 한잔 주이소. 그래도 오늘 밤에는 마시야지예. 안 그래예?"

살짝 요염한 빛을 눈에 담았다. 이제 서서히 시작인 셈이었다.

청주 전내기라 취기가 빨랐다. 주거니 받거니, 두 잔을 비웠는데 벌써 칠성이는 눈앞이 아른거리고 혀가 제멋대로 미끄러졌다. 잘 안 마시던 술이라 역시 약했다. 향심이 역시 눈언저리가 발그레 피어오르고 있었다. 그러나 그녀는 술로 말하자면 꽤나 산전수전을 겪은 셈이어서 아직은 정신이 초롱초롱했고, 말씨도 흐트러지질 않았다.

칠성이가 제법 해롱해롱해져 보이자, 향심이는 슬그머니 당황했다. 너무 취해 버리면 소기의 목적을 달성할 수 없을지도 모른다 싶어 때는 이때다 하고 서슴없이 불쑥 말을 꺼냈다.

"칠성 씨예, 내가 당신 밥을 해주면 안 되겠능교?"

"뭐요?"

칠성이는 무슨 소린가 싶은 듯 멀뚱히 바라보았다.

"당신 밥을 아침저녁으로 내가 해주면 어떻겠느냐 말이에."

"흐흐흐……."

"와 웃능교? 남은 진정으로 카는데……."

칠성이는 재미있다는 듯이 앞에 놓인 잔을 들어 올려 또 입으로 가져가려 했다.

"안 되느마. 대답하소, 대답 안 하면 몬 마시느마."

향심이는 그 잔을 손으로 제지하며,

"내가 당신 밥 해줘도 개않지예? 예?"

바싹 다그쳐 물었다. 칠성이는 그저 얼떨떨한 듯 눈만 대구 끔벅 거렸다.

"와 대답이 없능교? 대답하소. 개않지예?"

"그럼 같이 산단 말이가?"

칠성이의 말씨가 흐늘흐늘 반말 투로 변했다.

"그렇구마. 같이 살잔 말이구마. 어떤교? 나하고 같이 삽시더. 혼 자서 이기 무슨 꼬라징게. 내가 앞으로는 밥도 해주고, 빨래도 해 주고, 그리고……."

"그리고 또 뭐 해줄 끼고?"

"아들도 낳아 주지. 호호호…… 얼매나 좋은교? 안 그렁교?"

"호호호 히히히……."

칠성이도 그만 기분이 좋은 듯 킬킬킬 웃었다. 됐다 싶으며 향심 이는 얼른 칠성이 곁으로 다가가 기대듯이 앉았다.

"같이 사는 기지? 잉?"

그러자 칠성이는 조금 볼멘 듯한 소리로,

"논 스무 마지기 장만할 때까지는 장개 안 갈라 카는데……."

하고 투덜거리듯 말했다.

"뭐라꼬? 아이고 이것이—."

향심이는 답답하고 한심하다는 듯이 핼끔 눈을 흘겨 바라보더 니, 그동안 술집을 전전하며 갈고 닦은 솜씨를 발휘하듯이,

"이 문딩이야!"

하면서 그만 한 손을 칠성이의 사타구니에 쑥 집어넣어 물컹한 놈 을 불끈 거머쥐어 버렸다.

"아이고— 와 이라노, 와 이래, 으흐흐흐…… 이히히히……."

칠성이는 대번에 기분이 좋아서 자지러지듯 괴성을 지르며 비실 넘어졌다. 그 위를 향심이는 다홍치마를 펄럭이며 엎어지듯 덮쳤다.

자다가 소변이 마려워서 부스스 일어나 마루로 나온 토골댁은,

"아니, 우짠 일이제?"

하면서 칠성이네 방문을 바라보았다. 그 방에 불이 켜져 있다니 희한한 일이었던 것이다. 마루에 놓인 요강에 앉아 볼일을 보는데, 사람의 말소리도 들리질 않는가. 무슨 일이지, 이 밤중에……. 싶어서 토골댁은 볼일을 마치자 얼른 발자국을 죽여 살금살금 그쪽으로 다가가 보았다.

10

이튿날, 해가 중천에 이르기도 전에 소문은 온 마을에 쫙 퍼졌다. 말할 것도 없이 토골댁의 입으로부터 소문은 번져나갔다.

오십 가호가 넘는 마을이긴 했지만, 별로 이렇다 할 변화가 없는 두메의 나날이기 때문에 조금만 색다른 일이 생겨도 곧잘 그것을 재미삼아 지껄여대기 마련이었다. 가령 뉘 집 개가 강아지를 세 마리 낳았다면, 왜 세 마리밖에 안 낳았을까, 대여섯 마리는 보통이고 일고여덟 마리도 낳는데, 참 이상한 일이라면서 떠들어대기 일쑤였고, 누구네 아버지가 술에 취해서 횡설수설 소리를 지르면서 동구 앞 느티나무 밑둥치에다 대고 냅다 오줌이라도 내깔겼다면, 술

에 취해서 오줌을 내깔겼으면 깔겼지 왜 고래고래 소리를 질러 대는지 모르겠다면서, 빈정거림 반 우스개 반으로 입방아를 찧어 대기도 했으며, 아무개네 어메 한쪽 젖통에 멍울이 섰다는 둥, 뉘 집 딸이 요즘 입술에 연지까지 바르는 걸 보니 아무래도 수상하다는 둥……. 그런 일까지가 마을 사람들 입에 오르내리는 터였다. 주로 아낙네들 사이에 그처럼 세세한 것까지가 화제가 되곤 했다. 말하자면 주고받을 얘깃거리가 너무 없어서 입언저리들이 늘 근질근질한 하루하루인 셈이었다.

그런 판인데,

"칠성이가 어젯밤 여자하고 같이 잤지 뭐꼬."

이런 말이 토골댁의 입에서 불쑥 터져 나왔으니, 순식간에 온 마을을 그 화제가 휩쓸 수밖에 없었다.

토골댁은 여느 때보다 좀 일찍 일어나 마루로 나오자 대뜸 칠성이네 방 쪽부터 바라보았다. 그러나 이미 쪽마루 앞에 칠성이의 신도 여자의 신도 보이지가 않았다. 간밤에 분명히 달빛 아래 여자의 하얀 고무신이 칠성이의 검정 고무신 옆에 나란히 놓여 있었는데 말이다. 그리고 어느새 방문에는 자물쇠가 걸려 있었다. 꼭두새벽에 일어나 아침을 해 먹고 칠성이는 엿판을 지고 읍내로 여자는 자기 갈 곳으로 자취를 감추고 만 게 틀림없었다.

토골댁은 무슨 아주 요긴한 대목을 똑똑히 눈으로 확인하질 못하고 놓친 것만 같아 안타까웠다. 좀 더 일찍 잠이 깨었더라면 얼마나 좋았을까 싶었다. 간밤에 살금살금 다가가서 좀 엿듣기는 했지만, 곧 불이 꺼지는 바람에 여자가 누구인지를 엿볼 수가 없었던 것이다.

칠성이를 구워삶아 잠자리를 함께 한 여자가 도대체 누굴까……
토골댁은 바짝 궁금하지 않을 수가 없었다. 논 스무 마지기를 장만
하기 전에는 절대로 장가를 안 든다는, 구두쇠 중에서도 상구두쇠
인 칠성이의 마음을 녹여내어 다른 곳도 아닌 바로 그의 방에서 그
를 데리고 자다니, 놀라운 수완의 여자가 아닐 수 없었다. 그런 솜
씨를 발휘할 수 있는 여자가 마을에 있을 성싶지가 않았다.

　토골댁은 얼른 부엌으로 가서 동이를 이고 나와 뒤뚱뒤뚱 동네
공동우물로 향했다. 아직 항아리에 물이 많이 남아 있었으나 입언
저리가 근질근질해서 못 견디겠는 것이었다.

　마침 우물에 먼저 나와서 두레박질을 하고 있는 아낙네가 하나
있었다. 남실이 어메였다. 토골댁보다는 열 살가량이나 아래인, 이
제 서른을 조금 넘은 아낙네였으나, 노상 별 스스럼없이 농지거리
도 주고받는 그런 사이였다. 토골댁은 됐다 싶어서 우물가에 동이
를 내리면서 대뜸,

　"우리 집에 경사 났다 앙이가."

하고 호들갑스럽게 내뱉었다.

　"좋겠네예, 무슨 경산데예?"

　길어 올린 두레박의 물을 동이에 좍 부으면서 남실이 어메는 심
상하게 물었다.

　"아 글씨, 어제 저녁에 칠성이가 장갤 들었지 뭐고."

　"예? 장갤 들다니예? 소문도 없이……."

　"나도 깜짝 놀랜 기라. 자다가 일어나 보니 칠성이네 방에 불이
켜져 있지 않겠나. 한 번도 방에 불을 켜는 일을 몬 봤는데, 웬일인
가 싶어서 살금살금 가봤더니 글씨, 하얀 여자 고무신이 칠성이 고

무신 옆에 나란히 놓여 있더라니까, 그리고 히히히…….”

“뭐 우짜덩게?”

“내사 몬 봐주겠더라, 히히히…….”

“웃지만 말고 어서 이바굴(얘기) 해보소.”

“아 글씨, 여자가 칠성이를 왈칵 덮치더니 막 깔고 문대는 기라, 우에서…….”

“우야꼬, 저런 수가 있나.”

남실이 어메는 식전부터 뜨끈한 군침을 한 덩어리 삼키고는,

“누구덩게? 그 여자가…….”

두 눈을 야릇하게 반질거리기까지 했다.

“글씨, 나도 여자가 누군지 그게 궁금하다니까. 방에 불이 꺼지는 바람에 안을 엿볼 수가 있어야 말이제. 아침에 일어나 보니 벌써 둘이 다 싹 꺼지고 없지 뭐꼬.”

“누굴까…….”

“아매도 우리 동네 여자는 아닌 것 같어.”

“그러니까 칠성이가 장갤 든 기 앙이라, 연애를 한 번 했구만. 어제 저녁에…….”

“연애를 한 번 했는 긴지, 같이 살라 카는 긴지 두고 봐야제.”

“같이 살라 카면 여자가 아침에 일찍 가버릴 턱이 있능게. 안 그렁게?”

“글씨, 두고 봐야 안다니까…….”

이러고 있을 때 또 한 아낙네가 물을 길러 나왔다. 동식이네였다. 토골댁하고 남실이 어메 중간쯤 되는 나이인데, 신소리를 잘 하고 노랫가락 같은 것도 곧잘 뽑는 여편네였다.

"식전부터 무슨 이바구가 그렇게 재미있능게? 어젯밤에 억씨기 좋은 일이라도 있었는 모양이제?"

"칠성이가 노총각 딱지 뗐다지 뭥게."

남실이 어메가 얼른 말했다.

"뭐라? 칠성이가 노총각 딱지를 뗬어? 우야꼬, 언제?"

"어제 저녁에……."

"정말이가?"

"정말이라카이."

토골댁이 대답했다.

"누가 딱지를 뗬어 줬능공? 흐흐흐……."

"글쎄, 그기 누군동 알 수가 없다니까, 방에 불이 꺼지는 바람에 몬 봤지 뭐꼬. 아침에 일어나 보니 벌써 사라져 삐맀고……."

"누군동 모르지만 보통 수완꾼*(일을 꾸미거나 치러 나가는 재간이 좋은 사람)이 아닌데……. 사내라는 기 서른이 넘도록 도무지 여자도 모르고, 돈밖에 눈에 안 보이는 그런 구두쇠 중에 상구두쇠를 낚아 가지고 녹여 삐맀으니……. 안 그렇게?"

"맞어 맞어. 꼼짝 몬하게 덮쳐 가지고 깔아뭉개듯이 녹여 삐리더라니까."

"힛힛히……."

남실이 어메가 재미있어서 못 견디겠는 듯이 웃음을 터뜨렸고, 토골댁과 동식이네도 킬룩킬룩 히들히들 웃어젖혔다. 이른 아침 우물가에 세 아낙네의 야릇한 음색의 웃음소리가 한바탕 넘실거렸다.

"아매도 우리 동네 여자는 아닌 것 같어. 우리 동네에는 그런 수

완꾼이 누가 있노 말이다. 하는 수작으로 봐서 아무래도 처녀는 아
닌 것 같고……."

웃음을 거두고 나서 토골댁이 말하자,

"그렇지예. 사내를 덮쳐 가지고 우에서 깔아뭉개는 그런 처녀가
어디 있겠능게. 안 그렇게? 히히히……."

남실이 어메는 또 킬킬거렸고,

"아무래도 과분 것 같은데…… 하하, 그럼 그 여잔가……."

무슨 짐작이 가는 데가 있는 듯 동식이네는 고개를 갸웃거렸다.

"누군데?"

토골댁이 바짝 구미가 당기는 듯이 물었다.

"누군지 첨보는 여잔데, 글씨 얼마 전에 나한테 칠성이 집을 묻더
라니까."

"손에 뭐 안 들었더나?"

"무슨 보자기에 싼 것을 들었던 것 같지 아매. 서른 살쯤 됐을
까…… 처녀는 아닌 것 같았어."

그러자 토골댁은 누군지는 모르지만 그 여자가 틀림없다는 듯이
고개를 끄덕이며 말했다.

"청포를 가지고 왔더라니까."

"청포를?"

"내가 보지는 몬 했는데, 글씨 청포를 칠성이 부엌에다가 살짝
갖다 놓고 갔지 뭐꼬. 저녁답에 칠성이가 돌아와서 이기 우짠 청포
냐고 나한테 물어서 알았다 앙이가."

"얄궂어라, 재미있네. 누궁공?"

남실이 어메는 정말 재미가 좋다는 듯이 침까지 소리 나게 삼

켰다.

"그 뒤에도 몇 번이나 반찬을 갖다 놓았지 뭐꼬."

"그런데 그 여자를 한 번도 몬 봤다 말잉게?"

"글씨, 언제 오는지 감쪽같이 갖다 놓고 사라지는 기라."

"도깨비 아닌지 모르겠네."

"그럼 칠성이가 도깨비하고 연앨 했다 그 말이가?"

"흐흐흐……."

그러자 동식이네가,

"좌우간 그 여자에 틀림없는 모양인데, 그기 누군동 알 수가 있어야 말이제."

결론을 내리듯 말했다.

"아이고— 아침밥 늦겠다. 칠성이 연애 바람에……."

남실이 어메가 호들갑스럽게 외치고는 얼른 물동이를 이고 먼저 우물을 떠났다.

그렇게 해서 소문은 온 마을에 퍼져 나갔던 것이다. 오래간만에 매우 구미가 당기는 뜻밖의 화제가 생겨서 마을 사람들은 너나없이 무슨 경사라도 난 듯 싱글벙글 웃어가며 지껄여 댔다. 아낙네들이 가장 신명이 나서 떠들어 댔고, 남정네들도 흥미가 진진하기는 마찬가지였다. 노인들도 젊은이들도, 심지어 아이들까지 그 얘기를 입에 안 올리는 사람이 없었다. 말하자면 늘 얘깃거리에 궁해서 심심하고 조용하기만 하던 마을에 예기치 않은 소문이 신명나는 봄바람처럼 불어온 셈이었다.

칠성이와 하룻밤을 같이 잤다는 그 여자가 도대체 누굴까 하는 것이 화제의 초점이었고, 칠성이가 정말 그 여자한테 장가를 들 생각인지 어떤지, 그 점이 또한 궁금한 얘깃거리였다. 논 스무 마지기를 장만하기 전에는 절대로 장가를 안 든다고 했으니, 그 고집쟁이 구두쇠가 여자를 맞아들일 턱이 없다고 말하기도 했고, 노총각이 한 번 여자 맛을 알았으니, 중이 고기 맛을 알면 무엇을 어쩐다는 격으로 이제 논 스무 마지기고 뭐고 별수 없을 것이라고 보는 축도 있었다. 앞으로 여자가 하기에 달렸다고, 아직은 알 수가 없는 일이니 두고 보자고 결론을 보류하는 사람도 적지 않았다.

칠성이와 그 여자가 한동안 붙어 놀다가 떨어져 버릴 것인지, 말하자면 연애에 그칠 것인지, 아니면 그것이 결혼으로까지 이를 것인지, 그래서 칠성이의 국수를 한 그릇 얻어먹게 될 것인지…… 마을 사람들에게 있어서 그것은 실로 오래간만의 흥미진진한 사건이 아닐 수 없었다.

11

그 소문은 그날 안으로 황참봉의 귀에도 들어갔다.

사랑방에서 밥상을 받아 혼자서 저녁을 먹고 있는데, 성주댁이 방문을 열고 들어섰다. 드문 일이었다. 성주댁이 사랑방을 찾아오는 것은 무슨 긴히 의논할 일이 있을 경우였다. 이미 일흔의 고개에 올라선 노파이니, 달리 영감 방을 찾을 까닭이 없었다.

늙은 마누라가 저녁 먹는데 웬일인가 싶어 황 참봉은 한 번 힐끗 보고는 말없이 술잔을 들었다. 반주였다. 황 참봉은 언제나 저녁을 먹을 때는 조그만 잔으로 두 잔 반주를 곁들었다. 반드시 송엽주였다. 봄철에 새로 돋아나는 솔잎을 무더기로 따다가 일 년 먹을 약술을 한꺼번에 큰 항아리에 담아두는 것이었다. 술은 물론 소주인데, 집에서 찹쌀로 특별히 고은 사십 도가 넘는 전내기였다. 송엽주는 늙은이들의 회춘에도 좋을 뿐 아니라, 고혈압, 신경통 그리고 해소 천식에도 괜찮으며, 위장병에도 효험이 있는, 옛날에 신선들이 즐겨 마신 술이라 하여 황 참봉은 오십 고개를 넘어선 뒤부터 줄곧 반주로 애용해 오는 터였다.

황 참봉이 술잔을 비우고 젓가락으로 숙주나물 무침을 안주 삼아 집어서 입으로 가져가자, 자리를 잡고 앉은 성주댁이 불쑥 입을 열었다.

"칠성이한테 여자가 생겼다느마."

황 참봉은 멀뚱히 마누라의 얼굴을 바라보기만 했다.

"어젯밤에 여자하고 같이 잤다지 뭐게. 저거 방에서."

"뭐라?"

그제야 황 참봉은 약간 놀라는 듯한 기색을 떠올렸다. 그러나 곧 히죽 조금 웃었다. 뜻밖의 얘기이기도 했지만, 그 말을 하러 일부러 찾아온 늙은 마누라가 어쩐지 좀 우스웠던 것이다. 자기가 거두어 키우다시피 한 칠성이인지라 그가 장가를 든다거나 하는 일에 결코 무관심할 수가 없겠지만, 칠십 줄에 들어선 노파가 무슨 대단히 중대하고 재미있는 일이라도 생긴 것처럼 일부러 사랑채를 찾아와서 주름진 얼굴에 두 눈을 반질거려 가며 말하는 품이 마치 오륙십 년이나 나이를 뒤로 돌린 듯한 느낌을 주었다. 늙으면 어린애처럼 된다더니 그 말이 헛말이 아니었구나 싶었다.

"그기 정말이가?"

황 참봉은 숟가락으로 밥을 떠올리며 물었다.

"정말이라느마. 온 동네에 소문이 퍼졌구마."

"흠—."

입안의 음식을 천천히 씹으며 황 참봉은 고개를 두어 번 무겁게 끄덕였다.

"칠성이가 장갤 들라 카능강⋯⋯."

성주댁은 혼자 중얼거리듯 말했다.

"여자가 누군고?"

"모르겠구마. 우리 동네 여자가 아닌 것 같다 카드마."

"그래? 흠— 그 녀석."

"논 스무 마지기 장만할 때까지는 장갤 안 간다 카더니⋯⋯."

"나이가 서른을 넘었으니 지도 여자 생각이 안 나겠나. 아직 장갤 갈라 카는 긴지, 그냥 딜꼬 노는 긴지 알 수가 있나."

"히히히 히히히⋯⋯."

별안간 성주댁이 합죽한 입을 실룩실룩 벌리며 웃어댔다.

웃음을 터뜨릴 만한 얘기도 아닌데 그처럼 웃어대는 마누라를 황 참봉은 조금 휘둥그레진 눈으로 바라보았다. 역시 어린애 같은 느낌이었다. 두 살 위의 마누라였다. 옛날 혼사라 신랑이 신부보다 두 살 아래였던 것이다. 황 참봉은 자기도 이 년 후면 저렇게 되는 것일까 싶어 조금 입맛이 씁쓰름했다. 그래서 술잔에 송엽주를 한 잔 더 따랐다. 이미 두 잔을 마셨는데, 오늘 저녁은 한잔 더 해야겠다 싶었다.

잔을 쭉 기울여 단숨에 비우고서 탁! 약간 소리가 날 정도로 상에 놓으며 황 참봉은,

"가서 누굴 시켜 칠성이를 집에 오라 캐요. 내가 좀 보잔다

고······."

조금 무뚝뚝한 어조로 말했다.

"예."

대답은 하면서도 성주댁은 마치 조금 얼떨떨한 것 같은 그런 어리병한*(어리병병한) 표정으로 영감의 얼굴을 멀거니 바라보다가 부스스 일어나 나갔다.

칠성이가 온 것은 한 시간 가량이나 뒤였다.

"어르신네, 찾으셨능교?"

밖에서 칠성이의 아뢰는 소리가 들리자, 황 참봉은 땅! 땅! 하고 장죽 꼭지로 놋재떨이를 일부러 두 차례 세게 두들기고 나서,

"이리 들어오너라."

무겁게 가라앉은 목소리로 일렀다.

방문을 열고 들어서는 칠성이는 무슨 영문인가 싶어 눈이 둥그레져 있었고, 굳어진 양어깨를 잔뜩 앞으로 웅크리고 있었다.

"거기 앉아 봐."

"예."

칠성이는 윗목에 무릎을 꿇고 앉았다. 마치 무슨 잘못을 저지르고 훈계를 받으러 온 사람 같은 자세였고, 표정이었다.

"그럴 건 없어. 편히 앉아."

"예."

자세를 고쳐 한쪽 무릎을 세우고 좀 편히 앉았다.

황 참봉은 몇 번 수염을 쓰다듬어 내리고 나서 입을 열었다.

"요새 장사는 잘 되나?"

"그저 그렇심더."

"그저 그렇다니……? 잘 된단 말이구나."

"앙입니더. 뭐 그저 그렇다니까예."

"허허…… 이 녀석. 잘 된다 카면 내가 뭐 니한테 돈이라도 쪼매 개평을 달라카까 봐 그러나?"

"헤헤헤…….'

"그래, 좋다. 그저 그렇다 해두고…… 어떤노? 올 갈게*(올해 가을 에) 논을 또 몇 마지기 장만하게 되나?"

"글씨예…… 아직은 잘 모르겠심더. 두어 마지기 장만하지 않을 까 싶습니더."

"흠— 장하구나. 그래야지."

황 참봉은 대견한 일이라는 듯이 또 수염을 두어 번 기분 좋게 쓰다듬어 내렸다. 그리고 장죽 꼭지에 담배를 담아 엄지손가락으 로 꾹꾹 누르면서 불쑥,

"니, 여자가 생깄다메?"

하고 물었다.

칠성이는 약간 당황하는 표정이었으나 아무 대답이 없었다.

"그기 정말이가? 그런 소문이 돌던데……."

"…….'

"정말이가, 헛소문이가?"

"…….'

"와 대답이 없노? 사내 나이 서른이 넘었는데, 여자가 생기는 기 무슨 잘못된 일이가, 부끄럼은 일이가? 옛날 같으면 장개를 가서 벌써 자식을 서넛은 두었을 끼다. 나도 열여섯에 장개를 안 들었 나."

"흐흐흐……."

꽤나 굳어져 있던 칠성이가 긴장을 확 풀며 히들히들 웃었다.

"와 우습나?"

"정말로 열여섯 살에 장개를 가셨덩교?"

"그래."

"흐흐흐……."

"이 녀석 웃기는……."

불을 붙인 장죽을 뻑뻑 빨면서 황 참봉도 코언저리에 씩 웃음을 떠올렸다. 그리고 한결 부드러운 목소리로,

"여자가 생깄제, 맞제?"

어루만지듯 물었다.

"예, 생깄심더."

칠성이는 구푼이답게 이번에는 우쭐해지는 듯이 대답했다.

"봐라, 내가 잘 알지. 어젯밤에는 니 방에서 같이 잤다메? 사실이가?"

"예, 사실입니더."

"좋다. 사내가 여자를 딜꼬 자는 것은 당연하지. 그런데 그 여자가 누구고?"

"……."

"응? 어떤 여자고?"

"……."

"와 또 대답이 없노. 내가 알면 안 되는 여자가?"

대답을 해야 될지 안 해야 될지 꽤나 망설여지는 듯 칠성이는 곧장 두 눈을 끔벅거리기만 했다.

"이 녀석아, 사내가 불알을 찼으면 불알 값을 해야지. 뭐가 어때서 그런 말을 몬 하노? 아매 말을 몬 하는 걸 보니 남의 여편네라도 딜꼬 잔 모양이로구나."

"앙입니더. 절대 안 그렇심더."

칠성이는 펄쩍 뛰듯이 입을 열었다.

"그럼 누고?"

"향심입니더."

대답이 절로 입에서 미끄러져 나왔다.

"향심이? 향심이가 누군고?"

"……."

"응?"

"……."

또 말이 막힌다.

"우리 동네 여자 아니로구나."

"예."

"그럼 어디 여자고?"

"저……. 저……."

칠성이는 뒤통수를 한 손으로 슬슬 긁었다. 대답을 하기가 무척 난처한 모양이었다.

"향심이라…… 아니, 니 혹시 술집 가시나하고 좋아하는 거 앙이가?"

그러자 칠성이는 눈이 휘둥그레지며,

"맞심더."

항복을 하듯 힘없이 대답했다. 그리고 황 참봉의 얼굴을 두려운

듯한 눈으로 바라보며,

"어떻게 아십니꺼? 어르신네."

이상하다는 듯이 물었다.

"이 녀석아, 이름만 들으면 다 알 수 있는 기라. 향심이라는 이름이 술집 가시나 이름이지 뭐고. 안 그러나?"

"예."

칠성이는 절로 고개가 수그러졌다.

"좋다. 사내대장부가 술집 여자를 딜꼬 노는 기사 얼마든지 좋은 기라. 그런데 니가 어떻게 술집에 있는 여자를 알게 됐제? 술집에 술 마시로 댕깄더나?"

"아니예."

"그럼 어떻게?"

"향심이 지가 나를 살살 꼬셨심더, 엿 팔로 한 번 갔더니 그 뒤부터……."

"흠, 그래? 그거 참 재미있는 일이로구나. 어느 술집 여잔데?"

"……."

또 대답을 안 하자, 황 참봉은 조금 언성을 돋워 꾸짖듯 내뱉었다.

"불알 값을 하라 안 카더나!"

"예, 예. 저…… 대추나무집에 있심더."

"흠, 그래. 대추나무집 작부로구나. 멫 살이나 묵은 여잔데?"

"나이는 확실히 모릅니더."

"나이도 모르고 딜꼬 자기부터 했구나."

"헤헤헤……."

110

"니보다 나이가 많아 보이더나, 적어 보이더나?"

"나보다 적어 보입띠더. 스물일곱이나 여덟 살 됐을 낍니더."

"그래. 흠—."

황 참봉은 잠시 무슨 생각에 잠기는 듯 장죽을 뻐끔뻐끔 빨기만 했다. 반주로 석 잔을 해서 그런지 관자놀이께가 조금 욱신거리면서 눈구석에 자꾸 물기가 어리는 듯했다. 조끼 주머니에서 손수건을 꺼내어 그 물기를 찍어냈다. 그리고 이번에는 목소리를 착 가라앉혀서 부드러우면서도 무게가 느껴지는 그런 어조로 말했다.

"니 그 뭐라 캤노…… 향심인가 뭔가 그 술집 여자하고 같이 살 생각은 아니지?"

"……."

"또 대답이 없네. 대답을 안 하는 걸 보니 같이 살 생각이라 그 말이가?"

"아닙니더. 잘 모르겠심더,"

"잘 모르다니, 자기 일을 자기가 모르면 누가 아노?"

"생각해 봐야겠심더."

그러자 황 참봉은 조금 희끗희끗 센 눈썹을 꿈틀거리면서 장죽 꼭지로 놋재떨이를 땅! 땅! 세게 두들겼다. 다 탄 담뱃재가 먼지처럼 방바닥에 튀었다.

"안 된다! 절대로 안 돼. 생각해 보다니 뭘 생각해 본단 말이고. 술집 가시나를 딜꼬 사는 사람이 어딨더노. 더구나 니는 총각 아니가. 총각이 술집 가시나한테 장개를 들어? 그기 말이 되나?"

"……."

"안 그러나? 어떻더노? 향심인가 그 여자가 새 것이더나, 헌 것이더나?"

"예?"

칠성이는 말뜻을 얼른 못 알아듣는 듯 멀뚱한 표정을 지었다.

"처녀더나, 아니더나 그 말이다. 이 녀석 아직 그기 무슨 뜻인지도 모르는 모양이구나."

"그기 뭔데예?"

"헛헛헛허……."

황 참봉은 그만 냅다 너털웃음을 터뜨렸다. 서른을 넘은 사내 녀석이 아직까지 그런 것도 잘 모르다니, 어이가 없기도 하면서 재미있기도 했던 것이다.

한바탕 시원하게 웃고 나서 황 참봉은 윗목에 놓인 문갑 속에서 목합(木盒)을 꺼내어 방바닥에 놓고 뚜껑을 열었다. 잣이 소복이 담겨 있었다. 먼저 자기가 두어 개 집어 입으로 가져갔다. 그리고 목합을 살짝 칠성이 앞으로 밀어 놓으며,

"묵어 보래."

하고 권했다.

"이기 뭡니꼬?"

얼른 서너 개를 집어 칠성이도 입으로 털어 넣었다.

"잣 앙이가. 잣도 첨이가? 여자도 첨이고, 잣도 첨이고…… 그래, 좋다. 나쁜 건 아니지. 아니고말고."

그렇게 조금 추켜올리고 나서 황 참봉은 마치 무슨 하소연이라도 늘어놓을 듯한 그런 은근한 어조로 나왔다.

"칠성아, 지금부터 내가 하는 이바굴 잘 들어야 한다. 알겠제?"

"예, 알겠심더."

"니가 첨으로 엿장사를 하러 나갈 때 나하고 한 가지 약조를 한 기 있었니라. 기억하고 있겠제?"

"예? 무슨……?"

"잊어 삐맀나? 잘 생각해 보래. 나하고 한 가지 분명히 약조한 기 있니라."

"모르겠는데예."

그러면서 칠성이는 잣이 무척 고소한 듯 혀끝으로 입술을 핥아 가며 곧장 그것을 집어먹기에 여념이 없었다.

"뭔동 모르겠나? 허, 이 녀석, 나하고 약조한 걸 잊어 삐리다 니……."

그러나 황 참봉은 전혀 화를 내지 않고, 여전히 은근한 목소리로 말을 이었다.

"니가 장개를 갈 때는 반드시 나하고 상의를 해야 된다고 내가 말했을 끼다. 니 맘대로 색시를 고르면 안 된다고 말이다. 내 말에 니도 예, 알겠심더 하고 분명히 대답을 했어. 나한테 약조하겠나 하 니까 예, 약조 하고말고예 하면서 새끼손가락 한 개를 쳐들어 약조 를 거는 시늉까지 해보였잖나, 그래도 생각 안 나나?"

"납니더. 헤헤헤……."

"나제? 흠— 그래, 사내대장부가 한 번 약조한 것을 잊어 삐라다 니 말이 되나. 그리고 약조를 했으면 지키는 기 옳나, 안 지키는 기 옳나?"

"지키는 기 옳심더."

"옳지, 잘 아는구나. 역시 불알을 찰 만한 자격이 있어."

"흐흐흐……."

칠성이의 대답하는 말투랑 웃는 표정이 오늘 저녁은 어쩐지 구푼이에서 내려가서 팔푼이나 칠푼이 정도 되는 것 같았으나, 황 참봉은 오히려 그런 그가 더 마음에 드는 듯 기분 좋게 몇 차례 수염을 쓰다듬어 내렸다. 그리고 아직 본론을 꺼내기가 좀 이르다 싶은지 뜸을 들이듯이 회고조로 나왔다.

　"니가 우리 집을 떠날 적에 내가 와 그런 약조를 니한테 받았는고 하면 너는 내 아들이나 다름이 없기 때문인 기라. 보자……. 마을에 버려진 니를 내가 거두어 키우게 된 기 벌써 이십칠팔 년 되는 것 같구나. 세월이 참 빠르지, 빨라. 내가 그때 너를 우리 집에 딜꼬 오도록 한 것은 너거 어메의 갸륵한 맘씨에 감복을 해서 그랬던 기여. 비록 처지가 딱해서 아들을 버리고 떠나기는 하지만, 자기의 금가락지 은비녀를 아들 머리맡에 놓고 간다는 것은 보통 여자로서는 어려운 일이지. 그런 처지가 되면 누구나 지 정신이 아니어서 엣다 모르겠다, 나나 살자 하고 내빼 삐리는 긴데, 너거 어메는 그기 아니었어. 어떤 사연이 있어서 니를 버리고 갔는지……. 좌우간 너거 어메가 불쌍한 여자긴 하지만, 맘씨만은 반듯한 여자에 틀림없어. 지금쯤 어디서 뭘 하며 살고 있는지 모르지만, 보자……. 벌써 육십이 넘었겠구나. 그때 서른두셋 됐었다고 했으니까. 너거 어메를 보아서 나는 너를 내 아들처럼 거두어 키워가지고 나중에 장개를 들여 줄 생각이었지. 그런데 너는 중간에 나를 떠난 기여. 얼매나 내가 섭섭했는지 아나?"

　"……."

　"그때 니가 만일 다른 집에 머슴살이를 하로 간다 캤으면 내가 가만두지 않았을 끼다. 니 다리모가지를 분질러 놨을지도 몰라. 그

114

런데 니가 돈을 벌라고 엿장사질을 하로 간다기에 니 팔자가 아매도 장사하는 데 있는가 보다 싶어서 가도록 내삐리 뒀던 기라. 그 대신 장개갈 때는 반드시 나하고 상의를 해야 된다는 약조 하나를 받아 뒀던 기지."

칠성이는 먹고 있던 잣도 이제 그만 씹으며 가만히 머리를 조금 숙이고 듣고만 있었다. 그럴 때의 표정은 조금도 모자라는 구석이 있어 보이지가 않았다.

한참 감회에 젖은 듯한 어조로 지껄여서 그런지 황 참봉은 눈구석에 조금 물기도 어리고, 코 속도 축축해서 또 손수건을 꺼내어 눈구석을 찍어내고, 코를 풀었다. 그리고 잠시 숨을 가다듬고 나서 다시 입을 열었다.

"칠성아, 인제 니 나이도 서른이 안 넘었나. 확실한 건 알 수가 없지만, 아매도 서른하나나 둘이 될 끼다. 남자로서 장개들 나이가 넘었어. 스물댓*(스물다섯쯤) 살 때 장개가는 기 알맞는데, 니는 뭐 논 스무 마지기 장만할 때까지는 장갤 안 든다고 고집이라메? 그 말이 맞나?"

"맞심더."

칠성이는 가만히 고개를 들며 대답했다.

"좋아, 논 스무 마지기를 기어이 장만할라 카는 그 욕심은 얼매든지 좋지. 그러나 남자가 장개드는 일이나 여자가 시집가는 일은 다 때가 있는 기라. 때를 놓치면 안 되는 기여. 알겠나?"

"……"

"그럼 만약 논 스무 마지기를 몬 장만하면 우짤 끼고? 영영 장개 안 갈 끼가?"

"꼭 장만할 낍니더."

"생각이사 그렇겠지만 마음대로 안 되면 우짤 끼고 그 말이다."

"마음대로 됩니더. 두고 보이소. 꼭 장만하고야 말 끼니까예."

"흠—."

이 녀석 욕심과 고집이 대단하구나 싶어 황 참봉은 고개를 두어 번 끄덕였다. 그리고 잠시 망설이듯 입 한쪽을 조금 실룩거리고 나서 불쑥 내뱉듯 말했다.

"올 갈에 장개들도록 해라. 내가 논 스무 마지기를 채워 줄 끼니까."

"예?"

칠성이의 눈이 휘둥그레졌다.

"니 논이 일곱 마지기라제? 맞나?"

"맞심더."

"그럼 열세 마지기를 내가 주면 되겠구나."

"……."

"내가 열세 마지기를 니한테 띠 줄 끼니까, 올 갈에 장개들도록 해라."

"어르신네, 정말입니꼬?"

"정말이고말고. 내가 니를 딜꼬 앉아서 실없이 거짓말을 하겠나. 그 대신 신부는 내가 고른다. 어떤노?"

"……."

"와 대답이 없노? 응?"

"난데없이 무슨 일인지 얼떨떨합니더."

"맞다. 얼떨떨할 끼다. 그래, 내가 솔직하게 털어놓지."

황 참봉은 한 차례 심호흡을 하듯 가슴을 폈다 오므렸다. 그리고 무겁게 입을 열었다.

"우리 연선이한테 장개들도록 해라."

"예?"

"연선이한테 장개를 들어서 내 사위가 되도록 하란 말이다."

"홋홋홋흐……."

그만 칠성이는 웃음을 사정없이 터뜨렸다.

"이누무 자식아, 와 웃노?"

"ㅎㅎㅎ……."

그래도 칠성이는 웃어젖혔다.

"몬 그치겠나!"

벌컥 화를 내며 황 참봉은 고함을 질렀다.

뚝 웃음을 멈추고 칠성이는 찔끔 목을 움츠리며 굳어졌다.

"올 갈에 연선이한테 장개를 들어야 돼. 논 열세 마지기를 띠 줄 끼니까. 알겠제?"

"……."

"알겠나 모르겠나?"

그래도 대답이 없자, 황 참봉은 눈썹을 두어 번 꿈틀거리고 나서 애써 목소리에서 열기를 빼며 말했다.

"그래, 당장 대답하기는 어렵겠지. 집에 가서 잘 생각해 보고, 사흘 안으로 와서 대답해라."

"예."

"가거라."

"예."

칠성이는 얼른 자리에서 일어났다. 아랫도리가 후들후들 떨리고 있었다.

12

밤이 이슥토록 칠성이는 잠을 이룰 수가 없었다. 머릿속이 세 가닥으로 뒤엉켜 뒤숭숭했다. 어젯밤부터 별안간 자기의 세상이 지금까지와는 현저히 다르게, 희한하고 재미있게 돌아가는 것만 같았다.

우선 여자의 몸뚱어리라는 게 그처럼 기가 막힐 지경으로 야릇한 맛을 지니고 있다는 것을 처음으로 안 다음의 설렘이라 할까, 그런 황홀함의 여운 같은 것이 머리를 어지럽히고 있었다. 향심이 생각이 간절했다. 그녀의 그 물컹하면서도 알맞게 탄력이 있고, 알맞게 뜨겁던 살이 지금도 자기의 살에 와 닿고 있는 것만 같아 묘하게 온몸이 뿌듯하면서 야릇하게 괴로웠다.

그녀와 하룻밤을 같이 하고 난 이튿날 아침, 그러니까 바로 오늘 아침의 그 희한하던 기분을 칠성이는 잊을 수가 없었다. 동녘 하늘에 떠오르는 아침 해가 어제까지의 해와는 다른, 마치 새로운 해 같은 느낌이었고, 그 햇살이 신선하고 상쾌하기 그지없었다. 엿판을 짊어지고 읍내로 향하는 걸음걸이도 이상하게 가뿐가뿐하기만 했다. 산들산들 목덜미를 스치는 바람결도 간질간질하면서 기분 좋기만 했고, 산과 들, 그리고 흐르는 물까지가 한결 눈부시고, 유정하게 느껴졌다. 그래서 절로 흥얼흥얼 콧노래가 흘러나오기도 했고, 빈 엿판을 지고 읍내 엿도가로 엿을 떼러 가는 길인데도 공연히 찰각 찰그락 찰각 찰그락…… 경쾌하게 가위질을 해대기도 했다.

종일 엿을 팔러 다니면서도 여느 날보다 월등히 신명을 내어 엿타령을 줄곧 늘어놓다시피 했다. 그래서 그런지 엿도 여느 날보다 더 수월하게 잘 팔리는 것 같았다. 한창 신명이 나서 엿타령을 내뿜으며 가위질을 해댈 때면 문득 까짓것 인심을 써서 뭉텅뭉텅 엿을 떼 줘도 아깝지 않을 것 같은 생각이 들기도 했다. 그러나 칠성이는 안 되지, 안 돼, 그것만은 안 될 일이지, 하고 바짝 정신을 차리듯 속으로 뇌며, 결코 여느 때보다 후하게 엿을 팔지는 않았다. 어쨌든 칠성이가 그런 생각이나마 해보기는 엿장수를 시작한 이래로 처음 일이었다. 그만큼 그는 여느 날과 달리 살짝 들떠 있었던 것이다.

그런데 저녁에는 또 황 참봉 어른한테 불려가서 뜻밖의 말을 듣지 않았는가. 논을 열세 마지기 떼어 줄 터이니 연선이와 결혼을 하라니…… 너무나 의외의 말이 아닐 수 없었다. 정말 꿈에도 생각해 본 일이 없는, 어처구니없다면 어처구니없는 그런 말이었다. 지금까지 칠성이는 자기의 결혼에 대해서 생각해 본 적이 한 번도 없었다. 논 스무 마지기를 장만하기 전에는 절대로 결혼을 안 한다는 그런 생각만을 해왔던 것인데, 어제 오늘 난데없이 두 군데서나 결혼 얘기가 나오다니…… 그저 얼떨떨할 따름이었다. 향심이 역시 어젯밤에 자기와 같이 살자는 말을 냅다 들이밀 듯이 하지 않았는가 말이다. 가타부타 대답은 하지 않았지만, 오늘 종일 살짝 들뜬 듯 기분이 좋으면서도 엿을 다 팔고 돌아올 때는 향심이의 그 뜻을 받아들여야 될지, 마다해야 할지 어떻게 하는 것이 좋을지…… 쉬 마음이 정해지지가 않아 머릿속이 꽤나 뒤숭숭했었다. 게다가 이번에는 또 연선이라니…….

연선이와 결혼을 한다는 것은 한마디로 있을 수 없는 일이었다. 다리 하나를 못 쓰는 병신을 아내로 맞아들여서 어쩔 것인가 말이다. 말하자면 평생 동안 그녀를 앉혀놓고 뒷바라지를 해야 된다는 얘긴데, 그게 될 말인가. 칠성이가 원하는 마누라는 몸이 남달리 튼튼해서 부지런히 일을 하고, 아들딸 쑥쑥 잘 뽑아내는 그런 여자였다. 얼굴은 같은 값에 고우면 좋지만, 곱지 않아도 상관없었다. 그저 보기에 밉지 않고 수수하면 되었다. 그런데 연선이는 그 첫째 조건인 몸이 남달리 튼튼하기는커녕 자기 몸도 자기가 잘 마음대로 못하는 그런 병신이 아닌가. 여자의 구실도 제대로 할 수 있을 것 같지가 않고, 자식도 낳을 수 있을지 의문이었다.

그리고 또 한 가지, 칠성이는 그녀를 동생처럼 생각하고 있는 터였다. 비록 핏줄은 조금도 닿는 것이 없지만, 어릴 때부터 한 집에서 같은 밥솥의 밥을 먹으며 한식구로 자랐으니 말이다. 칠성이와 연선이는 대여섯 살의 나이 차가 있었다. 그러니까 연선이의 생모가 목을 매어 죽고, 아직 젖이 떨어지지 않은 어린 연선이를 집에 데리고 왔을 때, 칠성이는 일곱 살인가 여덟 살쯤 된 코흘리개였다.

그때의 일을 칠성이는 지금도 어렴풋이 기억하고 있다. 연선이를 집으로 안고 온 것은 술이네였다. 연선이의 생모이며 황 참봉의 소실인 천실이가 목을 매달아 죽는 바람에 온 동네가 떠들썩했으나, 아직 철이 덜 든 일여덟*('일고여덟'의 준말) 살짜리 칠성이는 무엇이 어떻게 돌아가는지 영문을 알 수 없었다. 그저 무슨 예사롭지 않은 일이 있어서 젖먹이 어린애 하나를 부엌 어멈인 술이네가 집으로 안고 왔다는 정도밖에 짐작할 수가 없었다.

술이네가 안고 온 어린애는 계집애인데, 얼른 보기에도 어디가 아픈 듯 낯빛이 새하얗고 힘이 없어 보였다. 겁을 집어먹은 듯한 커다란 두 눈만이 이상스레 새까맣게 반질거리는데, 그 눈도 살짝 사팔뜨긴 듯했다.

그 아기를 보자 성주댁은 대뜸,

"그년, 병신 새끼를 누구한테 우짜라고 지 혼자 죽노. 죽을라 카거든 새끼도 같이 딜꼬 죽지. 망할 년."

이렇게 누구한텐 지도 모르게 욕지거리부터 내뱉었고,

"내사 모른다. 키울라 카거든 자네가 키우게. 그런 배냇병신을 우째 키운단 말이고. 내 참 기가 맥히서……."

어처구니가 없다는 듯이 싹 돌아서고 마는 것이었다.

칠성이는 그때 어린애가 몹시 불쌍하다는 생각이 들었다. 그리고 철없는 어린 소견에도 어머니가 왜 저럴까, 너무한다 싶었다. 칠성이는 그 무렵 성주댁을 어머니라고 생각하고 있었다. 어딘지 모르게 서먹한 구석이 있긴 했으나, 낳은 어머니와 기른 어머니의 구별도 잘 모르는 터이라 막연히 그저 어머니라고만 생각하고 있었다. 그러나 부르기는 '마나님'이라고 불렀다. 술이네랑 머슴이 마나님이라고 부르기 때문에 저도 덩달아 그렇게 불렀던 것이다. '마나님'과 '어머니'의 구별도 잘 모르는 흐릿한 코흘리개였다.

한동안 성주댁은 연선이를 전혀 돌보지 않았다. 마치 무슨 재수 없는 액거리가 집에 들어오기라도 한 듯 거들떠보기도 싫어했다. 주인마님의 그런 눈치를 보아가면서 술이네가 연선이를 키웠다.

술이네가 기거하는 부엌 골방에 연선이는 언제나 새하얀 얼굴로 누워 있기 마련이었다. 기지도 못했고, 앉지도 못했다.

그런 연선이를 칠성이는 처음에는 그저 늦되는 아이라서 그런가 보다 싶었다. 칠성이는 연선이가 혼자 누워 있는 부엌 골방 문을 열고 들여다보는 게 재미였다. 대낮에도 어두컴컴한 골방에 희끄무레하게 누워 있는 연선이를 들여다보며 한 번은,

"야, 니 어디 아프나?"

하고 물어본 적이 있었다. 어쩐지 꼭 병으로 시들시들 앓고 있는 것처럼 보였던 것이다. 물론 그때는 그 말을 연선이가 알아듣지도 못했다.

연선이가 다리 하나를 못 쓰는 병신이라는 것을 안 뒤로 칠성이는 몹시 연선이를 불쌍하게 여겼다. 그러면서 한편 그 시들시들 고드러진 것 같은 가느다란 한쪽 다리가 얄궂고 신기해서 곧잘 그 다리를 구경하려고 들었다. 그러면 술이네가,

"이놈아야, 뭘 보노? 저리 가!"

하고 화라도 나는 듯 대갈빼기에다가 꿀밤을 한 개 콱 먹이곤 했다.

몸은 제대로 움직이질 못했으나, 연선이는 말은 성한 아이와 다름없이 배워나갔다. 누운 채 술이네를 보면 방실방실 웃으며, '암마 암마' 하고 귀엽게 입을 뗐고, 칠성이에게는 '아바 아바' 하고 '오빠'를 '아바'라고 불렀다. 그러면 칠성이는,

"내가 니 아부지가? 히히히……."

재미가 좋아서 킬킬거렸고, 술이네도,

"너거 아부지가 이렇게 쪼맨한 줄 아나? 너거 아부지는 이 집 주인어른이시다. 주인어른, 알겠나?"

하면서 웃었다.

그런 연선이가 귀여워서 칠성이는 술이네에게 곧잘 아기를 업혀 달라고 졸랐다. 처음에는 위태하다면서 잘 업혀주질 않았으나, 결국 마지 못하는 듯 포대기를 두르고 띠를 매어 조심스레 업혀 주었다. 칠성이가 아무 탈 없이 곧잘 아기를 업어내자, 나중에는 오히려 술이네 쪽에서 걸핏하면,

"칠성아, 애기 좀 업어라."

하고 시키기에 이르렀다. 그러나 바깥으로 나가는 건 금했다. 집 안에서만 업고 다니도록 했다. 바깥까지 내보내기에는 아무래도 아직 마음이 놓이지가 않았던 것이다.

그런데 한 번은 칠성이가 아기를 업고 집 안을 서성거리다가 술이네의 눈을 피해 살짝 대문 밖으로 나가 보았다. 칠성이는 늘 제가 아기를 업을 수 있다는 것을 이웃 아이들에게 자랑하고 싶었다. 대문 밖 넓은 바깥마당에서 아이들이 몇이 구슬치기를 하면서 놀고 있었다. 그 아이들을 향해 칠성이는 자랑스럽게 외쳤다.

"야들아, 이보래. 나 알라 업었대이."

그러나 아이들은 아기 업은 게 뭐 그리 대수로우냐는 듯이 힐끗 돌아볼 뿐 구슬치기에 여념이 없었다. 칠성이는 아이들 곁으로 다가가서,

"너거 우리 알라 다리 몬 봤제! 한쪽 다리가 빙신이다 아나?"

마치 병신인 다리가 자랑스럽기라도 한 것처럼 말했다.

아이들도 연선이의 한쪽 다리가 병신이라는 것을 들어서 알고 있었다. 그러나 본 적은 없었다.

"한 번 보자. 어떻게 생겼는데?"

한 아이가 말하자 다른 아이들도,

"어디 어떻게 생깄노?"

"시들시들하다면서?"

"좀 구경하자."

바짝 구미가 당기는 듯 구슬치기 하던 것을 멈추고 칠성이 등 뒤
로 모여들었다.

"비 주까, 히히히……."

칠성이는 웃으면서 아기를 싸 업은 포대기의 뒷자락을 훌렁 걷
어붙였다.

"자, 보래. 어떤강. 히히히……."

무슨 신기한 것이라도 자랑하는 기분인 듯 칠성이는 곧장 킬킬
거렸다. 포대기 밑으로 드러난 연선이의 두 다리 중에서 시들시들
고드러진 것처럼 가느다랗게 축 늘어진 한쪽 다리를 아이들은 신
기한 듯이 바라보며,

"히야— 얄궂게 생깄대이."

"꼭 말라비틀어진 무시(무) 꼬랑대기 같다, 그쟈?"

"발도 억씨기 쪼맨태이."

"발바닥도 쪼맨타. 하하하……."

"히히히……."

무슨 재미있고 신나는 일이라도 생긴 듯 떠들어 댔다. 살짝살짝
건드려보는 녀석도 있었다.

그러고 있을 때, 절에 갔던 성주댁이 마침 돌아왔다. 성주댁은 이
제까지는 거의 절을 찾아가는 일이 없었는데, 천실이가 죽고, 그 피
붙이가 자기 몫이 되어 들어오자 심기가 편치 않아서 그런지 늘 꿈

자리가 사납고, 또 이상스럽게 집 안에 이 사람 저 사람 번갈아가며 우환이 그칠 날이 없었다. 그래서 한 번은 점쟁이를 찾아가 물어보았더니, 그 목을 매어 죽은 원귀의 소행이라고 하며, 크게 넋풀이 굿을 한판 벌여 주라는 것이었다. 그러나 집 안에서 굿판 같은 것을 벌일 수는 없었다. 원래 황 참봉은 그런 짓거리는 완강히 고개를 내젓는 사람이었다. 얘기를 했더니 황 참봉은 굿 대신 절에 가서 불공이나 드리라는 것이었다. 그래서 절을 찾아가 치성을 드리며 원혼의 극락왕생을 빌어 주었다. 그런 뒤로 한 번 두 번 절을 찾아가기 시작한 성주댁은 어느덧 부처님의 공덕이 몸에 스몄는지 곧잘 차려 입고 절을 찾아가기에 이르렀다. 회룡산 중턱 깊숙한 품 안에 회룡사라는 꽤 오래된 절이 있어 안성맞춤이었다.

"너거들 뭐 하고 있노."

아기를 업은 칠성이에게 아이들이 몰려들어 떠들어 대고 있는 것을 본 성주댁은 무슨 일인가 싶어 얼른 다가갔다.

"아니, 이것들이……."

성주댁은 안색이 확 변하고 말았다.

"칠성아, 이놈아야! 니 뭐 하고 있는 기고? 응이? 알라 빙신 다리를 애들한테 구경시키고 있는 기가? 뭐 이런 놈의 자식이 다 있지!"

파르르 화가 치미는 듯 냅다 내뱉으면서 성주댁은 칠성이의 대갈빼기를 사정없이 콱 쥐어박았다. 그리고,

"엑끼, 요놈들아. 썩 저리들 몬 가겠나?"

아이들에게도 발칵 고함을 질렀다.

어린 것의 병신 다리를 아이들에게 구경시키고 있다니, 그리고 그것을 만지작거리기까지 하며 애 녀석들이 좋아서 떠들어 대다니,

성주댁은 순간적으로 어떤 참을 수 없는 노여움이 울컥 솟구쳐 올랐던 것이다.

"이놈아야, 알라 이리 도고. 어서 풀어."

"예."

칠성이는 겁을 집어먹고 목을 찔끔 움츠린 채 얼른 띠를 풀었다. 아기를 포대기째 받아 안은 성주댁은,

"아무리 철딱서니가 없어도 그럴 수가 있나. 내 참 기가 맥히서…… 쯧쯧쯧……."

어이가 없고, 어린 것이 측은하기도 한 듯 혀를 차면서 대문을 들어섰다.

그런 일이 있은 뒤로 성주댁은 나 몰라라 하던 태도를 바꾸어 연선이를 자기 손으로도 거두게 되었다.

칠성이는 연선이가 대여섯 살 될 무렵까지 곧잘 업어 주었다. 대여섯 살이면 여느 아이들 같으면 혼자서 바깥에 나가 이웃 꼬맹이 친구들과 어울려 놀기 일쑤일 터인데, 연선이는 그제야 겨우 제 힘으로 일어나 앉고, 벽을 짚고 간신히 일어서는 정도였다. 그런 연선이를 칠성이는 곧잘 등에 업고 바깥으로 나가 주었던 것이다.

열두어 살 때부터 칠성이는 꼴머슴으로 일하기 시작했기 때문에 그 뒤로는 연선이를 업어주는 일이 드물었다. 그러나 연선이가 열두세 살 될 무렵까지도, 그러니까 칠성이가 열일고여덟 되어서도 드물게 한 번씩 집안사람들의 눈을 피해 살짝 업어주곤 했었다. 그때는 이미 서로 업히기도, 업어 주기도 좀 쑥스러운 그런 지경이 되어 있었으나, 둘이가 다 그러는 게 결코 싫지가 않았다.

한 번은 열세 살 된 연선이를 업고 사랑채 앞뜰에 서서 담 너머

멀리 바깥 풍경을 내다보고 있었다. 화단에는 목련화가 한창 그 우아한 유백색의 봉오리를 화사하게 벌리고 있었다. 황 참봉이 출타하고 없어서 사랑채는 호젓하기만 했다.

　칠성이의 등에 업혀 담 너머로 맞은바라기의 산을 바라보고 있던 연선이가,

"오빠."

하고 부드럽게 입을 열었다.

"응?"

"저기 저 산에 울긋불긋한 것 꽃이지?"

"응."

"무슨 꽃이고?"

"진달래 앙이가."

"진달래 참 곱다. 그쟈?"

"그래."

"나도 산에 한 번 가봤으면 좋겠다. 진달래꽃도 구경하고……."

그 말에 칠성이는 묘하게 가슴이 찡해지는 것을 느끼며,

"나중에 내가 한 번 딜꼬 가주께."

하고 말했다.

"언제?"

"니가 크거든."

"몇 살 되면?"

"니가 처녀가 되면."

"처녀는 몇 살인데?"

그러자 칠성이는 재미있는 듯이 싱그레 웃으며,

"응…… 열여덟 살."

하고 입에서 나오는 대로 불쑥 대답했다.

"열여덟 살? 그러면 오 년 남았구나. 그지?"

"응."

"오 년 후에 꼭 딜꼬 가줘야 돼. 오빠, 약속하지?"

"하고말고."

"그때는 내가 오빠한테 안 업혀도 갈 수 있게 될라나?"

"그렇게 될 끼다. 그러니까 목발 짚고 걷는 연습을 자꾸 해야 돼."

"알았어."

잠시 말이 없다가 연선이는 또,

"오빠."

입을 열었다.

"응?"

"처녀가 되면 총각이 몬 업지? 업으면 남들이 숭보지?"

"그래, 호호호……."

"오빠는 총각이지?"

"그래."

"지금도 오빠는 총각 앙이가, 그쟈? 맞지?"

"호호호……."

"나도 다 알아."

연선이도 조금 야릇하게 헤죽헤죽 웃었다. 열세 살이지만 그 웃음소리에 어느덧 여자의 색깔 같은 것이 살짝 묻어 있는 듯했다.

그런 일이 있은 뒤로 연선이는 봄이면 곧잘 진달래가 피어 곱게 물든 산을 바라보며 빨리 열여덟 살이 되었으면 하고 생각하곤 했다. 그러나 열여덟 처녀가 되면 산에 데리고 가서 진달래꽃 구경을 시켜 주겠다던 칠성이의 그 약속은 지켜지지 않고 말았다. 그 이전에 칠성이가 엿장수질을 하러 집을 떠나고 말았던 것이다. 그리고 연선이 역시 열대여섯, 그러니까 사춘기에 접어들면서부터는 그때의 그 약속이라는 것을 생각하면 어쩐지 우습고, 조금 부끄럽기도 했다. 칠성이가 반드시 그러겠다는 생각으로 한 약속이 아니라, 그저 철없는 자기에게 위안 삼아 한 말이라는 것을 이해할 수 있었고, 또 사실 열여덟이 아니라 스물여덟이 되어도 자기는 진달래꽃이 피어 우거진 산의 그 중턱까지 갈 수 없는 몸이라는 것을 알고 있었다. 그러나 어쨌든 어린 시절 한때의 아련한 꿈같은 기억이어서 연선이로서는 두고두고 잊을 수가 없었다.

칠성이가 엿장수질을 하러 집을 떠나고 말았을 때 누구보다도 섭섭해 한 것은 연선이였다. 겉으로 그런 기색을 드러내지는 않았으나, 왠지 모르게 쓸쓸하고 허전해서 혼자서 남몰래 찔끔찔끔 울기까지 했었다.

연선이는 처녀가 되면서부터 뜨개질에 재미를 붙였다. 처음에는 그냥 무명실을 몇 가닥으로 해서 그것으로 양말을 짜고, 장갑을 짰다. 그런 연선이를 보고서 황 참봉이 사람을 시켜 털실을 구해다 주어서 아버지의 상하 겨울 내의도 짜고, 토시도 짜고, 집안사람들의 스웨터 같은 것도 곧잘 짜냈다. 말하자면 그것이 그녀의 유일한 일거리이며 하루하루의 재미였다.

연선이는 자기가 짠 양말이랑 장갑을 칠성이에게 선물로 주기도 했다. 겨울에 엿을 팔러 다니자면 얼마나 손발이 시리겠느냐 싶어서 일부러 남들 것보다 두껍게 짜서 잘 간수해 두었다가 무슨 볼

일이 있어 집에 들르는 기회를 보아 다른 사람들의 눈을 피해서 살짝,

"오빠, 이거 내가 짠 기니까 받아."

하면서 주었다. 어쩐지 무슨 부끄러운 짓을 하는 것 같아 조금 수줍어하면서 말이다.

그럴 때면 칠성이는 그저 좋아서 어쩔 줄을 모르며,

"아이고 이거…… 참 잘 짰다. 고맙대이."

하고 그 역시 남들이 볼까 봐 얼른 감추듯 저고리 품속에 집어넣어 버렸었다.

스무 살을 넘어서고부터는 연선이는 뜨개질뿐 아니라 자수에도 취미를 붙이게 되었다. 가지가지 색실을 가지고 책상보랑 경대보에 수를 놓기도 했고, 이불 호청만큼이나 큼직한 횟댓보에 울긋불긋 거창하고 요란한 수를 새기기도 했다. 둥근 수틀을 들고 앉아 수바늘을 돌리기에 여념이 없는 그녀의 모습은 어쩌면 마치 수를 놓기 위해서 이 세상에 온 여자 같은 느낌을 주었다. 성하지 못한 한쪽 다리가 안 보이도록 치맛자락을 넓게 펼치고서 약간 기울어진 듯 다소곳이 앉은 자세도 그렇고, 조용한 표정도 그랬으며, 한 바늘 한 바늘 정성을 다하는 그 가늘고 깨끗한 손가락들과 새하얀 안색에 칠흑처럼 길게 흘러내린 머리카락이 또한 그런 느낌을 물씬 더해 주는 듯했다.

한 번은 안채 툇마루에 그처럼 조용히 앉아 둥근 수틀을 안고 수를 새기고 있는 연선이 곁으로 칠성이가 바싹 다가가 본 적이 있었다. 연선이는 그때 휘늘어진 수양버들 아래서 녹의홍상의 어여쁜 처녀가 그네를 타고 있고, 한쪽에는 조랑말에 몸을 실은 초립동이

웃는 얼굴로 구경을 하고 있는 그런 수를 새기고 있었다. 단옷날의
광경인 듯했다.

그 수를 보고 칠성이는,

"춘향이하고 이 도령이가? 맞제?"

하면서 히죽이 웃었다.

연선이는 조금 부끄러운 듯 수틀을 살짝 옆으로 감추며,

"오빠, 저리 가."

하고 힐끗 곱게 눈을 흘겼다. 약간 사팔뜨기인 그녀의 눈매는 그런
경우 섬뜩하도록 아름다웠다.

칠성이는 어쩐지 자꾸 히죽히죽 웃음이 나오며, 시집갈 때 갖고
갈라 카나? 하는 소리가 목구멍을 기어올라 오려 했다. 그러나 그
는 그런 말을 해서는 안 된다는 생각에 입을 꾹 다물었다. 구푼이
이긴 했지만, 연선이한테 그런 말은 하는 게 아니라는 것을 잘 알
고 있었던 것이다.

연선이의 그 수를 본 뒤로 칠성이는 시집도 못 갈 몸이 그런 수
를 열심히 놓고 있다니 참 안됐다, 불쌍하다는 생각에 혼자서 가슴
이 멍멍해지기도 했었다.

말하자면 연선이가 시집을 갈 수 있으리라고는 정말 꿈에도 생
각해 본 일이 없었다. 그런데 난데없이 황 참봉 어른 입에서 연선이
한테 장가를 들도록 하라는 말이 나오다니, 어처구니가 없었다. 그
것도 이쪽 의사를 떠보는 게 아니라, 밀어붙이듯이 명령조로 나오
다니 기가 찰 노릇이었다. 연선이가 성한 몸이라 하더라도, 비록 피
를 나눈 사이는 아니지만 한 집에서 오누이처럼 자란 처지여서 내
외간으로 맺어지기가 뭐할 터인데 말이다.

칠성이는 황 참봉이 야속스럽기까지 했다. 그러면서도 한편 머리에 찰싹 달라붙어서 떠나지 않는 것은 논 열세 마지기를 준다는 말이었다. 공짜로 하루아침에 논 열세 마지기가 생겨서 별안간 스무 마지기의 지주가 된다는 것을 생각하면 절로 군침이 입안에 고여 오르며 가슴이 다 벙벙해지지 않을 수 없었다. 논 일곱 마지기를 장만하는 데도 오랜 세월 얼마나 많은 고생을 했는가 말이다. 그런데 그 두 배에 가까운 열세 마지기가 가만히 앉아 있는데 굴러들어 오다니, 꿈같은 일이 아닐 수 없었다.

연선이가 그런 병신만 아니라면 얼마나 좋을까 싶었다. 당장에라도 장가를 들 텐데 말이다. 까짓것 한 집에서 오누이처럼 자란 것쯤 대수로울 게 무엇인가. 남남인데…… 오히려 어린 시절부터 업어 주기도 하고, 양말이랑 장갑 같은 것을 선물로 받기도 해서 서로 정이 배었으니 더 좋은 게 아닌가. 생각할수록 칠성이는 그저 안타깝고 뒤숭숭하기만 했다.

그러다가 문득 연선이가 만일 성한 몸이라면 황 참봉 어른이 일부러 논 열세 마지기까지 주며 장가를 들라고 할 턱이 있겠느냐, 자기 딸이 병신이니까 그 대가로 논을 끼워 주겠다는 것이지…… 하는 생각이 들자, 칠성이는 지금까지의 들뜬 기분이 싹 가시며 입맛이 뚝 떨어지듯 떨떠름하기만 했다.

"영감태기가 그러면 그렇지, 나를 생각해서 그카겠나. 뭐라, 니는 내 아들이나 다름이 없다고? 아들처럼 키워가지고 나중에 장개를 들여 줄 생각이었다고? 흥! 지 병신 딸을 나한테 치워묵을라꼬 그때부터 속으로 작정을 했던 모양이지. 엉큼한 영감태기 같으니라구. 뭐, 연선이한테 장개를 들어서 내 사우가 되라고? 헤헤헤…… 아들을 우째 사우로 삼는공? 그런 법도 있능강? 웃기제. 흐흐흐……."

공연히 황 참봉을 욕해 대며 불도 안 켠 깜깜한 방에 누워서 칠성이는 혼자서 히들히들 웃기도 했다.

생각이 그런 쪽으로 돌아가자, 불현듯 다시 향심이가 그리워졌다. 오늘 밤에도 어젯밤처럼 전내기 술을 한 주전자 들고 찾아와 주었으면 얼마나 좋을까, 바짝 기다려지기까지 했다.

그러나 뚜― 하고 멀리서 통행금지를 알리는 사이렌 소리가 울릴 때까지 그녀가 찾아오는 기척은 없었다. 내일은 비라도 오려는지 십 리 밖 읍내의 사이렌 소리가 여느 때보다도 한결 가깝게 들려왔다.

그제야 칠성이는 아으윽― 크게 하품이 나왔다. 세 가닥으로 얽혀 뒤숭숭하게 돌아가던 향심이 생각, 연선이와의 지난날, 그리고 논 열세 마지기 얘기가 머릿속에서 흐늘흐늘 안개처럼 풀려 희미해져 갔다. 칠성이는 어느덧 코를 골기 시작하고 있었다.

13

사흘째 되는 날 저녁, 칠성이는 집을 나섰다. 물론 황 참봉을 찾아가는 것이었다.

추적추적 비가 내리고 있었다. 어제부터 이틀째 내렸다 그쳤다 질금질금 이어지는 비였다. 벌써 장마철로 접어든 것 같은 느낌이었다.

칠성이는 비 오는 날이 싫었다. 엿을 팔러 나갈 수가 없기 때문이었다. 겨울에 눈이 오는 것도 좋지가 않았지만, 그런대로 엿판을 짊어지고 나설 수가 있어서 괜찮았다. 비가 오면 그럴 수가 없었다. 하루를 공친다는 것은 칠성이에게 있어서는 이만저만 안타까운 노릇이 아니었다. 엿을 못 팔아서 안타까울 뿐 아니라, 방구석에서 아무 하는 일 없이 하루를 뒹굴뒹굴 보낸다는 것도 보통 지겹고 고된 일이 아니었다. 엿판을 짊어지고 하루 종일 돌아다니는 것보다 오히려 더 힘이 드는 듯했다. 온몸이 다 지근지근 쑤시는 것 같았다. 일에 이골이 난 사람은 편해서는 안 되는 모양이었다. 그런데 이틀을 내리 방구석에 처박혀 있고 보니 병이 날 지경이었다.

주인집 허름한 삿갓을 빌려 쓰고 질척질척한 골목길을 걸어가는 칠성이는 온통 우거지상을 하고 있었다. 지랄같이 비가 그칠 낌새가 보이지 않기 때문이었다. 이러다가는 내일도 또 공칠 것만 같지 않은가 말이다.

"니기미할 비가 아직 여름도 아닌데 와 이렇게 문딩이 같이 와쌓노, 에잇 기분 잡쳐!"

공연히 혼자서 발칵 화를 내다가 칠성이는 쭉 미끄러져 하마터면 자빠질 뻔했다.

황 참봉은 추적추적 비 내리는 소리를 들으며 혼자서 화투짝을 떼고 있었다. 잠이 안 오고 적적할 때의 버릇이었다. 십여 년 전까지만 해도 마누라와 둘이서 곧잘 화투를 쳤으나, 그 뒤로는 싱겁고 아무 재미가 없어져서 그저 혼자서 화투짝을 한데 포개어 놓고 한 장 한 장 떼어 맞추어 나가며 이런 생각 저런 생각 하염없는 망상을 즐기다가 하품이 나오면 그만두었다.

그러나 오늘 밤은 이런저런 덧없는 생각을 하고 있는 것이 아니라, 칠성이를 기다리며, 연선이와 그와의 혼사에 관한 생각을 하고 있었다.

"어르신네 계시능교?"

바깥에서 칠성이의 목소리가 들리자, 황 참봉은 얼른 화투짝을 놓고 자리에서 일어났다. 비가 오기 때문에 혹시 안 찾아오는 게 아닌가 싶었던 참이라 무척 반가웠다.

"어서 오게."

하면서 손수 방문을 열어 주기까지 했다. 여느 때 같으면 그저 앉은 채 "들어오너라" 하면 그만인데 말이다.

칠성이가 들어와 윗목에 꿇어앉자 황 참봉은,

"비가 많이 오는 모양이제?"

이렇게 먼저 입을 뗐다.

"지랄같이 무슨 비가 이렇게 자꾸 오는지 모르겠심더, 여름도 아닌데……."

칠성이는 볼멘소리로 대답했다.

황 참봉은 그런 칠성이의 얼굴을 가만히 바라보았다. 오늘 밤은 그의 표정부터가 신경이 쓰이는 것이었다.

"편히 앉어."

"예."

칠성이는 좀 편한 자세로 고쳐 앉았다. 바지 아래쪽이 비에 젖어 눅눅해서 별로 기분이 좋지가 않았다.

황 참봉은 칠성이가 먼저 말을 꺼내주기를 바라며 방바닥에 흩어져 있는 화투짝을 긁어모아 한쪽으로 치웠다. 그리고 담뱃대로 놋재떨이를 끌어당겼다. 장죽 꼭지에 담배를 담아 불을 붙여서 입에 물고 푸— 푸— 두어 번 연기를 내뿜을 때까지 아무 말이 없자, 황 참봉은 불쑥 자기가 먼저 말을 꺼냈다.

"생각해 봤겠제?"

"예."

대답만 하고, 멀뚱한 표정을 짓고 있을 뿐이었다.

"생각해 봤으면 말을 해야지. 어떻게 할 낀가……."

"……."

"와 말이 없지?"

"……."

"음—."

절로 황 참봉의 입에서 무거운 신음소리가 흘러나왔다. 묵묵부답이라는 것은 곧 거절을 뜻하는 것이 아니고 무엇이겠는가. 그렇지 않고 승낙을 할 생각이라면 대번에 웃으면서 입을 열 텐데 말이다.

황 참봉은 속에서 무엇이 와르르 무너져 내리는 것을 느끼며, 빡빡 힘을 주어 장죽을 빨아 댔다. 생각 같아서는 그만 담뱃대로 녀석의 대갈통을 냅다 갈겨 주고 싶었다. 그러나 그렇게 되면 일이 영영 망가져 버리고 말 터이어서 솟구쳐 오르는 화를 애써 꾹꾹 누르며 애꿎은 놋재떨이만 아직 담배가 덜 탄 장죽 꼭지로 땅땅! 두들겼다. 그리고,

"베란간 벙어리가 됐나, 와 말을 몬 하노! 응?"

눈까지 부릅뜨며 내뱉었다.

칠성이는 흠칠 목을 움츠렸다.

"어허, 이 녀석 보래. 간뎅이가 부었어. 아니 니 정말 말을 안 할 끼가? 그럼 뭐 하로 왔노?"

황 참봉의 한쪽 눈썹이 꿈틀거리는 것을 보자, 그제야 칠성이는,

"말하겠심더, 저……."

하고 입을 열었다.

"어서 말해 봐."

"저…… 어르신네, 잔치를 가을에 하는 기지예? 곧 하는 기 아니지예?"

"물론 가을에 하지."

황 참봉의 목소리가 현저히 누그러졌다. 의외의 말이었던 것이다. 너무 지레짐작을 한 것 같아 조금 속으로 멋쩍기까지 했다.

"가을 같으면 아직 많이 안 남았습니꾜. 그지예? 어르신네, 가을까지는 지가 맘을 정할 끼니까, 그때까지 기다려 주실 수 있겠습니꾜?"

"이눔아야, 가을까지 기다리라 말이가?"

"그때까진 어떤 일이 있어도 맘을 정할 끼니까예."

"그렇게 오래 생각할 끼 뭐 있노."

"어르신네, 안 그렇심더. 결혼은 인생의 중대사 아닙니꾜. 맞지예?"

"그래, 맞다. 인생의 중대사지. 허허허……."

황 참봉은 그만 웃음이 나오고 말았다. 제법 '인생의 중대사'란 말까지 하다니 어쩐지 우스웠던 것이다. 그리고 거절이 아니라, 아직 미정인 셈이어서 심사가 꽤나 누그러지는 듯했다.

"인생의 중대사니까 천천히 잘 생각해 봐야지예. 안 그렇습니꾜?

어르신네."

오늘 밤 칠성이는 제법 능청스럽기까지 했다. 제 딴은 있는 재주를 다하는 모양이었다.

"그렇지만 이눔아야, 가을까진 안 된다. 그 전에 결정을 해야 가을에 잔치할 준비를 하지. 안 그러나?"

잠시 생각에 잠기더니 칠성이는,

"그럼 여름까지 기다려 주이소. 그것은 되겠지예? 여름에 결정을 하면 가을에 잔치할 수 안 있습니꾜."

하고 히죽이 유난스레 웃어 보이기까지 했다.

"그래, 좋다. 그럼 앞으로 석 달, 그러니까 보자…… 오, 륙, 칠, 팔월 말까지 기한을 주지. 어떤노?"

"좋심더."

"사흘이 석 달로 늘어나고 말았구나. 허허허……."

웃고 나서 황 참봉은,

"그러나 단단히 들어. 그때 가서 안 하겠다 카면 안 된다. 꼭 한다 캐야 돼. 알겠제?"

꾹 눌러 다지듯 말했다.

"흐흐흐…… 어르신네도 지가 한다 카면 논 열세 마지기를 꼭 주셔야 합니더."

칠성이도 다짐을 놓듯 말했다.

"그래, 주고말고. 틀림없지. 틀림없어."

황 참봉은 기분이 이제 매우 좋았다. 그 녀석, 연선이한테 장가들기 싫지만 논은 욕심이 나는 모양이지. 고이얀 녀석…… 싶으면서,

"허허허……."

활짝 웃었다.

14

연선이를 칠성이에게 시집보내려 한다는 소문 역시 곧 온 마을에 퍼졌다. 사랑방에서 밤에 황 참봉과 칠성이가 단 둘이 마주 앉아 두 차례 그런 얘기를 주고받았을 뿐인데, 밤 말은 쥐가 듣는다더니, 용케도 밖으로 새어 나갔던 것이다.

쥐가 들어서 그럴 턱은 없는 것이고, 첫 번째 만날 때부터 성주댁이 술이네에게 무슨 얘기를 하는지 가서 살짝 엿듣고 오라고 시켰었다. 칠성이에게 여자가 생겼다는 소문을 황 참봉에게 알려 주었을 때, 영감이 술잔을 탁! 소리가 날 정도로 상에 놓으며 "누굴 시켜 칠성이를 집에 오라 캐, 내가 좀 보잔다고" 하고 무뚝뚝하게 말을 해서 왜 그러는가…… 바짝 궁금했던 것이다.

사흘 뒤에 와서 대답을 하라는 황 참봉의 말을 그때 똑똑히 들었기 때문에 술이네는 스스로 잘 유념해 있다가 두 번째 역시 은밀히 밖에서 엿듣고서 성주댁에게 보고를 했었다.

칠성이는 구푼이이긴 하지만 분별은 발라서 연선이 같은 병신과 혼담이 있다는 말을 누구에게도 입 밖에 내질 않았다. 그러니까 말은 술이네의 입에서 바깥으로 새어 나가 온 마을에 소문이 되어 퍼졌던 것이다.

그 소문을 들은 마을 사람들은 너나없이 모두 야, 이것 봐라, 정말 재미있게 돌아가는구나 싶었다. 칠성이에게 여자가 생겼다는 사실만으로도 파한(破閑)거리가 충분히 되는 화제인데, 게다가 이번에는 황 참봉이 연선이를 칠성이에게 시집보내려고 한다니, 일이 어떻게 결말지어질 것인지, 마치 무슨 신파극의 줄거리 같기도 해서 흥미가 진진하지 않을 수 없었다.

"뭐, 논 열세 마지기를 미끼로 던졌다며?"

"그렇다 카네. 칠성이가 아무래도 넘어가겠는데…… 그 욕심꾸러기가 논 열세 마지기를 마다 카겠다."

"아무리 그래도 그 병신을 데리다가 우짤라고. 평생 골칫거린데…… 그리고 알라도 놓을 수 있을는지 모르고……."

"좌우간 칠성이 골통깨나 아프겠구먼. 좋아하는 여자라도 안 생겼다면 또 모르지만, 해필 여자가 생겼는데 그런 혼담이라니……."

"황 참봉이 소문을 듣고서 안 되겠다 싶어서 나선 기지 뭐. 그 양반이 진작부터 혼자서 칠성이를 마음속에 찍어놓고 있었는지도 모른다 앙이가."

"그런지도 모르지. 우쨌든 칠성이가 황 참봉 말을 거절하지 몬할걸. 지를 키워준 은인인데……."

"맞어. 거절하기 힘들지."

이렇게 칠성이가 황 참봉 말을 따르게 될 것이라고 얘기를 하는 사람들이 대부분이었으나, 그렇지 않을 것으로 보는 축도 없지가 않았다.

"칠성이가 어떤 녀석이라고. 고집이 항우 고집 앙이가."

"맞어. 아무리 황 참봉 말이라도 들을 기 따로 있지. 논 열세 마지기에 글쎄, 평생 골칫거리를 떠맡는단 말이가. 말도 안 되지."

"본래 좀 모자라는 사람이 옹고집인 기라. 두고 보래, 황 참봉이 칠성이를 몬 꺾을 끼니까."

"나도 동감이다. 자기를 길러준 은공 같은 걸 제대로 알면 구푼이라 카겠어. 안 그러나?"

"게다가 여자가 생겨서 딜꼬 자기까지 했지러. 그 여자 맛에 빠져서도 말을 안 들을걸. 노총각이 동정을 바쳤을 끼니까."

"정말 서른이 넘도록 동정이었을까?"

"칠성이 그 녀석 돈 모으는 것밖에 뭘 아노? 틀림없이 동정이었을 끼다."

"허허허…… 좌우간 일은 재미있게 벌어졌어."

"황 참봉 화께나 나게 생겼지 뭐꼬."

마을 사람들뿐 아니라, 집안사람들 역시 관심이 대단했다. 마을 사람들은 남의 일을 그저 재미삼아 지껄이며 흥미 있게 지켜보는 입장이었으나, 집안사람들은 직접 자기네 일이라 한결 관심이 짙지 않을 수 없었다. 연선이를 칠성이에게 시집보내려 하다니 너무나 의외의 일이라서 그 말을 처음 엿들은 술이네는 물론이고, 술이네 한테서 보고를 받은 성주댁도, 성주댁에게 얘기를 들은 두원 내외도 모두가 눈이 휘둥그레졌었다.

그중에서도 성주댁이 낳은 어미는 아니지만 키운 어미라는 입장에서 아무래도 누구보다 가장 관심이 깊지 않을 수 없었다. 그래서 두 번째 칠성이가 다녀간 다음 날 오후에 사랑채로 영감을 찾아갔다.

점심을 먹고 나서 황 참봉은 마루 끝에 나와 앉아 산과 하늘을 바라보며 담배를 피우고 있었다. 아침나절까지도 질금거리던 비가 그치고, 점심때가 가까워지면서 서서히 구름이 벗겨지기 시작하더니 이제 활짝 씻은 듯 하늘이 열려 상쾌하기 그지없는 오후였다.

뜰 앞 화단의 목련화는 어느덧 거의 지고, 몇 개의 꽃이파리만이 을씨년스럽게 남아 비에 젖어서 축 늘어져 있었다. 비 그친 뒤의 신선한 햇살이 그 시들어져 곧 떨어질 듯한 꽃이파리 위로도 눈부시게 쏟아져 내렸다.

가만가만 장죽을 빨며 하염없이 산과 하늘을 바라보고 있던 황 참봉은 시선이 문득 목련 쪽으로 옮겨지자 절로,

"음—."

가벼운 신음소리가 흘러 나왔다.

한 이틀 비가 오는 바람에 화단을 바라보는 것도 잊다시피 했더니, 어느새 목련화가 저렇게 거의 다 져버렸구나 싶었던 것이다. 허망했다. 모처럼 날씨가 활짝 걷혀 기분이 매우 개운한데도 나이 탓인지 황 참봉은 별것 아닌 조그만 일에도 곧 마음이 흔들리듯 허전해져서 애꿎은 담배만 깊게 빨아들여 푸— 내뿜었다.

그러고 있는데 질퍽거리는 뜰을 조심조심 고무신을 끌고 성주댁이 사랑채 쪽으로 걸어왔다. 마루 한쪽 기둥 옆에 살짝 가볍게 걸터앉더니, 잠시 숨을 가다듬는 듯 가슴을 가만가만 폈다 오므렸다 했다.

사랑채가 안채에서 꽤 떨어진 곳에 약간 돌아앉아 있긴 했으나 한 담장 안인데, 안채에서 여기까지 걸어왔다고 숨을 헐떡거리다니, 물론 마당이 질어서 좀 조심스럽기는 했겠지만…… 한심하다 싶어 황 참봉은 쯧쯧쯧 혀를 찼다. 그리고 속으로,

'할망구 오래 살기는 틀렸구나, 틀렸어.'

하고 중얼거렸다.

숨을 가다듬고 나서도 성주댁은 잠시 말없이 영감 쪽을 힐끗힐 끗 바라보며 앉아 있기만 했다. 무슨 일로 건너와서 저러고 앉아 있는가 싶어 황 참봉도 슬금슬금 돌아보며 역시 말없이 담배만 피 웠다. 결국 찾아온 쪽인 성주댁이 먼저 입을 열었는데, 불쑥 한다는 소리가,

"연선이를 칠성이한테 치울라 카능게?"

단도직입적이었다.

말투에 다분히 불만이 서려 있는 듯해서 황 참봉은 조금 표정이 굳어지며 입에서 장죽을 떼고 멀뚱히 늙은 마누라를 바라보다가 자기도 불쑥 내뱉었다.

"그래, 와?"

"칠성이가 연선이한테 장개들라 카덩게?"

"……"

"논 열세 마지길 띠준다 캤다는 기 정말잉게?"

"그랬다, 와?"

영감의 한쪽 눈썹 언저리가 경련을 일으킨 듯 꿈틀거리는 것을 보자, 성주댁은 조금 주눅이 드는 듯 살짝 목을 움츠리고 가만가만 숨을 쉬었다. 그리고 현저히 누그러진 목소리로, 하지만 역시 원망 이 서려 있는 그런 투로 말했다.

"그런 일은 나하고도 상의를 해야 되는 거 아닝교?"

"……"

"집 안의 중대산데 혼자서 맘대로 결정하다니…… 연선이가 내 뱃속에서 나오지는 안 했지만, 그래도 이때까지 내 그늘에서 안 컸 능게. 낳은 정보다 키운 정이 더 두텁다 안 카능교. 연선이 시집보

내는 일을 내가 모르고 있다니, 정말 섭섭하구마."

"모르고 있긴 뭘 모르고 있어. 다 알고 있네."

"당신이 얘기해서 안 기 아니잖능게."

어쩐지 늙은 마누라에게 추궁을 당하는 것만 같아 황 참봉은 심사가 편칠 않았다. 마누라의 말에 조금도 틀린 데는 없었으나, 남자의 체면이 말이 아닌 것 같았다. 그리고 또 한 가지 슬그머니 화가 치미는 것은 마누라가 어떻게 그 사실을 알았는가 하는 점이었다. 황 참봉은 그 혼담을 혼자서 은밀히 밀고 나가려 했었다. 아무래도 칠성이 녀석이 순순히 응할 것 같지는 않으니, 어떻게든지 꺾어 굽혀서 일이 잘 결정된 다음에 가족들에게 공표하려 했었다. 미리 그런 사실이 알려지면 일이 뜻대로 안 될 경우, 마을의 수장 격이기도 하고, 황 씨네 종가 가장인, 칠십을 눈앞에 둔 자기의 체면이 무엇이 되겠는가 말이다.

그런데 그 말이 어떻게 누구의 입을 통해서 새어 나갔는지, 궁금하고 분한 일이 아닐 수 없었다. 밤에 칠성이와 단둘이 사랑방에서 두 차례 얘기를 했을 뿐이니 틀림없이 그 녀석 입에서 새어 나갔을 것만 같아 황 참봉은,

"칠성이 그누무 자석한테 들었구나."

벌컥 화를 내며 내뱉었다.

"칠성이한테 듣기는…… 히히히……."

성주댁은 절로 웃음이 나왔다.

늙어서 헛바람이 새는 듯한, 그러면서도 어딘지 모르게 어린애 같기도 한 그 웃음소리에 황 참봉은 그렇다면 엿들었구나 하는 직감이 와서 자기도 모르게 두 눈을 부릅떴다.

"임자가 엿들었구나."

"……."

"엿들었지?"

"히히히……. 내가 안 들었구마."

"그럼 누가?"

"……."

"응?"

그러자 성주댁은 그만 뒤가 땅기는 듯 슬그머니 궁둥이를 들었다.

"사랑에서 얘기하는 것을 엿듣다니, 그런 법이 어딨노? 이런 순 덜돼묵은 것들 같으니라구. 누가 그랬노? 응이?"

영감의 호통 치는 소리에 놀라 성주댁은 얼른 뜰로 내려섰다. 그리고 도망치듯 질퍽거리는 마당을 허겁지겁 안채 쪽으로 건너가고 말았다.

그때 연선이는 툇마루에 나와 앉아 수를 새기고 있었다. 사랑채 쪽에서 아버지의 노한 목소리가 들려오고, 어머니가 도망치듯 허겁지겁 걸어오는 바람에 절로 눈이 휘둥그레지며 바늘을 쥔 손이 굳어들었다.

성주댁은 마루로 올라서며 연선이를 힐끔 한 번 거들떠 볼 뿐 아무 말이 없었다. 연선이는 살짝 고개를 떨구었다. 자기가 무슨 잘못이라도 저지른 듯한 느낌이었다.

연선이도 이미 그 사실을 알고 있었다. 술이네의 입을 통해서였다. 술이네는 황 참봉과 칠성이가 첫 번째 만나는 밤에는 엿들은 사실을 성주댁에게 보고했을 뿐 집안의 다른 사람들에게는 일체 입을 열지 않았다. 자기가 생각해도 중대하고 미묘한 일인 것 같아 비밀에 부쳐야 된다 싶었던 것이다. 그러나 남의 비밀이란 항상 입술을 근질근질하게 하는 법이 아닌가. 두 번째 만나 나눈 얘기를 엿듣고는 석 달 뒤로 결정이 연기된 바람에 약간 긴장감이 풀린 느낌이어서 그만 재미 삼아 연선이에게 살짝,

"니 올 가을에 시집갈동 모른대이."

하고 입을 열고 말았다.

"뭐라예?"

너무나 뜻밖의 말이어서 연선이는 그저 얼떨떨할 따름이었다. 약간 사팔뜨기인 눈이 무엇에 놀란 것처럼 이리저리 굴렁거렸다.

"시집갈동 모른다니까."

"누가, 내가예?"

"그래, 연선이 니가 말이다."

술이네는 기뻐하라는 듯이 은근한 웃음을 지어 보였다. 그러나 연선이는 멍해지는 느낌일 뿐이었다. 자기가 시집을 가게 되리라고는 정말 꿈에도 생각해 본 적이 없었던 것이다. 그런데 올 가을에 시집을 가게 될지도 모른다니. 도대체 무슨 영문인가 말이다.

"혼담이 누구하고 있는동 아나? 히히히……."

"……."

"누구하고 있는강 하면, 칠성이하고 있는 기라."

"예?"

연선이는 깜짝 놀라지 않을 수 없었다. 살짝 사팔뜨기인 눈이 보기에 민망스러울 정도로 한쪽으로 삐딱해져 버렸다.

"칠성이를 두 번이나 불러가지고 너거 아부지가 논 열세 마지길

띠 줄 끼니 연선이 니한테 장개들라고 안 캤나. 히히히……."

"……."

"하겠다 안 하겠다 당장 대답은 안 하더라만, 아매도 될 것 같던데…… 확실한 건 석 달 뒤라야 알게 된다. 칠성이가 칠월 말까지 확실한 대답을 하기로 했다 앙이가."

더구나 칠성이한테 시집을 가게 될지도 모른다니…… 연선이는 기뻐해야 될지 슬퍼해야 될지, 웃어야 할지 울어야 할지, 혹은 화를 내야 옳을지…… 도무지 뭐가 뭔지 잘 알 수 없는 그런 멍멍한 충격에 휩싸이고 말았다.

연선이는 칠성이를 오빠로 여기고 있었다. 물론 친오빠가 아니라는 것은 알고 있었지만, 어릴 때부터 곧잘 자기를 업어주고 데리고 놀아준 그 정을 지금도 잊을 수가 없었다. 친오빠보다 오히려 더 짜릿하게 가슴 한쪽에 깃들어 있는 그런 오라비인 셈이었다. 그런데 그 오라비와 혼담이 있다니, 오라비한테 시집을 가게 될지도 모른다니…… 참으로 얄궂은 일이 아닐 수 없었다. 가슴에 남아 있는 짜릿한 정으로 보아서는 결코 싫지가 않았으나, 핏줄이 닿은 것은 아니지만 한 집에서 친오누이처럼 자란 터에 신랑 각시로 맺어져도 되는 것인지, 도무지 생각만 해도 쑥스럽고 남부끄러웠다.

그리고 그런 생각보다 월등히 짙게 가슴을 에이 듯 파고드는 괴로움은 그녀 자신의 한스러운 몸뚱어리였다. 이런 몸뚱어리로 남의 아내가 되어도 괜찮은 것인지, 여자로서의 구실을 해낼 수 있는지, 그리고 아기를 낳을 가능성은 있는 것인지…… 생각할수록 암담하고 슬프기만 했다.

연선이는 술이네한테서 그런 말을 들은 뒤로는 마치 넋이 살짝 나간 사람처럼 사팔뜨기인 눈을 어느 한 곳에 가만히 고정시키고 앉아서 하염없이 생각에 잠기기 일쑤였다. 그러다가 주르르 눈물을 흘리기도 했다. 흐르는 눈물을 그녀는 닦을 생각도 하질 않았다.

성주댁이 큰방으로 들어갔는데도 연선이는 떨구었던 고개를 들려고 하질 않았고, 바늘을 쥔 손도 수틀 위에 멈추어진 채 움직일 줄을 몰랐다. 마치 그대로 정물처럼 굳어져 버린 느낌이었다.

약간 얼굴을 숙인 채 연선이는 사팔뜨기인 시선으로 섬돌 밑의 흙에 돋아나고 있는 풀 한 포기를 가만히 바라보고 있었다. 그러나 실상 그것을 눈여겨보고 있는 것도 아니었다. 그저 그 풀 한 포기에 시선을 고정시킨 채 하염없는 슬픔 속으로 가라앉고 있는 것이었다.

깊은 슬픔과 괴로움에 젖은 그녀의 사팔뜨기인 눈은 으스스하도록 괴이하면서도 한편 신비한 아름다움 같은 것이 서려 보였다.

15

밤이 이슥했다. 그믐이 가까워지는 터이라 아직 달은 뜨지 않고, 하늘에 별만 유난히 총총했다.

조금 질척거리는 길을 조심조심 느티나무 밑을 지나 마을로 다가가는 사람이 있었다. 손에는 주전자와 보자기에 싼 것을 들고 있었다. 향심이었다. 술과 안주를 가지고 두 번째 칠성이를 찾아가는 길이었다.

마을에서 개들이 짖어 댔다. 향심이가 골목으로 들어서자 개소리가 좀 잦아들었다.

칠성이네 집 앞에 걸음을 멈춘 향심이는,

"우야꼬."

약간 당황했다.

사립문이 닫혀 있었던 것이다. 전번에 찾아왔을 때는 한밤중이었는데도 그대로 활짝 열려 있었는데 말이다.

시골 마을에서 밤에 사립문을 닫아걸고 자는 집은 한 집도 없다고 해도 과언이 아니었다. 사립문은 그저 거기가 드나드는 문이라는 표시로 달아 놓은, 있으나마나 한 그런 것에 불과했다. 숫제 그런 것이 없는 집도 허다했다.

그런데 사립문을 닫아 놓다니, 이상한 일이 아닐 수 없었다.

"이런 수가 어딨노."

향심이는 자그시 아랫입술을 윗니로 물었다. 아무래도 칠성이의 짓인 것만 같았다.

향심이도 이미 칠성이와 연선이라는 황 부자의 딸과의 사이에 혼담이 있다는 사실을 알고 있었다. 시골의 소문은 바람을 타고 번지듯이 빨라서 어느덧 삼거리의 대추나무집에도 와 닿았던 것이다. 그 소문을 오늘 저녁나절에 들은 향심이는 마음이 울렁거려서 가만히 앉아 있을 수가 없었다. 생각 같아서는 당장에 칠성이에게로 달려가 목을 휘감으며 매달리고 싶었다. 그러나 집으로 찾아가도 그가 있을 시간이 아니었고, 자기도 마음대로 일자리인 주막을 빠져 나갈 수도 없어서 참고 참다가, 이렇게 이제야 밤늦게 찾아온 것이다.

그런데 저번에는 닫혀 있지 않던 문이 굳게 닫혔다니…… 틀림없이 칠성이가 마음을 그 연선이라는 여자 쪽으로 굳혀서 자기를 가까이 하지 않으려는 속셈으로 사립문을 닫아건 것만 같았다. 분한 생각과 조금 슬픈 생각이 들어서 향심이는 잠시 아랫입술을 문 채 가만히 서서 그 사립문을 노려보고 있었다.

그러나 실은 그게 아니었다. 토골댁의 수작이었다.

칠성이에게 여자가 생겼다는 소문은 토골댁이 퍼뜨렸으나, 그 여자가 다름 아닌 삼거리 주막의 술파는 색시라는 사실을 들어서 알았다. 황 참봉과 칠성이의 첫 번째 대화에서 그 사실이 밝혀졌는데, 그것을 엿들은 술이네의 입으로부터 마을에 퍼졌던 것이다.

주막에서 술을 파는 여자가, 흔히 업신여겨 말하기를 '갈보'가 칠성이를 차지하려 들다니, 토골댁은 될 말이 아니라 싶었다. 비록 칠성이가 엿장수질을 하며 혼자서 궁상스럽게 살고는 있지만, 그리고 근본도 알 수 없는, 마을에 버리고 간 자식이긴 하지만, 갈보 따위와는 다르다는 생각이었다. 조금 모자라는 듯한 점은 있지만, 얼마나 부지런하고 악착같은가 말이다. 그리고 제 손으로 논 일곱 마지기를 장만해서 벌써 지주가 된 몸이 아닌가. 술집 갈보가 접근하는 것은 필경 그의 재물을 탐내서, 어쩌면 그가 지금도 금가락지를 사 모으고 있다는 사실을 알고 그것에 눈독을 들여서가 아닌가 싶었다. 그래서 토골댁은 공연히,

"뭐, 이름이 향심이라…… 흑심이가 좋겠다. 엉큼한 년 같으니라고."

혼자서 중얼중얼 자기 일이나 되는 것처럼 욕지거리를 흘리기도 했다.

그런 심정은 소문을 들은 마을 사람들 대부분이 마찬가지였다. 특히 아낙네들이 더했다. 마치 칠성이를 어느 타관에서 굴러온 술집 망나니에게 빼앗기기라도 하는 것처럼 헐뜯어 대기 일쑤였다.

토골댁이 밤으로 사립문을 닫아걸게 된 것도 향심이에 대한 그런 공연하다면 공연한 심술에서였다.

향심이는 발돋움을 하고 사립문 너머로 안을 기웃거렸다. 안채에도 칠성이의 방에도 불은 켜져 있지 않았다. 향심이는 손에 든 것을 내려놓고, 사립문을 살쩨기*('쌀짝'의 방언) 밀어 보았다. 끄떡도 하지 않았다. 안으로 굳게 빗장까지 걸어놓은 것 같았다. 하는 수 없이 칠성이의 방 쪽을 향해,

"칠성 씨, 칠성 씨⋯⋯."

하고 가만가만 불러 보았다.

아무 반응이 없었다. 사립문을 살짝살짝 밀면서 불러도 역시 마찬가지였다. 슬그머니 화도 나고 해서 좀 힘을 주어 왈칵왈칵 사립문을 밀면서,

"칠성 씨, 벌써 자예? 나예 나, 나 향심이⋯⋯."

하고 소리를 지르다시피 했다.

그러자 엉뚱하게 안채 쪽에서 방문이 열리며,

"이 밤중에 누구고?"

아낙네의 고함소리가 들렸다.

"문 좀 열어 주이소."

"누구고 말이다. 누군데 한밤중에 이래 시끄럽노?"

"칠성 씨 좀 만날라고예."

"흥, 칠성 씨? 이 밤중에 칠성이는 뭐할라꼬 만날라 카노. 자는

데……."

투덜거리면서 아낙네가 부스스 밖으로 나왔다. 물론 토골댁이었다.

"문 좀 열어 주이소."

"무슨 볼일이고? 내가 낼 아침에 전해 줄 끼니까 나한테 말하고 가거라."

"아닙니더. 만나로 왔심더."

"누군동 모르지만 아매도 처녀 같은데, 처녀가 이 한밤중에 마실을 댕기다니……."

"부탁입니더. 좀 열어 주이소."

그러고 있는데 그제야,

"누고? 향심이가?"

하는 소리와 함께 칠성이의 방문이 활짝 열렸다.

그러자 토골댁은 좀 멋쩍어져서,

"잘 아는 사인 모양이지. 어떤 사인공……."

하면서 주섬주섬 빗장을 빼고 사립문을 조금 열어 주었다. 그리고 얼른 돌아서 방으로 들어가려다가 말고, 소변이라도 마려운 듯 뒷간 쪽으로 향했다.

자다가 급히 일어난 칠성이는 우선 초 동강에 불을 켜려고 부엌으로 나가 성냥을 찾느라 정신이 없었다.

향심이는 칠성이와 마주 앉자, 가지고 온 보자기를 끌러 안주를 꺼내 놓으며 대뜸,

"와 문을 닫아 놓았능게?"

하고 마치 마누라라도 되는 것처럼 불쑥 들이대듯 말했다. 이미 전

번에 살을 섞은 터이라 별 스스럼이 없기도 했지만, 그녀는 방금 토골댁과 사립문 때문에 실랑이도 있었고 해서 꽤나 기분이 상해 있었다.

"내가 안 그랬구마."

"그래예?"

향심이는 활짝 마음이 밝아지는 느낌이었다. 자기를 가까이 하지 않으려는 뜻으로 밤마다 그래 놓는가 싶었는데, 그게 아니니 우선 마음이 놓이지 않을 수 없었다.

"그럼 그 주인 여편네가 그라능게?"

"……."

칠성이는 말없이 크게 고개를 끄덕였다.

"흥, 그놈의 여편네, 무슨 심술이고. 나하고 무슨 원수진 일이라도 있나. 내 참 더럽어서……."

그러나 향심이는 그따위 여편네, 자기야 그러거나 말거나 눈썹 하나 까딱할 것 없다는 듯이 싹 표정을 바꾸어 나긋한 미소를 떠올리며,

"자, 받으소."

하고 술잔을 두 손으로 받쳐 들고 내밀었다.

"와 이렇게 오래간만에 왔능게?"

칠성이는 잔을 받으며 기분이 좋아 헤벌레 웃었다.

"기다렸덩교?"

"기다렸지."

"정말?"

"정말이지."

칠성이는 구푼이이긴 했지만 염치는 제대로 반듯하게 지니고 있
어서, 향심이와 깊은 관계를 겪은 후로는 삼거리 대추나무집 쪽으
로 가위를 찰그락거리며 다가간 적이 없었다. 그저 밤으로 안타깝
게 그녀가 제 발로 찾아오기를 기다렸다. 연선이와의 혼담 때문에
뒤숭숭하기는 했지만, 역시 잠자리에 누워서 간절하게 그리운 것
은 향심이의 몸뚱어리였다.

"기분이 좋아서 나도 한잔 해야겠어예. 어서 잔 비우고 주이소."

"알았어. 흐흐흐……."

칠성이는 청주 전내기를 단숨에 한잔 벌컥벌컥 마셔 치웠다.

그리고,

"자, 받어."

하면서 향심이에게 권했다.

향심이는 한잔을 쉬엄쉬엄 세 번에 나누어 마시면서 자연스럽게
본론을 끄집어냈다. 칠성이의 마음이 결코 연선이라는 그 여자 쪽
으로 기울어지질 않고, 그대로 자기에게 향하고 있다는 것을 그의
말에서 짐작할 수 있었으나, 하지만 사람의 마음속 깊은 곳이란,
더구나 남자들의 뱃속이란 헤아릴 수 없는 것이라는 걸 잘 알고 있
는 터이라, 슬슬 탐색을 하듯 능란하게 얘기를 이끌어 나갔다. 술집
을 전전하면서 익힌 솜씨인 셈이었다.

"이 마을에 황 부자가 있다지예?"

"황 부자? 응, 황 참봉 말이구나. 내가 살던 집 앙이가."

"그래예?"

"그 집에서 날 키워준 기라."

칠성이는 술이 거나해지자 이제 대장부답게 말을 척척 놓았다.

"그 집에 병신인 딸이 하나 있다면서예?"

"흐흐, 그걸 우째 알지?"

"다 아느마. 병신이라도 보통 병신이 아니라, 날 때부터 다리를 못 쓰는 배냇병신이라면서예?"

"배냇병신?"

칠성이는 그 말이 무슨 뜻인지 모르는 듯 멀뚱한 표정을 지었다.

"뱃속에서 나올 때부터 병신인 사람을 배냇병신이라 안 카능게."

"……."

"그 딸 이름이 연선이지예?"

"흐흐흐. 얄궂다. 우째 이름까지 다 알지?"

"다 알고말고예."

향심이는 술기운이 올라도 말을 함부로 하질 않고, 또박또박 경어를 써 나갔다.

"그 연선이라는 딸을 시집보낼라 칸다는데, 그기 참말잉교?"

"……."

"잘 모르능교?"

향심이는 웃음이 나오려는 것을 참으며 가만히 칠성이의 표정을 살폈다.

칠성이는 무엇에 콱 받힌 듯 얼른 뭐라고 말이 나오지가 않아 조금 당황하는 기색이더니 그만,

"히히히……."

웃어 버렸다.

"와 웃능게?"

"다 알면서 카능 거 앙이가?"

"알기는 뭘 알아예."

그러면서 향심이는 살짝 눈을 곱게 흘겼다.

"요 깍쟁이 같으니, 히히히……."

그러자 때는 이때라는 듯이 향심이는 칠성이 곁으로 바싹 다가들어 그만 왈칵 그의 목을 끌어안고 한쪽 볼따구니에다가 입맞춤을 했다. 그리고 그대로 목을 끌어안은 채 조금 목소리를 낮추어 속삭이듯이 말을 이어 나갔다.

"그 병신 딸한테 올 가을에 장개간다면서예?"

"누가 그카더노?"

"소문이 났던데 뭐예."

"앙이다. 황 참봉 어른이 그라라 카는데, 내사 벨로 생각이 없다 앙이가."

"벨로 생각이 없다면 쪼매는 생각이 있단 말 아닝게."

"……."

"와 웃능게? 안 그런게? 똑바로 말하소. 그 여자한테 장개갈 낀게, 안 갈 낀게? 다리 하나 못 쓰는 그 배냇병신한테 말이구마."

"……."

"와 대답을 안 하능게? 딱뿌러지게 말하소."

"……."

"어서 말하라니까예."

그러면서 향심이는 자기의 양쪽 뭉클한 젖통을 가지고 칠성이의 가슴패기를 냅다 짓이기듯 문질러 댔다.

"안 간다. 안 간다. 흐흐흐……."

기분이 좋아서 칠성이도 향심이의 몸뚱어리를 불끈 끌어안았다.

후끈해진 두 사람은 절로 비실 방바닥에 쓰러졌다. 칠성이를 휘감듯 찰싹 달라붙은 향심이는,

"만약 나를 버리고 그쪽으로 장개가면 알지? 알지?"

하면서 목을 안은 팔에 힘을 주어 조르는 시늉을 해보였다.

"흐흐흐…… 그래 그래. 좋다 좋아. 흐흐흐 흐흐흐……."

목을 졸라 죽인다는데도 기분이 마냥 좋아 칠성이는 히들히들 곧장 웃어 댔다.

바깥에서 토골댁이 살째기 엿듣고 있었다. 뒷간에 갔다가 곧바로 살금살금 도둑고양이처럼 다가와서 방문 곁에 가만히 웅크리고 앉았던 것이다.

"저런 망할 년이 있나. 지를 버리고 장갤 가면 뭘 우짠다고? 죽인단 말인강? 내 참 벨 지독한 년을 다 보겠대이."

그러나 그런 말을 입 밖에 낼 수는 없어서 속으로 중얼거리며 토골댁은 공연히 혼자 심술이 나서 눈을 핼끔거렸다. 그러면서도 엿듣고 있는 자기도 슬그머니 달아올라 꿀꺽 뜨끈한 침을 삼키기도 했다.

제2장

1

그날 칠성이가 읍내 엿도가에 도착했을 때는 이미 해가 도갓집 함석지붕 위로 솟아올라 있었다. 여느 날은 도갓집 문을 들어서도 아직 지붕 너머로 해가 보이지 않기 마련인데 말이다. 여느 때보다 꽤나 늦은 편이었다.

일요일이었다. 칠성이는 요일과 상관이 없는 사람이었다. 비 오는 날이 공치는 날, 즉 휴일인 터이니, 토요일도 없고, 일요일도 없었다. 그러나 내일이 공일이구나 하는 생각은 토요일 저녁이면 간혹 가다가 머리에 와 닿기도 했다. 그런 생각을 하고서 잠이 들었을 경우에는 이상스럽게 이튿날 아침에 좀 늦게 잠이 깼다. 그러니까 그의 머릿속에도 말하자면 일요일이라는 개념은 깃들어 있는 셈이었다. 그래서 그날 드물게 여느 때보다도 늦었던 것이다.

"인제 진지 자시능교?"

마루에 앉아 아침을 먹고 있는 엿도가 주인 구 씨에게 칠성이는 머리를 조금 숙이는 둥 마는 둥 하면서 인사를 던졌다.

구레나룻이 검실검실해서 곧잘 털보라고 불리기도 하는, 오십이 가까운 구 씨는 아침부터 상추를 소쿠리째 상 위에 갖다 얹어놓고 커다랗게 쌈을 싸서 입에 집어넣어 불룩불룩 씹으며 힐끗 칠성이를 바라보았다. 그런데 어쩐지 그 보는 눈이 여느 날과는 좀 다른 듯했다. 뭔가 칠성이의 표정을 살피는 듯한 그런 시선이었다.

불룩불룩 씹던 것을 꿀꺽 삼키고 나서 불쑥,

"아직 모르는 모양이제?"

밑도 끝도 없이 말했다.

"무얼예?"

칠성이는 멀뚱한 표정을 지으며 마루 한쪽 끝에다가 엿판을 내렸다.

"난리가 났다 앙이가."

"난리가 나다니요?"

"북쪽에서 쳐내리 온다는 기라."

"북쪽에서 쳐내리 와요? 누가예?"

"누군 누구라, 공산당들이지."

"공산당?"

"그래, 오늘 새벽에 삼팔선이 터졌다 안 카나. 이북 공산당들이 전쟁을 시작했다는 기라."

"그기 정말잉교?"

"정말인 모양이라. 라지오에서 방송을 했다 카네. 내 귀로 직접 듣진 못했지만……."

"누가 카덩교?"

"창만이도 카고, 방 영감도 알고 있던데……."

일요일인데도 일찍 엿을 떼러 왔던, 읍내에 사는 단골 엿장수들한테서 들었던 것이다.

칠성이는 뭐가 어떻게 된 영문인지 얼른 알 수가 없었다. 아닌 밤중에 홍두깨라더니, 난데없이 전쟁이라니, 그저 어리둥절할 따름이었다. 마루 끝에 살짝 궁둥이를 붙이고 잠시 멍청하게 앉았던 칠성이는 무슨 생각이 머리에 와 닿았는지 불쑥,

"구 씨요."

하고 불렀다.

"응?"

"전쟁이 나도 엿이 잘 팔릴까예?"

"뭐라?"

구 씨는 힐끗 칠성이를 바라보았다.

"엿이 안 팔리면 큰일 아닝교."

"맞다. 큰일이지. 엇헛허……."

구 씨는 그만 웃음을 터뜨렸다. 입에 든 음식이 튀어 나오려 해서 얼른 한쪽 손바닥으로 입을 눌러 막았으나, 웃음은 쉬 가라앉지가 않았다.

칠성이가 좀 모자라는 구석이 있다는 것을 익히 알고 있으면서도 구 씨는 약간 어이가 없고 재미있기도 해서 입안의 것을 꿀컥 개운하게 삼키고 나서 자기도 마치 구푼이이기나 한 것처럼 말했다.

"전쟁을 와 일으키제. 우리 엿장사 몬 하구로. 그제? 칠성아."

"예, 맞심더."

칠성이는 오직 엿이 잘 안 팔리게 되는 일만이 걱정이고 불만인 듯한 표정이었다.

마침 부엌에서 밥사발과 숟가락을 들고 나오던 구 씨 마누라 추성녀가 불쑥 끼어들었다.

"아니구마. 모르는 소리들 마소. 자고로 난리가 나면 묵는 장사는 더 잘 되느마. 두고 보소. 전쟁이 나서 언제 죽을동 모르니 까짓것 묵고나 보자, 이렇게 되느마. 엿도 묵는 것 아닝게. 잘 팔릴 끼구마."

마흔 중반인데 벌써 머리가 꽤나 희끗희끗하고, 허리가 절구통 같은 추성녀는 마치 자기가 자고로부터의 난리를 여러 번 겪어보기라도 한 것처럼, 혹은 세상 이치에 통달한 사람처럼 거침없이 말했다.

그 말에 칠성이는 귀가 번쩍 트이는 모양이었다.

"정말잉교?"

"정말이고말고. 생각해 보면 알 거 앙이가. 전쟁이 터져서 언제 죽을동 모르는 판인데, 돈을 웅켜쥐고 있으면 뭐할 끼고. 돈이란 살아 있을 때 소중한 기지, 지 죽어 삐리면 돈이 다 무슨 소용이고, 저승에 갖고 갈 끼가 우짤 끼고. 안 그렇나?"

"맞심더."

"까짓것 실컨 묵고나 보자, 사람들 생각이 이렇게 돌아가는 기라. 실컨 묵고 죽은 송장은 송장도 보기가 좋다 안 카나."

"송장도 보기가 좋아예?"

"그래, 굶다 죽은 송장은 송장도 빼쩍 말라서 보기 숭할 끼 앙이가 말이다. 그 대신 실컨 묵고 죽어 보래. 송장도 피둥피둥하고 번들번들해서 보기가 좋은 기라."

"흐흐흐……."

과연 이치가 그렇다는 듯이 칠성이는 콧구멍을 빼끔하게 치켜들며 히들히들 웃었다.

상추쌈을 또 주먹만 하게 싸서 입에 밀어넣어 가지고 불룩불룩 씹어대던 구 씨가 발음이 제대로 안 되는 그런 어투로 좀 못마땅한 듯 무뚝뚝하게 말했다.

"그럼 임자도 오늘부터 실컨 묵고 치울 작정이가?"

"히히히……."

덩치나 말투와는 달리 추성녀는 꽤나 간드러지게 웃고 나서,

"와예? 살림 들어묵을까 봐 걱정잉게? 까짓것 전쟁이 났다는데 언제 죽을동 아능게? 묵고나 보지 뭐. 보소, 이렇게 밥을 고봉으로 안 담았능교. 히히히……."

밥사발을 서방 앞으로 쑥 내밀어 보였다. 시꺼먼 보리밥이긴 했으나, 과연 여느 때보다 그 봉우리가 사발 위로 훨씬 봉긋하게 솟아올라 있었다.

구 씨도 씩 떨떠름하게 웃지 않을 수 없었다. 그러나 얼른 미간에 굵은 여덟팔자 주름을 접으며,

"하늘이 무너져도 솟아날 구멍이 있다 안 카나. 정신을 채리야 되는 기라. 전쟁이 났다고 정신을 몬 채리고, 까짓것 묵고나 보자 카다가는 안 죽을 것도 죽는 기라. 알겠나?"

"전쟁이 났는데 우째 정신을 차리능게?"

"와 몬 채리. 전쟁이 났다고 다 죽는다는 법이 있나? 우리 같은 엿장사가 와 죽노. 안 죽는다. 가만히 앉아서 하던 일만 하면 되는 기라."

"엿장사는 뭐 누가 특별히 봐준다 캅띠껴?"

"특별히 봐준다는 기 앙이라. 전쟁과 아무 상관없는 백성이란 말 앙이가. 죄 없는 백성이 와 죽노."

"등신 같은 소리 하시네. 총알이 뭐 죄 있는 백성만 골라 가지고 죽인다 카덩게? 그럼 전쟁에 나가 죽은 군인들은 다 죄가 있어서 죽었겠네요."

"말끼도 몬 알아들으면서…… 그런 뜻이 아닝 기라. 자고로 난세에는 동하지 않는 것이 상책이라 캤어. 인명은 재천 앙이가. 목숨을 하늘에 맬기고, 그저 가만히 하던 일이나 하고 있으면 된다 그기다. 알아듣겠나?"

"이 양반 베란간 도사가 된 것 같대이. 총알이 날아오는데 우째 가만히 앉아서 하던 일이나 하고 있능게?"

"당장 어디 총알이 날아오나? 전쟁이 여기까지 왔나? 내 참…… 그럼 임자는 뭘 우짤 끼고?"

"우짜기는 우째요. 그저 심란하다 그 말이지."

"심란하기사 누구는 안 심란한강."

결국 피장파장이어서 구 씨는,

"자, 여기 밥이나 쪼매 더 주소. 상추쌈이 억씨기 맛 좋은데……." 하면서 밥그릇을 마누라 앞으로 내밀었다.

"아침부터 우짠 상추쌈을 그렇게 많이 묵어 대는게?"

추성녀가 그 밥그릇을 받으면서 말하자, 두 내외의 주고받는 소리를 멀뚱히 앉아서 듣고 있던 칠성이가 불쑥 입을 열었다.

"아저씨도 보니까 전쟁이 났으니 실컨 묵고나 보자 그러는 것 같은데예."

"맞다. 자기부터 실컨 묵고 보자 그기면서 뭐라 카노. 그제? 히히히……."

추성녀는 기분이 좋아 칠성이를 향해 웃음을 던지고, 서방의 빈 밥그릇에 밥을 더 담으러 부엌으로 들어갔다.

"그래, 좋다. 까짓것 실컨 묵고나 보자구마."

구 씨도 시커먼 털에 뒤덮인 입언저리에 빙그레 웃음을 떠올렸다.

"ㅎㅎㅎ ㅎㅎㅎ……."

칠성이는 까짓것 먹고나 보자는 그 말이 무척 마음에 당기는 듯 코를 쳐들며 곧장 히들거렸다.

칠성이는 그날 엿을 떼어 가지고 엿도가를 나서면서부터 마치 무슨 신명 나는 일이라도 생긴 것처럼 유난히 가위 소리를 찰그락거리며,

"자— 엿 사이소— 엿! 전쟁이 일어났구마. 묵고나 봅시더. 묵고나 봐— 자— 꿀맛 같고 찰떡같은 경상도라 박하엿 강원도라 감자엿, 충청도라 수수엿, 자— 삼팔선이 터졌구마. 묵고 봅시더. 묵고나 봐—."

하고 외쳤다.

행길에서도 그런 투로 외쳤고, 골목길을 누비면서도 외쳐 댔다. 전쟁이 일어난 게 좋을 턱이 없었지만, 그러나 칠성이는 전쟁 덕분에 사람들이 정말 먹고나 보자는 식으로 생각이 바뀌어서 엿도 여느 때보다 풍성풍성하게 팔린다면 신나는 일이 아니냐 싶었다. 오

직 엿이 잘 팔려서 돈을 많이 끌어모으는 일만이 머리에 가득했다. 전쟁은 그 다음인 셈이었다.

"자— 울릉도라 호박엿, 전라도라 생강엿, 쫄깃쫄깃 찐득찐득 달고도 화한 엿, 자— 묵고나 봅시더. 묵고나 봐— 전쟁이 일어났구마. 삼팔선이 터졌구마. 자— 언제 죽을동 모르느마. 묵고나 죽읍시더. 묵고나 죽어— 묵고 죽은 송장은 보기도 좋심더. 굶다 죽은 송장은 보기도 흉하고예. 자— 까짓 놈의 것 전쟁이 터졌구마. 실컨 묵고나 죽읍시더. 자— 꿀맛 같고 찰떡 같은 회룡리라 박하엿, 쫄깃쫄깃 찐득찐득 달고도 화한 엿. 자— 묵고나 죽어—."

찰각찰각 찰그락찰그락 찰각찰각 찰그락찰그락…….

마치 칠성이는 사람들에게 어서 실컷 엿이나 사 먹고 죽으라고 선동을 해대는 것만 같았다.

칠성이의 그런 맹랑한 엿타령을 듣고서 웃는 사람들도 있었고, 더러는 가뜩이나 전쟁이 시작되어 심란한 판인데, 기분을 더욱 휘저어 대는 것 같아서 힐끗힐끗 눈을 흘겨 주기도 했다.

간혹 어떤 사람은,

"저눔의 엿쟁이, 지나 실컨 묵고 죽지, 누구한테 자꾸 묵고나 죽으라고 야단이고. 문딩이 같이…….."

하고 투덜투덜 욕지거리를 해대기도 했다.

2

그날 황 참봉은 아침 먹은 것이 체했는지 어째 조금 현기증이 일기도 하면서 속이 거북해서 영신환(靈神丸)을 한 알 먹고 사랑방에 누워 있었다. 누워서 자기 배를 자기 손으로 가만가만 눌러 만지고 있었다. 지압인 셈이었다.

체했을 때는 배를 만지는 게 썩 효험이 있다는 것을 황 참봉은 어릴 적부터 알고 있었다. 할머니가 수없이 배를 만져 주었던 것이다.

"내 손이 약손이지. 내 손이 약손이라……."

중얼거리면서 할머니가 배를 만져 줄 때면 조금 간지럽기도 하면서 묘하게 기분이 좋았다. 많이 체했을 때는 처음엔 꽤 아프기도 했지만 말이다. 그리고 신기하게도 그러고 나면 안 좋던 속이 쑥 내려가는 것이었다.

그래서 조금만 속이 거북해도 곧 할머니 앞에 가서 반듯이 드러누워,

"할무이, 배 좀 만져 도고."

하면서 아랫배를 홀랑 까 내놓곤 했던 것이다.

이제 늙어서 쭈글쭈글한 배를 누구한테 만져 달라고 내놓을 수도 없어서, 자기 손으로 살살 주무르는 법을 익혀 때때로 즐기고 있는 셈이었다.

배꼽 아래 단전께를 꾹꾹 누르기도 하며 슬슬 주무르고 있는데, 찌르릉…… 자전거 소리가 들렸다. 누운 채 가만히 고개를 돌려 바깥을 내다보니, 보릿짚 모자를 쓴 두원이가 자전거를 끌고 와서 사랑채 앞뜰에 세웠다. 자전거에는 낚싯대와 다래끼가 갖추어져 있었다.

두원은 보릿짚 모자를 벗고 서둘러 마루로 올라서며,

"아부지."

하고 부르는 것이 아닌가.

어쩐지 그 표정이 심상치 않았다. 그러나 누운 채 황 참봉은,

"와? 무슨 일이고?"

하면서 그의 차림새를 좀 못마땅한 눈으로 바라보았다.

이제 여름 맛이 완연한데도 황두원은 목에 보타이를 매고 있었다. 와이셔츠의 양쪽 소매는 팔꿈치 위까지 걷어붙이고 있으면서 말이다.

방으로 들어오려다가 말고, 두원은 마루에 아무렇게나 털썩 주저앉으며,

"전쟁이 일어났심더. 전쟁."

하고 말했다.

"전쟁이 나다니?"

황 참봉은 난데없이 무슨 일인가 싶어 그제야 부스스 일어나 앉았다.

"삼팔선 전역에서 공격을 시작했답니더."

"어느 쪽이?"

"북쪽이지 어느 쪽이라요."

"뭐라? 북쪽이 공격을 시작해? 그기 정말이가?"

"정말입니더. 박 순경한테 들었심더. 오늘 새벽에 놈들이 베란간 기습을 개시했다지 뭡니꺼."

낚시질을 하러 가다가 박 순경을 만났던 것이다. 황두원은 낚시를 즐겼다. 일요일이면 곧잘 마을에서 오 리가량 되는 방죽 못으로 낚시질을 하러 갔다. 고기를 잡아 가지고 삼거리 대추나무집으로 가서 매운탕을 얼큰하게 끓이게 해서 한잔 걸치는 게 휴일의 낙이

었다.

　그날도 아침을 먹자, 낚시채비를 해가지고 자전거를 타고 슬슬 방죽 못으로 향했다. 얼마쯤 가다가 중도에 역시 자전거를 타고 부락으로 용무가 있어 나가는 박 순경을 만났는데,

　"한가하게 낚시질 가시네요."

　박 순경은 대뜸 이렇게 말했다.

　어쩐지 그 말투가 좀 예사롭지 않게 들렸으나 황두원은,

　"일요일 아닝교. 이따가 대추나무집으로 오소. 매운탕 끓여가지고 한잔 합시더."

하고 히죽 웃었다.

　그러나 박 순경은 그 말은 들은 척도 안 하고 불쑥 내뱉었다.

　"전쟁이 났어요. 전쟁."

　"뭐요? 전쟁?"

　"오늘 새벽에 터졌어요. 삼팔선 전역에 걸쳐서 놈들이 기습 공격을 해왔지 뭡니껴."

　"아니, 그기 정말이요?"

　"라지오에서 방송을 했어요. 본서에서도 연락이 오고."

　"음──."

　"비상이요, 비상!"

　부면장이 그런 줄도 모르고 한가롭게 낚시질을 가느냐는 듯이 박 순경은 무뚝뚝하게 내뱉고는 급히 자전거를 몰고 멀어져 갔다.

　황두원은 한 대 얻어맞은 사람처럼 멀뚱해져서 잠시 망설이다가, 그 놀라운 소식을 듣고서 정말 박 순경 말마따나 한가하게 낚시질을 갈 수가 없어서 자전거를 돌려 우선 집으로 돌아왔던 것이다.

황 참봉은 오늘 새벽에 삼팔선 전역에 걸쳐 북쪽에서 기습 공격을 개시했다는 말에 절로 눈이 휘둥그레지지 않을 수 없었다. 그러나 곧 고개를 가로저었다.

"그럴 턱이 없어. 헛소문일 끼다."

"아닙니더. 순경 입에서 나온 말인데, 헛소문이라니요."

"뭔가 잘못된 기라."

"잘못되다니요?"

"확실한 소식이 못 된다 그 말이다."

"라지오에서 방송도 하고, 본서에서 연락도 왔다는데요."

"글쎄, 그기 뭔가 잘못된 기라니까. 이북에서 전쟁을 시작할 턱이 없어."

"그기 무슨 말잉교?"

황두원은 약간 의아한 표정을 지으며 멀뚱멀뚱 아버지를 바라보았다.

"아, 글씨, 곧 회담이 열릴지 모르는데, 전쟁을 일으키다니……."

"회담요?"

"모르나? 얼마 전에 이북에서 조만식 선생하고 이주하, 김삼룡하고 교환하자는 제의를 안 했나. 신문에 안 났더나. 그 회담이 곧 열릴지 모르는데, 베란간 전쟁을 일으키다니 말이 되나?"

"……."

"안 그러나? 뭔가 잘못된 기라. 지금까지도 걸핏하면 삼팔선에서 서로 총을 쏘아 대며 옥신각신 안 해쌓았나. 이번에도 그런 충돌이 난 걸 가지고 말이 잘못 전해진 기지 뭐. 틀림없어."

"글쎄요, 그런지도 모르겠네요."

황두원은 약간 머쓱해지지 않을 수 없었다. 아버지의 말에 일리가 없는 게 아니었던 것이다.

이북에 있는 조선민주당 당수 조만식 선생과 이쪽에서 붙들려 갇혀 있는 남로당 거물 이주하, 김삼룡 두 사람을 서로 교환하자는 제의를 북쪽에서 해온 사실을 황두원도 얼마 전에 신문에서 보고 알고 있었다. 그 제의를 이쪽에서 받아들였는지, 거절을 했는지, 아니면 아직 미정인지는 잘 모르겠는데, 만약 고려중에 있는 것이라면 어쩌면 쉬 서로 교환을 위한 접촉이 이루어질지도 모를 일이 아닌가. 그런 일을 앞두고서 아무 까닭도 없이 별안간 침공을 해오다니…….. 아닌 게 아니라 이치에 맞지가 않는 것이었다.

그렇다면 아버지의 판단이 십중팔구 옳을 것 같아서 황두원은 가만가만 고개를 끄덕였다. 스르르 긴장이 풀리는 느낌이었다.

"오늘 억씨기 덥겠는데……."

하면서 황 참봉은 도로 자리에 비실 드러눕고 말았다.

황두원은 일어나 뜰로 내려섰다. 다시 낚시질을 떠날까 어쩔까 하다가, 아버지의 추측이 반드시 확실한 것도 아니고, 또 박 순경의 "비상이요, 비상!" 하던 소리가 생각나서 아무래도 일요일이지만 면사무소로 나가보는 것이 옳겠다 싶어 자전거에서 낚싯대와 다래끼를 떼 냈다. 그리고 사랑방을 돌아보며,

"지가 나가서 자세히 알아보고 오겠심더."

하고는 자전거를 끌고 대문 쪽으로 향했다.

"알아보나마나 뻔하다니까……."

황 참봉은 자기 생각이 틀림없다는 듯이 태평스럽게 다시 배를 슬슬 주무르기 시작했다.

3

그날 마을 들머리 느티나무 그늘에는 아침나절부터 황만수, 박삼암 두 노인이 자리를 깔고 앉아 장기를 두고 있었다.

"장이야."

"멍이야."

"또 장이야."

"또 멍이야."

"자, 이러면 우짤 끼고? 장이야! 장 받아. 장!"

"흠……."

황만수가 몰리고 있었다. 박삼암은,

"도리 없을 끼다."

고소한 미소를 떠올렸다.

"아니, 오늘은 와 이렇제?"

"이렇게 받으면 될 꺼 앙이가."

하면서 박삼암이 상대방의 장을 집어서 그쪽 장기판 밑으로 살짝 감추어 보였다.

"에라잇 문딩이."

"허허허……."

"두 판이나 내리 지다니…… 자, 이번에는 어디 두고 보자."

"좋다 내리 세 판 이기 주지."

두 노인은 다시 말들을 차려놓기 시작했다.

그때 황두원이 자전거를 타고 서둘러 지나가는 것이 저만큼 보였다.

조금 전에 낚시질을 하러 가다가 되돌아오는 것 같더니, 이번에는 낚싯대랑 다래끼는 보이지 않고, 그냥 자전거를 타고 어디로 급히 가는지 좀 예사롭지 않은 것 같아서,

"부면장, 무슨 일이 있는가?"

황만수가 목소리를 돋워 물었다. 같은 성바지일 뿐 아니라, 촌수는 멀지만 숙질간이 되는 터이라 황만수는 말을 놓았다.

그러자 황두원은 자전거를 타고 지나가면서 힐끗 돌아보며,

"전쟁이 일어났답니다."

하고 불쑥 대답했다.

"뭐라고? 전쟁이 일어나?"

"예, 이북에서 쳐내리온답니다."

"아니, 정말이가?"

"아직 확실한 건 모르겠심더만……."

"언제 일어났능공?"

"오늘 새벽에요."

멀어져가는 황두원을 두 노인은 멀뚱히 바라보다가 서로 휘둥그레진 눈으로 마주 보았다. 너무나 뜻밖의 일에 그저 얼떨떨하기만 한 듯 얼른 말문이 열리지 않다가,

"난데없이 전쟁이라니, 도대체 우째 된 영문인지?"

황만수가 먼저 입을 열었다.

"글씨 말이네. 자, 어서 두게. 자네 둘 차례 앙이가."

"이북에서 진짜로 쳐내리오는긴강?"

"……."

"동족끼리 기어이 전쟁이라니······."

"그래 봤자 저거 맘대로 안 될 낀데······."

황만수는 장기를 두면서도 곧장 생각은 전쟁 쪽에 있는 듯 혼자 중얼거렸다. 그러나 박삼암은 어찌된 셈인지 입을 꾹 다물고 말이 없었다.

"이쪽에서 가만히 있능강. 이북 놈들 큰코다칠걸."

"······."

"점심은 평양에 가서 묵고, 저녁은 신의주에 가서 묵는다 카던데······. 전쟁이 터지기만 하면······."

그러자 묵묵히 장기판을 내려다보고 있던 박삼암이 얼른 고개를 들며,

"흥!"

콧방귀를 뀌었다.

"택도 없는 소리지."

하고 내뱉었다.

"와 택도 없는 소리고?"

황만수는 힐끗 박삼암의 표정을 보았다.

"뭐 평양에서 점심을 묵고, 신의주에서 저녁을 묵어? 웃기지 말라 캐. 누가 그러라고 가만히 있능강?"

"이를테면 그렇단 말이지. 꼭 어디 점심을 평양에서 묵고, 저녁은 신의주에서 묵는단 말이가. 말뜻을 잘 새기야 되는 기라."

"말뜻 좋아하네."

박삼암은 바짝 표정이 굳어 들어 움푹 꺼져 들어간 눈자위가 더욱 험상궂게 보였다.

아직 얼굴에 주름이 별로 없고, 이마에 반질반질 윤기가 남아 있는 황만수도 절로 이맛살이 찌푸려지지 않을 수 없었다. 꽤나 날카로운 눈길로 박삼암을 힐끗 훑었다. 이 녀석이 마치 이북에서 쳐내려오는 게, 다시 말하면 전쟁을 일으킨 게 나쁜 일이 아닌 듯 그쪽 편을 드는 것 같지가 않은가.

"에라, 이놈의 것 묶어 삐리자."

황만수는 쾅! 자기의 포로 상대방의 마를 냅다 두들겨서 떼어냈다.

"오냐, 좋다. 까짓것 그러면 나도 묶어 주지."

박삼암은 상을 가지고 졸 하나를 콱 잡아버렸다.

"오냐, 또 묵자."

"나도 묵자."

"또 묵어!"

"나도 묵어!"

열기가 올라 닥치는 대로 앞뒤 분간도 안 하고 서로 마구 먹어대는 것이었다. 마치 장기판 위에서도 마구잡이 백병전이 벌어진 느낌이었다.

느티나무 높은 가지에서 지글지글 끓어오르듯이 매미가 울기 시작했다.

4

전쟁이 일어났다는 소식은 삼거리 대추나무집에도 일찍 와 닿았고, 종일 그 이야기로 여느 날보다 월등히 어수선하게 들뜬 듯한 분위기였다. 평소보다 술을 마시러 찾아드는 손님도 훨씬 많은 편이었다.

여느 때 같으면 그냥 지나칠 행인들도 공연히 들어서서 마루에 걸터앉아 우선 술부터 한 사발 들이켜고는 너나없이 전쟁 얘기를 꺼내는 것이었다. 말하자면 전쟁이 일어난 덕분에 술집이 흥청거리는 셈이었다.

여느 날보다 장사가 잘 되고 보니 바쁜 것은 향심이였다. 향심이는 찾아드는 손님들의 술 바라지를 하면서 곧잘 저도 전쟁 얘기에 끼어들었다.

"정말로 크게 터졌능가요?"

"글씨요…… 난데없이 그런 소문이니까 뭐가 우째 되는 긴 동……."

"아직 확실한 건 모르잖능게."

"부디 헛소문이면 좋겠는데, 아니 땐 굴뚝에 연기가 나겠능교?"

낯선 손님끼리 주고받는 말에 불쑥 끼어들어,

"틀림없을 낍니더. 틀림없이 크게 터졌어예. 터질 때가 안 됐능교."

향심이는 이런 식으로 서슴없이 말했다.

"터질 때가 되다니, 색시 그기 무슨 소리고?"

"무슨 소리는 무슨 소리라예. 생각해 보면 안 그렁교. 그동안 좌익하고 우익하고 얼매나 싸웠능게. 이북은 좌익이고, 이남은 우익 아닝게. 두 개로 크게 갈라졌으니, 인제 진짜 판가름을 낼라고 전쟁을 시작했다 그 말이구마."

"판가름을 낸다…… 그럼 우째 된단 말이고?"

"우째 되긴 뭐 우째 되예. 삼팔선이 없어지고 통일이 되지예."

"통일이 돼? 어느 쪽이 이겨서 통일이 된단 말이고?"

"글씨예, 그거야 낸들 우째 아능교. 두고 봐야지예. 길고 짧은 건 대봐야 안 아능게. 히히히……."

"허 그것 참……."

손님들은 약간 어이가 없고 같잖기도 해서 절로 말문이 닫혔다.

술집을 전전하면서 들은풍월은 있어서 향심이는 그런 식으로 손님들의 얘기에 거리낌 없이 끼어들어 한 수 더 놓는 것이었다.

그런 향심이를 오금녀는 눈매에 못마땅한 빛을 담아 가지고 살짝 노려보았다. 오금녀가 향심이를 그런 눈으로 보기는 처음이었다. 애가 얼굴은 빤드레하고 사글사글 붙임성도 있으며 말도 곧잘 재치 있게 하는 터여서 오금녀는 모처럼 우리 집에 괜찮은 것이 굴러들어왔다고 내심 은근히 좋아했던 터인데, 이제 보니 저렇게 경망스러운 데가 있었던가 싶어 절로 눈살이 찌푸려졌다. 전쟁이 일어났다는 바람에 뒤숭숭해지고 살짝 들떠서 그렇기는 하겠지만, 그러나 가만히 보니 번번이 말하는 투가 시건방지고 방정맞질 않는가. 아직 세상 물정을 모르는 풋내기처럼 철딱서니 없이 입에서 나오는 대로 지껄여 대다니, 그리고 어떻게 들으면 마치 이북에서 전쟁을 일으키기를 기다리기라도 했던 것 같은 어투가 아닌가 말이다.

오금녀는 못마땅해서 손님이 뜸할 때 기어이 한마디 쥐어박듯 나무랬다.

"말조심해라, 이것아. 니까짓기 뭘 안다고 함부로 씸벅씸벅 지껄여 대노. 입 잘못 놀렸다가는 귀신도 모르게 없어지는 수가 있어, 이것아."

그러자 향심이는,

"흥!"

콧방귀를 통 뀌었다. 그리고 말대거리를 하지는 않았으나, 앉았던 마루 끝에서 얼른 일어나 마당가 대추나무가 서 있는 쪽으로 가며,

"귀신도 모르게 와 없어지노. 내가 뭐 틀린 말 했나."

하고 투덜거렸다.

대추나무 가에 우물이 있었다. 우물에 가서 공연히 두레박을 풍덩 소리가 나도록 집어넣어 물을 잔뜩 길어 올리며 향심이는 또,

"나는 뭐 세상 돌아가는 것도 모르는 등신인 줄 아는 모양이지. 흥! 흥!"

같잖다는 듯이 콧방귀를 두 번이나 통통 뀌었다.

그런 향심이를 가만히 노려보듯 지켜보며 오금녀는,

"저것이 변했네. 아이고 얄궂어라. 전쟁이 일어났다니까 대번에 사람이 달라졌어. 내 참 별꼴이대이."

중얼거리며 알 수 없는 일이라는 듯이 살래살래 고개를 내저었다.

"우짜면 저것이 혹시……."

문득 두려운 생각이 들기도 해서 오금녀는 얼른 치마말기에서 담배를 꺼내어 입에 물고 불을 붙였다. 그리고 크게 빨아 당겨서 푸— 하고 내뿜었다.

오금녀한테 그런 핀잔을 듣고부터는 말은 좀 삼가는 듯했으나, 여전히 향심이는 여느 때보다 어딘지 모르게 경박스럽게 굴며 술도 손님들이 권하면 사양하는 일 없이 넝큼넝큼 받아마셨다. 전쟁

이 일어났는데 안 마시고 뭐할 것이냐, 나중에야 어떻게 될갑세 까짓것 취해나 보자, 싶은 모양이었다. 어쩐지 신명이라도 나는 것 같은 그런 태도였다.

그날 저녁 향심이는 꽤나 취해 가지고 칠성이를 찾아갔다. 술만 덜렁 한 주전자 들고서였다.

칠성이는 방문을 활짝 열어놓고 자고 있었다. 종일 목청을 돋워 "먹고나 죽자"는 그런 엿타령을 외쳐 댔기 때문에 여느 날보다 월등히 지쳐서 집에 돌아와 식은 밥으로 저녁을 때우자 곧 자리에 쓰러졌던 것이다.

"벌써 자능게? 전쟁이 터졌는데 벌써 자예? 얄궂대이."

향심이는 약간 혀가 꼬부라져 말이 질질 흘러 새는 듯한 목소리로 뇌까리며 방으로 들어갔다. 그러나 칠성이는 깨어나질 않고 한 쪽으로 돌아눕더니 이번에는 드렁드렁 코까지 골기 시작했다. 물론 방 안에 불은 켜져 있지 않지만, 활짝 방문을 열어놓아서 그런지 아주 깜깜하지는 않았다.

"우야꼬, 코를 고네."

향심이는 술 주전자를 한쪽에 놓고 얼른 칠성이의 코를 가서 꽉 거머쥐었다. 그래도 칠성이는 깨질 않고, 대신 입으로 푸― 푸― 숨을 쉬어 댔다.

"억씨기 미련태이 히히히……."

킥킥거리면서 향심이는 입까지 손바닥으로 틀어막았다. 그제야 칠성이는,

"엇풋푸 풋풋푸…… 누고?"

버둥거리면서 놀라듯 잠을 깼다.

"나예, 나."

"응, 언제 왔노?"

칠성이는 부스스 일어나 앉았다.

"전쟁이 났는 줄 모르능게?"

"와 몰라."

"그런데 잠만 자능게?"

"잠이 오는데 우짜노. 전쟁이 났다고 그럼 잠도 안 자나?"

"태평이라 그 말이구마. 걱정도 안 되능게?"

"와 안 돼, 되지."

"걱정이 되는데 우째 잠이 오능게?"

"몰라. 언제 잤는동 깜빡 잠이 들어 삐렀네. 그런데 향심이 너 많이 취했제?"

"안 취했구마."

"보니 취했는데……."

"취해 보이능게? 내사 하나도 안 취했는데…… 히히히……."

질질 흐르는 듯한 소리로 웃고 나서 향심이는 간드러지게,

"여보—."

하고 불렀다. 그녀의 입에서 '여보'라는 소리가 나오기는 처음이었다. 그래서 칠성이는 어쩐지 좀 쑥스러워져 뭐라고 얼른 대답이 나오지가 않았다.

"와 대답이 없능게? 응? 여보—."

"여보라 카니 우습다 와."

"우습긴 뭐가 우스분게? 인자 우리 신랑 각시 한가진데……."

"호호호……."

"와 웃능게? 안 그렁게?"

"저거 술이제? 나도 술이나 좀 마실까……."

칠성이는 팔을 뻗어 주전자를 집어 들며,

"안주는 안 가지고 왔나?"

두리번거렸다.

"깜빡 잊어삐맀구마. 전쟁이 났다는 바람에 정신이 있어야지예. 그냥 꿀떡꿀떡 마시소구마. 불을 킬까예?"

"불 키면 날파리가 들어온다 앙이가."

부엌에 나가 보아야 술안주 될 만한 것도 없고 해서 칠성이는 그냥 주전자 주둥이에 입을 대고 기울였다. 꿀컥꿀컥 몇 모금 마시고 나서 주전자를 놓자, 향심이가 불쑥,

"여보, 우짤 낀게?"

밑도 끝도 없이 물었다.

"뭘 말이고?"

"전쟁이 일어났는데, 우짤 낀가 그 말이구마."

"우짜긴 뭘 우째. 그냥 이대로 사는 기지."

"하하하하……."

향심이는 까르르 웃었다.

"와 웃노?"

"전쟁이 터졌는데 우째 그냥 이대로 산단 말잉게. 태평 같은 소리라 웃음이 안 나오능게."

"그럼 우짠단 말이고?"

"엿장사를 하면서 그냥 이대로 살 수 있을 것 같은게?"

칠성이는 잠시 말문이 막히다가, 문득 아침에 구 씨가 했던 말이

머리에 떠올라 제법 의젓하게 나왔다.

"전쟁이 났다고 동하면 안 되는 기라. 자고로 난세에는 동하지 않는 것이 상책이라 캤단 말이다. 인명은 재천 앙이가. 목숨을 하늘에다 맽기고, 그저 열심히 하던 일이나 하면 된다 그기라."

"우야꼬, 호호호…… 억씨기 유식하대이."

"호호호……."

칠성이는 기분이 좋아 술 주전자를 들어 또 몇 모금 꿀컥꿀컥 마셨다.

"당신이 그렇게 유식한 줄 몰랐구마. 어디서 배웠능게? 서당에 댕깄능게?"

"서당은 무슨 서당……."

"그럼예?"

"저……. 읍내 우리 엿도가 구 씨한테 안 배웠나. 오늘 아침에 그 카데."

"헤헤헤…… 그러면 그렇지."

"와? 구 씨한테 배우면 안 되나? 우리 구 씨 털본데, 속에 뭐가 꽉 들어찬 사람 같니라. 오늘 아침에 카는데, 자고로 난세에는 동하지 않는 것이 상책이라는 기라."

"자고로 난세에는 동하지 않는 것이…… 뭐라예?"

"상책이란 말이다, 상책."

"상책이라…… 헤헤헤……."

어쩐지 향심이는 우습게 여겨지는 모양이었다. 그런 향심이가 칠성이는 조금 못마땅했으나, 기분 나쁜 투로 나갈 수는 없어서 또 꿀컥꿀컥 술 주전자를 기울이고는,

"전쟁이 나면 묵는 장사는 잘 된다는데, 어떻더노? 오늘 술장사 잘 되더나?"

하고 말머리를 돌렸다.

"전쟁이 나면 묵는 장사는 잘 되예?"

"그렇다 카던데, 어떻더노?"

"맞다. 그래서 오늘 우리 집에 손님이 그렇게 많았구나. 하하 하…… 누가 카덩게? 그 말도 구 씬가 하는 그 양반이 카덩게?"

"아니, 구 씨 아주무이가 카더라. 전쟁이 나면 사람들이 까짓것 언제 죽을동 모르니 실컨 묵고나 보자, 이렇게 된다는 기라."

"맞어 맞어. 그렇게 될 끼 아닝게. 까짓것 실컨 술이나 마시고 보자고 손님이 오늘 그렇게 많았는 기라. 하하하 히히히……."

생각할수록 그 말은 그럴듯하다는 듯이 향심이는 유난스럽게 깔깔거렸다. 칠성이는 덩달아 기분이 좋아 히죽히죽 웃어 댔다.

"그래서 말이지, 오늘 내가 뭐라고 엿타령을 했는동 아나?"

"뭐라고 했는데예? 한 번 해보소."

"해보까. 흐흐흐…… 자— 엿 사이소— 엿! 꿀맛 같고 찰떡같은 경상도라 박하엿, 강원도라 감자엿, 자— 전쟁이 일어났구마. 삼팔 선이 터졌구마. 묵고나 봅시더. 묵고나 봐— 자— 언제 죽을동 모르느마. 묵고나 죽읍시더. 묵고나 죽어—."

"하하하……."

"묵고 죽은 송장은 보기도 좋답니더. 굶다 죽은 송장은 보기도 흉하고예. 자— 까짓 놈의 것 전쟁이 터졌구마. 실컨 묵고나 죽읍 시더. 실컨 묵고나 죽어—."

"히히히…… 그럼 난 내일부터 마시고나 죽읍시더. 실컨 마시고

나 죽어— 해야겠네."

"그렇지. 술이라 술술 넘어간다. 자— 술술 넘어가는 술 실컨 마시고나 죽읍시더— 카면 되는 기지. 호호호……."

그리고 칠성이는 정말 실컷 마시고나 죽으려는 것처럼 술 주전자를 들어 냅다 벌컥벌컥 들이켜 댔다.

"혼자만 다 마시지 말고, 나도 좀 마시고 죽읍시더."

주전자를 넘겨받아 이번에는 향심이가 발칵발칵 마구 마셨다.

그렇게 안주도 없이 술 주전자를 간단히 비우고 나서 향심이는 현저히 더 흐늘흐늘해진 어투로,

"마시고만 죽을 끼 앙이라, 여보— 실컨 연애도 하고 죽읍시더. 응? 여보—."

하면서 칠성이에게 흐느적거리듯이 다가들었다.

"호호호…… 좋지 좋아. 까짓것 전쟁이 났는데, 실컨 연애도 하고 죽어야지. 실컨……."

칠성이는 냅다 향심이를 불끈 끌어안고 뒹굴며 그만 그녀의 화끈화끈 달아오른 한쪽 귀밑 볼때기를 꽉 물었다.

"아이고 아파라! 히히히 호호호……."

향심이는 좋아서 자지러졌다.

이튿날 새벽, 향심이는 부엌에 나가 아침을 지었다. 그녀가 칠성이네 부엌에서 밥을 짓기는 처음이었다. 여느 때 같으면 눈이 뜨이는 즉시 살짝 빠져나가 삼거리 대추나무집으로 잰걸음을 쳤던 것인데, 왠지 이제 그러고 싶지가 않았다. 어제 과음을 했고, 또 간밤에 실컷 뒹굴어 댔기 때문에 자고 일어나도 아직 몸이 나른하기도 했지만, 그래서라기보다도 어쩐지 이제는 그럴 일이 아니라는 생각

이 들었던 것이다. 뭔가 이제 결판 같은 것을 내려야 될 때가 됐다 싶었다. 전쟁이 일어났는데 그저 전처럼 이따금 한 번씩 찾아와 자고 가는 그런 생활을 질질 끌어서는 안 될 것만 같았다. 까짓것 나중에야 어떻게 될갑세 우선 같이 살고 봐야지 싶었다. 말하자면 전쟁이 그녀의 마음을 바짝 조여 놓은 셈이었다.

부엌에서 아침을 짓는 향심이를 보자 칠성이는,

"아니, 우짠 일이고? 대추나무집에 일찍 안 가도 되나?"

약간 놀라는 듯하면서도 은근히 싫지가 않은 기색이었다.

둘이 같이 아침을 먹고, 칠성이가 엿판을 지고 나선 다음에 향심이는 설거지까지 말끔히 했다. 설거지래야 뭐 별로 할 것도 없었지만. 그리고 향심이는 한숨 더 늘어지게 자고서 해가 거의 중천에 왔을 무렵에야 슬금슬금 빠져나가 대추나무집으로 향했다.

5

틀림없이 뭔가 잘못되어 흘러나온 오보라고만 믿었던 전쟁이 이틀이 가고 사흘이 가서 마침내 서울이 적의 수중에 떨어지고 말았다는 소식이 날아들자, 황 참봉은 유구무언 격이 되고 말았다. 도대체 그럴 수가 있는가 싶었다. 사람과 사람 개인 간에도 신의라는 것이 있는데, 하물며 나라와 나라 사이에, 물론 민족이 다른 타국가는 아니지만 어쨌든 따로 통치를 하고 있는 정부와 정부 사이에 신의가 없이 비열한 속임수를 쓰다니, 그저 어처구니가 없을 따름이었다. 무엇에 속아도 크게 속았고, 배신을 당해도 엄청난 배신을 당한 것 같아 황 참봉은 분해서 견딜 수가 없었다. 조만식 선생과 이주하, 김삼룡을 서로 교환하자는 제의를 해놓고, 그 회담이 열릴지도 모르는 시점에서 난데없이 전면 남침을 감행하다니, 남의 뒤통수를 쳐도 아주 비열하게 친 격이 아니고 무엇인가. 한 개의 소위 정부라는 것이 그런 식의 속임수를 쓰다니, 개인과 개인 사이에서도 아주 형편없이 치사한 놈이나 쓸 수법인데 말이다. 도대체 이십세기라는 개명천지(開明天地)에 그런 수법이 용납되는 것인지……생각할수록 황 참봉은 그들이 가증스럽기만 했다. 공산당이란 수단방법을 안 가린다더니, 과연 그렇구나 싶어 정나미가 떨어졌다.

황 참봉은 전부터 공산당이라고 하면 고개를 내저었다. 지주를 덮어놓고 자기네 원수로 여긴다는 것이니 그럴 수밖에. 그러나 그들이 정나미가 떨어지도록 가증스럽기는 이번이 처음이었다. 기어이 동족 간에 죽이고 부수는 전쟁을 일으키고 만 것도 그렇지만, 그것보다도 속임수를 써서 뒤통수를 친 그 비열한 처사가 더욱 증오심을 끓어오르게 했다.

그리고 또 황 참봉은 어이가 없고, 분통이 터지기도 했다. 도대체 우리 쪽은 그동안 무엇을 하고 있었기에 그들에게 그처럼 쉽사리 밀려서, 전쟁이 시작된 지 불과 며칠 만에 수도 서울을 내주고 말았는가 말이다. 얼른 믿어지지가 않는 일이었다. 북진의 명령만 떨어지면 점심은 평양에 가서 먹고, 저녁은 신의주 가서 먹는다는, 많이 과장되기는 했지만, 그런 자신만만한 큰소리를 우리 군의 우두머리 되는 어떤 이가 했다는 말이 나돌기도 해서 적이 마음 든든한 바가 있었는데, 막상 보니까 오히려 정반대의 형세가 아니고 무엇인가.

며칠 만에 한 번씩 모아서 우편배달부가 가지고 오는 신문을 황 참봉은 두꺼운 돋보기를 끼고 한 장 한 장 첫머리부터 샅샅이 훑어보며 장탄식을 금치 못했다. 그러나 황 참봉은 애써 분통을 누르며, 설마 끝까지 그렇게 허망하게 자꾸 밀리지는 않겠지, 놈들이 비열하게 뒤통수를 치듯이 속임수를 놓아, 더구나 휴일인 일요일 새벽을 택해서 난데없이 기습 공격을 해왔기 때문에 경황없이 밀려서 서울까지 일단 내주기는 했지만, 곧 반격을 개시해서 도로 서울을 탈환하고, 오히려 이쪽에서 삼팔선을 넘어 북진을 하게 되겠지, 하고 믿어보았다. 기필코 그렇게 돼야지, 그렇지 않고 끝까지 밀린다면 어떻게 되느냐, 공산당 세상이 되고 말 게 아니냐, 그게 말이 되느냐 싶었다. 그렇게 스스로 안심을 해보려 애를 썼으나 심란하고 뒤숭숭하기는 매일반이었다.

그날도 황 참봉은 사랑채 마루에 목침을 베고 누워서 막 우편배달부가 가져다 준 신문을 읽고 있었다. 지방 신문이었다. 전세는 여전히 불리해서 반격을 개시했다는 그런 기사는 눈에 띄지가 않았다. 울적한 심정이 되어 신문을 읽어 나가고 있는데,

"형님요, 어떻게 돼갑니껴?"

하면서 찾아와 한쪽 마루 끝에 앉는 사람이 있었다. 황만수였다. 황 참봉과는 촌수는 멀지만 형제뻘이었다.

돋보기 너머로 힐끗 한 번 보고는 말없이 황 참봉은 신문에 계속 눈을 주었다.

대답이 없는 것이 들으나마나 전세가 뻔한 모양이라 싶으며 황만수도 잠시 말없이 멀뚱히 앉아 있었다. 전쟁이 일어난 뒤로 황만수는 곧잘 황 참봉네 사랑채에 걸음을 했다. 신문을 보기 때문

에 떠도는 소문보다는 어디까지나 황 참봉의 말이 신빙성이 있어서 도대체 판세가 어떻게 되어 가는지 알고 싶어서였다. 방금 우편 배달부가 왔다 가는 것을 보고 슬금슬금 황 참봉네 집으로 걸음을 했던 것이다.

한참 앉았다가 황만수는 좀 멋쩍기도 해서,

"앗다 그 목련 이파리 억씨기 싱싱하대이. 온통 시퍼렇고 번들번들하네."

하고 혼자 중얼거렸다.

그제야 황 참봉은 신문을 놓고 콧등에서 돋보기를 떼었다. 그리고 그대로 번듯이 누운 채 황만수를 바라보며,

"오늘은 장기 안 두는가?"

심상하게 한마디 던졌다.

"전쟁이 쳐내리 오는데 장기만 두고 앉아 있을 수 있습니껴. 판세가 어떻게 돌아가는지 궁금해서 도무지……."

찾아온 용건이 바로 그거라는 듯이 황만수는 다시 그 말을 꺼냈다. 황 참봉은 내키지 않는 듯 절로 눈살이 찌푸려 들었으나,

"아직은 밀리고 있는 모양인데……."

하고 '아직은'에 좀 힘을 주어 불쑥 말했다.

"그것 참 야단 아닙니껴. 와 자꾸 밀리기만 하지요? 서울도 내주고, 수원까지 잃어삐렸다는데, 정말입니껴?"

그 말에는 대답을 않고,

"곧 판세가 바뀔 끼니까 두고 보래. 이보 전진을 위한 일보 후퇴라는 기 안 있나. 두 걸음 나가기 위해서 우선 한 걸음 물러서는 기지. 그기 예부터의 병법 앙이가. 지금은 일보 후퇸 기라."

황 참봉은 애써 전세를 좋은 쪽으로 두둔했으나, 찌푸려 든 눈살은 펴지지가 않았다.

"그렇다면 오죽 좋겠습니껴마는……."

황만수는 어쩐지 웃음이 나오려는 것을 꾹 눌러 참았다.

"틀림없이 그렇다니까. 두고 보래. 어험!"

황 참봉은 슬그머니 고개를 돌려 옆으로 돌아누웠다. 그런 얘기 기분만 상한다는 투였다.

귀찮아하는 기색이 역력하자, 황만수는 더 앉아 있기가 거북해서 얼른 궁둥이를 들었다.

"형님, 그럼 저 가볼랍니더. 누워 계시이소."

하고 뜰로 내려선 황만수는 문득 무슨 생각이 난 듯 멈추어 서서 황 참봉을 돌아보았다.

"참, 형님요. 칠성이가 살림을 시작했답니더. 아십니껴?"

"뭐라?"

그 말에 황 참봉은 벌떡 일어나 앉았다.

"살림을 시작하다니, 그기 정말이가?"

"소문이 났던데요. 삼거리 대추나무집 가시내가 전에는 간혹 밤으로 와서 자고만 갔는데, 요 얼마 전부터는 매일 밤 와서 자고, 아침밥도 해서 같이 묵고, 빨래도 해주고 한답니더. 내 눈으로 직접 보지는 몬했지만……."

"음—."

"딜꼬(데리고) 살 모양입띠더."

"딜꼬 살다니……."

황 참봉의 한쪽 눈썹 꼬리가 바르르 경련을 일으킨 듯 떨렸다.

"밥도 하라 캐서 같이 묵고, 빨래까지 내맽깄다면 딜꼬 살 작정 아니고 뭐겠습니껴."

"시끄럽다! 듣기 싫다!"

황 참봉은 그만 발칵 화를 내어 내뱉었다. 깜짝 놀란 황만수는 눈이 휘둥그레지며 슬금슬금 도망치듯 대문 쪽으로 걸음을 재촉했다.

"딜꼬 살다니, 누구 맘대로…… 택(어림)도 없지. 택도 없어."

대문 밖으로 사라지는 황만수를 공연히 노려보며 황 참봉은 투덜거렸다. 마치 황만수가 무슨 잘못한 일이라도 있는 것처럼.

도로 자리에 누워 돋보기를 끼고 신문을 펼쳐 들었으나, 황 참봉은 좀처럼 심사가 가라앉질 않았다. 가뜩이나 요즘 진짜로 전쟁이 일어나서 더구나 밀리기만 하는 바람에 심란하고 뒤숭숭한 판인데, 엎친 데 덮친 격으로, 칠성이란 놈이 그 향심인가 뭔가 하는 가시나와 살림을 하기 시작했다니…… 울화가 치밀어 부글부글 끓는 느낌이었다. 생각 같아서는 당장에 칠성이란 놈을 불러다가 요절을 내주고 싶었으나, 칠성이 녀석이 이렇게 좋은 날씨에 집에 있을 턱이 없었다. 부글부글 끓는 속을 애써 눌러 참으며 저녁을 기다리는 수밖에 없었다.

"음— 이누묵 자석 어디 두고 보자. 고이얀 놈의 자석. 지가 내 말을 거역해? 흥! 택도 없지, 택도 없어."

그러면서 황 참봉은 또 혼자서 한쪽 눈썹 언저리를 온통 실룩거렸다.

그날 저녁, 사람을 시켜 칠성이를 오게 한 황 참봉은 대뜸 버럭 고함을 내질렀다.

"이누묵 자석아! 니 간댕이가 부었나?"

마루에 올라앉기도 전에 냅다 호통을 치는 바람에 칠성이는 무엇이 어떻게 된 일인지 영문도 모르고 그만 눈이 휘둥그레지며 웅크려들었다.

"응? 간댕이가 부었어?"

"어르신네, 무슨 말씀입니꼬?"

덜컥 겁을 집어먹은 목소리였다. 칠성이는 정말 무슨 영문인지 알 수가 없었다.

"몰라서 묻나?"

"예."

"모르다니, 이눔아! 니가 한 일을 니가 와 모르노?"

"……."

"정말 모르겠나?"

"모르겠심더."

"오냐, 좋다. 그럼 내가 묻는 말에 대답을 해 봐."

"예."

"요새 밤으로 혼자 자나, 누구캉 같이 자나?"

"……."

"와 대답이 없노, 응? 사실대로 말해 봐."

그제야 칠성이는 무슨 영문인지 짐작이 가서 두려운 눈길로 황참봉을 힐끗 보고는 고개를 떨구었다.

황 참봉은 곁에 놓인 장죽을 집어 들더니,

"대답을 해보라니까!"

냅다 놋재떨이를 꽝! 내리 두들겼다.

찔끔 목을 움츠리며 칠성이는 얼른,

"향심이 하고 같이 잡니더."

하고 대답했다.

"향심인가 뭔가 그 가시나하고 매일 밤 같이 자나?"

"요새는 지가 매일 밤 옵니더."

"지가 매일 밤 온다고? 오지 말라 캐도 매일 밤 오더나?"

"……."

"응?"

"오지 말라 안 캤심더. 그냥 가만히 있었심더."

"와 가만히 있노. 오지 말라 캐야지."

"……."

"아침으로 밥은 누가 하노?"

"제가 합니더."

"뭐라꼬? 니가 해? 이누묵 자석 거짓말할 끼가!"

또 벌컥 목청을 돋우며 황 참봉은 손에 쥔 장죽을 번쩍 쳐들었다. 곧 내리칠 듯이 말이다.

"내가 다 알고 있어. 사실대로 말해! 그 가시나가 하지?"

"예."

"그래서 둘이 같이 묵나?"

"예."

"에라 이누묵 자석!"

황 참봉은 장죽으로 냅다 칠성이를 내려치려다가 말고서 가슴패기를 한 번 쿡 찔렀다. 칠성이는 엄살스럽게 놀라면서 얼른 조금 물러앉았다.

"빨래까지 시킨다며?"

"아닙니더."

"아니긴 뭐가 아니라. 다 알고 있는데……."

"시키는 기 앙이라, 지가 합니더."

"그래, 이눔아야, 그 가시나를 딜꼬 살 작정이가?"

"……."

"대답해 봐!"

"전쟁이 나서 언제 죽을동 모르니까 둘이 실컨 연애나 하자 캐서……."

"뭐라꼬?"

황 참봉은 어이가 없어 그만 웃음이 나오려 했으나, 꾹 참고 일부러 더 험악하게 눈살을 찌푸렸다.

"실컨 연애나 해? 이누묵 자석아, 그기 연애가? 매일 밤 같이 자고, 밥도 같이 묵고, 빨래까지 내맽기는 기 연애가 말이다. 같이 사는 기지, 안 그러나?"

"잘 모르겠심더."

"잘 모르다니, 이 멍텅구리 같은 자석아, 연애하고 같이 사는 거하고 구별도 몬 하나?"

"……."

"당장 내일부터 그 가시나 집에 몬 오도록 해. 알겠나?"

"……."

"와 대답이 없노? 알겠제?"

"……."

"어라, 이누묵 자석 보래? 몬 그라겠다 그 말이가?"

황 참봉은 바르르 떨었다. 그래도 칠성이가 뚱한 표정으로 눈만 대고 끔벅일 뿐 아무 말이 없자, 이 녀석을 그만 달려들어 쾅쾅 두 들겨 요절을 내버릴까 싶은 생각이 부글부글 끓어올랐다. 그러나 서른 살이 넘은 놈을 그렇게 함부로 다루어서는 일을 영영 그르칠 줄 모른다 싶어서 억지로 눌러 참느라 애를 먹었다. 잠시 화를 가 라앉히고 나서 현저히 어조를 누그러뜨려 이번에는 슬슬 쓰다듬어 달래듯이 말했다.

"칠성아, 나하고 한 약속 잊어삐렸나?"

"……."

"석 달 후에 니가 마음을 정하기로 안 했나. 그 석 달이 칠월달이 다. 알고 있제?"

"알고 있심더."

"그런데 와 그 가시나하고 살림을 시작했노?"

"살림을 시작한 기 아닙니더."

"그럼 그기 연애란 말이가?"

"……."

"연애도 그런 식으로 하면 같이 사는 기나 마찬가지지 뭐고. 부 부간이나 다를 끼 뭐 있노. 안 그러나? 연애라는 건 그저 딜꼬 놀기 만 하는 기라. 매일 밤 같이 자고, 밥도 같이 묵고, 빨래까지 내맡긴 다면 그건 이미 연애가 아닌 기라. 그리고 이 녀석아, 술집 가시나 하고 연애를 하는 사람이 어디 있노. 술집 가시나는 그저 몇 번 딜 꼬 놀다가 그만두는 기라. 갈보 앙이가, 갈보. 이놈 저놈 아무하고 나 놀아 대는 그런 똥갈보하고 연앨 하다니 말이 되나. 그저 오입 이나 하고 치우는 기라. 오입이 뭔동 알제?"

"압니더. 히히히……."

칠성이의 입에서 이제 나직하게나마 웃음이 흘러나왔다. 됐다 싶어서 황 참봉은 더욱 은근한 목소리로 말을 이었다.

"오입이 좋은 기라. 사내는 더러 오입을 해야지. 그러나 오입이 길어지면 못 써. 한 여자하고 길게 오입을 하는 기 아닌 기라. 그러니까 칠성이 니도 그 향심인가 하는 가시나 하고 인제 오입을 끝내고, 나하고 한 약속을 지키야지. 벌써 칠월 달로 안 들어섰나. 말일까지는 마음을 확정해서 올 가을에는 우리 연선이 하고 혼례를 올려야지."

"……."

"혼례를 올리고 나면 당장 내가 논 열세 마지기를 띠 줄 끼니까, 아주 좋은 옥답으로 말이다. 알겠제?"

"……."

"그러니까 내일부터 향심이 그 가시나를 집에 몬 오구로 해야 돼. 인제 손을 떼고, 장개들 준비를 해야지. 가을에 장개들 사람이 다른 여자하고 질질 오입을 끌다니 말이 되나? 안 그러나?"

그러자 칠성이는 불쑥 내뱉듯이,

"전쟁이 일어났는데, 뭐가 우째 될동 알아서 가을에 혼례를 올립니꺼."

하고 말했다.

"뭐라고?"

황 참봉은 또 슬그머니 굳어들었다.

"안 그렇습니꺼? 죽을지 살지도 모르는데, 가을에 혼례를 올리다니, 어르신네 태평 같은 소릴 하십니더."

"뭐라 이눔아!"

"……."

"전쟁이 났다고 어디 다 죽나? 그리고 전쟁이 여기까지 올 것 같으나? 택도 없다."

"……."

"이눔아, 그래, 전쟁이 났다고 약속도 안 지킨단 말이가?"

"전쟁이 났는데, 약속이 다 뭡니꼬. 그리고 누가 약속을 했습니꼬?"

"이누묵 자석 보래."

"안 그렁교? 내가 언제 약속을 했능교?"

칠성이의 어투가 '그렇습니꼬'에서 '그렁교', '했습니꼬'에서 '했능교'로 낮아지며 대들 듯 하자, 그만 황 참봉은 발끈하여,

"에라잇 때리죽일 놈 같으니!"

자기도 모르게 벌떡 일어나 냅다 장죽으로 칠성이의 대갈빼기를 내리 갈겼다. 장죽이 손에서 튕겨 나가자, 이번에는 주먹으로 마구 두들겼다.

"아이고— 와 때리능게. 와? 아이고 아파라— 아이고 아이고—."

칠성이는 호들갑스럽게 비명을 지르며 후닥닥 일어나 마루에서 뜰로 뛰어내렸다.

그러자 사랑채 한쪽 모서리에서 성주댁과 술이네가 불쑥 튀어나오며,

"우야꼬, 이기 무슨 일이고? 이기……."

"칠성아, 니가 그기 무슨 말버릇이고?"

놀라 소리를 질렀다. 아까부터 엿듣고 있었던 것이다.

칠성이는 도망치듯 대문 쪽으로 내달으며,

"씨팔 것 장개드는가 봐라. 때리는데 누가 장개드노."

하고 내뱉었다.

황 참봉은 뒤를 쫓을 듯이 마루에서 뜰로 뛰어내렸으나, 맨발이기도 해서 망신스러운 듯 멈추어 서서,

"저눔을 그저 그저…… 우째 삐리면 좋을꼬, 응이? 응이?"

헐떡거리며 버르르 버르르 떨어 댔다. 분해서 못 견디겠는 모양이었다.

칠성이가 황 참봉에게 말대거리 하며 대들기는 처음이었다.

6

반주는 두 잔이 알맞다. 그래서 황 참봉은 언제나 저녁밥상에서만 조그마한 잔으로 송엽주를 두 잔 마셔왔다. 그런데 요즘은 그게 잘 지켜지지가 않는다. 전쟁이 일어났다는 바람에 공연히 심란하고 울적해서 반주의 잔 수도 갈팡질팡인 것이다. 두 잔으로 그만두는 적이 거의 없다. 그때그때 심기에 따라서 석 잔이 되기도 하고, 넉 잔 다섯 잔이 되기도 한다. 조반과 점심때는 절대로 반주를 곁들이는 일이 없었는데, 어떤 날은 점심에 그만 서너 잔 해버리기도 하고, 아침부터 두어 잔 홀짝거릴 때도 있었다.

본래 황 참봉은 애주가였다. 젊은 시절 한때는 읍내의 기생방에 드나들며 술에 젖다시피 한 적도 있었으나, 맏이로서 가산을 떠맡고부터는 술을 마셔도 이튿날 후회가 될 그런 식으로 마시는 일은 절대로 없었다. 물려받은 전답을 축내는 일처럼 불효는 없다는 생

각을 가지고 있었고, 또 황 씨 가문의 종손이라는 위신과 체면을 중히 여기게 되었던 것이다. 그리고 회갑을 지나고부터는 기력이 한 해 한 해 해가 다르게 쇠해지는 듯해서 바깥에서 술을 마시는 일은 거의 없고, 집에서 저녁 반주로 송엽주 두 잔이 말하자면 약이었고 낙이었다. 그런데 그놈의 전쟁 바람에 그만 흐트러져 버린 것이다.

벌써 황 참봉은 다섯 잔째를 홀짝거리고 있었다. 아침에도 점심 때도 반주를 한 터이라 종일 얼큰히 취한 상태였는데, 저녁에 또 거듭 다섯 잔이나 기울이고 있는 황 참봉은 관자놀이께가 욱신거릴 지경으로 취기가 올라 있었다. 어제 저녁 칠성이한테 당한 그 분함 때문에 여느 날보다 오늘은 월등히 심사가 좋질 않은 것이다.

"뭐라고? 씨팔 것 장개드는가 보라고? 그 녀석을 우째 삐릴꼬구마. 응이?"

생각할수록 분하고 괘씸한 듯 황 참봉은 잔을 비워 탁! 소리가 나도록 거칠게 상 위에 놓았다. 주기가 오를수록 분함도 더욱 화끈화끈 끓어오르는 모양이었다.

어제 저녁 칠성이가 취한 태도는 황 참봉으로서는 참을 수 없는 수모였다. 황 참봉 앞에 그런 태도로 나올 사람은 마을에는 한 사람도 없었다. 마을뿐 아니라, 면내에서도 황운갑 영감이라고 하면 다 알아주는 터인데, 한낱 엿장수에 불과한 녀석이, 더구나 자기를 어릴 때부터 거두어 길러준 은공도 모르고 감히 그렇게 반발을 하다니, 씨팔 것 하고 욕지거리까지 내뱉으면서 말이다. 황 참봉은 자기의 위신이 형편없이 먹칠을 당한 것 같아 도저히 그대로 묵과할 수가 없는 일이라 싶었다.

"이 빌어묵을 모기!"

찰싹! 하고 황 참봉은 자기의 뒷덜미를 손바닥으로 갈겼다. 왕모기 한 마리가 와서 톡 쏘아붙였던 것이다. 모기까지 비위를 건드리는 것 같아 황 참봉은 벌컥 역정을 내어,

"여보게, 방 서방! 모깃불 안 놓고 뭐하고 있는 기고?"

문간채를 향해 소리를 질렀다.

문간방 쪽마루에 걸터앉아 저녁을 먹고 있던 방 서방은,

"저녁 안 묵능교."

하고 약간 볼멘소리로 말하고는 숟가락을 놓았다. 밥을 먹다가 말고 일어나 보릿짚과 왕겨를 가져다가 사랑채 앞뜰에 모깃불을 놓았다. 뭉게뭉게 피어오른 연기가 바람결에 나부껴 마루 쪽으로 퍼져오자 황 참봉은 이번에는,

"아이고, 내구랍어라(매워라), 연기가 와 나한테로만 자꾸 오노. 응이?"

하고 잔뜩 이맛살을 찌푸리며 짜증을 냈다.

"모기 쫓아 드릴라고 안 그럽니껴."

방 서방이 히죽 웃으며 말하자,

"뭐라고?"

황 참봉은 주기가 올라 게슴츠레해진 눈으로 쏘아보았다.

방 서방은 얼른 그 자리를 피하듯 문간채 쪽으로 잰걸음을 치면서도 곧장 히죽히죽 코웃음을 웃었다. 술에 취해서 혀 꼬부라진 소리를 하는 것도 우스웠지만, 연기가 자기한테로 자꾸 온다고 짜증을 내는 게 마치 어린애 같았던 것이다.

황 참봉에게서 그런 어린애 같은 면모를 본 것은 처음이었다. 황

참봉은 언제나 의젓하고 꼬장꼬장한 노인으로, 남에게 흐트러지거나 실없는 모습을 보이는 일이 없었다. 그리고 황 참봉이 혀가 약간 꼬부라질 정도로 술을 마시는 것도 방 서방으로서는 처음 보는 일이었다. 어제 저녁 칠성이 하고 한바탕 시끄러웠던 일 때문에 심화가 끓어서 그런 모양이라 싶으니, 어쩐지 슬그머니 재미있기도 했다.

방 서방은 칠성이가 이 집에서 꼴머슴으로 일할 그 무렵에 있던 큰머슴이 나가고, 그 뒤에 들어온 머슴이었다. 나이는 마흔을 훨씬 넘었으나, 아직 홀몸이었다. 그가 아직 장가를 들어본 일이 없는, 다시 말하면 여자와 솥단지를 걸어본 일이 없는 노총각인지, 아니면 마누라와 헤어졌거나 사별을 한 홀아비인지 분명치가 않았다. 자기의 과거에 대해서 입을 열려고 하질 않는 것이었다.

"자네, 사십이 넘도록 혼자 사는가?"

하고 물으면,

"혼자 사는 기 안 편항게."

하면서 씩 웃었고,

"사십이 넘도록 혼자 살았을 턱이 있나. 각시가 죽었거나 생이별을 했겠지 뭐. 안 그렁가?"

하면은,

"그런지도 모르지예."

하고 마치 남의 일처럼 아리송하게 웃어 넘겼다.

해방이 된 이듬해부터 황 참봉 집에 몸담아 일해 오는 터인데, 사람이 좀 미련해 보이면서 어딘지 모르게 속에 무엇이 들어앉아 있는지 알 수 없는 그런 약간 음흉한 구석도 없지가 않았지만, 그러나 말수가 적어 듬직한 편이고, 심덕도 무던한 편이며, 또 일을 자기가 알아서 꿍꿍 잘 해내는, 마치 소 같은 사람이었다. 그래서 황 참봉은 은근히 속으로 미더워하며 연선이의 신랑감으로 어떨까 하고 생각해 보기도 했었다. 그러나 첫째 나이가 마흔을 훨씬 넘은 터이라, 아무리 연선이가 한쪽 다리를 못 쓰는 병신이긴 하지만 짝으로서 걸맞지 않을 것 같았고, 또 자기 집의 머슴을 사위로 삼는다는 것도 남 보기에 창피한 일이 아닐 수 없었다. 병신이고 서출이긴 하지만, 그래도 딸은 딸인 터이라, 그렇게 아무 데나 함부로 치워버릴 수는 없는 노릇이었다. 그리고 혹시 칠성이가 없다면 또 모르지만, 진작부터 마음속에 찍어 두고 있는 사윗감이 있질 않는가. 칠성이와 방 서방 둘을 놓고 견주어 보면 어느 모로나 칠성이 쪽이 낫질 않는가 말이다. 황 참봉은 그저 혼자서 그런 생각을 해보다가 쓸쓰레하게 웃으며 고개를 내저었었다.

황 참봉이 집을 나선 것은 밤이 꽤 이슥해서였다. 달이 밝았다.

문지방을 베고 누워서 잠이 들려던 방 서방은 황 참봉이 약간 비실거리는 걸음으로 대문을 열고 밖으로 나가자, 이 밤중에 어딜 가는 걸까, 취해 가지고…… 싶어서 부스스 일어나 앉았다. 커다랗게 하품을 한 번 하고서 도로 자리에 누울까 하다가 아무래도 걱정이 되기도 하고, 또 아마도 칠성이를 찾아가는 것 같아서 슬그머니 호기심도 고개를 쳐들어 뒤따라가 봐야겠다고 일어섰다.

아니나 다를까, 황 참봉은 골목길을 돌아서 칠성이네 집 쪽으로 비실비실 걸어가고 있었다, 이 밤중에 칠성이를 찾아가서 뭘 어쩌려고 그러는 것인지, 오늘 밤 재미있겠구나 싶어 방 서방은 슬금슬금 뒤를 따라가며 공연히 히들히들 웃기도 했다.

칠성이네 사립문은 활짝 열린 채였다. 황 참봉은,

"어험!"

헛기침을 하면서 사립을 들어섰다.

방 서방은 사립 밖 울타리 가에 가만히 걸음을 멈추었다.

칠성이는 잠이 들었는지, 방문이 닫힌 채 아무 기척이 없었다. 방문에 창호지 대신 모기장을 만드는 망사 쪼가리가 발라져 있었다.

"어험! 어험!"

그 방문을 향해 황 참봉은 또 헛기침을 했다.

황 참봉이 칠성이네 집을 찾아온 것은 이것이 처음이었다. 그러나 어느 집에 세 들어 산다는 것을 알고 있었기 때문에 취중에도 곧바로 그 집을 찾아 바깥채에 있는 셋방 앞에 제대로 설 수가 있었던 것이다.

방 안에서 아무 기척이 없자, 이 녀석이 그 가시나를 끼고 벌써 잠이 들었는가 싶어서 황 참봉은 바싹 방문으로 다가가 안을 들여다보았다. 달이 좋기는 했으나, 밖에서 방 안이 얼른 잘 보일 턱이 없었다.

취중에도 황 참봉은 조금 망설이는 듯하다가, 까짓 놈의 것……
싶은 듯 냅다 방문을 잡아 열어젖히며,

"칠성아! 일어나거라!"

하고 소리를 질렀다.

방 안에는 칠성이 혼자 잠들어 있었다. 벌써 잠이 깊이 든 듯,

"으으응—."

하면서 돌아누울 뿐이었다.

안채 쪽에서 오히려 잠이 깨인 듯 토골댁이 무슨 일인가 싶어 눈

을 비비며 부스스 일어나 나왔다. 황 참봉인 줄을 알아보자, 토골댁은 깜짝 놀라지 않을 수 없었다.

"우야꼬, 참봉 어른 아니싱교? 이 밤중에 우짠 일이십니껴?"

"응, 칠성이를 좀 볼라고……."

이 집 바깥주인 역시 같은 황 씨 일족이고, 촌수는 멀지만 손아래 뻘이어서 황 참봉은 토골댁에게 말을 놓았다.

"벌써 깊이 잠이 들었나……."

토골댁은 얼른 자기도 방문으로 다가가,

"칠성이! 칠성이! 참봉어른 오셨다 앙이가, 일어나! 일어나라니까!"

하고 소리를 질렀다. 그러나 여전히 깨어나질 않자,

"아이구, 무슨 놈의 잠이 벌써 이렇게 깊이 들었노."

하면서 엉금엉금 방 안으로 기어들어가 칠성이를 흔들어 깨웠다.

그제야 잠이 깨어 일어나 앉은 칠성이는 밖에 서 있는 사람이 황 참봉이라는 것을 알자, 흠칫 놀라는 기색이었다. 너무나 뜻밖이었던 것이다. 어제 저녁의 일 때문에 틀림없이 자기를 다시 호출할 줄 알고 있었는데, 이렇게 직접 찾아오다니, 이 누추한 곳을…… 칠성이는 어찌할 바를 몰라,

"어르신네, 좀 들어오시이소."

하면서 엉거주춤 일어서서 곧장 두 손을 만지작거렸다.

황 참봉은 왠지 온몸에서 긴장이 스르르 풀려나가는 느낌이었다. 집을 나서 이곳을 찾아올 때는 틀림없이 칠성이가 향심인가 뭔가 하는 술집 가시나 하고 같이 있을 줄 알았는데, 뜻밖에도 그게 아니질 않는가. 그 가시나 하고 둘이서 앉아 시시덕거리고 있거나

누워서 붙어 뒹굴고 있거나 간에 그저 사정없이 벼락을 내릴 작정이었는데 말이다. 뜻밖에 혼자 자고 있었을 뿐 아니라, 잠을 깬 칠성이가 어제 저녁 일을 말끔히 잊은 듯 놀라 어쩔 줄을 모르며 공손히 방으로 들어오시라고 하니, 황 참봉도 그만 온몸의 긴장이 스르르 풀리며 마음이 느슨해지지 않을 수 없었다. 어쩌면 칠성이가 어제 저녁에는 그렇게 대거리를 하며 남의 화를 돋웠으나, 집에 돌아와 스스로 뉘우쳐 마음을 돌려먹고, 그 가시나한테 이제부터 같이 안 살 테니 집에 오지 말라고 했는지도 모르겠다는 생각이 문득 들기도 했다.

그러나 황 참봉은,

"어험!"

일부러 이맛살까지 잔뜩 찡그리고 노기를 띤 듯한 헛기침을 하며 마지 못하는 듯 방으로 들어갔다.

칠성이는 호롱에 불을 붙였다. 향심이가 자주 오게 되고부터는 아무래도 촛불을 켜서는 돈이 많이 들어 안 되겠다 싶어서 호롱을 하나 장만했던 것이다.

바깥에 섰던 토골댁이,

"불을 붙이면 모기가……."

하면서 방문을 닫아주었다. 그리고 그녀는 두 사람이 무슨 얘기를 주고받는지 엿듣고 싶어서 슬금슬금 뒷간으로 가는 척하며 한쪽으로 살짝 붙어 섰다.

황 참봉은 책상다리를 하고 위엄 있게 앉았고, 그 앞에 칠성이는 꿇어앉아 고개까지 살짝 떨구었다. 마치 무슨 죄라도 지은 사람과 그를 다스리려는 사람의 대좌 같았다.

"내가 와 찾아왔는지 알제?"

황 참봉은 불쑥 들이대듯이 입을 열었다. 심사는 현저히 누그러져 있었으나, 말투는 여전히 뻣뻣했다. 취기 때문에 혀가 좀 짧은 것 같은 발음이기는 했지만.

칠성이는 힐끗 황 참봉을 한 번 보고서 고개를 조금 떨굴 뿐 아무 말이 없었다.

그 태도로 보아 어제 저녁 자기의 잘못을 뉘우치는 기색이 역력해 보여서 황 참봉은 "아나, 모르나?" 하고 대답을 강요하지는 않았다. 그러나 먼저 그의 입에서 사과의 말이 나오도록 하는 게 그를 완전히 굴복시키는 데 도움이 될 것 같고, 그래야 체면도 설 것 같아서 게슴츠레한 눈으로 쏘아보며 말했다.

"이눔아, 니 어제 저녁 그 태도가 뭐고? 니가 나한테 감히 그렇게 나올 수가 있는 기가?"

"……."

"내가 누군고? 응?"

"……."

"와 대답이 없노. 누군가 말해 봐!"

황 참봉의 목소리가 왈칵 높아지자, 칠성이는 얼른 얼굴을 쳐들며,

"어르신네 아닙니꺼."

하고 겁을 집어먹은 듯 눈을 굴렁거렸다.

"이눔아, 내가 니 은인이다, 은인. 니를 어릴 때부터 거두어 키워 준 기 내 앙이가. 내가 아니었더라면 니는 이눔아, 지금까지 살아 있을지 어떨지도 모르는 기라. 니도 다 아는 일 앙이가. 그런 나한

테 이눔아, 니가 감히 말대꾸를 하며 대들다니…….”

“…….”

“전쟁이 났으니까 뭐가 우째? 이눔아, 전쟁이 나면 은인도 모르는 기가? 응? 그기 사람이가?”

“…….”

“내가 아무리 생각해도 분해서 몬 참겠다. 그래서 이렇게 찾아온 기라.”

“…….”

“와 가만히 있노? 응이?”

무슨 뜻인지 칠성이는 잘 모르겠는 듯 멍청한 표정을 지었다.

“잘몬했으면 잘몬했다고 사죄를 해야 될 기 앙이가. 이 멍텅구리 같은 녀석아.”

“…….”

“아니, 그래도 가만히 있네.”

칠성이는 얻어맞은 것은 누군데, 똥 뀐 놈이 성낸다더니…… 싶었으나, 황 참봉이 자기의 은인임에는 틀림없고, 또 전쟁이……. 어쩌고 하면서 함부로 말대꾸를 해서 칠십이 다 된 노인을 화나게 한 것은 어찌 됐거나 잘못한 일 같아서,

“잘못 됐심더.”

하고 들릴 듯 말 듯 말했다. 그리고 고개를 또 떨구었다.

“음—.”

황 참봉은 기분이 씁쓰름했다. 사과를 억지로 받아낸 것만 같고, 또 칠성이 따위를 데리고 앉아 이러쿵저러쿵 시비를 가리고 있는 게 아무래도 모양 같잖다 싶었던 것이다. 그러나 기왕에 엎질러진

물, 까짓것 쇠뿔은 단김에 뺀다고, 내친걸음에 오늘 밤 이 자리에서 녀석을 윽박질러서라도 깨끗하게 항복까지 받아내고야 말리라 하고, 황 참봉은 아랫배에 지그시 힘을 주며 말을 꺼냈다.

"밤중에 내가 이렇게 일부러 니를 찾아온 것은 니한테 엊저녁 일을 사과나 받고 치울라고 온 기 앙이다. 사과도 사과지만…… 오늘 밤에 니하고 담판을 지을라고 왔다. 칠월 말이고 뭐고 없다. 당장 오늘 밤에 담판을 짓자. 알겠나?"

"……."

"와 대답이 없노?"

"……."

"들었나, 몬 들었나? 응?"

"들었심더."

기어 들어가는 듯한 목소리였다.

"이눔아, 인제 긴 얘기 안 한다. 니가 알아들을 만큼 그동안 할 얘기 다 했다. 인제 내가 묻는 말에 한마디로 대답하면 된다. 알겠제?"

"……."

"알겠나, 모르겠나?"

"알겠심더."

황 참봉은 숨을 좀 가다듬고 나서,

"우리 연선이하고 결혼하는 기지?"

단도직입적으로 내뱉었다. 칠성이의 입에서 "예"라는 한마디 대답만 나오면 만사형통인 셈이었다. 그러나 칠성이의 표정은 굳어들었고, 아무 말이 없었다.

"한마디로 대답을 하라는데, 와 아무 대답이 없노?"

"……."

"어서 대답을 해 봐. 결혼하는 기지?"

"……."

"할 끼가, 안 할 끼가?"

"……."

"대답 몬 하겠나?"

황 참봉의 목소리가 발끈 격해 오르자, 칠성이는 놀라듯 어깨를 움츠리며 얼른,

"아직 마음을 몬 정했심더."

겁을 집어먹은 듯한 목소리로 대답했다. 어제 저녁처럼 함부로 말대꾸를 했다가는 오늘 밤 또 얻어맞을 것만 같아 슬그머니 겁이 났던 것이다.

"이누묵 자석아, 뭐 하니라고 아직도 몬 정했노. 그거 정하기가 그렇게 힘이 드나? 벌써 언제고. 니가 아매도 내 말을 끝내 거절할 생각인 모양이지? 그러니까 질질 끌지, 안 그러나?"

"……."

"대답이 없는 걸 보니 틀림없어. 이누묵 자석, 니가 내 말을 거역하고서 온전할 성싶으나?"

협박조의 말에 칠성이는 힐끗이 황 참봉의 표정을 한 번 살피고서,

"어르신네, 그기 아닙니더. 거역을 하다니예, 그기 앙이라, 저……."

하고 말끝을 흐렸다.

"그기 앙이면 뭐고?"

"우쨌으면 좋을동 몰라서 그렇십더. 더 좀 생각해 봐야겠어예."

"뭘 더 생각할 끼 있노. 이 답답한 녀석아, 장개를 들기로 마음만 묵으면 되는 거 앙이가."

"……."

"안 그러나? 자꾸 생각할 것 없다. 생각하면 생각할수록 사람의 마음이란 얽히고 설켜서 잘 풀리지 않는 기라. 칼로 내리치듯이 잘 라야 돼. 간단한 거 앙이가. 이 자리에서 당장 결정해 삐리란 말이 다. 내 말에 예, 하고 대답만 한마디 하면 끝나는 기라."

"어르신네, 그기 앙이라……."

"그기 앙이고 뭐란 말이고? 우물쭈물하지 말고, 무슨 말이든지 속 시원하게 좀 툭 털어놓아 봐. 니를 딜꼬 얘기할라 카니 답답해 서 견딜 수가 없다. 어서 얘기해 봐."

"저…… 다름이 아니라……."

칠성이는 말을 꺼내기가 아무래도 좀 난처한 듯 슬그머니 뒷머 리를 긁으며 망설이다가,

"확실한 걸 잘 몰라서예."

하고 씩 웃었다.

"확실한 걸 잘 모르다니, 그기 무슨 말이고?"

"……."

"내가 논 열세 마지기를 줄지 안 줄지 확실히 모른단 말이가?"

"아닙니더. 그기 앙이라, 저……."

황 참봉은 뜻밖에 무슨 얘긴가 싶어 취기에 젖은 눈을 애써 똑바 로 뜨고 칠성이를 바라보았다.

"알라를 놀 수 있는지…… 그걸 잘 몰라서예. 흐흐……."

황 참봉은 가볍게 한 대 얻어맞은 것 같은 느낌이었다. 얼른 뭐라고 말이 나오지가 않았다.

"장개를 가면 자식이 있어야 되는 거 아닙니꾜. 그지예! 어르신네."

"……."

"그런데 연선이는 몸이 그래가지고…… 아무래도 알라를 몬 놓을 것 같단 말입니더. 알라 몬 놀 여자를 마느래로 삼아도 되는 긴지…… 장개를 들면 아무래도 자식이 제일인데……. 안 그렇습니꾜? 어르신네 생각은 어떻습니꾜?"

황 참봉은 허, 이것 봐라, 맹랑하구나, 싶었다. 뜻밖에 수세에 몰린 셈이었다. 그러나 황 참봉은,

"어험!"

일부러 위세 있게 헛기침을 하고는 약간 어조를 돋워 말했다.

"그거야, 두고 봐야 알지, 미리 우째 아노? 알라를 몬 놓는다고 어디 얼굴에 써 붙였더나? 다리 하나가 성하질 몬해서 그렇지, 니도 알다시피 다른 데는 다 멀쩡 안 하나. 어디 알라를 다리로 놓나? 안 그러나?"

"흐흐흐 흐흐흐……."

"와 웃노, 이 녀석아, 뭐가 우습노?"

"……."

"걱정 없다. 틀림없이 알라를 생산할 끼니까 두고 보래."

"만약 몬 놓면 우짜라고예. 나만 큰일 아닙니꾜."

"와 몬 놓아. 놓는다. 내 말을 믿어. 알겠나?"

"헤헤헤……."

"웃지 말어, 이 녀석아. 허파에 구멍이 났나, 와 자꾸 웃노. 내 말을 믿고, 결혼을 하는 기다. 알겠제?"

"……."

"예, 라고 대답해."

"어르신네요, 만약 알라를 몬 놀 때는 우짤 낍니꼬? 논을 더 줄랍니꼬?"

"뭐라고? 논을 더 달라고?"

"예, 히히……."

"이 녀석이 인제 보니 욕심이 한정 없구나. 열세 마지기면 됐지, 또 더 달라 말이가? 엑끼! 이 녀석."

그러나 황 참봉은 심히 노여워하는 기색은 아니었다. 전혀 예기치 않은 말이어서 얼른 가타부타 대답을 못 하고 망설이다가,

"그래, 만약 알라를 생산 몬 하면 논을 몇 마지기 더 달라 말이고?"

하고 의중을 떠보았다.

칠성이의 입에서 그런 말이 나온 것은 그 조건만 더 채워주면 결혼을 할 의사가 있다는 뜻이 아닌가. 황 참봉은 그렇다면 됐다 싶었던 것이다 연선이가 아기를 낳지 못한다는 무슨 확증이 있는 것도 아니니, 나중에 반드시 논을 더 주어야 된다는 법도 없고, 그건 그때 가봐야 알 일이니까, 나중에야 어떻게 되든 우선 일을 성사시키기 위해서 한 번 제 의사를 들어 볼 일이 아닌가 말이다.

칠성이는 좀 망설이는 듯하다가,

"열세 마지기만 더 주이소."

정색을 하고 말했다.

황 참봉은 어이가 없는 모양이었다. 절로 이맛살이 찌푸려졌다.

"이 녀석아, 니가 화적놈 배짱이구나. 한 댓 마지기 더 달라 카면 몰라도, 곱으로 달라니, 그기 화적놈 배짱 앙이고 뭐고? 안 그러나?"

"......."

"사람이 욕심이 많은 것은 좋지만, 이 녀석아, 분수가 있어야 되는 기라. 논 열세 마지기가 니 생각에는 손바닥 쪼가리만 한 줄 아나? 그렇게 쉽게 달라 카구로."

그러면 그만두라는 그런 표정으로 칠성이의 얼굴이 굳어들자, 황 참봉은 얼른 생각을 돌렸다. 나중에 반드시 논을 더 주어야 될지 어떨지 모르는 일이 아닌가 말이다.

"그래, 좋다. 내가 선심을 쓰지. 세 마지기 꼬리는 띠 삐리고, 열 마지기 주꾸마. 어떤노?"

"......."

"대답해 봐."

칠성이는 "좋심더" 하는 소리가 곧 튀어 나오려 했으나, 그만 입을 꾹 다물고 말았다. 깜짝 무엇에 놀라듯 굳어들며 긴장된 시선으로 방문 바깥을 가만히 내다보고 있는 것이었다.

별안간 칠성이의 태도가 달라지자, 황 참봉은 무엇 때문에 그러는가 하고 자기도 얼른 방문 밖을 내다보았다.

바로 방문 앞에 웬 여자가 하나 서 있었다. 금방 걸어 들어와서 거기 멈추어 선 모양이었다. 바깥에 달빛이 좋기는 했으나, 여자가 달빛을 등지고 서 있어서 어떤 여잔지 얼른 분간할 수가 없었다.

그러나 황 참봉은 대뜸 그게 향심인가 뭔가 하는 술집의 그 가시나라는 것을 알 수 있었다. 얼굴 모습이 잘 보이지는 않았지만, 얼른 보아도 젊은 여자 같았고, 어딘지 모르게 술집에서 노는 그런 여자 같은 것이 몸에서 풍기는 듯했던 것이다. 그리고 그 가시나 아니고는 이 밤중에 칠성이네 방문 앞에 나타날 여자가 없질 않는가.

황 참봉은 순간 가슴이 덜컥 내려앉는 듯했다. 칠성이가 혼자 자고 있기에 혹시 그 가시나한테 이제부터 집에 오지 말라고 했는지도 모른다 싶었는데, 그게 아니지 않은가 말이다. 황 참봉은 온몸이 바짝 굳어지며 가슴이 벌떡벌떡 심하게 뛰기 시작했다. 술기운이 새삼스레 확 불붙어 오르는 느낌이었다.

힐끗힐끗 그 가시나와 칠성이를 번갈아 보다가 황 참봉은 불쑥 내뱉었다.

"누구고?"

그것은 칠성이에게 묻는 말이기도 했고, 문 밖에 서 있는 향심이에게 던지는 말이기도 했다.

두 사람은 다 아무 대답이 없었다.

"누고 말이다!"

황 참봉은 꽥 소리를 내질렀다.

"누군데 방문 앞에 와 서서 남의 얘기하는 걸 듣노. 응이?"

그러자 향심이는 살짝 한 걸음 뒤로 물러서며 조금 고개를 떨구었다.

향심이 역시 방 안에 앉아서 고함을 치는 노인이 황 참봉이라는 것을 알 수 있었다. 직접 보는 것은 처음이지만, 칠성이와 둘이 앉아 얘기를 하는 품이 틀림없이 그 노인이라 싶었던 것이다. 그리고 나누고 있는 얘기가 어떤 것인지도 대뜸 짐작이 갔다. 오늘은 일이 좀 늦게 끝나 돌아와 보니 사립 밖 울타리 가에 남정네가 하나 서 있고, 방 안에는 웬 낯선 노인과 칠성이가 얘기를 나누고 있어서 무슨 일인가 하고 조심스레 방문 앞으로 다가섰던 것이다. 향심이는 오늘 밤도 술이 꽤나 올라 있었다. 그러나 뜻밖의 일에 바짝 긴장이 되어 주기가 싹 가신 듯한 느낌이었다.

"칠성아, 저기 누구고?"

황 참봉은 다 알면서도 칠성이에게 들이대듯 물었다.

칠성이는 대답이 없었다.

"와 대답이 없노? 저 가시나가 누구고 말이다!"

"……."

"응이?"

두 사람 사이에서 무척 난처한 입장이 되어 칠성이는 어찌할 바를 몰랐다.

그러자 황 참봉은 이번에는 직접 향심이를 향해 소리쳤다.

"니가 누구고? 니가 삼거리 술집에 있다는 향심인가 뭔가 하는 그 가시나제? 맞제?"

"……."

"와 칠성이한테 자꾸 오노. 술집 가시나면 술집에서 술이나 팔 일이지, 와 남의 총각 혼자 사는 방에 자꾸 찾아오노 말이다."

향심이는 얼굴이 화끈 달아올라 와들와들 떨고 있었다.

"매일 밤 온다메? 안 된다! 오지 말어! 인제부터 칠성이를 찾아오면 가만 안 둘 끼다. 알겠나?"

"……."

"칠성이는 내 사위 될 사람이다. 남의 집 사위 될 총각을 자꾸 찾아다니다니…… 더구나 술집 가시나가…….”

“뭐라꼬예?"

마침내 향심이는 대들 듯 입을 열었다.

“술집 가시나가……? 그렇구마, 난 술집 가시나구마. 술집 가시나가 뭐 우쨌단 말잉게? 술집 가시나는 사람도 아니란 말잉게?”

“아니, 이것이…….”

황 참봉은 온통 얼굴이 경련을 일으킨 듯 실룩거렸다.

“와예? 나는 입을 두고 말도 몬 하는게? 와 자꾸 가시나 가시나 카는게? 당신이 뭉게?”

“뭐? 당신……?"

“그렇구마. 나한테 가시나 가시나 카는데, 나는 뭐 당신이라 카면 안 되는게?”

“이누무 가시나가 간땡이가 부었어.”

“부었구마. 우짤 낑게?”

사립 밖에 있던 방 서방도 이미 마당으로 들어와 있었고, 한쪽에 숨어서 엿듣던 토골댁도 놀라 뛰어나와 있었다. 잠자던 집안사람들도 깨어서 밖으로 나오고 있었고, 가까운 이웃 사람들까지 떠들썩한 소리에 무슨 일인가 하고 슬금슬금 모여들고 있었다.

바깥에 방 서방의 모습이 눈에 띄자 황 참봉은,

“방 서방, 잘 왔네. 이누무 가시나를 끌어내! 어서 끌어내!”

하고 소리를 질렀다.

황 참봉의 호령소리에 방 서방은 마지 못하는 듯 향심이에게 다가가며,

"누구한테 함부로 입을 놀리노. 어서 나가."

한쪽 팔을 붙들려 했다.

그러자 향심이는 그 팔을 냅다 뿌리치며,

"내가 와 나가능게? 누구 맘대로."

하고 방 서방까지 매섭게 쏘아보았다.

"말로 할 때 나가는 기 좋을걸."

토골댁도 위협조로 한마디 거들었다.

"방 서방, 어서 끌어내라니까! 끌어내다가 실컨 좀 뚜디리 패 줘.
다시는 여기 몬 오구로. 여기뿐 앙이라, 우리 동네에 다시는 얼씬도
몬 하게 맛을 단단히 좀 보여 줘!"

"예, 알겠심더."

방 서방도 슬그머니 화가 치미는 듯,

"나가자!"

버럭 소리를 지르며 왈칵 향심이의 팔을 잡아챘다. 그리고 냅다
끌어당겼다.

"아이고! 이거 놓소! 놔! 와 이라능게! 아이고―."

향심이는 안 끌려 나가려고 바락바락 악을 썼다.

방 서방의 힘을 향심이가 당해낼 턱이 없었다. 냅다 바동거리다
가 그만 향심이는 땅에 엎어지고 말았다. 그래도 아랑곳없이 방 서
방은 향심이를 사립 쪽으로 질질 끌고 갔다.

그러자 모여든 사람들 가운데서 누군가가 불쑥 나서며 말했다.

"이기 무슨 짓이고? 너무한다 앙이가. 아무리 그렇지만 사람을
개 끌 듯 끌어내다니, 더구나 여자를……."

방 서방은 멈칫하면서 누군가 싶어 힐끗 바라보았다. 박삼암이

었다.

영감의 말에 그만 향심이는 뻗쳐오르던 악이 왈칵 눈물이 되어 녹아내리는 듯 목을 놓아 엉엉 울기 시작했다.

잠시 후의 일이었다. 쿵 우르르— 쿵 쿵 우르르 우르르— 먼 산줄기 너머로 천둥치는 듯한 소리가 들려왔다. 우르르 우르르— 쿵 우르르— 쿵 쿵 우르르— 멀리서 울려오는 소리이기는 했으나, 그것은 아무래도 천둥소리는 아닌 것 같았다. 아무래도 그것은 전쟁이 가까워져 오고 있는 소리 같았다.

사람들은 모두 그 소리가 들려오고 있는 먼 산줄기 쪽으로 두려운 듯이 바라보고 있었다. 향심이도 울음을 그치고, 땅에 쓰러진 채 가만히 그 소리에 귀를 기울이고 있었다. 그녀는 자그시 어금니를 악물고 있었다.

7

"자네, 어젯밤 그기 뭐고? 사람이 그럴 수가 있는 기가?"

눈을 부릅뜨듯이 하고 내뱉는 박삼암의 말에 방 서방은 약간 당황하지 않을 수 없었다.

"내가 어디 그러고 싶어서 그랬능교? 주인어른이 끌어내라고 호령을 해서 그랬는 기지."

"끌어내라 칸다고 사람을 그렇게 개 끌 듯이 끌어내는 법이 천지에 어딨노. 더구나 여자를……."

"……."

216

"술집에 있는 여자라고 그렇게 함부로 다뤄도 되능 기가? 술 파는 여자는 사람 앙이가?"

방 서방은 뭐라고 더 변명의 여지가 없었다. 그러나 도무지 못마땅하기만 해서 볼멘 표정으로 박삼암을 바라보았다. 영감 자기가 뭐기에 남의 일을 가지고 유별나게 이러쿵저러쿵 나서는가 말이다. 어젯밤에도 그러더니, 오늘 또 시비조로 나오는 게 아닌가. 마치 그 향심이라는 술집 가시나가 자기의 무슨 조카뻘이라도 되는 것처럼.

꼴을 한 지게 베어 지고 돌아오는 길이었다. 찔레 덤불이 우거진 둔덕을 돌아 제각 앞에 이르자 대문간에 앉아서 담배를 피우고 있던 박삼암이 일부러 기다리고 있기라도 했던 것처럼 불쑥 앞을 가로막듯이 나섰던 것이다. 해가 꽤나 서쪽으로 기울어지기는 했으나, 아직도 볕이 두껍기는 마찬가지여서 이마에 땀이 내배고, 지게를 진 등허리가 끈적거려서 가뜩이나 기분이 지랄같은 판인데, 난데없이 영감이 남의 앞을 막아서서 시비조로 나오니, 아무리 그 말이 타당한 말이라 하더라도 못마땅하지 않을 도리가 없었다.

방 서방은 "당신이 와 자꾸 상관하능게?" 이런 말이 곧 목구멍으로 튀어나오려는 것을 꾹 눌러 삼켰다. 영감을 상대해 봐야 덕 될 게 없다 싶었던 것이다. 지게를 진 채 얼른 비켜서 지나가려 했다. 그러자 박삼암은 그만 한쪽 지겟가지를 덥석 거머쥐면서,

"동네에 소문이 어떻게 났는동 아나?"

하고 한결 험한 어투로 내뱉었다.

방 서방도 더 참을 수가 없었다.

"소문이 났으면 났지, 우짜란 말잉게? 내사 잘못한 것 하나도 없

구마. 머슴이 주인 시키는 대로 안 하고 우짠단 말잉게?"

"시킨다고 그대로 다 하는 기가? 죽이라 캤으면 죽였겠네? 동네 사람들이 뭐라 카는동 아나? 황 참봉보다 니가 더 악질이라고 야단들인 기라."

'자네'라던 호칭을 '니'로 격하시켜 박삼암은 마구 내뱉어 댔다. 방 서방은 '악질'이라는 말이 나오자, 한 대 얻어맞은 사람처럼 멀뚱해 가지고 두 눈을 굴렁거리며 박삼암을 조금 두려운 듯이 바라보았다.

"지주는 본래 악질이지만, 머슴이 한술 더 떠서 앞재비처럼 순 악질 노릇을 한다고, 어디 두고 보자고, 베루는*('벼르다'의 방언) 사람도 있어. 정신 채려."

"……"

"전쟁이 났어. 세상이 언제 어떻게 될동 모르는 기라. 어젯밤 대포소리 몬 들었나?"

박삼암은 묘한 눈빛으로 싸늘하게 쏘아보았다. 무슨 암시를 던지는 것 같은 약간 기분 나쁘게 낮아진 그 말투에 방 서방은 슬그머니 으스스해져서 낯빛이 조금 변하기까지 했다.

어젯밤의 일로 마을에 이러쿵저러쿵 말이 자자한 것은 사실이었다. 황 참봉이 좀 너무했다는 것이 대체적인 견해들이었다. 아무리 자기가 거두어 키웠고, 또 사윗감으로 마음먹고 있다고는 하지만, 칠성이가 이미 따로 떨어져나가 혼자 사는 지가 오래이고, 또비록 술집에서 술 파는 여자이기는 하지만, 저희 둘이 마음이 맞아서 붙어 지내는 것을 일부러 찾아가서 강제로 떼어 버리려고 머슴을 시켜 여자를 끌어내어 실컷 두들겨주라고 한 것은 아무래도 점잖지 못한 지나친 처사라는 것이었다. 찾아간 것까지는 좋지만, 어디까지나 말로 호통을 쳐서 제 발로 돌아서 걸어 나가도록 해야지, 아무리 미천한 여자지만 그렇게 함부로 다룰 수는 없는 일이라고들 했다. 그리고 전쟁이 일어나서 앞으로 세월이 어떻게 돌아갈지도 모르는 판국인데, 병신이고 서출이기도 한 딸의 혼사에 관해서 그렇게까지 부득부득 애를 쓸 게 뭐냐고, 아무래도 황 참봉의 머리가 좀 전과 달라졌다고도 했다. 칠십을 눈앞에 둔 노인이 아침부터 술을 마셔대기도 한다니, 아마 그래서 그런 모양이라고들 수군거렸다.

　방 서방에 대해서는 나쁘게 말하는 쪽과 두둔하는 쪽, 두 갈래로 얘기들이 갈리었다. 두둔하는 쪽은 머슴이 주인이 시키는 대로 할 수밖에 없지 않느냐, 질질 땅바닥에 끌기는 했으나, 사립 밖으로 끌고나가 두들겨주기까지는 안 했으니 그나마 잘한 일이라는 것이었고, 나쁘게 말하는 쪽은 주인이 시킨다고 해서 자기도 남의 집 머슴인 처지에 같은 불쌍한 처지의 여자를 개 끌 듯이 그렇게 함부로 다룰 수가 있느냐, 박삼암이 나서서 말렸고, 또 마침 그때 먼 산 너머로 쿵쿵 하고 대포소리가 울리는 바람에 일이 그 정도로 가라앉았지, 그렇지 않았더라면 그 소같이 미련하고 덜 돼먹은 놈이 기어이 밖으로 끌고나가 마구 두들겨 팼을지 누가 아느냐는 것이었다.

　향심이는 말하자면 피해자인 셈이니, 그녀를 나쁘게 헐뜯는 사람은 거의 없었다. 칠성이를 자기 남자로 삼으려는 듯 향심이의 걸음이 잦아졌을 때 술집 작부에게 칠성이를 빼앗기는 것만 같아서 마을 사람들은 대체로 못마땅하게 생각했고, 특히 아낙네들은 모이면 그녀 욕을 입에 올리기가 일쑤였으며, 심지어 토골댁 같은 여자는 밤으로 사립문을 닫아걸기까지 했으나, 어젯밤의 일을 두고는 인심들이 그녀를 측은하게 여기는 쪽으로 기울어진 셈이었다.

앞으로 향심이가 어떻게 나올지, 칠성이는 어떤 태도를 취할는지, 일은 한층 재미있게, 다시 말하면 결판이 날 단계에 성큼 들어선 것 같아서 마을 사람들은 이러쿵저러쿵 말이 자자하면서도 어떻게 결말이 지어질 것인지, 은근히 흥미진진해 하고들 있었다.

그런 말들이 어젯밤의 천둥소리 같은 먼 대포소리에 대한 두려운 추측과 함께 마을에 적지 않은 파문을 일으키기는 했으나, 황 참봉은 지주니까 본래 악질이라느니, 머슴인 방 서방이 앞잡이처럼 한술 더 떠서 순악질 노릇을 한다느니, 그런 말을 하는 사람은 아무도 없었다. 그러니까 어디 두고 보자고 방 서방을 벼르는 사람이 있을 턱이 없었다. 새빨간 거짓말이었다. 그것은 박삼암 자기의 생각일 뿐이고, 남의 일에 지나치게 핏대를 세우며 나서기를 좋아하는 그런 심보에서 나온 말이었다.

황 참봉네 집 안이 삼대째 지주로 내려오고 있는 터이지만, 그 집 안을 나쁘게 헐뜯는 사람은 거의 없었다. 지주가 소작인들에게 인심을 얻기가 쉽지 않은 법인데, 황 참봉의 부친은 매우 후덕한 사람으로, 죽은 뒤에 소작인들이 스스로 송덕비를 세우기까지 했다. 황 참봉은 그 부친에는 못 미치는 터이지만, 그래도 남들에게서 싫은 소리보다는 좋은 소리를 더 많이 듣는 편이었다. 한마디로 말하면 경우가 바른 사람이었다. 받을 것은 받고, 줄 것은 주는 그런 어김없는 사람이었다. 그러면서 때로는 좀 후하게 인심도 쓸 줄을 알았다. 마을에 버려진 칠성이를 가엾게 여겨 집에 데려다가 키워준 것도 말하자면 그런 따뜻한 인심을 지니고 있었기 때문이다.

어젯밤의 일이 좀 지나치기는 했지만, 결코 '악질'이라는 소리를 들을 그런 사람은 아니었다.

움푹 꺼져 들어간 눈자위 속에서 눈알을 더욱 섬뜩하면서도 야릇하게 빛내며 박삼암은 말을 이었다.

"어젯밤 그 소리는 틀림없이 대포소리였어. 천둥소리 같으면 먼 하늘에 번개가 쳤어야 하는 기라. 번개도 치지 않고 쿵 우르르 쿵 우르르, 먼 데서 산이 무너지고 있는 것 같은 소리가 안 나더나. 틀림없는 대포소린 기라. 대포소리가 여기까지 들려오다니, 벌써 전쟁이 쑥 이쪽으로 내려왔다는 거 앙이고 뭐꼬? 남쪽이 행편없이 밀리고 있는 기라. 안 그러나?"

방 서방은 굳어진 표정으로 고개만 끄덕일 뿐 입을 열지는 않았다.

"그 대포소리가 곧 여기까지 안 올 것 같으나?"

"⋯⋯."

"온다. 오고말고. 두고 보래. 그러면 세상이 우째 되는동 알지?"

"⋯⋯."

"뒤집어지고 마는 기라. 뒤집어지고⋯⋯ 흐흐흐⋯⋯."

손짓으로 세상이 뒤집어지는 시늉까지 해보이며 박삼암은 묘하게 웃었다.

방 서방도 히죽이 얼굴에 웃음이 떠오르기는 했으나, 얼른 그 웃음을 지워 버리고, 두려운 듯 사방을 돌아보았다.

"아무도 없어. 있으면 어떠노? 까짓것 곧 세상이 바까질 낀데 뭐. 흐흐흐⋯⋯."

"……."

"이런 판국인데, 자네 주인 영감은 딸년 시집보낼 생각만 하고 있으니…… 우습지 뭐꼬. 세상이 바까져도 딸을 시집보낼 수 있을 것 같은 모양이지. 지주가……. 허허허 웃ㅎㅎㅎ……."

다시 '자네'라고 고쳐 부르며 박삼암은 이번에는 썩 재미있다는 듯이 웃어 댔다.

방 서방은 도무지 영감의 그 웃음이 못마땅했다. 육십이 넘은 늙은이가 그런 말을 함부로 지껄이며 그런 투의 웃음을 웃어댈 수가 있는가 싶었다. 주책바가지 같았다.

웃음을 거두고 나서 박삼암은 공연히 기분이 좋은 듯 제법 인정까지 쓰는 것처럼 말을 이었다.

"세상이 바까졌을 때를 생각해서 방 서방 자네 어젯밤의 일을 그 여자한테 잘몬했다고 사과해두는 기 좋을 끼다. 여자가 원한을 품으면 어떻게 되는동 알지? 오뉴월에도 서릿발이 내리게 한다 안 카나. 세상이 바까지면 그 여자가 가만히 있을 것 같으나?"

"원한을 품어도 우리 주인어른한테 품지, 나한테 품을 택이 있능게?"

"여자 몸에 직접 손을 대가지고 땅바닥에 개 끌 듯이 질질 끈 건 자네란 말이다. 시킨 놈도 밉지만, 시킨다고 그대로 무지막지하게 한 놈이 더 미운 기라. 그리고 인제 그놈의 어른 소리 쑥 빼 삐려. 듣기 싫다 앙이가. 주인이면 주인이지, 주인어른은 무슨 놈의 주인어른이고. 노망기가 든 영감쟁일 가지고……."

"……."

"좌우간 자네 내 말 듣는 기 좋을 끼대이. 나중에 후회하지 말고……. 알겠나?"

"……."

"와 대답이 없노? 자넬 생각해서 하는 소린데…… 내가 지금 그 여자 편을 들고 있는 기 아닝 기라. 알겠제?"

"알겠구마."

들릴 듯 말 듯 무뚝뚝하게 대답했다. 그리고 방 서방은 마치 귀찮고 기분 나쁘기도 한 무엇에서 놓여나려는 듯이 얼른 지게를 진 걸음을 성큼성큼 떼 놓았다.

"방 서방, 잠깐만……."

박삼암은 후닥닥 가서 다시 지겟가지를 붙들었다.

"내가 한 말 입 밖에 내지 마래이. 곧 세상이 뒤집히니 우짜니 그런 말은 아직 함부로 할 때가 아니거든. 말을 조심해야 되는 기라."

"흐흑."

방 서방은 절로 웃음이 나왔다. 말을 조심해야 될 사람이 도대체 누군가 말이다.

"와 웃노? 너거 주인 영감한테 그런 말 하면 절대 안 된다. 지주는 악질이니, 이 판국에 딸을 시집보낼라 카는 노망기가 있는 영감이니, 그런 말 그 영감쟁이가 들으면 가만있겠나?"

"누굴 철없는 알란 줄 아능게? 걱정 마소. 아무한테도 그런 말 안 하느마."

그러자 박삼암은 싱그레 기분 좋은 듯이 웃으며 좀 어조를 낮추어 말했다.

"자네가 도장을 찍은 일이 있는 사람이기 때문에 내가 맘 놓고 말을 한 기라. 도장을 찍은 일이 없는 사람 같으면 그런 말을 함부로 할 수가 있겠나? 안 그러나?"

"……."

"내가 일부로 자네한테 어젯밤 일을 그 여자한테 사과해 두라 카는 것도 다 나중 일을 생각해선 기라. 무슨 말인동 알겠제?"

"……."

"이 사람아, 알겠나 모르겠나?"

"안다니까요."

좀 떨리는 듯한 볼멘 목소리였다. 박삼암이 그렇게 생각해주는 것도 어쩐지 싫었지만, 그것보다도 '도장을 찍은 일이 있는 사람'이라는 말이 몹시 거슬렸던 것이다. 방 서방은 그 말이 마치 자기의 아물어가는 상처를 다시 쿡 쑤신 것 같고, 감추어 버리고 싶은 부끄러운 곳을 확 들추어낸 것만 같아 기분이 약간 아찔하기까지 했다. 뭐 이런 영감이 다 있는지, 오늘 재수 더럽구나 싶었다.

그래서 방 서방은 그만 도망치듯이 지게를 진 채 달리다시피 했다.

삼 년 전인가의 일이었다. 그 무렵 회룡리에도 남로당 말단 조직의 손길이 뻗쳐 있었다. 그 세력이 미미하기는 했으나, 역시 집요한 데가 있어서 조직의 확장을 위해서 은밀히 마을 사람들의 포섭에 열을 올리고 있었다. 그 손길에 방 서방도 걸리고 만 것이었다. 자기는 아무것도 아는 게 없다고 방 서방은 번번이 고개를 내흔들었으나, 동무 같은 머슴이 잘 사는 세상을 만들려고 그러는데, 찬성을 하지 않으면 어떻게 하느냐고, 집요하게 물고 늘어지는 바람에 결국 방 서방은 도장을 찍어주고 말았던 것이다. 실은 도장이 없어서 지장을 찍기는 했지만 말이다. 남로당 입당서에 도장이건 지장이건 좌우간 날인은 했으니, 남로당 당원이 된 셈이었다. 그러나 방 서방은 본래 소 같은 사람이어서 남들의 눈을 피해 몰래 모여서 무슨 음흉한 수작을 꾀하는 그런 일에는 마음이 내키지가 않았다. 처음에 한두 번 그들의 은밀한 모임에 섞여 앉아 보기도 했으나, 아무래도 무슨 화적놀음을 하는 것 같아서 이런 핑계 저런 핑계를 대어 발걸음을 끊고 말았다. 그런 방 서방을 그들도 나중에는 도리가 없어서 소 같이 미련한 동무니까 그저 조직의 한 사람으로 숫자나 채워 두는 걸로 치부해 버렸다. 그러니까 방 서방은 자기네 조직이 어떻게 돌아가는지, 뭘 하는 것인지도 잘 모르는 이름만 얹힌 허수아비 당원인 셈이었다.

그러나 그 조직이 들통이 나자, 어느 날 느닷없이 방 서방도 지서에 끌려가는 몸이 되었다. 논에서 일을 하다가였다. 붙들려가면서도 방 서방은 처음엔 자기가 무슨 잘못을 저질러서 순경이 잡으러 왔는지를 모르고 그저 어리둥절할 따름이었다. 지서에서 사흘 동안 문초를 받았는데, 말할 것도 없이 방 서방은 사실대로 털어놓았다. 그러나 그 말을 순순히 받아들여 줄 턱이 없었다. 결국 허리를 제대로 펴지 못하고, 한쪽 다리를 질질 끌다시피 해서 걸음을 옮기는 그런 상태가 되어 사흘 후에 놓여나왔는데, 그 정도로나마 지서에서 풀려나게 된 것은 황 참봉의 덕분이었다. 황 참봉은 방 서방이 붙들려가자, 무슨 영문인지 궁금해서 부면장인 아들 두원이게 알아보도록 했었다. 아들에게 그 까닭을 자세히 얘기 들은 황 참봉은 그놈이 그런 데에 가담을 하다니…… 하고 대노를 했다. 그러나 가입은 했지만 별로 한 일은 없다는 것이어서, 미련한 놈 같으니…… 하고 노기를 가라앉힌 다음, 그렇다면 불쌍한 놈이고, 또 농사일도 바쁘고 하니 네가 어떻게든지 빼내도록 하라고 아들에게 일렀다. 그래서 황두원이 나서서 지서 주임하고 술잔도 나누고, 보증도 서고 해서 간신히 풀려나오도록 했던 것이다. 그렇지 않았더라면 방 서방의 신세가 어떻게 되어 버렸을지 모를 일이었다.

그런 일이 있은 뒤로 방 서방은 황 참봉 부자를 자기를 살려준 은인으로 여기며, 그 은혜에 보답하듯이 그 전보다 한결 더 부지런히, 더욱 소같이 일을 했다. 그리고 방 서방은 멀리 지나가는 순경만 보아도 절로 불알이 오그라붙는 느낌이었고, 또 남로당이니 공산주의니 하는 말만 들어도 절로 겁이 나서 슬그머니 고개를 돌려 버리곤 했었다.

그런데 오늘 난데없이 박삼암 영감이 짓궂게도 남의 아픈 데를 쿡 찌르듯이 건드려 놓은 것이 아닌가. 생각하는 척하면서 말이다.

방 서방은 밭머리를 돌아 마을로 들어서면서 힐끗 한 번 돌아보았다. 박삼암은 구부정한 허리에 두 손을 뒷짐 지고 어슬렁어슬렁 동구 앞 느티나무 쪽으로 걸어가고 있었다.

"니기미할 영감쟁이!"

하고 내뱉으며 방 서방은 공연히 마른코를 팽! 풀어 던졌다. 그리고 코가 묻지도 않은 손가락을 한쪽 지겟다리에 썩 문질러 닦았다.

8

방 서방은 향심인가 하는 그 술집 여자한테 아무래도 사과를 하는 게 옳다는 생각이 들었다. 박 영감의 말이 틀린 말은 아니라 싶었다. 정말 세상이 어떻게 될지 알 수가 없는 일이고, 또 여자가 원한을 품으면 오뉴월에 서릿발을 내리게 할 정도로 남자보다 훨씬 지독하다는 것이니, 비록 주인이 시켜서 한 일이지만 한마디 사과를 해두는 게 나쁠 것은 없을 것만 같았다.

그러나 마흔이 넘은, 명색이 시커먼 불알을 찬 놈이 아직 서른도 안 된 것 같은 젊은 술 파는 가시나한테 사과를 한다는 것도 모양 같잖은 일이었다. 사과를 한다면 뭐라고 말을 해야 될 것이며, 또 제 발로 찾아올 턱이 없으니 이쪽에서 일부러 찾아가는 수밖에 없는데, 그게 무슨 꼴인가 말이다.

그래서 망설이고 있는데, 며칠 뒤에 그럴 기회가 왔다.

밤이 꽤 이슥해서였다. 날씨가 밤인데도 후덥지근해서 잠을 이루지 못하고 있는데,

"방 서방— 방 서방—."

사랑채 쪽에서 부르는 소리가 들렸다. 혀가 굳어진 듯한 소리였다.

"방 서방. 벌써 자나—?"

오늘 저녁에도 황 참봉은 반주가 지나친 모양이었다.

"예— 갑니더."

부스스 일어나 방 서방은 밤중에 또 무슨 일인가 싶으며 사랑채 쪽으로 갔다.

황 참봉은 마루에 벌렁 드러누워 부채를 부치고 있다가 얼굴만 멀뚱히 돌렸다.

"방 서방."

"예?"

"내가 잠이 안 온다."

"와 잠이 안 오십니껴? 방에 들어가셔서 주무시이소."

"그누무 가시나 때문에 잠이 안 온다니까. 그누무 가시나가 인제 떨어져 나갔는지 우쨌는지 알 수가 있어야 말이제."

"……."

"방 서방."

"예? 말씀 하시이소."

"내가 그누무 가시나 때문에 속이 상해 몬 살겠다. 방 서방은 우째 생각하노?"

"……."

"응? 우째 생각하노 말이다? 내가 속이 상하겠나? 안 상하겠나?"

멀뚱히 바라보는 표정이 술에 절어서 얼이 빠진 영감 같았다.

"속이 상하고말고예."

방 서방은 웃음이 나오려는 것을 참으며 대답했다.

"그누무 가시나뿐 아니라, 칠성이란 놈도 나를 속상하게 하고, 우리 연선이란 년도 생각하면 속상하고……. 해필 와 그런 기 태어나서 나를 이렇게 속상하게 맨드는지……."

황 참봉은 정말 생각할수록 속이 상해서 못 견디겠다는 듯이 후유― 크게 한숨을 내뱉었다. 그리고 혀가 제대로 안 돌아가는 듯한 소리로 또 지껄여 댔다.

"빌어묵을 전쟁까지 일어나서 남의 속을 상하게 하니, 이거 어디 살 수가 있나 말이다. 전쟁이 났으면 이기면 어떤노. 와 져서 자꾸 밀리 내리오노 말이다. 정말 속상해서 견딜 수가 없다니까. 안 그러나? 방 서방."

"흐흐흐……."

웃음이 나와 버리고 말았다.

"와 웃노? 내 말이 우습나?"

"아닙니더, 주인어른."

"그럼 와 웃는 기고?"

"말씀이 너무 지당해서 안 웃었습니껴."

"너무 지당해서?"

"예."

"허허허…… 암, 내 말이 지당하고말고. 지당하지, 지당해. 허허허 허허허……."

황 참봉은 허파에서 헛바람이 새어 나오는 것처럼 곧장 웃어 댔다. 상했던 속이 이제 그만 흐늘흐늘 풀리는 모양이었다. 마치 살짝 실성한 영감처럼 보였다.

공연히 그런 울화를 풀려고 자기를 불렀는가 싶어서 방 서방은,

"주인어른, 방에 들어가서 주무시이소. 마루에서 주무시면 감기 듭니더."

하고는 돌아서려 했다.

"어딜 가? 방 서방, 내가 자넬 부른 건 그누무 가시나가 인제 떨어져 나갔는지 우쨌는지 알고 싶어선 기라. 칠성이란 놈한테 가보고 오라 그기다. 그누무 가시나 또 와 있거든 끌어내. 끌어내서 알제? 오늘 밤은 진짜로 막 뚜디리 패서 다시는 걸음을 몬 하구로 해. 다리몽뎅이를 한 개 뿐질러 삐리도 상관없어. 알겠제?"

정말 이제 악질이 된 것처럼 내뱉었다.

방 서방은 콱 말문이 막혀 얼른 뭐라고 대답이 나오지가 않았다.

박 영감의 말이 번쩍 머리에 와 닿기도 했다.

"와 대답이 없노?"

"알겠심더."

들릴 듯 말 듯 억지로 대답했다.

"잘 안 들린다."

"알겠다니까요!"

큰소리로 내뱉고, 방 서방은 얼른 돌아섰다.

칠성이네 집을 찾아가면서 방 서방은 만일 향심이가 와 있다면 어떻게 해야 할 것인지, 심사가 꽤 착잡했다. 주인이 시킨 대로 하는 게 머슴으로서 당연한 일이겠지만, 이제 도저히 그렇게는 할 수 없다 싶었다. 박 영감의 말이 없었다 하더라도 불쌍한 여자를 같은 처지의 자기가 또 손을 대어 끌어내고, 심지어 두들겨주기까지 하다니, 다리 하나를 분질러 놓다니……. 말도 되지가 않았다. 오히려 그 여자에게 이 기회에 사과를 하는 게 옳다는 생각이 들었다. 그럼 주인한테는 뭐라고 보고를 해야 할 것인지…… 당연히 거짓말을 해야 되는데, 그래도 되는 건지…… 나중에 일이 어떻게 될지…… 소처럼 우직한 방 서방은 뒷일이 자꾸 걱정이 되기도 했다.

칠성이는 집에 없었다. 향심이도 와 있지 않았다. 방 서방은 오히려 잘 되었다 싶었다. 그러면서도 어찌된 일일까 궁금했다. 주인집에 물어볼까 하다가 잠들이 든 것 같아서 그만두고 사립을 나왔다.

곧바로 집으로 돌아가서 사실대로 아무도 없더라고 고하면 되는 일이었지만, 어쩐지 방 서방은 그대로 걸음을 집 쪽으로 돌리고 싶지가 않았다.

달이 꽤 밝았다.

어슬렁어슬렁 방 서방은 동구 밖으로 걸음을 옮겨갔다. 꼭 어디로 가봐야겠다는 생각이 있어서가 아니었다. 그저 달도 밝고 해서 슬슬 마을을 벗어나면서 방 서방은 한 번 삼거리 쪽으로 가볼까 하는 생각을 했다. 주막에 가서 향심이를 불러내어 몇 마디 사과를 하는 것도 괜찮겠다 싶었다. 사과를 할 바에는 일부러 찾아가서 하는 게 아무래도 훨씬 효과가 있을 게 아닌가.

그래서 들길을 걸어가고 있는데, 저쪽 냇물에 누군가 사람이 목욕을 하고 있는 것 같았다. 달빛이 냇물 위에 찰랑찰랑 부서지고 있었다. 걸음을 멈추고 가만히 보니 두 사람이었고, 하나는 남자 같고 하나는 여자 같았다. 누굴까? 혹시…… 싶어서 방 서방은 걸음을 그쪽으로 돌렸다.

한쪽 호젓한 냇물 속에 몸을 담그고 목욕을 하고 있는 것은 칠성이와 향심이였다.

향심이는 그날 밤 그런 분하고 창피한 꼴을 당한 뒤로 칠성이한테 걸음을 하지 않았다. 앞으로 일을 어떻게 했으면 좋을지, 혼자서 생각을 거듭한 끝에 결코 순순히 물러설 수는 없다고 뿌드득 이를 악물었다. 도저히 분해서 그냥 가만히 있을 수가 없었다. 악착같이 달라붙어서 기어이 칠성이를 빼앗기지 않을 뿐 아니라, 그놈의 영감쟁이를 어떤 수를 써서라도 복수를 하고야 말겠다고, 주먹을 발끈 쥐고 바르르 떨었다. 그래서 오늘 밤 다시 칠성이를 찾아왔는데, 방 안이 후덥지근하기도 해서 냇물에 가서 목욕이나 하며 조용히 좀 얘기를 하자고, 향심이가 칠성이를 끌다시피 해서 나온 것이었다.

물속에 몸을 담그고 앉아서 처음에는 제법 심각하게 얘기를 주고받았다. 그러나 남자와 여자가 알몸이 되어 물속에서 둘이 마주 보고 있는 터이고, 또 달빛도 좋은 터이라, 심각한 얘기가 오래 갈 턱이 없었다.

"내 등이나 좀 문대도고."

칠성이가 등을 돌려 향심이 앞으로 내밀었고,

"문딩이같이. 만일 나를 버리기만 해 봐라. 가만히 안 둘 끼니까."

하면서 향심이는 그 널따란 등을 북북 문지르기 시작했다.

얼마 문지르지도 않았는데,

"됐다. 인제 내가 문대 주꾸마."

하고 칠성이는 벌떡 일어서더니, 시커먼 물건을 덜렁거리며 향심이의 등 뒤로 돌아가서 풍덩! 궁둥이로 커다랗게 물장구를 치듯이 하며 물속에 앉았다.

"히히히……"

향심이는 조금 수줍은 듯 킥킥거리며, 어깨를 살짝 오므렸다.

칠성이는 그녀의 하얀 등을 살살 문지르며,

"ㅎㅎㅎ ㅎㅎㅎ……"

곧장 좋아서 웃어 댔다. 물속에서 만지는 향심이의 살결은 한결 매끈매끈하면서도 피둥피둥해서 방 안에서와는 또 다른 야릇한 맛이 있었다.

등을 조금 문질러 주고 나서 칠성이는 이번에는 향심이를 뒤에서 뿌듯이 안아 버렸다.

"아이고, 와 이라노. 누가 보느마는."

"보기는 누가 보노. ㅎㅎㅎ……"

"아이 간지럽어라. 히히히……"

달이 멀뚱히 내려다보고 있을 뿐이었다.

뿌듯하게 안았던 팔을 풀어서 칠성이는 향심이의 봉긋하고 물컹한 가슴의 두 봉우리를 손으로 주물럭주물럭 잠시 가지고 놀았다. 그리고 이번에는 두 손을 슬그머니 아래로 내려 보냈다.

기분이 좋아서 고개를 뒤로 젖혀 칠성이의 한쪽 어깨에 살그미 얹고서 하늘의 달을 약간 몽롱한 시선으로 바라보고 있던 향심이는 칠성이의 두 손이 아랫배 쪽으로 내려오자, 문뜩 머리에 와 닿는 희한한 생각이 있었다. 얼른 그 두 손을 자기의 두 손으로 덥석 덮쳐잡으며,

"나 알라 뱄어."

하고 말했다.

"뭐라?"

"알라 뱄다 말이다. 니 알라."

"정말이가?"

"정말이다 말이다. 보래."

향심이는 칠성이의 두 손을 살짝 배꼽 쪽으로 당겨 올렸다.

"자, 만져 보래. 좀 불룩하지?"

"……."

"불룩하제?"

너무나 뜻밖의 말에 칠성이는 어리둥절해져서 말문이 막혀 버렸다. 손도 그녀의 배 위에 그냥 가만히 멈추어져 있었다.

"만져 보라니까."

"히히히……."

두 손바닥으로 가만가만 배를 더듬듯이 만져 보고는,

"이 속에 정말 내 알라가 들었나? 히히히 히히히······."

좋은지 우스운지 칠성이는 묘하게 자꾸 킬킬거렸다.

그러고 있을 때였다.

"허허허······ 재미 좋구나."

굵은 목소리가 들려왔다. 물론 방 서방이었다.

사람이 다가오는 줄도 모르고 히히거리고 있던 그들은,

"우야꼬!"

"아이구 놀래라."

당황하지 않을 수 없었다.

"칠성이제? 허허허······."

"난 누구라고. 방 씨 아잰교?"

칠성이는 방 서방을 '방 씨 아재'라고 불러오고 있었다. 자기가 자란 집에 머슴으로 들어와 있는 터이라 만나는 일도 잦았고, 좀 남다른 정도 느껴졌으며, 나이도 열두어 살 위여서 '아재(아저씨)'라고 불렀다.

"둘이 재미 보는데 미안태이."

"재미는 무슨 재미요. 재미 안 보느마."

"그기 재미 아니고 뭐꼬? 허허허······."

그러자 당황해서 물속에 푹 잠겨 얼굴만 내놓고 있던 향심이는 조금 부끄러우면서도 슬그머니 온몸이 굳어 들고 있었다. 난데없이 냇가에 나타난 남자가 며칠 전 그날 밤 자기를 질질 끌어내던 그 사내 같아 보였던 것이다. 달빛 아래지만 아마도 틀림없는 것 같아서 향심이는 바짝 긴장이 되어 두려움과 증오가 뒤섞인 그런 눈으로 뚫어지게 바라보았다.

"재미 보고 있는데 미안하게 됐으니 용서해래이."

그리고 방 서방은 좀 망설이는 듯하다가 말을 이었다.

"저…… 색시, 요전 날 밤 내가 좀 너무했구마. 내가 그러고 싶어서 그런 기 앙이라, 주인이 호통을 쳐서 도리 없이 그랬는 기니까 너무 섭섭하게 생각 마소. 내가 사과 하느마. 사과 할라고 칠성이 니한테 안 갔따나. 아무도 없어서 어디 갔는가 싶어서……."

방 서방은 그만 좀 쑥스러워져서,

"나도 목욕이나 할까……."

하면서 성큼성큼 저쪽으로 걸음을 옮겨갔다.

"흥! 문딩이같은 자식."

방 서방의 뒷모습을 향해 향심이는 헬끔 눈을 흘겨주었다.

9

아침나절 내내 약간 누릿누릿하면서도 구수무레한*('구수한 것 같은'의 영천말) 냄새가 집 안에 가득 풍겼다. 그 냄새는 더위와 함께 넓은 집 안의 공기를 한층 후덥지근하고 눅눅하게 부풀어 오르게 하는 것 같았다. 개고기를 고는 냄새였다.

본채 뒤뜰 장독대 옆에 있는 노천 아궁이에 가마솥을 걸고, 내장을 들어낸 뱃속에 대추니 밤이니 생강, 계피, 구기자 따위를 듬뿍 채운 개를 한 마리 통째로 넣고서 푹푹 고아대는 것이었다.

아궁이 앞에서 불을 지피고 있는 것은 방 서방이었다. 방 서방은 이마에 구슬땀이 맺히고, 삼베 적삼 등허리가 온통 물에 젖은 듯 후줄근한데도 마냥 좋기만 한 듯 두 눈에 번들번들한 웃음기가 떠나질 않고, 이따금 콧구멍까지 벌름거렸다. 개고기 익어가는 그 구수누릿한*(구수하면서도 누린내가 나는) 냄새만 맡아도 살겠는 모양이었다. 물론 개를 때려잡은 것도 그였고, 털을 없애고 배를 갈라 내장을 들어낸 다음 몇 가지 약재를 채워서 가마솥에 안친 것도 그였다. 마치 구탕(狗湯)을 만드는 데 이골이 난 사람 같은 솜씨일 뿐 아니라, 그 일이 다른 어떤 일보다도 재미있는 듯 신명까지 나 보였다. 자기 입에 들어갈 것도 아닌데 말이다.

황 참봉의 보신용이었다. 삼복이 다가오고 있긴 했지만, 그래서 개를 잡은 것이 아니라, 황 참봉의 기력이 눈에 띄게 쇠해졌기 때문이었다. 매일같이 반주라고 할 수 없는 술을 마셔 대서 늘 두 눈구석에 축축한 눈곱이 끼고, 눈빛이 풀어져 흐릿할 뿐 아니라, 손도 곧잘 떨며, 이따금 혼자서 헛소리까지 해대기에 이른 것이다.

"암, 그래야지. 그래야 되고말고. 그 가시나를 내쫓았다니 참 잘한 일이고말고. 그 향심인가 뭔가 하는 가시나 때문에 내가 얼매나 속이 상했노. 칠성이를 내가 쿡 점을 찍어놓은 지가 벌써 언제라고, 그 가시나 지가 차지할려고 들어? 흥! 어림도 없지. 암 어림도 없고말고. 우리 방 서방이 사람이 무던하고 입도 무거운 편이니까 나한테 설마 거짓말은 안 하겠지. 그 가시나는 인제 얼씬도 하지 않고, 칠성이가 틀림없이 혼자 자더라는 말이 맞을 끄라. 암, 맞지. 맞고말고. 히히히…… 그래야지. 그래야 내 사우지. 암, 히히히…… 지가 내 말을 안 듣고 배겨? 몬 배기지. 어림도 없지. 히히히 히히히……."

장죽을 입에 문 채 지르르 침까지 흘려가며 황 참봉이 마루 끝에 앉아 혼자서 넋두리를 하듯 허공을 향해 지껄이고는 히들히들 웃어대는 것을 본 황두원은 눈이 휘둥그레졌다. 어제 저녁의 일이었다. 퇴근길에 한잔 걸치고 날이 어두워져서 자전거를 끌고 집에 돌아온 황두원이 부친의 그런 약간 실성한 것 같은 모습을 목격했던 것이다.

황두원은 이거 안 되겠구나 싶어서 저녁을 먹기도 전에 곧 방 서방을 불러,

"개를 한 마리 잡아야겠어."

하고 말했다.

"예? 개요?"

방 서방은 귀가 번쩍 트이는 모양이었다.

"아부님 기력이 몹시 안 좋으신 것 같애서……."

"예, 그렇심더. 개를 한 마리 잡수시도록 하는 기 좋을 낍니더."

"당장 잡도록 하게."

"오늘 밤에요?"

"내일 아침 일찍."

"예, 예."

그리고 방 서방은 무엇이 그렇게 좋은지 싱글벙글하면서,

"누렁이를 잡을까예?"

하고 물었다.

집에 황구가 한 마리 있었다. 늙을 대로 늙어서 잘 걷지도 않고, 노상 마루 밑이나 담 그늘 같은 데에 혀를 빼물고 늘어져서 졸고만 있는 개였다.

"누렁이를? 글쎄…… 그건 아부님한테 물어보고서…… 자네가

가서 물어보게."

"예, 예."

방 서방은 허리를 가볍게 굽실거리기까지 하고는 얼른 사랑채 쪽으로 갔다.

"어르신네요, 개를 한 마리 잡을라 카는데, 누렁이를 잡아도 될까예?"

"뭐라? 개를 잡아?"

여전히 마루 끝에 앉아 지르르 침을 흘려가며 넋이 나간 사람처럼 뻐끔뻐끔 장죽을 빨고 있던 황 참봉이 혀가 흐늘흐늘해진 듯한 소리로 물으며 멀뚱히 바라보았다.

"예, 개를 잡아서 어르신네 보신시켜 디릴라고요."

"내 보신을?"

"예, 서방님이 그러라 카시는데요."

"좋지, 개장국? 좋고말고, 히히히……."

그러자 방 서방은 민망스러운 듯 나오려는 웃음을 참으며 약간 목소리를 돋워서,

"집의 누렁이를 잡을까요?"

하고 물었다.

"누렁이를 잡아?"

"예."

"누렁이를 잡아서 내 보신을 시킨다고?"

"……."

"뭐라꼬? 댁끼놈 같으니!"

황 참봉은 마치 흐늘흐늘하던 정신이 별안간 바짝 조여지기라도

한 것처럼 얼른 입에서 장죽을 빼며 냅다 호통을 쳤다.

"누렁이를 잡다니, 그기 될 말이가? 집에서 키우던 개를 잡아묵다니, 그런 법이 어딨더노? 그기 사람이가? 사람이 할 짓이가?"

"……."

"더구나 누렁이는 우리 집에서 늙을 대로 늙은 개 앙이가. 늙은 개를 잡아묵다니……. 에라 이 순 개백정 같은 놈아!"

방 서방은 찔끔 목을 움츠리지 않을 수 없었다. 얼떨떨하기만 했다. 한낱 개를 가지고 벌컥 화까지 내다니 뜻밖이긴 했으나, 그 말이 틀린 말은 아닌 것 같았다. 살짝 실성한 사람처럼 흐늘거리더니, 그래도 머릿속에는 반듯한 정신이 그대로 빳빳하게 살아 있구나 싶으니 역시 두렵고, 놀랍기까지 했다.

"예, 어르신네요. 알겠심더."

방 서방은 목을 움츠린 채 굽신 허리를 꺾고는 얼른 돌아섰다.

황두원에게 가서 누렁이는 안 된다는 말을 알리자, 그럼 동네에 나가 적당한 개 한 마리를 사서 잡도록 하라기에 방 서방은 그 걸음으로 곧 개를 구하러 나갔다. 마을에 값만 제대로 주면 개는 얼마든지 있었다. 여느 때 같으면 안 팔 집에서도 전쟁이 일어나 세상이 언제 어떻게 될지 모르는 판국이 돼서 그런지 선뜻 흥정에 응하는 것이었다. 그래서 알맞은 똥개 한 마리를 쉽사리 구해 가지고, 이튿날 여느 때보다 월등히 일찍 일어나 꼭두새벽에 개를 마을 밖 개천가로 끌고 가서 때려잡았던 것이다.

점심상을 받은 황 참봉은 절로 입이 헤벌레 벌어졌다. 큼직한 뚝배기에 푹 잘 고은 구탕이 한 그릇 그득하게 담겨 김까지 모락모락 피어오르고 있는 터이니 말이다.

상을 들고 온 것은 여느 때와 마찬가지로 술이네였으나, 며느리도 함께 따라 나와서,

"아부님, 개장입니더. 한 그릇 다 잡수시고 푹 좀 주무시이소. 아부님 기력이 요새 억씨기 안 좋으신 것 같심더."

하고 간곡한 어조로 말했다.

"오냐, 오냐."

"반주도 많이 하시지 마시고예. 몸을 생각하시야지예."

"그래, 그래."

황 참봉은 좀 면구스러운 표정을 지으며 대고 고개를 끄덕였다.

벌써 스무 해가 넘도록 한 집에서 살아오는 터이지만, 며느리란 언제나 어렵고 조심스러운 존재여서 황 참봉은 그 누구의 말보다 그녀의 말 앞에는 다소곳해지는 것이었다. 간곡한 그녀의 말을 좇듯 황 참봉은 딱 두 잔의 반주를 곁들여서 그 구탕을 한 그릇 다 비웠다. 그리고 마치 말 잘 듣는 어린애처럼 한숨 푹 자려고 곧 자리에 누웠다. 약재와 함께 푹신 잘 고아진 뜨끈뜨끈한 구탕 진국을 큰 뚝배기로 한 그릇 송엽주 반주와 함께 땀을 뻘뻘 흘리며 먹어 치워서 그런지 황 참봉은 코까지 드르렁드르렁 골며 잠이 들었다.

얼마나 잤을까. 황 참봉은 누워 있는 방바닥이 가만가만 흔들리는 것을 느꼈다. 가만히 보니 천장의 무늬들도 일렁일렁 흔들리고 있었고, 사방의 벽도, 방문도, 벽장문도 건들건들 흔들리고 있었다. 한쪽 벽에 걸린 '비룡재천(飛龍在天)'이라고 쓴 혁필화의 액자도 곧 떨어져 내릴 듯이 흔들리고 있었다. 황 참봉은 잠결에도 지진이 아닌가 하는 생각이 들었다. 부스스 일어나 앉았다. 아니나 다를까, 어딘가 멀리서 마치 땅이 두 조각으로 갈라지려고 커다랗게 금

이 가는 듯한 둔중한 울림이 우지지직 우지지직…… 울려오고 있었다. 황 참봉은 엉금엉금 기어서 마루로 나갔다. 마루도 일렁일렁 흔들리고 있었고, 기둥도 추녀도 건들건들 흔들리고 있었다. 마룻바닥에 두 손을 짚고서 황 참봉은 멀뚱히 바깥을 내다보았다. 뜰도 흔들리고 있었고, 담벼락도, 화단도 흔들리고 있었다. 화단에 다른 화목들보다 유난히 잎사귀가 시퍼렇게 잘 우거져 돋보이는 목련나무도 가볍게 몸부림을 치듯 흔들리고 있었다. 줄기도 흔들리고, 가지도, 잎사귀들도, 몸 전체가 마치 현기증을 일으켜 곧 쓰러질 듯이 흔들리고 있었다.

그 목련나무를 한참 멀뚱히 바라보고 있던 황 참봉은 시선을 들어 담 너머 맞은바라기 산을 바라보았다. 회룡산 봉우리도, 멀리 뻗어나간 그 줄기도 흔들흔들 흔들리고 있었다. 그런데 그 회룡산 줄기가 그만 꿈틀꿈틀 꿈틀거리기 시작하는 것이 아닌가. 시퍼렇다 못해 검은빛을 띤 산줄기가 마치 무슨 살아 있는 거대한 짐승이 서서히 그 기다란 몸뚱이를 움직여 거동을 하려는 듯이 꿈틀꿈틀 꿈틀거렸다. 황 참봉은 눈이 휘둥그레졌다. 가만히 바라보고 있노라니까, 이번에는 회룡산 봉우리도 꿈틀꿈틀 움직이기 시작했다. 거대하고 기다란 짐승의 머리 부분인 것 같았다. 산줄기와 봉우리가 다 같이 꿈틀꿈틀 점점 크게 꿈틀대더니, 그만 번쩍 머리 부분을 쳐들었다.

용이었다. 거대한 한 마리의 용이 하늘로 우뚝 솟구쳐 올랐다. 청룡이었다. 시퍼렇게 번들거리는 거대한 청룡이 아가리를 쩍쩍 벌리며 솟구치자, 그때까지 푸르기만 하던 하늘이 금세 시뻘겋게 물들며 활활 타오르기 시작했다. 거창한 불꽃이 온통 하늘을 핥듯이 너불거리며 솟구쳐 오른 용을 휘감아 댔다. 불꽃 속에서 푸른 용은 냅다 이리 퍼드덕 저리 퍼드덕 몸을 뒤척이다가 그만 배때기를 허옇게 뒤집으며 악을 써 포효를 해댔다. 그 비명소리는 마치 하늘이 깨어지는 천둥소리 같았다.

"으악―."

황 참봉은 놀라 냅다 고함을 질렀다. 눈을 떠보니 이마에 식은땀이 주르르 흐르고 있었다.

낮잠에 웬 그런 얄궂은 용꿈이 다 꾸이나 싶으며 황 참봉은 부스스 일어나 커다랗게 기지개를 켰다. 그리고 이마에 흐른 땀을 닦고, 마루로 나갔다. 구탕의 효험이 즉각 나타난 것인지, 몸이 노자근*(피곤하고 지쳐서 몹시 나른하다)하면서도 찌뿌드드하지가 않고 어쩐지 개운한 느낌이었다.

마루 끝에 앉아 황 참봉은 가만히 회룡산 봉우리와 멀리 뻗어나간 그 줄기를 바라보았다. 어쩌면 그 봉우리와 산줄기가 곧 꿈틀꿈틀 움직일 것만 같고, 불끈 머리를 쳐들 것만 같았다. 참 이상한 꿈이 아닐 수 없었다. 저 봉우리가 정말 용의 머리고, 산줄기가 기다란 몸뚱이라니…… 그런데 솟구쳐 오른 용이 불꽃에 휘말려 허옇게 배때기를 뒤집으며 죽어가지만 않았다면 그야말로 놀라운 용꿈일 터인데, 그 용이 불에 타죽었으니 아무래도 시원찮은 꿈인 것 같고, 어쩐지 흉몽이 아닌가 싶기도 해서 황 참봉은 기분이 찜찜했다.

그런 생각에 잠기며 멀뚱히 앉아 있는데, 어디선지 멀리서 쿵 쿵하는 소리가 울려왔다. 그리고 우르르우르르 땅이 무너지는 듯한 진동이 뒤를 이었다.

쿵 우르르 쿵 쿵 우르르 우르르—.

얼마 전, 밤에 들었던 그 소리였다. 그때보다 한결 가까이서 울리는 것만 같았다. 황 참봉은 마치 그 소리가 꿈속에서 듣던 땅 갈라지는 소리인 것만 같아 어쩐지 등골이 으스스해 왔다.

우르르 우르르— 쿵 우르르— 쿵 쿵 우르르—.

산줄기 너머로 그 소리는 둔중하게 계속 울려오고 있었다.

10

산울림 소리는 이튿날도 들려왔고, 다음 날도 그다음 날도 계속되었다. 날이 갈수록 그 소리는 점점 더 거리가 가까워지는 듯 크게 울렸다.

황 참봉은 구탕을 점심과 저녁, 하루 두 그릇씩 계속 먹어서 몸은 한결 부드러워지는 듯했으나, 심사는 결코 그렇지가 못했다. 오히려 점점 더 불안해지고, 초조해지지 않을 수 없었다. 대포소리에 틀림없는 그 산울림이 날이 갈수록 점점 가까이 다가오는 터이니 그럴 수밖에. 대포소리가 산울림이 되어 울려 올 때면 황 참봉은 그날 낮의 그 불에 타죽는 용꿈 생각을 되씹으며 가벼운 공포증에 휩싸이기도 했다.

그런 어느 날 해질녘에 읍내 중학교에서 교편을 잡고 있는 문기가 불쑥 찾아왔다. 문기는 맏형인 두원과 한 상에서 저녁을 먹으며 피란 이야기를 꺼냈다. 전선이 자꾸 남하하고 있는 모양이니 피란을 가야 되지 않겠느냐는 것이었다. 그 말에 두원은 그저 말없이 고개를 무겁게 끄덕이기만 했다. 피란을 가겠다는 표시라기보다도 알았다는 표시 쪽이었다. 저녁상을 물리고 나서 문기와 두원은 같이 사랑채로 나갔다.

"오늘이 공일도 아닌데 집에 온 걸 보니, 벌써 방학을 했는 모양 이제?"

두 아들이 마루로 올라와 앉자, 장죽을 뻐끔뻐끔 빨고 있던 황 참봉은 무슨 일인가 싶어 표정이 약간 굳어져서 먼저 입을 열었다.

"방학이라기보다도 학교가 그만 흐지부지되고 말았심더."

"흐지부지되다니? 문을 닫았단 말이가?"

"그런 셈입니다. 학생들의 수효가 자꾸 줄어드니까예."

"와 줄어드노?"

"전선이 점점 더 남쪽으로 밀려 내려오니까 그렇지예. 상급생들 은 학도병에 나가기도 하고……."

"학도병에 나가?"

"예."

"음— 그럼 우리 병호는 우째 되노? 병호도 학도병에 나가는 거 앙이가?"

황 참봉은 근심스런 얼굴로 두원 쪽을 바라보았다. 병호는 두원 의 장남이었다. 그러니까 황 참봉의 맏손자이며, 가문을 이을 종손 이었다. 대구에서 중학교에 다니고 있었다.

"아직 3학년이니까 안 나갑니더. 열여섯 살밖에 안 묵었는데, 그 런 걸 군대에 딜꼬 가서 뭐합니꺼?"

"음—."

두원의 말에 황 참봉은 마음이 놓이는 듯 고개를 끄덕였다.

"병호는 걱정없심더."

문기도 부친을 안심시키고는 말을 이었다.

"그래서 오늘 별도 지시가 있을 때까지 집에서 가정학습을 하라고 임시 휴교로 들어가 삐리고 말았심더. 여름방학도 얼마 안 남았으니까 조기 방학을 한 셈이지예."

"그러라고 지시가 내려왔더나?"

"지시고 뭐고…… 그런 거 기다리고 있을 땝니꾜. 피란을 가니 우짜니 하고 뒤숭숭한 판인데……."

"피란을 가?"

"예. 읍내에서는 피란 가는 사람들이 꽤 있던데예. 부자들은 대개 다 피란을 떠납띠더."

"어디로?"

"우선 대구로 내리가겠지예 뭐."

"대구로?"

"예."

그러자 황 참봉은 그만,

"허허허……."

웃음을 터뜨렸다.

문기와 두원은 부친이 왜 웃는지 잘 알 수가 없어서 멀뚱히 바라보다가, 문기가 불쑥,

"우리는 피란 안 갈랍니꾜?"

하고 물었다.

황 참봉은 얼른 대답을 하지 않고, 무슨 생각에 잠기는 듯 약간 침통한 표정으로 바뀌어 담배만 뻐끔뻐끔 빨아 댔다.

"피란을 가야 안 되겠습니꼬?"

"……."

"예? 아부지."

"어디로? 대구로 말이가?"

"우선 그래야 되겠지예."

"허허 허허허……."

황 참봉은 또 웃어 댔다.

"와 자꾸 웃습니꼬?"

"피란을 대구로 가다니, 안 우습나. 피란을 도회지로 가는 법이 어디 있나? 대구가 피란처라 카더나?"

"그럼 어디로 갑니꼬?"

"산으로 가야지. 난리를 피하는 기 피란인데, 도회지로 가서 난리가 피해지나? 안 그러나?"

"……."

"산중으로 가야 되는 기라. 갈라면……."

그 말에 일리가 없는 것이 아니어서 문기와 두원은 얼굴에 웃음을 떠올렸다. 그러나 그것은 역시 옛날식 피란이라는 생각이 들어서 문기는,

"아닙니더. 옛날 난리 때는 산중으로 피란을 가는 기 옳았겠지만, 지금은 다릅니더."

하고 반박을 하듯 말했다.

"지금은 와 다르노? 전쟁이 곧 난리가 아니고 뭐고?"

"지금은 옛날 난리 때처럼 산중으로 피신을 했다가 난리가 지나가면 집으로 돌아오면 되는 그런 간단한 문제가 아니란 말입니더."

"그럼 뭐꼬?"

"산으로 피한다 캐서 적군의 점령에서 벗어날 수 있는 기 아니거든요. 산중이지만 결국 그들의 수중에 들어가는 기란 말입니더. 공산당의 점령하에 들어가지 안 해야 된다 그 말입니더."

"……."

"그러자면 될 수 있는 대로 남쪽으로 멀리 피란을 가야 안 되겠습니꼬. 안 그래예?"

"대구로 갔다가 안 되면 부산으로 간단 말이가?"

"만약 대구도 공산당 손에 들어가면 그래야지예."

"부산도 그들의 손에 들어가면 그때는 우짜노? 어디로 간단 말이고?"

"그때는……."

문기는 말문이 막히지 않을 수 없었다. 그러자 황 참봉은 단호한 어조로,

"걱정할 것 없어. 절대로 공산당 세상이 안 될 끼니까."

하고 내뱉었다.

문기는 뭐라고 더 할 말이 없었다. 두원이 역시 묵묵히 그저 생각에 잠기는 듯 마는 듯한 표정을 하고 있었다. 황 참봉은 대꼭지를 놋재떨이에 땅땅 두들겨 재를 털고는 장죽을 놓았다. 그리고 말을 이었다.

"신문에 보니까, 저…… 뭐라 카더라…… 유, 유…… 저…… 세계 여러 나라가 회의하는 거 안 있나 와."

"유엔 말입니꼬?"

얼른 문기가 받았다.

"맞어 맞어. 그 유엔군이 우리나라에 전쟁을 거들어 주로 왔던데……."

"예, 왔심더."

"그 유엔군이라는 기 바로 미국 군인들 앙이가. 맞제?"

"맞심더. 주로 미군들이지예."

"생각해 보래. 미국 군인들이 전쟁을 치로 왔는데, 그래. 이북 공산당들이 견디 낼 것 같으나? 택도 없다. 미국이 어떤 나라고? 세계에서 제일 크고 강한 나라 앙이가. 세계에서 제일가는 나라하고 이북하고 상대가 되겠나. 삼척동자라도 다 알 수 있는 일 앙이가."

"미군이 참전을 했는데도 전세가 불리해서 자꾸 후퇴만 하니, 우째된 일인지 도무지 알 수가 있어야 말이지예."

"아직은 선발대만 와서 안 그러나. 나중에 떼를 지어서 들이닥쳐 보래. 이북 공산당 지까짓 놈들이 감히 어디라고. 어림도 없다. 어림도 없어."

"그래 됐으면 얼매나 좋겠습니꼬만……."

"그래 된다니까. 두고 보래."

문기는 후유— 하고 한숨인지 안도의 숨인지 잘 알 수 없는 그런 숨을 내쉬었고, 두원은 여전히 묵묵히 앉아 고개만 대고 끄덕거렸다.

문기가 힐끗 두원을 바라보며 물었다.

"형은 우짤랑교?"

맏형이고, 나이도 열 살가량 위여서 문기는 존댓말을 쓰고 있었다.

"글쎄…… 좀 더 두고 보지 뭐."

"피란을 갈라면 서둘러 떠나야 되느마."

"그렇지만 직장을 가진 사람이 맘대로 그럴 수가 있나. 명색이 부면장인데, 부하 직원들이 다 출근하고 있고, 면장도 피란을 안 가는데, 혼자만 도망치듯이 떠날 수가 있나 말이다. 될 말이 아니지."

"그런 거 저런 거 다 생각할 때가 아니라니까요."

문기는 어디까지나 피란을 가는 쪽이었다. 두원도 피란 갈 생각이 없는 것은 아니었으나, 부친의 말에 충분히 타당성이 있고, 또 부면장이라는 체면 때문에 망설여지는 것이었다. 그리고 장남이라는 입장도 있고 해서,

"아부지도 피란을 안 가시겠다는데 우째 내가······."
하고 말끝을 흐렸다.

그러자 황 참봉이 얼른 그 말을 가로막듯이 입을 열었다.

"앙이다. 내 걱정은 말고, 가고 싶거든 가거라. 대구에 가 있다가 잠잠해지면 돌아오만 안 되나. 절대 내 걱정은 하지 말아라. 난 만약 이곳이 공산당 손아귀에 들어갈 지경이면 잠시 산으로 피신해 있을 끼니까. 잠시면 되는 기라. 절대로 오래 안 간다. 곧 또 우리 세상이 되고 만다니까. 두고 보래."

황 참봉은 장죽을 집어서 대꼭지에 담배를 담아 다시 입에 물고 불을 붙였다. 그리고 말을 이었다.

"피란을 가면 걸어가야 될 낀데, 대구가 여기서 어디라고 내가 걸어간단 말이고. 그리고 내가 가면 식구들도 다 떠나야 할 것 앙이가. 집을 비워 두고 떠날 수가 있는 기가? 농사는 우짜고? 안 된다. 안 될 말이니까, 절대 내 걱정은 말고, 너거나 가고 싶거든 가도록

해라. 알겠제?"

그러자 두원은,

"저도 안 떠날 낍니더."

하고 대답했으나, 문기는 아무 말이 없이 슬그머니 고개를 떨구었다.

결론이 난 셈이었다.

잠시 무거운 침묵 속에 앉았다가,

"그럼 아부지, 주무시이소."

두원이 먼저 일어났다. 뒤따라 문기가 일어서는데, 바로 그때였다.

쾅! 요란한 소리가 울렸다. 산 너머에서였다. 와르르— 무너지는 듯한 소리가 뒤를 이었다. 쾅! 쾅! 와르르 와르르— 쾅! 와르르—.

그리고 그쪽 하늘이 벌거스름하게 물들어 보였다. 마치 그믐달이 떠오르려는 하늘 같았다.

쾅! 와르르— 쾅! 쾅! 와르르 와르르—.

지금까지는 '쿵' 하고서 '우르르' 하고 울렸는데, 이제 '쿵'이 아니라 '쾅' 하고 '와르르'였다. 대포소리가 현저히 가까워진 것이었다.

황 참봉도 후닥닥 일어났다. 세 사람은 마루 끝에 서서 그 포성을 들으며 멀리 불타오르는 밤하늘을 휘둥그레진 눈으로 바라보고 있었다.

제3장

1

세상이 뒤집어지고 말았다는 소문이 회룡리에 퍼진 것은 이른 아침나절이었다. 하룻밤 사이에 세상이 그만 공산당 수중에 들어가고 말았다는 그 놀라운 소식을 마을에 전한 사람은 다름 아닌 칠성이었다.

칠성이는 그날 여느 때보다 월등이 일찍 잠이 깨어서 아직 날도 밝기 전에 집을 나섰었다. 다른 날 같으면 뒷간에 가서 볼일을 보고는 도로 방으로 들어가 한숨 더 가볍게 눈을 붙일 터인데, 그날은 마치 무슨 서둘러야 할 일이라도 있는 것처럼 공연히 마음이 바빠서 후닥닥 밥을 한 숟가락 끓여먹고는, 동쪽하늘 쪽이 조금 희붐할 뿐 아직 어둑어둑한데도 엿판을 짊어지고 집을 나섰던 것이다. 물론 읍내 엿도가로 엿을 떼러가는 길이었다.

십 리 남짓한 새벽길을 걸어서 읍내가 저만큼 가까워졌을 무렵에야 먼동이 터 오르기 시작했다. 상쾌한 기분이 되어 칠성이는 팔엿도 없는데 공연히 찰각찰각 찰그락찰그락…… 가위질을 해보기도 하며 읍내로 들어섰다.

그런데 어쩐지 읍내의 거리가 여느 때와는 다른 것 같은 느낌이었다. 아직 이른 새벽이긴 했지만, 길거리에 사람의 그림자라곤 얼씬도 하질 않았다. 그리고 다른 날 같으면 길가의 상점들이 하나둘 문을 열고 있을 터인데, 어느 한 집도 문을 열려고 하는 집도 없고, 약속이라도 한 듯 모조리 굳게 닫혀 있었다. 마치 텅 빈 것 같은 거리였고, 사람이 안 사는 것처럼 느껴지는 읍내였다.

참 이상한 일이다 싶어서 칠성이는 좀 굳어진 듯한 걸음을 가만가만 옮기며 이리저리 두리번거리다가 슬그머니 기분이 으스스해져서 꿀컥 저도 모르게 침을 한 덩어리 삼키기도 했다.

조금 가면 삼거리가 나서고, 삼거리 한쪽에 파출소가 있었다. 그 파출소 앞에 이르자,

"아니?"

절로 칠성이는 걸음이 주춤 멈추어졌다.

여느 때 같으면 아무리 꼭두새벽이라도, 한밤중이라 할지라도 순경 한두 사람의 모습은 파출소 안에 으레 보이는 법인데, 어찌된 일인지 아무도 없을 뿐 아니라, 건물의 문짝도 아무렇게나 열어젖혀져 있는 것이 아닌가. 문짝 한쪽은 떨어져 나가려다가 만 듯 삐딱하게 붙어 있었다. 사무실 안의 책상과 의자, 그 밖의 물건들도 어수선하게 흩어져 있는 게 길에서도 훤히 보였다. 마치 주인이 서둘러 챙길 것만 대강대강 챙겨가지고 경황없이 어디론지 떠나 버리

고 만 뒷자리 같았다. 개 한 마리가 벌건 혓바닥을 길게 빼물고 어슬렁어슬렁 건물을 돌아 나오고 있을 뿐이었다.

어떻게 된 영문인가 싶어서 칠성이는 휘둥그레진 눈으로 잠시 안을 기웃거리다가,

"삼십육계를 놓은 모양이구나. 삼십육계. 흐흐……."

그제야 알겠다는 듯이 조금 웃으며 대고 고개를 끄덕였다.

순경들이 간밤에 삼십육계를 놓았다면 그럼…… 칠성이는 슬그머니 긴장이 되지 않을 수 없었다. 먼동이 터 오르고 있는데도 어느 한 집 문을 열지 않을 뿐 아니라, 거리에 사람 하나 얼씬거리지도 않는 까닭을 알겠는 듯 칠성이는 텅 빈 거리를 새삼스럽게 휘둘러보며 약간 떨리는 듯한 숨을 자기도 모르게 후루룩 내쉬었다. 그리고 조심스러운 걸음을 다시 떼 놓았다.

엿도가인 구 씨 집으로 가는 중도에 국민학교가 있었다. 국민학교 쪽으로 다가가던 칠성이는 다시 우뚝 걸음을 멈추었다. 학교의 국기게양대에 걸려 있는 깃발이 눈에 들어왔던 것이다. 아직 해도 떠오르지 않은 새벽인데, 벌써 국기게양대에 깃발이 내걸리다니…… 그리고 자세히 보니 태극기가 아니라, 낯선 깃발이었다. 바람이 전혀 없는 날씨라 깃발이 축 늘어져 있어서 어떤 모양의 기인지 잘 알 수는 없었으나, 온통 붉은색에다가 푸른색이 곁들여진 그런 깃발이었다.

"익크!"

칠성이는 그만 흠칠 놀라고 말았다.

"공산당이다, 공산당. 공산당 깃발이다."

덜컥 겁을 집어먹은 듯한 소리가 절로 입에서 튀어 나오고 있었다.

공산당의 기를 칠성이가 본 적이 있을 턱이 없었다. 그런데도 어쩐지 느낌으로 대뜸 그 축 늘어진 뻘겋고 시퍼런 기가 이북 공산당의 깃발 같았던 것이다. 공산당하는 사람들을 흔히 '빨갱이'라고 부르기도 하는 터이라, 어딘지 모르게 그 기에서도 그런 '빨갱이의 깃발' 같은 인상이 물씬 풍기는 듯했던 것이다.

칠성이는 놀라움과 겁에 질린 듯한 눈으로 그 칙칙하고 섬뜩하기도 한 낯선 깃발을 멀뚱멀뚱 바라보며, 어째서 국민학교의 국기 게양대에 저렇게 공산당 기가 새벽부터 걸려 있는가 싶었다. 문득 조금 전에 지나온 텅 빈 파출소 생각이 났다. 그렇다면 순경들이 물러가고, 대신 공산당들이 들어와 읍내를 차지했단 말인가. 아무래도 그런 것 같아서 칠성이는 두려움과 함께 약간의 호기심도 고개를 쳐들어 슬금슬금 학교 정문 쪽으로 다가가 보았다.

정문 안으로 운동장을 들여다본 칠성이는,

"아이구메야!"

절로 찔끔 목이 움츠러들었다.

"저기 뭐고?"

눈이 휘둥그레지며 입까지 딱 벌어졌다.

운동장에 온통 낯선 군대의 낯선 무기들이 그득했던 것이다. 운동장 둘레에 플라타너스가 줄을 지어 서 있는데, 그 무성한 나무 아래에는 탱크가 여러 대 엎드려 있었고, 여기저기 대포도 여러 개 눈에 띄었다. 군용 자동차도 몇 대 있었다. 그리고 운동장 한쪽 가에 허름한 막사가 가설되어 거기서 취사병들이 식사 준비를 하고 있는 모습도 보였다.

"인민군이구나, 인민군."

칠성이는 얼른 교문 기둥에 몸을 숨기듯 살짝 붙어 섰다. 그리고 두려움과 호기심이 뒤섞인 그런 눈으로 계속 안을 들여다보며 뻣뻣해진 듯한 고개를 가만가만 두어 번 끄덕였다.

국기게양대에 내걸린 기가 공산당의 깃발이라는 것을 대뜸 알 수 있었듯이 그 군대 역시 이북의 인민군이라는 것을 느낌으로 대번에 알 수가 있었다. 어딘지 모르게 한눈에 우리 쪽 군대와는 달라 보였던 것이다. 칠성이가 우리 쪽 군인과 무기를 많이 본 것은 아니었지만, 엿을 팔러 다니며 간혹 눈에 띈 군인들이나 지프차, 혹은 군용 트럭 같은 것이 어쩐지 미끈하고 근사하게 여겨졌는데, 지금 눈앞의 저 군인들과 무기들은 어딘지 모르게 투박하면서 어설퍼 보이기까지 했던 것이다. 그리고 특히 눈길을 끈 것은 붉은 별이었다. 탱크의 옆구리뿐 아니라, 대포에도, 자동차에도 붉은 별 하나가 그려져 있었다. 그 시뻘겋고 커다란 별이 말하자면 '빨갱이들의 무기'라는 표시처럼 대뜸 느껴졌던 것이다.

그러니까 간밤에 인민군들이 읍내로 쳐들어와서 학교의 넓은 운동장에 진을 치고서 점령을 했다는 표시로 국기게양대에 자기네 깃발을 내건 모양이라고 생각하며 칠성이는,

"후유—."

떨리는 듯한 한숨을 내쉬었다. 그러고 있는데 난데없이 부릉 부르릉— 요란한 소리가 들려왔다. 칠성이는 얼른 그쪽을 돌아보았다. 엿도가로 가는 쪽 길이었다. 바퀴가 세 개 달린 얄궂게 생긴 오토바이 한 대가 먼지를 날리며 냅다 달려오고 있었다. 칠성이는 절로 눈이 휘둥그레졌다.

군용 사이드카였다. 운전병이 운전을 하고, 옆에 지위가 좀 높아

보이는 사람이 하나 앉아 있었다. 그 사람은 군모가 아닌 납작한 벙거지(레닌모)를 눌러쓰고 있었다.

질주해 온 사이드카는 학교 정문을 향해 급히 방향을 꺾으며 펑! 퍼펑! 요란한 폭음을 터뜨렸다.

"썅 이 새끼! 뭘 하구 있는 기야!"

운전병이 힐끗 매섭게 쏘아보며 뇌까렸다.

칠성이는 질겁을 하고 얼른 한쪽으로 피하려다가 그만 엿판을 짊어진 채 벌렁 넘어지고 말았다. 사이드카는 운동장 안으로 쏜살같이 질주해 들어가고 있었다.

후닥닥 일어나 엿판을 똑바로 추슬러 멘 칠성이는 정신없이 그 자리를 떠나 허겁지겁 엿도가 쪽 길로 도망치듯 잰걸음을 쳤다.

그러나 얼마 못 가서 또 칠성이의 걸음은 우뚝 멈추어지고 말았다. 인민군들이 꾸역꾸역 행군을 해오고 있었던 것이다. 한두 소대가 아니라, 끝없이 이어져 있는 듯했다. 밤을 새워 걸어오는 듯 지쳐서 후줄근해 보이면서도 싸움에 이겨 계속 전진을 하는 터이라 그런지 어딘지 모르게 기세가 등등한 것 같았다.

칠성이는 얼른 돌아섰다. 그리고 냅다 엿판을 짊어진 채 마구 달리다시피 했다. 엿이고 뭐고 겁에 질려 정신이 하나도 없었다.

그 길로 칠성이는 허겁지겁 회룡리로 되돌아갔던 것이다. 아주 중대하고 놀라운 소식을 마을에 급히 전해야겠다는 생각으로 말이다. 엿을 떼러 읍내에 나갔던 칠성이가 장사를 그만두고, 빈 엿판을 짊어진 채 걸음을 되돌리고 만 것은 엿장수를 시작한 뒤로 처음 있는 일이었다.

마을 들머리에서 황두원을 만났다. 출근을 하려고 자전거를 타

고 슬슬 마을길을 미끄러져 나오는 황 부면장을 보자 칠성이는 대
뜸,

"큰형님요! 큰일났심더!"

하고 소리를 질렀다.

엿 장사하러 나갔던 칠성이가 되돌아오며 난데없이 큰일이 났다
니…… 황두원은 무슨 일인가 싶었으나, 그저 멀뚱멀뚱 바라보기
만 했다.

"큰일 났다니까요."

칠성이는 다가오는 자전거 앞을 가로막듯이 하고 섰다.

"와? 무슨 일인데?"

황두원은 스르르 자전거를 멈추고, 한쪽 발로 살짝 땅을 디뎠다.

"인민군이 들어왔심더. 인민군이…….."

"정말이가?"

"예, 정말입니더."

"어디, 읍내에 말이가?"

"예, 학교 운동장에 대포랑 전차랑 억씨기 많습디더. 깃발도 높이
달고예. 공산당 기는 뻘겋고 시퍼렇고 얄궂습띠더."

"……."

"파출소는 보니까 순경들이 하나도 없고, 텅텅 빘더라니까예. 공
산당 세상이 되고 말았지 뭡니꼬."

"음—."

황두원의 표정은 침통하게 굳어들었다.

"큰형님요, 우짜지예?"

"……."

"큰일 아닙니꺼. 그지예?*(원전에는 '그죠?')"

그러나 황두원은 아무 말도 없이 잠깐 망설이는 듯하더니, 다시 자전거의 페달을 불끈 힘주어 밟았다.

아까보다 월등히 빠른 속도로 자전거를 몰아 금세 저만큼 멀어져 가는 황두원의 뒷모습을 멀뚱히 바라보며 칠성이는,

"면사무소도 인제 소용없을 낀데…… 뭐 하로 가제?"

안 됐다는 듯이 씁쓰름하게 혼자 중얼거렸다. 그리고 서둘러 마을로 들어섰다.

우물에서 아낙네 하나가 물을 긷고 있었다. 신소리를 잘하고 노랫가락 같은 것도 곧잘 뽑는 동식이네였다. 칠성이는 그녀를 향해 불쑥,

"세상이 뒤집혔구마."

하고 외치듯이 말했다.

"뭐라꼬? 세상이 뒤집혀?"

"야, 공산당 세상이 되삐맀다 그 말이구마."

"그기 정말이가?"

"정말이구마. 내가 읍내에서 똑똑히 봤구마. 순경들은 전부 어디로 가삐리고 없고, 인민군들이 억씨기 많이 들어왔구마."

"우야꼬……."

동식이네는 어리둥절한 표정을 지었다. 마을에서 신소리를 잘 하기로 이름이 난 아낙네였지만, 너무 얼떨떨해서 뭐라고 얼른 말문이 열리지가 않는 모양이었다.

우물 속에 내려가 있는 두레박을 얼른 뒤집어 후닥닥 물을 길어 올려가지고는 좍 동이에 부었다. 그리고 아직 절반가량밖에 안 찬

물동이를 그만 불끈 들어 머리에 이고 집으로 향했다. 얼른 가서 그 놀라운 소식을 알려야겠다는 듯이 말이다.

칠성이는 자기 집으로 가려다가 빈 엿판을 그대로 진 채 황 참봉네 집 쪽으로 걸음을 돌렸다. 칠성이가 황 참봉의 부름을 받지 않고서 제 발로 그 집을 찾아가기는 꽤나 오래간만이었다. 아무래도 세상이 뒤바뀌고 만 그 소식은 맨 먼저 황 참봉에게 알려야 될 것 같은 생각이 들었던 것이다. 그러니까 칠성이도 들은풍월이 있어서 공산당 세상이 되면 가난한 사람들이 기를 펴고 나서게 되고, 부자들은 못살게 된다는 것을 알고 있었던 것이다.

허둥지둥 대문을 들어선 칠성이는 곧바로 사랑채로 달려가다시피 했다. 황 참봉은 마루에 앉아 혼자서 아침을 먹고 있었다. 칠성이는,

"어르신네요, 아침 자십니꺼?"

하고 꾸벅 허리를 꺾었다.

난데없이 칠성이가 엿판을 지고 이 아침에 무슨 일로 찾아왔는가 싶어서 황 참봉은,

"우짠 일이고?"

하면서 멀뚱히 바라보았다.

"어르신네요, 야단났심더."

"야단나다니?"

"읍내에 인민군이 들어왔심더. 공산당 세상이 되고 말았어예."

"뭐라? 니가 봤나?"

"예, 봤심더. 엿을 띠로 갔다가 엿도가에 가지도 몬하고, 겁이 나서 막 도망쳐 오는 길입니다."

그리고 칠성이는 약간 과장을 해가며 이러쿵저러쿵 읍내에서 본 사실을 늘어놓았다. 혹시 황 참봉이 믿지 않을까 싶어서 국민학교의 국기게양대에 내걸린 그들의 깃발을 특히 강조하며 입에서 침을 튀기기까지 했다.

황 참봉은 처음에는 얼굴에서 핏기가 싹 가시며 한쪽 눈썹께가 경련을 일으킨 듯 실룩거렸다. 그러나 칠성이 앞에 너무 당황하는 기색을 보여서는 안 된다는 듯이 아랫배에 지그시 힘을 주어 심기를 가라앉히고는 가만가만 다시 수저를 놀렸다.

읍내에서 목격한 얘기를 마치자 칠성이는,

"어르신네요, 우짜실랍니꾜? 공산당 세상이 됐는데, 가만히 앉아 계시도 됩니꾜?"

하고 걱정스레 물었다.

"음—."

황 참봉은 무거운 신음소리를 흘릴 뿐 대답이 없었다.

"공산당은 부자들을 가만히 안 놔둔다 카던데예."

"……."

"논도 뺏고, 집도 뺏고, 사람도 잡아간다 안 캅니꾜."

"……."

"그러면 정말 큰일 아닙니꾜. 어르신네, 우짜지예?"

그러자 황 참봉은 그 말이 오히려 화를 긁어 일으키기라도 하는 듯,

"우짜긴 뭘 우째."

퉁명스럽게 내뱉었다.

염려가 돼서 한 말에 그런 대꾸가 돌아오자, 칠성이는 무안하고

섭섭한 듯 뚱하게 주둥이를 빼물었다.

그런 칠성이의 표정을 보고 황 참봉은 얼른,

"칠성아."

한결 누그러진 어조로 불렀다.

"와예?"

"니 요새 혼자 살제?"

"예?"

"혼자 사나 말이다. 그 가시나 안 오제?"

"흐흐흐……."

칠성이는 어이가 없는 듯 그만 코를 쳐들며 웃었다. 엉뚱하게 그런 말을 끄집어내다니 말이다.

"와 웃노? 이눔아야, 올 가을엔 꼭 장개들어야 된대이."

"흐흐흐……."

"이 녀석이 허파가 터졌나, 와 자꾸 웃노? 응이?"

"어르신네도 참…… 세상이 뒤집힜는데 장개는 무슨 장갤 듭니��? 공산당 세상이 되삐맀는데……."

"이 녀석아, 공산당 세상이 오래 갈 줄 아나? 올 가을까지 갈 것 같으나? 택도 없다. 곧 도로 뒤집히고 만다. 두고 보래."

"헤헤헤……."

"이 녀석이 내 말을 안 믿네. 틀림없으니까 두고 보라 말이다."

"가을이 얼매 남았다고예? 두 달밖에 안 남았는데……."

"글쎄, 두 달이고 한 달이고 좌우간 곧 도로 뒤집히고 말 끼니까 두고 봐. 내 말이 틀리능강."

"히히히……."

아무래도 노인이 터무니없는 잠꼬대 같은 소리를 지껄여 대는 것만 같아 칠성이는 킬킬 웃으며 그만 상대 못 하겠다는 듯이 돌아서 버렸다.

2

그날 해질녘에 황 참봉은 뒷산 기슭에 있는 선영을 찾아갔다. 심기가 울울하고 불안해서 가만히 집 안에만 틀어박혀 있을 수가 없었던 것이다. 그렇다고 당장 어디로 피신을 해야 할 그런 지경도 아닌 것 같아 우선 세상이 어떻게 되어가는 것인지 한 번 살펴보기라도 하려는 듯이 장죽을 한 손에 쥔 채 뒷짐을 지고 슬슬 집을 나섰던 것이다.

여느 때 같으면 마을길을 걸을 때 절로 어험─ 하고 어깨가 펴지고, 걸음도 의젓하게 내딛어졌는데, 하루 사이에 그만 기가 팍 꺾여 버린 듯 다리에 힘이 없고, 허리도 제대로 세워지지 않는 느낌이었다. 별로 가파르지도 않은 산길을 가만가만 걸어 오르는데도 헉헉 곧장 가슴이 헐떡거렸다.

그다지 높지도 않은 선영에 이르렀을 때는 가벼운 현기증이 눈앞을 흐렸다. 그래서 황 참봉은 풀썩 아무데나 우선 주저앉아 한참 눈을 감고 숨을 가다듬었다.

뽀뽀꾸꾸 뽀뽀꾸꾸…… 어디선지 산비둘기 우는 소리가 들려왔다. 황 참봉은 가만히 일어났다. 서녘하늘이 불그죽죽하게 물들며 서서히 날이 저물어가고 있었다.

선영 한쪽에 유난히 미끈한 적송이 한 그루 우뚝 솟구쳐 있었다. 가지와 잎이 마치 커다란 우산처럼 무성하게 펼쳐져 있는 선영의 수호목 격인 소나무였다. 황 참봉은 그 곁으로 가서 나무 둥치를 짚고 서서 먼저 멀리 읍 쪽을 바라보았다. 야산들이 가로놓여 있어서 그 위치만 짐작될 뿐, 읍내가 육안에 보이는 것은 아니었다. 그저 공산당의 손아귀에 들어가고 말았다고 하니 안타깝고 두려워서 절로 시선이 그쪽으로 갔을 뿐이었다. 들과 야산들, 그리고 그 너머 저물어가는 읍내의 하늘…… 아무것도 달라져 보이는 게 없었다. 그런데도 황 참봉은 후유— 암담하고 막막한 그런 한숨이 흘러나왔다.

이번에는 면소재지인 남구리 쪽으로 눈길을 돌렸다. 들 가운데에 저만큼 곧 손에 잡힐 듯이 남구리는 바라보였다. 가만히 잘 살피니 면사무소도 보이고, 지서도 보이고, 물론 국민학교도 보이고, 농회 창고랑 제재소, 심지어 이발소까지 흐릿하나마 식별이 되었다.

황 참봉은 지서를 가만히 눈여겨 바라보았다. 두원이의 말이 생각났던 것이다.

아침에 칠성이가 찾아와서 읍내 소식을 알리고 간 뒤, 얼마 후에 출근을 했던 두원이 되돌아왔었다. 어떻게 됐느냐고 물으니, 아버지도 벌써 알고 계시냐면서, 지서가 텅텅 비었더라는 대답이었다. 간밤에 지서의 순경들이 서류를 모조리 불태우고, 어디론지 철수를 해버린 것 같다는 것이었다. 아무 영문을 모르고 출근을 했던 면사무소 직원들도 그만 놀라서 흐지부지 제각기 흩어져 버리고 말았다는 것이다. 상부로부터 아무런 지시가 없었기 때문에 서류 같은 것을 불사르지도 않고, 그냥 문만 처닫아 버렸다는 것이다. 지서와는 달리 실상 면사무소에는 굳이 불태워 버려야 할 비밀에 속하는 서류도 없다면서, 두원은 씁쓰름하게 히죽 웃었었다.

서류를 모조리 불태우고, 순경들이 철수를 해버렸다는 지서였지만, 멀리서 겉으로 보기에는 그전과 조금도 다를 게 없었다. 혹시 칠성이가 얘기한 것처럼 공산당의 깃발이라도 대신 내걸리지 않았나 하고 자세히 살펴보았다. 그러나 그런 것이 눈에 띄지도 않았다. 면사무소 쪽에도, 국민학교의 국기게양대에도 색다른 기가 걸려 있지는 않았다. 아무것도 그 전과 달라진 게 없이 그저 저무는 들녘에 호젓하게 마을이 엎드려 있을 뿐이었다.

황 참봉은 사방을 휘둘러 보았다. 한창 벼가 자라는 들녘은 퍼런 융단처럼 펼쳐져 있고, 용수천이 그 가운데를 조용히 굽이쳐 흐르고 있으며, 드문드문 야산과 구릉이 보이고, 여기저기 흩어져 있는 촌락에서는 저녁 짓는 연기가 아슴푸레하게 나부끼고 있었다. 그리고 아득히 산줄기가 뻗어나가고 있고, 저무는 하늘에 뭉실뭉실한 구름송이들이 떠서 연한 보랏빛으로 물들고 있었다.

눈앞에 펼쳐진 사방경개는 어느 것 하나 달라진 게 없이 예나 이제나 그저 그대로였다. 후련하고, 한가롭고, 태평스럽기까지 한 한 폭의 그림이었다. 그런데 세상이 뒤집어지고 말았다니…… 도대체 어디가 어떻게 뒤집어진 것인지, 도무지 실감이 나지가 않고, 믿어지지 않는 일이었다.

"산천은 의구한데, 인간사가 뒤죽박죽이라는 말인가……."

황 참봉은 장탄식을 하듯 중얼거렸다.

한참 그렇게 망연히 서서 믿어지지가 않는 눈앞의 세상을 바라보고 있다가 황 참봉은 슬금슬금 무덤들 쪽으로 무거운 걸음을 옮겨갔다.

한식날에 와보고 처음이었다. 그런데 한식 때와는 달리 오늘 조상의 무덤들을 대하는 심정은 형언할 수 없이 무겁고, 암담하고, 슬프기까지 했다. 마치 무슨 돌이킬 수 없는 크나큰 실패를 저지르고서 찾아온 것 같은 죄스러운 마음이기도 했다. 세상이 뒤집혀 공산당 천지가 되고 만 것이 자기 잘못 탓이기나 한 것처럼 말이다.

먼저 부친의 무덤 앞에 잠시 망연히 서 있었고, 다음엔 모친의 봉분을 손으로 어루만지며 흘러내리려는 콧물을 훌쩍 들이마시기도 했다. 그리고 조부 조모, 증조부 증조모, 고조부 고조모의 무덤을 차례차례 찾아보고, 그 밖의 종조부니 종조모니 하는 여러 무덤들도 둘러보았다.

넓은 선영의 한쪽 후미진 구석에 다른 무덤들과는 뚝 떨어져서 을씨년스러운 무덤이 하나 있었다. 그 무덤은 다른 무덤들보다 봉분이 작고 보잘것없으며, 손질도 제대로 되어 있지 않아 마치 버려져 있는 무덤 같았다. 황 참봉은 맨 마지막으로 그 무덤을 찾아가 걸음을 멈추었다. 천실이의 무덤이었다.

황 참봉은 그 무덤 곁에 힘없이 앉았다. 그리고 장죽을 입에 물고, 조끼 주머니에서 쌈지를 꺼냈다.

지난 한식 때뿐 아니라, 황 참봉은 언제나 선영을 찾아와도 그 천실이의 무덤을 돌보는 일은 없었다. 되도록이면 잊어버리고 싶은 무덤이었고, 머릿속에서 지워 버리고 싶은 천실이였던 것이다.

칠십 평생을 살아오는 동안에 황 참봉이 지은 죄가 있다면, 오직 한 가지 천실이를 목매어 죽게 한 일이었다. 생각하면 황 참봉으로서는 가슴에 맺히는 한스러운 일이 아닐 수 없었다. 결국은 키우게 될 연선이었다면, 그 에미를 죽게 할 게 뭐였나 싶으면 지금도 절로 후회가 막급이었다. 물론 천실이가 목매어 죽을 줄이야 생각도 못했던 일이었지만 말이다. 그 죄 갚음으로 에미 없는 병신을 키워서 이제 시집보내야할 시기가 다가왔는데, 그 일이 뜻대로 잘 풀려나가지 않을 뿐 아니라, 난데없이 세상까지 벌떡 뒤집어지고 말다니, 기가 찰 노릇이 아닐 수 없었다. 연선이만 시집보내 버리고 나면 이제 할 일을 다 한 것 같아, 죽어도 편안히 눈을 감고 저승으로 향할 수 있을 터인데 말이다.

황 참봉은 장죽을 깊숙이 빨아 푸— 한숨처럼 길게 내뿜었다.

어느덧 해는 지고, 사방에서 어둠살*(어둠살)이 자우룩히 깔리고 있었다. 뽀뽀꾸꾸 뽀뽀꾸꾸…… 산비둘기의 울음소리도 한결 구슬프게 메아리를 이루며 들려왔다.

오늘따라 왜 이렇게 죽은 천실이가 애틋하게 가슴에 와 닿는 것인지……. 그 봉분에 돋아난 잡초를 멀뚱히 바라보고 있는 황 참봉의 눈앞이 희뿌옇게 흐려져 왔다. 두 눈에 눈물이 어리고 있었다. 수더분하고 참하게 생겼고, 참을성도 있으며, 속이 깊은 참 괜찮은 여자였는데, 무슨 전생에 지은 죄가 있어서 하필이면 그런 병신을 낳게 되었는지, 그리고 목을 매어 죽어 버리고 말았는지, 무슨 업보인지…… 덧없고 쓸쓸한 생각에 축축하게 젖어서 넋 나간 사람처럼 뻐끔뻐끔 장죽을 빨고 있는데,

"할아부지—."

어디선지 부르는 소리가 들려왔다.

"할아부지, 어디 계시예— 저녁 잡수시이소."

병호의 목소리였다. 학교가 그만 흐지부지 방학을 해버리는 바

람에 며칠 전 대구에서 돌아왔었다.

손자 녀석이 여기까지 찾아 올라오고 있어서 황 참봉은 후우—
하고 한숨을 내쉬며 자리에서 일어났다.

"여기 있다. 간다—."

걸음을 떼 놓는데 다리가 후들후들 떨려 황 참봉은 하마터면 다
시 주저앉을 뻔했다.

3

하루하루 세상은 달라져 갔다. 회룡리도 변화의 조짐은 보이고
있었으나, 면소재지인 남구리 쪽이 눈에 띄게 변해 갔다.

우선 면사무소의 간판이 '인민위원회'로 바뀌었다. 정문 한쪽 기
둥에 붙어 있던 그 전의 간판은 대패로 싹 밀어서 새로 쓴 듯 먹글
씨*(먹물을 묻혀 쓴 글씨)는 곧 손에 묻어날 것처럼 선명했으나, 판목
은 오래된 것이어서 거무튀튀하게 변색되어 보였다. 급히 만들어서
내건 간판이라는 것을 대뜸 알 수 있었다. 글씨부터가 크고 굵기만
할 뿐, 투박했다.

인민위원회라는 간판이 내걸리기는 했으나, 아직 제대로 사무를
보는 것 같지는 않았다. 우선 드나드는 사람이 드물었다. 허름한
삼베 바지저고리를 입고 보릿짚 모자를 눌러쓴 사람들이 간혹 출
입을 할 뿐이었다. 그러나 어쨌든 지난날의 면사무소 대신 인민위
원회라는 것이 서서히 기지개를 켜며 일어나 기능을 발휘하려고 채
비를 하고 있는 것만은 틀림없었다.

면사무소 곁에 대서소를 겸해서 도장 같은 것도 파주고, 간단한 문방구도 팔고 하는 집이 있었는데, 그 가게 한쪽 칸이 청년단 사무실이었다. 그런데 그 사무실에 청년단 간판 대신 '민주청년동맹'이라는 간판이 새로 나붙었다. 학생으로 보이는 몇몇 젊은이가 거기엘 드나들었으나, 아직 무엇을 하는 곳인지도 잘 알 수가 없었다. 아마 종전의 청년단이 하던 그런 역할을 앞으로 담당해나갈 모양이었다.

그리고 '여성동맹'이라는 간판도 눈에 띄었다. 남구리에 공의(公醫)가 한 사람 있어서 조그마한 병원을 경영하는데, 어찌된 영문인지 그 병원 출입문에 여성동맹이라는 간판이 내걸리고, 젊은 여자들이 간혹 드나들었다. 여성동맹이란 도대체 뭘 하는 곳인지, 도무지 생소한 간판이어서 그 정체를 알 수가 없었으나, 짐작건대 여성, 즉 아낙네들과 가시나들이 앞으로 무슨 수작들을 벌일 모양 같았다.

순경들이 어디론지 철수를 해버린 지서 자리에는 '자위대'라는 것이 들어섰다. 물론 간판도 큼직하게 새로 내걸었다. 그러나 그 자위대라는 곳에는 인민위원회를 비롯한 다른 곳과는 달리 사람들이 곧잘 드나들었고, 때로는 웅성거리기까지 했다. 말하자면 그 기능의 발동 속도가 빠른 셈이었다. 공산당의 행동대원들이 스스로 치안을 담당하고 나선 것이었다. 그러나 시골구석에, 더구나 세상이 뒤바뀌어서 대부분의 사람들이 숨을 죽이고 무엇이 어떻게 돌아가는 것인지 지켜보고 있는 터인데, 뭐 별다른 범죄 같은 것이 생겨날 리가 없었다. 그들이 맡은 임무는 사람들을 잡아들이는 일이었다. 이른바 반동분자들을 색출해서 문초를 한답시고 조져대는 것이었다. 그러니 다른 곳과는 달리 그 기능의 발동이 신속할 수밖에 없었다.

자위대의 대원이라는 자들은 대부분이 이십 대의 젊은 축들이었다. 인원도 여남은 명 되는 것 같았다. 그들이 누구보다도 재빨리 나서서 앞장서기는 했으나, 그렇다고 저희들이 뭐 뚜렷하게 과거에 공산당 운동에 발을 들여놓았던 적이 있는 것도 아니었다. 그저 세상이 뒤바뀌었다고 하니까, 가난한 사람들이 득세하는 세상이 되었다고 하니까, 나서서 설쳐대 보는 그런 건달 같은 패거리들이었다. 물론 개중에는 아버지가, 혹은 형이 남로당 조직에 가담해서 잡혀갔다거나, 입산을 해서 죽었다거나 하는, 말하자면 성분이 그쪽인 젊은이도 없진 않았지만 말이다.

자위대 정문 앞에는 언제나 두세 명의 대원들이 서서 행인들을 하나하나 검문하고 있었다. 남구리에 살거나 면내에 거주하고 있어서 얼굴만으로 쉬 누군지 알 수 있는 그런 사람은 별일이 없었지만, 그렇지가 않고 조금이라도 낯설거나 몸가짐 같은 것이 수상해 보이면 붙들고서 이것저것 따져 댔다. 그들이 눈을 부릅뜨고 덤비는 것은 입성이 깨끗하고 허우대가 멀쑥한 사람들이었다. 양복이라도 입고 있으면 그건 영락없이 걸려들었다. 그들 말대로 그런 놈들은 십중팔구 반동분자라는 것이었다. 신분증 같은 것은 이미 통하지 않는 세상이었고, 또 지나간 세상의 신분증은 오히려 자기의 정체성을 탄로 나게 할 뿐이어서 그런 것을 소지하고 다니는 사람은 백 명에 한 사람도 드물었다. 그래서 입성부터 훑어보고, 어디 사는 누구며, 무슨 일을 해 먹고 살며, 무얼 하러 지금 여길 지나가느냐는 식으로 꼬치꼬치 따져 묻다가, 그래도 미심쩍을 경우에는 두 손을 내밀어 보라고 했다. 손을 보면 그 사람이 무슨 일에 종사

하며 살아온 사람인가 짐작할 수가 있다는 것이었다. 그래서 손가락 마디를 보고, 손을 뒤집어서 손바닥을 살펴보았다. 손가락 마디가 굵고 거칠면서 손바닥에 굳은살이 박여 있으면 됐다는 것이었다. 그동안 펜대를 쥐고 살거나 놀고먹은 것이 아니고 꿍꿍 노동을 해 온 표시이니, 반동이 아니라, '동무'라는 것이었다. 그런 식의 검문을 해서 애꿎은 사람들을 사무실 안으로 끌고 들어가 들볶아 대기 일쑤였다.

그러나 그런 검문은 그들이 부차적으로 하는 심심풀이인 셈이고, 그들의 주된 임무는 면내의 진짜 반동분자를 잡아들이는 일이었다. 아직 그 시골구석에 제대로 상부와 연결이 닿는 공산당 지도부가 구성된 것도 아니고, 인민군들이 진주해 온 것도 아니어서, 그저 그들 나름대로 쑥덕공론 식으로 이런 사람 저런 사람을 반동분자로 낙인찍어 가지고 차례차례 끌어와서 족쳐 대고 있는 중이었다. 그러니까 소위 반동분자라는 것에 대한 어떤 기준이 있어서 그에 따라 처리를 해나가고 있는 것이 아니라, 다분히 지난날에 얽힌 감정을 앞세우고서 그 분풀이로 보복을 하고 있는 격이었다. 한마디로 '지방 빨갱이'들의 주먹구구식 날뜀이라고 할 수 있었다. 실상 제대로 지방 빨갱이도 못 되는 것들이 말이다.

같은 면서기 가운데서도 붙들려 가는 사람이 있고, 안 붙들려 가는 사람이 있었다. 그리고 면서기는 붙들려 가는데, 면장과 부면장은 무사하다는 그런 식이었다.

그러나 얼마 뒤, 결국 면장도 무사하질 못하고, 자위대에 끌려가 문초를 당하는 몸이 되고 말았다. 면장이 그렇게 되었다는 소식을 들은 황두원은 오냐, 다음에는 내 차례란 말이구나, 알았다는 듯이 안색이 변하기는 했으나, 아랫배에 불끈 힘을 주었다.

그런데 그 소식을 알려준 것은 놀랍게도 바로 자위대 대원 가운데 한 사람이었다.

어느 날 밤중이었다. 대문 두들기는 소리가 나서 문간방에서 잠자던 방 서방이 일어나 이 밤중에 누군가 싶어 문을 열어보니 웬 낯선 젊은이가 한 사람 서 있었다. 하늘 한쪽에 달이 걸려 있기는 했으나 조각달이어서 사위가 그저 보일 듯 말 듯한 밤이었다.

"누군게?"

방 서방은 이 한밤중에 웬 낯선 놈인가 싶어 약간 두려우면서도 퉁명스럽게 물었다.

"여기가 부면장 집 맞제?"

젊은 녀석이 대뜸 반말이었다.

마흔을 훨씬 넘은 방 서방은 뭐 이런 덜돼먹은 놈이 다 있나 싶었으나, 한쪽 어깨에 메고 있는 삐쭉한 것이 아마도 총인 것 같아서 얼른,

"예, 그렇구마. 그런데 이 밤중에 뉘신지……."

하고 말끝을 흐렸다.

"누군진 알 필요 없고, 부면장 좀 만나고 싶어서 왔는데…… 있소, 없소?"

방 서방은 얼른 뭐라고 대답이 입 밖으로 나오지가 않았다.

"있소, 없소?"

여전히 대답이 없자, 뜻밖에도 젊은이는 말투를 현저히 누그러뜨려 가지고 부드럽게,

"부면장님한테 뭐 좀 말씀디릴 게 있어서……."

이러면서 히힉 그만 웃음까지 얼굴에 떠올리는 것이었다.

부면장 밑에 '님'이라고 존칭을 붙여 부르는 그 말씨로 보나 웃는 표정으로 보나 결코 해롭게 하기 위해서 찾아온 것은 아닌 것 같아 방 서방은,

"그렁게? 잠깐……."

하고는 돌아섰다.

안채로 향하는 방 서방은 그러나 여전히 두렵고 조심스러웠다.

안방에서 잠자던 황두원은 그때 이미 바깥의 기미를 느끼고 깨어 있었다. 방 서방이 다가오는 기척이 나자,

"누구던가?"

나직한 목소리로 먼저 물었다.

"누군진 잘 모르겠는데, 부면장님께 말씀드릴 게 있다면서 찾아왔는데요."

"부면장님께?"

"예."

"누군가……."

황두원은 세상이 뒤바뀌었는데 자기를 찾아와서 부면장님이라고 존칭까지 붙여 부르다니, 누굴까…… 그렇다면 두려울 게 없다 싶으며 부스스 일어났다.

고무신을 끌고 대문간으로 나간 황두원은 찾아와 대문 밖에 서 있는 사람이 누군지 얼른 알 수가 없어,

"뉘신지……."

하면서 좀 멀뚱한 표정을 지었다.

그러자 그 젊은이는 얼굴에 히죽 웃음을 떠올리며 한 걸음 앞으

로 다가섰다.

"부면장님, 접니더 저……."

"누군가?"

"동철이라예."

"아니, 동철이가 이 밤중에 웬일이고?"

"허허허……."

"좀 들어온나."

"아닙니더. 그럴 시간이 없심더."

그러면서 젊은이는 어깨에 멘 총을 이것 보라는 듯 한 번 추슬러 고쳐 메었다. 삐쭉하게 솟은 장총이 그제야 뚜렷이 눈에 들어오자, 황두원은 덜컥 목줄기가 뻣뻣해지는 느낌이었다.

"잠깐 말씀디릴 끼 있어서……."

"그래?"

황두원은 절로 힐끗 뒤가 돌아보여 졌다. 방 서방이 그대로 서 있자, 대문 밖으로 서너 걸음 걸어 나갔다.

젊은이는 그래도 방 서방이 꼼짝 않고 그대로 그 자리에 서서 지켜보고 있는 게 아무래도 거북한 듯 황두원을 바깥마당 한쪽으로 데리고 가서 나직이 입을 열었다.

"다름이 아니라, 저…… 오늘 저녁답에 면장님이 붙들려 왔심더."

"붙들려 오다니, 어디로?"

"어디는 어디라예, 허허허……."

"……."

"자위대 모르십니꺼?"

"아니, 그럼……."

황두원은 당황하는 표정으로 젊은이가 한쪽 어깨에 메고 있는 장총을 새삼스럽게 바라보았다. 그렇다면 자네도 자위대에…… 하고 물어보고 싶었으나, 뻔한 일인 것 같아 그만 꿀꺽 침을 한 덩어리 삼켰다. 자위대에 나가고 있는 그 대원이 총을 메고 찾아와서 면장의 체포를 알려 주다니…… 놀랄 일이 아닐 수 없었다. 황두원은 가슴이 멍멍해지면서 후끈후끈 뛰는 것을 느꼈다.

젊은이는 얼른 사방을 한 번 휘둘러보고 나서 다시 입을 열었다.

"내일은 또 무슨 일이 있을지 모릅니대이. 무슨 말인지 알겠지예?"

"……."

"부면장님, 제 말 알아듣겠지예?"

"알고말고. 음―."

황두원은 안색이 확 변하면서도 두 눈에 핑 뜨거운 것이 감돌았다.

"그럼 부면장님, 저는 이만 갑니더. 몸조심하시이소."

그리고 젊은이는 얼른 돌아서서 어스름 달빛 속으로 사라져 가는 것이었다.

"동철아, 이눔아야, 고맙다―."

하는 소리가 목구멍까지 치솟았으나, 웬일인지 콱 메어서 입 밖으로 나오지가 않아, 황두원은 한참 그 자리에 넋 잃은 사람처럼 멀뚱히 서 있었다.

면사무소 옆에 해동집이라는 여인숙 겸 식당이 있었다. 삼거리 대추나무집과 마찬가지로 황두원이 곧잘 드나든 단골집이었다. 대추나무집은 색시를 두고 술을 파는 색주가지만, 해동집은 식사가 위주여서 점심을 곧잘 그 집에 가서 먹었고, 군청 같은 상부에서 손님이 나올 경우에는 으레 접대를 그 집에서 했으며, 또 면내의 유지들로부터 대접을 받거나 면직원들끼리 회식 같은 것을 할 때 역시 그 집에서 했기 때문에 대추나무집보다 월등히 걸음이 잦았던 집이었다. 동철이는 그 해동집의 아들이었다.

애비가 누군지를 잘 모르는 그런 태생인데다가, 또 술 팔고 밥 파는 에미 밑에서 자란 자식이 으레 그렇듯이 동철이 역시 제대로 수굿하게 제 갈 길을 가는 것이 아니라, 곧잘 옆길로 튕겨나가 에미 속께나 썩이는 애였다. 겨우 어떻게 들어간 중학교도 중퇴를 하고서 어디론지 제멋대로 쏘다니다가 불쑥 집에 돌아와서는 한동안 눌러앉아 개심(改心)이라도 한 듯이 집안일을 거들다가도 다시 튀어나가곤 하는, 말하자면 일찍이 허파에 바람이 든 새파란 건달이었다.

그러나 애가 어딘지 모르게 심성이 나쁜 것 같지는 않고, 또 밉상이 아니어서, 황두원은 그를 대할 때마다 싫지 않은 얼굴을 했고, 또 에미 속을 그만 썩이고 마음을 잘 잡아 잘 좀 해보라는 그런 격려라도 하듯이 곧잘 등을 툭툭 쳐주기도 했다. 술이 거나할 때면,

"니도 한잔 할래? 사내란 술을 할 줄 알아야 되는 기라."

하면서 농 반 진 반으로 몇 번 실제로 술잔을 내밀기도 했었다.

그럴 때마다 심부름을 하던 녀석은 번번이 히죽 웃으며 잔을 넙죽 받아 쿨컥쿨컥 마셔 치웠다. 이미 이렇게 사내구실을 당당히 할 줄 안다는 듯이 말이다.

그런 정도였다. 그런 것도 호의라면 호의인진 모르겠으나, 그런 미미한 호의를 잊지 않고서 동철이가 세상이 뒤바뀌어 인심들이 흉흉한 이 판국에, 더구나 자위대에 들어가 총을 메고 우쭐거리

고 다니는 터이면서 마치 무슨 지난날의 은혜에 보답이라도 하듯이 이렇게 한밤중에 일부러 찾아와 면장의 체포를 알려주고, 어떤 암시를 던지고 사라지다니, 정말 황두원으로서는 가슴이 벅찬 놀라움이 아닐 수 없었다. 사상이니 지랄이니 하는 것보다는 역시 사람 사이에 오가는 정이라는 것이 월등히 앞서는 것인 모양이로구나 싶으며 황두원은 그만 흐느껴 울고 싶은 뭉클한 심정이 되어 있었다. 난생 처음 맛보는 뜨거우면서도 짜릿한 감격이었다.

자정이 훨씬 지난 깊은 한밤중에 황두원은 피신을 하기 위해 집을 떠났다. 물론 아버지와 상의하고서였다.

그 얘기를 듣고 황 참봉도 놀라면서,

"세상이 아무리 막돼묵어도 사람은 남아 있구나. 허 그것 참, 허 그것 참……."

곧장 고개를 끄덕였다. 그리고,

"당장 떠나거라, 날이 새면 안 된다."

하고 단(斷)을 내렸다.

"아부지는 우자실랍니꼬?"

"나? 나는 안 떠난다. 내가 와 피신을 하노? 내가 무슨 잘못을 저질렀다고…… 내 걱정은 말고, 너나 어서 떠나거라. 잠시 갑선이한테 가서 숨어 있으면 곧 세상이 도로 뒤집힐 끼니까."

"잠시 아부지도 피신을 하시는 기……."

"앙이다. 이 늙은 몸이 살면 얼매나 더 산다고…… 난 설령 그놈들 손에 죽더라도 내 집에서 죽기로 작정했다. 한 발짝도 대문 밖으로 안 끌려 나갈 끼다."

"……."

"내 걱정은 말고, 어서 떠나도록 하라니까!"

아버지의 목소리가 떨리며 약간 격해지자, 황두원은 흐느끼듯 후후훅 크게 한숨을 쉬고서 그 자리에서 일어나지 않을 수 없었다.

그 길로 황두원은 삼십 리가량 되는 이웃 면에 사는 바로 밑의 누이인 갑선이네 집을 향해 떠났던 것이다. 고향 마을을 벗어나 으스름 달빛에 젖은 들길을 걷고, 산길을 치닫는 황두원의 심정은 후끈하고 뭉클하면서도 한편 처량하고 암담했다. 참으로 팔자에 없는 이상하고 야릇한 밤길이었다.

어디선지 멀리 소쩍새 우는 소리가 구슬프게 들려오기도 했다.

4

추적추적 하염없이 비가 내리는 밤이었다. 황 참봉은 잠을 이루지 못하고 이리 뒤척 저리 뒤척 하고 있었다. 여름밤의 빗소리는 여느 때 같으면 시원한 느낌을 주어서 잠을 이루는 데 한결 도움이 될 터인데, 흉흉한 세상이 돼 버려서 그런지 오히려 심경을 답답하고 쓸쓸하게 적셔 대는 것만 같았다.

며칠 전에 갑선이한테 간 두원이는 무사히 잘 가서 숨어 있는지, 동철이라는 그 젊은 애는 그런 심성을 가지고 있으면서 왜 자위대 같은 데에 들어가 총을 메고 설치는지, 그리고 그들이 자기도 반동인가 뭔가라고 정말 잡으러 올 것인지…… 이런 생각 저런 생각에 뒤숭숭하게 휘말려서 잠을 이루지 못하던 황 참봉은 문득 벽의 한쪽 구석에 박혀 있는 커다란 쇠못에 눈이 갔다. 나직하게 심지를 낮추어 놓은 남포등의 불빛을 받아 쇠못의 그림자가 엄청나게 기다랗게 벽에 그려져 있었다.

그것을 보는 순간 황 참봉은 등골에 좍 소름이 흘러내리는 것 같아 바르르 몸을 떨었다. 목을 매어 죽은 천실이 생각이 났던 것이다. 바로 저런 대못에다가 아기의 띠를 걸고 목을 매달았었다.

잠시 그 대못과 괴상하게 큰 그림자를 바라보고 있던 황 참봉은,

"옳지, 그러면 되겠구나."

하고 혼자 중얼거렸다.

만일에 자기를 반동이라고 잡으러 오면 자기도 천실이처럼 저 대못에다가 목을 매고 죽어 버리면 되겠구나 싶었던 것이다. 자기가 이 세상에 나와서 지은 죄라면 오직 한 가지 천실이를 목매어 죽게 한 일이니, 자기도 똑같이 목을 매어 죽으면 깨끗이 속죄도 될 것 같아, 그것 참 썩 괜찮은 생각인데…… 싶으며 그만 황 참봉은 히들히들 웃음까지 나오려 했다.

그런 생각에 잠겨 있는데, 바깥에 빗소리와 함께 자박 자박 자박…… 무슨 발자국 소리 같은 것이 들렸다.

황 참봉은 눈이 휘둥그레지며 얼른 고개를 들어 밖을 내다보았다.

자박 자박 자박…….

"누구고!"

황 참봉은 냅다 소리를 지르며 벌떡 일어나 앉았다. 천실이가 빗속으로 걸어오고 있는 것만 같았다.

발자국 소리가 멎었다.

"어르신네, 접니더."

방 서방이었다. 방 서방이 빗속에 서 있었다.

황 참봉은 덜컥 겁이 났다. 이 비 오는 밤중에 무슨 일인지 두렵지 않을 수 없었다. 지난날 같으면 아무리 비가 내리는 한밤중이라 할지라도 집안의 머슴이 두려울 까닭이 없었다. 그러나 가난하고 천한 사람들이 기세를 올린다는 세상이 되고 말았으니 그럴 수밖에 없었다. 그렇잖아도 황 참봉은 세상이 뒤바뀐 뒤로 늘 조심스러운 눈으로 방 서방을 지켜보고 있는 터였다.

황 참봉의 놀라 굳어진 표정이 풀리질 않자 방 서방은,

"뭐 좀 상의 드릴 말씀이 있어서요."

하면서 가만히 뜰방*('토방'의 전북 방언)으로 올라섰다.

그제야 황 참봉은,

"그래? 무슨 상의인데?"

방 서방의 위아래를 한 번 훑어보고서,

"올라오게."

하고 나직한 목소리로 말했다.

방 서방은 비에 젖은 옷을 쓱쓱 대강 손으로 닦고서 마루로 올라서며,

"방으로 들어가도 되겠습니껴?"

하고 물었다.

"들어와."

황 참봉은 목소리가 약간 떨렸다. 방으로 들어와서 자기를 어째 버리려는 것이나 아닌가 싶었다. 지금까지 방 서방이 사랑방에 들어온 적은 한 번도 없었던 것이다.

방 윗목에 방 서방은 한쪽 무릎을 세우고 앉았고, 황 참봉은 얼른 떨리는 듯한 손으로 남포등의 심지를 돋워 방 안을 밝게 했다.

잠시 말없이 앉아 있던 방 서방이 말을 꺼내기가 매우 거북한 듯한 그런 표정을 지으며 입을 열었다.

"지가 혼자서 아무리 생각해도 우째 했으면 좋을지 몰라서 어르신네 말씀을 들어 볼라고 이렇게 지무시는데 찾아왔심더."

"뭘 말이고?"

황 참봉은 무슨 일인가 궁금했으나, 여전히 얼굴은 굳어져 있었다.

"다름이 아니라, 저…… 저……."

"……."

"지보고 말입니더, 면당 위원장을 하라지 뭡니껴."

"뭘 하라 캐?"

"면당 위원장요."

"면당 위원장? 면당이 뭔데?"

"저……."

방 서방은 또 말하기가 거북한 듯하다가 엣다 모르겠다는 듯이 입을 열었다.

"우리 면의 공산당을 면당이라 칸답니더."

"우리 면의 공산당? 자네한테 우리 면의 공산당 위원장을 하라 칸다 말이가?"

"예."

"정말이가? 그기……."

"정말입니더, 어르신네요."

황 참봉은 어이가 없는 듯 그만 자기도 모르게,

"허허허……."

웃음이 나와 버렸다. 그러나 얼른 그 웃음을 쿨컥 삼키고서 힐끗 방 서방의 눈치를 살폈다.

방 서방은 면구스러워서 정말 낯을 들 수가 없다는 듯이 살짝 고개를 떨구고 있었다.

남의 집 머슴살이를 하던 사람한테 면의 공산당 위원장을 시키려 들다니, 도대체 무엇이 어떻게 돌아가는 세상인지 알 수가 없어 황 참봉은 그저 가만히 방 서방의 다음 말을 기다리며 그의 표정을 멀뚱히 바라보고만 있었다.

방 서방은 자기도 정말 어이가 없다는 듯이 살짝 얼굴까지 붉히면서 다시 입을 열었다.

"낫 놓고 기역 자도 모르는 지 같은 것한테 면당 위원장 노릇을 하라니 기가 찰 뿐입니더. 안 하면 안 되는 모양이지 뭡니껴. 시키는데 안 하면 반동하고 똑같다는 기라요."

"음—."

"그래서 잠이 안 와 어르신한테 상의 디리는 깁니더. 우짜면 좋겠습니껴?"

"그런데 와 해필 자네한테 그런 감투를 씌운다 카던가? 공산당 위원장이면 우리 면에서는 제일 우두머린데…… 내사 잘은 모르지만, 공산당 세상에서는 뭣보다도 당이 제일이라 카던데……."

"이바구를 들으니까 저……. 전에 지가 남로당에 도장을 찍은 일이 안 있습니껴. 남로당에 가입을 했다가 지금 살아남은 사람 가운데 남의 집 머슴살이 한 사람은 지 하나뿐이라는 기라요. 면당 위원장은 머슴살이한 사람이 가장 자격자랍니더. 그래서 지가 꼭 그 자리에 맞는다는 기지 뭡니껴."

"허허, 그래? 그것 참……."

황 참봉은 놀라운 사실 앞에 그저 어처구니가 없으면서도 재미있기도 한 그런 표정을 지었다.

"어르신네요, 우짜면 좋습니꺼?"

황 참봉을 바라보는 방 서방의 두 눈에는 진정으로 한마디 의견을 듣고 싶은 그런 빛이 가득 담겨 있었다. 황 참봉은 뭐라고 대답을 했으면 좋을지, 잠시 생각에 잠기다가 입을 열었다.

"자네가 알아서 할 일 같으네. 툭 털어놓고 말해서 공산당 세상은 자네 같은 사람들이 잘 되는 세상 앙이가. 그러니까 말하자면 자네는 인제 자네 세상을 만난 셈이지. 그러니까 잘 생각해서 하게. 내가 이래라 저래라 할 일이 아닌 것 같고, 또 난 인제 그럴 자격도 없는 사람 앙이가."

그러자 방 서방의 눈언저리가 살짝 붉어지면서 약간 섭섭한 듯한 그런 표정이 떠올랐다.

"어르신네요. 지가 만약 면당 위원장이 되더라도 나쁜 놈이라고 욕하지 말아 주이소. 지가 하고 싶어서 하는 기 아니니까요. 정말입니더. 그리고 어르신네요, 어르신네의 은혜는 절대로 안 잊을 낍니더."

"은혜는 무슨 은혜?"

"지가 이렇게 살아 있는 기 누구 덕택입니껴. 다 어르신네 덕택 아닙니껴. 지가 지서에 붙들려 갔을 때 어르신네가 꺼내주지 않았더라면 지금까지 이렇게 살아 있겠습니껴."

"……."

"그때 붙들린 사람들, 지 말고는 모조리 골로 갔을 낍니더. 틀림없심더."

"음—."

황 참봉의 두 눈에 물기가 핑 어리고 있었다.

"그럼 어르신네요, 지는 물러갈랍니더. 주무시이소. 그리고 부디
몸 보존 잘……."

그만 목이 메는 듯 방 서방은 말끝을 흐리며 슬그머니 자리에서
일어났다.

"이 사람아, 방 서방—."

황 참봉은 자기도 모르게 한 손을 뻗어 방을 나가려는 방 서방의
낡고 헐렁한 바짓가랑이를 잡았다. 그러나 삼베 바짓가랑이는 황
참봉의 힘없는 손아귀에서 스르르 빠져나가고 말았다.

황 참봉의 주름진 얼굴에 눈물이 주르르 흘러내렸다.

바깥에서는 빗줄기가 조금 기세를 돋워 좍— 쏟아져 내리고 있
었다.

5

회룡리 황 참봉네 집에서 머슴살이를 하던 방판동이라는 사람이
면당 위원장이 되었다는 소문이 면내에 퍼졌다. 그 소문을 들은 사
람들은 모두 어이가 없어서 어리둥절해 하였다. 남의 집 머슴살이
를 하던 사람이 면당 위원장이 되다니, 놀랄 일이 아닐 수 없었다.
면당 위원장이라면 면내에서는 제일 높은 자리이고, 권한이 가장
센 공산당 우두머리인데, 그런 자리를 머슴살이를 하던 사람이 차

지하다니, 더구나 그 방판동이라는 사람은 낫 놓고 기역 자도 모르는, 그야말로 일자무식이라고 하니, 도무지 어떻게 되어 가려는 세상인지 얄궂기만 했다.

비단 공산당 세상과는 아무 상관도 없는 사람들만이 그렇게 생각하는 것이 아니라, 이른바 혁명 사업에 직접 나선 사람들이나, 그들에게 협조를 하는 사람들 역시 마찬가지였다. 그런 사람들은 드러내놓고 지껄이지는 않았지만, 아무래도 이해가 안 가는 일이어서 입맛들이 떨떠름하지 않을 수 없었다. 자기네의 우두머리가 머슴살이를 하던 사람이라니 결코 기분 좋을 수가 없었고, 그런 일자무식인 까막눈이 뭘 알아서 어떻게 자기들을 이끌어 나간다는 것인지, 도무지 알 수가 없어 쓴웃음이 나오기도 했다.

그러나 그들은 내심 못마땅하면서도 겉으로는 수긋하게 받아들이는 수밖에 없었다. 얘기를 들으니, 면당 위원장 자리에는 그런 사람이 안성맞춤이라는 것이었다. 그런 일자무식일수록 머릿속에 자본주의 세상의 그릇된 지식이 들어 있지 않아서, 다시 말하면 반동 사상에 오염되지 않아 깨끗해서 앞으로 학습에 학습을 거듭하면 공산주의사회 건설의 튼튼한 일꾼이 될 수 있으며, 또 남의 집 머슴살이를 했기 때문에 가난에 대한 뼈저린 설움과 지주 계급에 대한 증오가 가슴에 가득 차 있어서 무자비한 혁명 투쟁에 앞장서서 나아갈 수 있다는 것이었다. 말하자면 공산주의 혁명에 가장 알맞은 출신 성분이라는 것이다.

그런 적격자를 위원장 자리에 앉히고, 바로 그 밑의 부위원장 자리는 이북에서 직접 파견되어 내려온 공작원이 차지했다. 그러니까 위원장은 허수아비인 셈이고, 부위원장이 실권을 손아귀에 쥐고서 뒤에서 조종해 나가는 것이었다. 마치 꼭두각시놀음 같은 조직 형태였다. 비단 면당의 조직만이 그런 식이 아니라, 군당도 도당도 다 마찬가지였다. 말하자면 과거의 남로당 부스러기인 현지인을 얼굴로 내세우고, 이북의 조선노동당 공작원이 뒤에서 이른바 혁명 사업을 수행해 나가는 셈이었다. 그들은 그런 형태의 당 조직을 자기들의 손아귀에 넣은 소위 해방된 지역에다가 신속히 만들어 나갔던 것이다.

방판동이 면당 위원장이 되었다는 소문에 면내의 다른 어느 부락 사람들보다 놀란 것은 말할 것도 없이 회룡리 사람들이었다. 회룡리 사람들은 남녀노소 할 것 없이 그 말을 듣자 눈이 휘둥그레지며,

"그기 정말이가?"

"아니, 정말이란 말이가?"

하고 벌어진 입들이 쉬 다물어지지가 않았다.

황 참봉네 집 머슴이 면내에서 첫째가는 우두머리가 되다니, 도무지 믿어지지가 않는 일이었다. 아무리 공산당이라고 하지만 머슴살이하던 일자무식이 어떻게 위원장이 될 수 있는지, 그래 가지고 일이 되는 것인지, 아무래도 납득이 가질 않는 것이었다. 한 마을에 사오 년을 살아서 방판동을 너무나 잘 알고 있는 터이라 더욱 우습기만 하고, 어처구니가 없을 따름이었다.

"세상에 참 벨일도 다 보제?"

"글쎄 말이네. 그 소같이 미련한 작자가 위원장이 되다니……."

"그런 기 위원장이 돼가지고 뭘 우짠단 말잉고? 공산당이라는 기 그런 긴 줄 몰랐네."

"맞어. 공산당 공산당 캐쌓길래 뭐 좀 다른 줄 알았더니……."

"다르기사 안 다르나. 머슴이 대번에 위원장으로 홀떡 뛰어오르니 말이다."

"허허허……."

"히히히……."

남정네들은 이렇게 빈정거리며 웃어댔고, 아낙네들 역시,

"회룡리에서 인물 났다 앙이가."

"헤헤헤…… 맞기사 맞다. 면당 위원장을 우리 동네 머슴이 차지했으니."

"참 얄궂기도 하제 세상이 꺼꾸로 돼도 분수가 있지, 우째 일자무식인 머슴이 위원장이 되노 말이다."

"위원장이 돼가지고 책상 앞에 앉아 있는 방 서방을 한 번 봤으면 좋겠다. 어떤 얼굴을 하고 있는동…… 위원장이 됐으니 책상 앞에 앉아 있을 게 앙이가. 그제?"

"그렇겠제. 책상 중에서도 제일 큰 놈을 차지하고 앉아 있겠지 뭐. 위원장님이니까."

"요새는 님 자를 안 붙이는 기라. 위원장 동무라 카는 기라. 아나?"

"맞어. 위원장도 동무라 칸다지. 아부지도 동무라 카고."

"홋홋후……."

"호호호……."

우습기도 하고 재미가 좋기도 해서 킬킬거렸다.

마음이 놓이는 사이끼리 모여앉아 그렇게 빈정거리고 웃어 대면서도 그러나 혹시 싶어서 서로 조금은 눈치를 보며 조심하는 그런

표정들이었다. 어떤 이는 누가 듣지나 않을까 두려운 듯 사방을 두리번거리기도 했다. 공산당 세상이 됐는데, 바로 그 공산당의 우두머리가 된 사람을 도마 위에 올려놓고 주물럭주물럭 가지고 노는 터이니 그럴 수밖에.

그러나 어른들과는 달리 아이들은 거침없이 지껄여 댔다.

"머슴이 면당 위원장이 되다니, 웃긴다 웃겨. 그쟈?"

"국민학교도 안 댕긴 사람이 위원장이라니…… 공부 안 한 사람일수록 높은 사람이 되는 모양이제? 공산당은 그런 모양이제?"

"그럼 우리도 학교 댕기지 말고, 지금부터 남의 집 머슴살이하는 기 안 낫겠나. 그러면 나중에 위원장이 될 꺼 앙이가."

"맞다. 학교 때리챠 뻐리고, 나도 머슴살이 할란다."

"나도 나도."

"임마, 공산당 세상에는 머슴이 없는 기라. 머슴을 두고 농사짓는 사람은 반동인 기라. 반동. 아나? 머슴살이할라 캐도 인제 늦었어."

"그럼 위원장 되기 다 틀렸네."

"히히히……."

"헤헤헤……."

세상이 뒤집혀 흉흉해져도 아이들은 무슨 재미있는 새로운 구경거리가 눈앞에 펼쳐지기라도 한 듯 그저 들떠서 신나기까지 했다.

방판동이 면당 위원장이 됐다는 소문에 누구보다도 눈이 휘둥그레지고, 입이 딱 벌어진 것은 칠성이였다. 칠성이 역시 처음에는 그 말을 얼른 믿으려고 들지 않았다. 도대체 그럴 수가 있는가 싶었다. 말이 되지가 않는 것이었다. 그러나 그게 헛소문이 아니라는 것을 알자,

"우리 방 씨 아재가 면당 위원장이 되다니…… 흐흐흐 흐흐흐……."

코를 쳐들어 히들히들 웃었다. 우스워서 웃는지 좋아서 웃는 것인지, 아마 두 가지가 뒤섞인 그런 웃음인 것 같았다. 꿍꿍 일밖에 할 줄 모르는 소 같은 남의 집 머슴이 면내에서 제일가는 공산당 우두머리가 되다니 우습기도 하면서, 한편 그를 '아재'라고 부르는 조금은 남다른 사이인 터이라 든든한 빽이라도 생긴 것 같아 좋기도 했던 것이다.

칠성이와는 달리 향심이는 그 말을 듣자 시종 심사가 착잡하기만 한 모양이었다. 향심이에게 그 소식을 알려준 것은 칠성이였다.

"우리 방 씨 아재가 면당 위원장이 됐다는 기라."

부엌 바로 앞마당에 양쪽 옆구리를 탄 가마니때기 한 장을 길게 깔고 그 위에 앉아 저녁을 먹으면서 칠성이가 불쑥 입을 열었다.

"방 씨 아재?"

향심이는 아직 그 소문을 듣지 못하고 있었고, 방 씨 아재가 누군지 얼른 알아차리질 못하는 표정이었다.

"황 참봉네 머슴 말이다."

"아, 그 사람……."

향심이는 순간 얼굴이 약간 굳어드는 듯했다. 자기를 개 끌 듯 끌어내던 사람이니 그럴 수밖에.

"남의 집 머슴살이 하던 사람이 대번에 면당 위원장이 되다니, 얄궂제?"

"면당이 뭔데예?"

"공산당 앙이가. 우리 면에 있는 공산당을 면당이라 카는 기라."

"우야꼬, 그럼 그 사람이 우리 면의 공산당 위원장이 됐단 말잉게?"

"그래, 우습제?"

"얄궂어라. 그럴 수가 있는강? 공산당 위원장이면 억씨기 높은 사람인데, 머슴살이 하던 사람이 그런 높은 자리에…… 정말잉게 그기?"

"정말이라 카이."

향심이는 슬그머니 두려운 생각이 드는 듯 잠시 말없이 숟가락질을 하다가,

"그 사람이 머슴살이를 했어도 속에 뭐가 단단히 들어 있었던 모양이지."

하고 약간 떨리는 듯한 목소리로 혼자 중얼거리듯 말했다.

"들어 있긴 뭐가 들어 있어?"

"사상이 말이구마. 공산주의 사상이 단단히 들어 있으니까 그런 높은 감투를 안 썼겠능게."

"사상 좋아하네. 그 사람 속에는 똥밖에 들은 기 없어. 내가 누구보다 잘 안단 말이다."

"하하하…… 똥밖에 들은 기 없는 사람을 와 그런 높은 자리에 앉혔능공? 뭘 우째 해나갈라고…….'

"그러니까 우습다 안 카나."

향심이는 정말 알 수 없는 일이라는 듯이 고개를 갸웃이 기울였다. 잠시 말없이 숟가락질을 하다가 칠성이는 또 불쑥 입을 열었다.

"속에 똥밖에 안 들었거나 말거나 좌우간 내사 우리 방 씨 아재가 면당 위원장이 돼서 기분이 좋다."

"……."

"든든한 빽이 생겼으니 말이다. 안 그러나?"

"좋겠네예."

"내일 한 번 방 씨 아젤 찾아가 봐야지. 찾아가서 인사를 해두는 기 좋겠제. 그제?"

"헤헤……."

향심이는 조금 웃었다. 그러나 자기는 결코 기분이 좋을 수가 없다는 그런 표정이었다. 황 참봉과 그 방가라는 머슴에게 어떻게든지 한 번 단단히 앙갚음을 해주리라 마음먹고 있는 터인데, 어쩌면 그럴 수 있는 좋은 기회가 눈앞에 다가오는 것만 같았는데, 그 방가가 면당 위원장이라는, 면내에서는 제일 큰 감투를 써 버리다니, 너무나 뜻밖의 일에 당황하지 않을 수가 없고, 또 칠성이는 든든한 빽이 생겼다고 기뻐하고 있으니, 입맛이 떨떠름하고 심사가 착잡하지 않을 도리가 없었다.

세상이 뒤집혀 공산당 치하가 되자, 향심이는 이제 황 참봉 따위의 눈치를 볼 것도 없어서 아예 그만 칠성이한테 들어앉아 버리고 말았다. 칠성이도 그런 향심이를 마다하지 않았다. 칠성이 역시 이제 황 참봉의 눈치를 볼 게 없는 세상이 되어버렸다 싶었고, 또 자기의 아이까지 뱃속에 가졌다는 향심이를 소중히 받아들이지 않을 까닭이 없었던 것이다. 마침내 두 사람은 신랑 각시처럼 내놓고 버젓이 살림을 하기에 이른 것이다. 아직 비록 혼례를 치르지는 않았지만 말이다. 마을 사람들 역시 세상이 뒤집히는 바람에 일이 저절로 그렇게 결말이 난 걸로 치부해 버렸다. 말하자면 반동 지주로 몰리게 된 황 참봉의 판정패인 셈이었다.

향심이는 칠성이와 버젓이 살림을 시작한 뒤로도 얼마동안은 그대로 대추나무집엘 나갔다. 그러나 세상이 뒤바뀐 후로는 주막에 술 마시러 찾아드는 손님도 현저히 줄어들어 버려서 자연히 별 볼 일 없는 존재가 되고 말았다. 간혹 찾아오는 손님도 그저 마루에 걸터앉아 막걸리를 한 사발 꿀컥꿀컥 들이켜고 일어서는 게 고작이었다. 색시와 더불어 앉아서 희희낙락하는 그런 세월은 이미 아니었던 것이다. 그러다가는 반동으로 몰리기에 십상이었다. 그래서 향심이는 아예 이 계제에 팔자를 고치듯 싹 발을 씻고 말았다. 칠성이도 그러기를 원했다.

칠성이가 향심이를 집 안에 들어앉혀 버린 데에는 또 그럴 만한 까닭이 있었다. 읍내의 도가에 가서 엿을 떼다가 팔던 자기의 장사에 차질이 생기고 말았던 것이다. 우선 마음 놓고 그전처럼 읍내를 드나들 수가 없었다. 엿판을 짊어진 엿장수인데도 통행증을 보자고, 지금이 어느 땐데 통행증도 없이 한가롭게 엿이나 팔러 다니느냐고, 길목을 지키고 있는 붉은 완장을 찬 녀석들이 붙들고 애를 먹이는 것이었다. 그리고 엿이 그전처럼 잘 팔리지도 않았고, 엿도가에서 엿을 매일 고아 내지도 않았다. 소비가 시원찮으니 그럴 수밖에 없었다. 그래서 생각다 못해 칠성이는 자기 집에서 자기 손으로 엿을 고아서 팔기로 작정을 했다. 그러기 위해서는 아무래도 혼자 힘으로는 어렵고, 향심이가 대추나무집을 그만두고 집안에 들어앉아 그 일을 거들어 주어야 될 것 같았던 것이다.

집에서 서투른 솜씨로 엿을 고아 면내를 돌아다니며 판다고 해서 그 장사가 뭐 신통할 까닭이 없었다. 그러나 송충이는 살아 있는 동안은 솔잎을 갉아야 하듯이, 칠성이는 이문이야 얼마가 되든 좌우간 자기 손으로라도 엿을 만들어 엿판을 짊어지고 돌아다녀야만 직성이 풀렸다. 엿 장수를 그만두면 발바닥에 좀이 슬어서 못 살 것만 같았다. 그러니까 남들이야 전쟁을 하거나 말거나, 혁명인지 뭔지를 하든지 말든지 아랑곳이 없었다. 오직 칠성이는 엿을 팔아 일편단심 돈을 모으는 일밖에 몰랐다.

이튿날 칠성이는 엿판을 짊어지고 가위를 찰그락거리며 남구리를 향해 갔다. 면당 위원장이 된 방 씨 아재를 만나보기 위해서였다. 처음에는 그저 든든한 빽이 생긴 셈이니 인사나 해두려는 생각뿐이었으나, 가는 도중에 칠성이는,

"옳지, 그렇구나. 그러면 되겠는데…… 흐흐흐……."

무슨 신통한 생각이라도 떠오른 듯 혼자서 히들히들 웃기까지 했다.

면당은 바로 인민위원회 옆에 있는 해동집의 안채 한쪽을 차지하고 있었다. 손님을 재우기도 하던 방 두 개를 임시로 사무실로 쓰고 있는 것이었다. 종전에는 해동집 대문에 아무 간판이 눈에 띄질 않았는데, 면당이 들어앉고부터 큼직한 새 간판이 내걸렸다. 면 소재지에 새로 등장한 다른 어떤 간판보다도 큼직하고, 글자도 굵고 해서 얼른 보기에도 가장 위세가 당당한 기관이라는 것을 알 수 있었다.

그 간판 앞에서 칠성이는 잠시 목이 움츠러드는 듯한 위압을 느꼈다. 칠성이가 글자를 알아볼 턱은 없었으나, 그곳이 면당이라고 하니 면당의 간판에 틀림없다 싶었던 것이다. 그러나 칠성이는 곧 방 씨 아재가 이곳의 우두머린데……. 하는 생각을 하자, 움츠러들었던 목이 슬그머니 기어 나오는 것이었다.

어떻게 할까. 바로 방 씨 아재를 만나러 대문 안으로 들어갈까 하다가 아무래도 조금 두려운 기운이 가시질 않아서 망설이다가 칠성이는 찰각 찰각 찰각……. 살살 가위질을 하기 시작했다. 가위 소리를 들으면 자기가 찾아온 줄을 알고 어쩌면 방 씨 아재가 제 발로 만나 보러 걸어 나오지 않을까 싶었던 것이다.

찰각 찰각 찰각……. 찰그락 찰그락 찰그락…… 그러나 아무 기척이 없자, 칠성이는 가위질만으로는 안 되겠다는 듯이 침을 한 덩어리 억지로 꿀컥 삼키고는,

"엿 사이소― 엿! 회룡리 엿이요― 회룡리!"

하고 '회룡리'에 특히 힘을 주며 소리를 내질렀다.

"쫄깃쫄깃 찐득찐득 달고도 화한 엿, 꿀맛 같고 찰떡같은 회룡리라 박하엿, 자― 엿 사이소― 엿!"

찰각 찰그락 찰각 찰그락, 찰각찰각 찰그락…….

한참 그렇게 떠들어 대자, 안에서 낯선 젊은이가 한 사람 나오더니,

"시끄럽다! 여기가 어디라고 와서 떠들어 대는 기고? 썩 저리 꺼져 버려!"

냅다 눈을 부릅뜨며 쏘아붙였다.

칠성이는 놀라 얼른 두어 걸음 뒤로 물러섰다. 그러나 곧 불쑥 한마디 내뱉었다.

"우리 방 씨 아재 좀 만내 볼라고요."

"방 씨 아재가 누군데?"

"면당 위원장 말이구마."

"뭐? 위원장?"

젊은이는 약간 표정이 누그러지며 그러나 여전히 째려보듯 칠성
이의 위아래를 훑고 나서,

"위원장이 당신 아재 된단 말잉게?"

현저히 부드럽게, 말투도 고쳐서 물었다.

"예, 칠성이라 카면 아느마. 좀 만내 보로 왔다고 캐주이소."

"지금 어디 나가고 없구마. 나중에 와보소."

그리고 젊은이는 안으로 도로 들어가 버렸다.

헛걸음을 했구나 싶으며 칠성이가 힘없이 돌아서는데, 저만큼 걸
어오고 있는 사람이 방판동이 아닌가.

"방 씨 아재요."

칠성이는 반가워서 활짝 웃으며 다가갔다.

"칠성이구나."

방판동도 싱글 조금 웃었다.

"방 씨 아재요, 축하합니대이."

"축하는 무슨……."

"면당 위원장이 되셨는데 축하해야 안 됩니껴. 면당 위원장이 우
리 면에서 제일 높으다면서예? 인민위원장보다 더 높으다 카대요."

"글쎄…… 내사 뭣에 받힌 것 같애서 얼떨떨하다 앙이가."

"얼떨떨하긴요. 한 번 잘 해보이소. 그리고 앞으로 잘 좀 부탁합
니대이."

"허허허……."

방판동은 조금 멋쩍으면서도 기분이 좋은 듯 웃고 나서,

"황 참봉 어른 잘 계시제?"

하고 물었다.

"잘 계실 낍니더."

칠성이는 대답을 하면서도 방판동의 얼굴을 멀뚱히 바라보았다. 면의 공산당 우두머리가 된 사람이 자기를 부려먹던 지난날의 상전의 안부를 묻다니, 약간 이상하게 여겨졌던 것이다. 그러면서도 칠성이는 가슴속이 묘하게 훈훈해지는 것을 느꼈다. 별안간 방 씨 아재가 왈칵 더 좋아지는 것이었다. 그래서 칠성이는 한결 다정스럽게,

"인제 집에는 안 오시능교?"

하고 물었다.

"여기서 묵고자고 안 하나. 집에 갈 새가 있어야지. 인제 머슴살일 그만뒀으니 내 집도 아니고…… 허허허……."

"참 그렇구나. 흐흐흐……."

두 사람은 서로 바라보며 웃었다. 그리고 방판동이,

"그럼 엿 많이 팔아래이."

하고 대문 안으로 걸어 들어가려 하자,

"잠깐만."

칠성이는 얼른 소매를 잡았다.

"방 씨 아재요, 아니 위원장 나으리요."

"위원장 나으리라니, 허허허…… 나으리가 아닌 기다. 동문 기라, 동무."

"참, 그렇지. 위원장 동무요."

"그래, 와?"

"한 가지 부탁 좀 하입시더."

"뭔데?"

"통행증을 하나 좀 띠 주이소."

"어딜 갈라고?"

"통행증이 없으니까 맘대로 드나들 수가 없심더. 면내만 돌아댕기니까 엿이 잘 팔리야 말이지예."

"엿 팔로 다닐라고 통행증을 띠 달라 말이가?"

"예."

"안 될걸. 그런 통행증은 안 띠 줄 끼다."

"면당 위원장이 제일 높은 사람인데 와 안 됩니껴?"

"통행증은 면당에서 띠 주는 기 아니라, 인민위원회에서 띠 준단 말이다."

"인민위원장보다 면당 위원장이 안 높은교? 말만 하면 와 안 띠 줄까 바예."

"아, 글쎄, 통행증을 그렇게 함부로 안 띠 준다 카이. 꼭 안 가면 안 될 그런 볼일이 있어야 띠 주는 기라. 엿 팔로 댕기라고 통행증을 띠 주는 줄 아나? 허허허……."

칠성이는 절로 표정이 부루퉁해지지 않을 수 없었다.

"통행증 없어도 엿장사야 마음대로 댕길 수 있을 낀데?"

"아니구마. 얼매나 까다롭게 칸다고예. 붙들고 놔주지 않을라 카느마."

"그런강?"

방판동은 자기도 잘 모르겠다는 듯이 머쓱한 표정을 지었다.

칠성이는 통행증이 없으면 마음대로 다닐 수도 없다니 뭐니 이런 지랄같은 세상이 다 있는지 모르겠다고 내질러 주고 싶었으나 꿀컥 삼키고는,

"그럼 방 씨 아재요, 통행증 대신 내 엿이 잘 팔리도록 해주이소."
하고 말했다.

"뭐라고? 엿이 잘 팔리도록 해달라고?"

"예."

"내가 어떻게?"

"위원장이니까 명령을 내리면 안 되능게."

"명령을 내리다니, 누구한테?"

"부하들한테랑 각 부락 사람들한테 말이구마."

"칠성이 엿을 모두 많이 사 묵으라고 명령을 내린단 말이가?"

"예, 와 안 되능게? 위원장 말이면 모두 들을 것 아닝교. 면당 위원장이 면내에서 제일 높으다면서예?"

"헛헛허…… 이눔아야, 면당 위원장이 뭐 니 엿 팔아주는 사람인줄 아나?"

"좀 팔아주면 어떤교?"

"니가 과연 모지래기는 모지래는구나. 나 바쁘다. 어서 돌아댕기면서 부지런히 엿이나 팔아. 바쁜 사람 붙들고 되지도 않는 소리 해쌓지 말고……."

그리고 방판동은 성큼성큼 대문 안으로 사라져 버렸다.

칠성이는 사라지는 그의 뒷모습을 원망스러운 눈길로 쩨려보며,

"흥, 면당 위원장이면 제일인강? 통행증도 안 해주고, 엿이 좀 팔리도록 해달라 캐도 그것도 안 해주면 그럼 나는 우짜란 말이고. 우째 살란 말이고. 씨발 참 더럽다. 더럽어."

혼자서 곧장 투덜거렸다.

6

마을 들머리에 있는 느티나무 그늘 한쪽에는 연자방아도 놓여 있어서 동네 사람들이 모여 회의를 하기에 안성맞춤이었다. 느티나무 둘레의 넓은 터전이 회장이라면, 연자방아는 말하자면 연단인 셈이었다. 사흘이 멀다 하고 그곳에서 회의가 개최되었다. 회의는 으레 밤에 열렸다.

세상이 뒤집어져서 공산당 치하가 되자, 사람들 사이에 인공이라는 말이 널리 퍼졌다. '인민공화국'을 줄여서 인공이라고 부르는 것이었다. 그 인공 세상은 말하자면 회의의 연속이라고 해도 과언이 아니었다. 부락 단위로 걸핏하면 밤으로 회의를 개최하는 것이었다. 사흘을 조용히 넘기는 일이 거의 없었고, 이틀마다, 혹은 연일 개최되는 경우도 있었다. 그런데 그 회의를 무슨 교양대회니 무슨 궐기대회니 하고 으레 대회라는 말을 붙여 불렀다. 사람이 얼마가 모이거나 상관없이 말이다. 한마디로 선동 집회였다. 이른바 해방전쟁에, 혁명 사업에 사람들을 강제로 몰아붙이기 위한 방법이었던 것이다.

회룡리의 대회는 으레 박삼암이 주도해 나갔다. 그가 부락 인민위원장으로 선출된 것이었다. 그렇다고 대회를 부락 자체로 개최하는 일은 거의 없고 면소재지의 상부기관에서 지도원이 한두 사람 파견되어 나왔다. 면당에서 나오는 경우는 드물고, 주로 인민위원회나 민청, 혹은 자위대에서 나왔고, 간혹 여맹에서 여성 지도원이 모습을 나타내기도 했다.

박삼암의 사회로 대회가 시작되면 파견되어 온 지도원이 연자방아 위에 올라서서, 일장의 연설을 해대는 것이었다. 주먹을 쥐고 흔들어 대며 제법 핏대를 세우기도 했다. 물론 사람에 따라 말재주에 차이는 있었지만, 대체로 모두가 선동의 효과를 올리려고 고래고래 악을 써대기는 마찬가지였다.

지도원의 선동 연설이 끝나면 다음은 으레 찬성 토론이라는 것이 벌어졌다. 마을 사람들 중에서 자진해서 나와 역시 연자방아 위에 올라서서, 자기도 그렇게 생각하고 전적으로 찬동을 하여 그 일에 앞장서겠다는 연설을 한바탕 늘어놓는 것이었다. 지도원의 선동 연설에 대한 맞장구인 셈이었다.

그 찬성 토론 때는 곧잘 여기저기서 킬킬킬 웃어대기 일쑤였다. 말재주가 능하질 못해서 나오던 연설이 우물우물 기어들어가거나, 뚝 부러져서 다음이 잘 이어지질 않으니 그럴 수밖에 없었다. 그럴 때면,

"웃지 마라!"

"조용히 해라!"

으레 위압적인 고함소리가 흐트러지려는 분위기를 짓눌러 버렸다.

몇 사람이 찬성 토론을 하고 나면 다음은 박삼암 위원장의 선창에 따라 결의를 표시하는 구호를 고래고래 외쳐 대는 것이었다. 앉은 채 밤하늘을 향해 주먹들을 불끈불끈 내지르면서 말이다.

대체로 대회는 그런 순서로 진행이 되는데, 그것이 소위 해방전쟁에 대한 선전이나 혁명 사업에 관한 계몽, 혹은 사상 학습 같은 것으로 끝날 때는 별 문제가 없지만, 그렇지가 않고 인력을 동원하

게 되는 경우에는 분위기가 팽팽하게 긴장되고, 험악해질 때도 없지가 않았다. 의용군을 모집하기도 했고, 포탄이나 식량을 지게에 지고 전선으로 나르는 부역꾼인 '지게부대'를 뽑기도 했다. 해방을 위해서, 혁명을 위해서 자진해서 나서라고 선동을 해대지만, 선뜻 제 발로 일어서는 사람이 있을 턱이 없었다. 결국 옥신각신하다가 제비뽑기를 해서 할당된 인원을 채우는 것이었다.

그런 인력동원을 위해서 대회가 열리기도 하기 때문에 마을 사람들은 회의가 소집되는 밤이면 오늘은 또 무슨 일이 있으려나, 혹시 또 사람을 끌어가려는 것이 아닌지 하고 내심 불안에 떨곤 했다.

그리고 간혹 무슨 특별한 궐기대회 때는 회의가 끝난 다음에 '메시지'라는 것을 만들어 바치기도 했다. 말하자면 일종의 결의문 같은 것인데, 으레 판에 박은 듯이 '경애하는 우리 위대한 수령……' 어쩌고 하는 투로 시작이 되는 것이었다. '수령님'에 대한 충성의 맹세인 셈이었다. 그런 내용의 글을 두루마리 같은 베에다가 붓글씨로 쓰고, 그 가장자리에는 색실로 알록달록하게 수까지 새겼다.

각 부락에서 밤을 새우다시피 해서 만든 메시지를 면당에 바치면 면당에서는 그것을 한데 모아 군당에다가 바치고, 군당에서는 또 도당에, 그리고 도당에서는 중앙의 수령님 앞에 헌정한다는 것이었다. 말처럼 실제로 그렇게 이행이 된다면 방방곡곡에서 만들어 바친 메시지가 중앙에 산더미처럼 쌓이고, '위대한 수령'은 그 산더미 같은 메시지 속에 묻히는 셈이었다.

한두 차례 그러고 마는 것이 아니라, 계속 그런 식으로, 말하자면 인민의 충성을 쥐어짜내는 것이었다.

그런 메시지를 만들게 되는 밤이면 누구보다도 앞장서서 설쳐대는 것은 향심이었다. 주로 처녀들 몇몇이 맡아서 메시지의 가장자리에 수를 새기는데, 그 처녀들 속에 섞여 앉아서 무엇이 그렇게 재미가 좋고 신이 나는지, 졸음이 와서 하품을 하면서도 곧잘 깔깔거렸다.

비단 메시지를 만들 때뿐 아니라, 향심이는 대화가 열리는 밤이면 공연히 좋아서 들떴다. 찬성 토론에 곧잘 나가 연자방아 위에 성큼 올라서서 제법 주먹을 휘두르며 일장연설을 해대기도 했다. 이제 그녀는 이름도 술집 색시 때의 향심이를 버리고, 자기의 본명인 분심이로 돌아가 있었고, 마치 제 세상을 만난 물고기처럼 매사에 생기가 나서 파다닥거렸다.

7

"오늘 저녁엔 또 무슨 대흰공?"

"글쎄, 무슨 놈의 대회를 이렇게 맨날 해쌓는동."

"심심치 않고 좋다 와."

"좋아? 내사 지겹다 지겨워. 대회도 간혹 한 번씩 해야 좋든동 말든동 하지."

"말조심해. 반동으로 몰리면 우짤라 카노?"

두 아낙네가 수군수군 주고받으며 동구 앞 느티나무 쪽으로 걸어가는데 뒤에서,

"오늘 저녁은 황 참봉 숙청대회라느마."

하는 소리가 다가왔다.

"뭐라고?"

"누고?"

두 아낙네는 얼른 뒤를 돌아보았다.

분심이었다. 분심이는 여느 날 저녁의 회의 때보다 월등히 기분이 좋고 들떠 있는 듯했다.

"숙청대회가 뭐고?"

"숙청하는 기 숙청대회 아닝게."

"글쎄, 숙청이 뭘 우째 하는 기고 말이다."

"숙청이라 카는 건 없애 삐린단 말이라예. 이렇게 싹!"

분심이는 한쪽 손으로 모가지를 싹뚝 잘라 버리는 시늉을 해보이며 히죽 웃었다.

"우야꼬, 그럼 황 참봉을 죽이 삐린단 말이가? 오늘 밤에."

"글쎄예, 확실한 건 모르지만…… 좌우간 지주는 반동 아닝게. 그래서 없애 삐리는 기라예. 오늘 밤에 당장 없애 삐리지는 않을 끼구마. 인민재판을 해야 되니까예."

분심이는 마을의 여맹 맹원으로 들어가 곧잘 저희끼리 따로 모이기도 하고, 또 면의 여맹 대회 같은 데에 빠짐없이 참가하고 있기 때문에 제법 들은풍월이 늘어서 제 딴은 별안간 무슨 혁명 과업의 열성적인 일꾼이라도 된 것 같은 어투로 아는 체를 했다.

너무나 뜻밖의 말에 두 아낙네는 얼떨떨해서 말문이 막혀 버렸으나, 분심이는 더욱 신이 나는 듯 지껄여 댔다.

"황 참봉은 지주 중에서도 악질 지주가 아닝게. 악질 반동이라 그 말이구마. 악질 반동은 가차 없이 숙청을 해야 되는 기라예. 인민재판을 열어서 사형을 해야 된다 그 말입니더. 오늘 밤 당장 인민재판을 열지 우얄지는 모르지만, 좌우간 열리기만 하면 틀림없이 사형인 기라예. 두고 보소."

그 말에 한 아낙네는 속이 몹시 언짢았다. 황 씨 가문의 여자였다. 어째서 황 참봉이 악질 지주냐고 따져보고 싶었으나 꾹 눌러 참고, 그 대신 그녀는 약간 빈정거리는 투로 불쑥 입을 열었다.

"우리 동네에 지주가 두 사람인데, 그럼 한 사람은 우째 되는공?"

"한 사람은 누군데예?"

"그것도 모르나? 우리 동네에 지주가 두 사람 안 있나. 하하하……."

"아!"

분심이는 당황하는 기색이 역력했다.

"지주를 없애 삐린다면 둘 다 없애 삐리야 되는 거 아닝강?"

그러자 다른 아낙네도,

"히히히…… 맞어. 그래야 공평하지."

하고 맞장구를 쳤다.

당황하던 기색을 얼른 싹 씻어 버리고, 분심이는 반격을 가하듯 뇌까렸다.

"우리 그이가 무슨 지준게. 논 일곱 마지기 남 줬다고 그기 지주 축에 드능게?"

"일곱 마지기는 논 앙이가? 논을 남 줘서 도지 받으면 그기 지주지, 그럼 뭐고? 소작인이가?"

"지주라 카면 멫십 마지기, 멫백 마지기를 가지고 있는 황 참봉 같은 부자를 말하는 기구마. 유산계급을 말한다 그 말이구마. 겨우

논 일곱 마지기 가지고 있는 기 유산계급이 되능게? 그리고 남의
집 셋방에 사는 지주를 봤능게? 안 그렁게?"

"……."

"우리 그이같이 불쌍하고 가난한 사람도 드물 끼구마. 새가 빠지
게 엿을 팔아서 장만한 논 일곱 마지기가 전 재산인데, 그기 무슨
지주란 말잉게."

논 일곱 마지기가 전 재산이라는 말에 아낙네는 여전히 빈정거
리는 투로 재빨리 응수했다.

"논 일곱 마지기뿐 아니라, 금가락지도 억씨기(아주) 많이 사 모
아가지고 있다는 소문이 났는데……."

다른 아낙네도 재미있다는 듯이,

"맞어. 반닫이 속에 꽁꽁 숨겨뒀다 카더라. 히히히 히히히……."

웃어 댔다.

"아이고 얄궂어라. 남의 집 반닫이 속까지 들다봤는 모양이지예.
우째 그런 것까지 다 알고 있을꼬. 나도 몬 본 금가락지를……."

분심이도 그만 슬그머니 웃음이 얼굴에 떠오르고 있었다.

회의 장소인 느티나무 아래에는 벌써 여남은 사람이 나와 담배
를 피우기도 하면서 서성거리고 있었고, 등불을 느티나무 가지에
매달고 있는 젊은이들의 모습도 보였다. 달이 밝은 밤이면 불 없이
그냥 회의를 열었으나, 달이 시원찮을 때는 등불을 서너 개 밝혔다.

한참 뒤에 회의는 마을 인민위원장인 박삼암의 사회로 시작되
었다.

"자아, 여러 동무들, 그럼 지금부터 대회를 시작하기로 하겠심더.
오늘 밤 대회는 무슨 대횐고 하면 에— 지주 숙청 궐기대횝니더. 지

주 숙청, 알겠능게?"

연자방아 위에 올라선 박삼암은 '지주 숙청'이라는 말에 유난히
힘을 주며 소리를 내질렀다. 육십이 넘은 박삼암이었으나, 목소리
에 아직 카랑카랑한 기운이 남아 있었다.

"예—."

대답소리와 함께 수군수군 수군대는 소리가 일어났다.

"조용히들 하소!"

약간 위압적인 어조로 분위기를 내리누르고 나서 말을 이었다.

"에— 오늘 밤의 궐기대회를 지도해 주시기 위해서 나오신 분을
소개하면 다름이 아니라, 면당의 부위원장이신 홍남팔 동뭅니다.
홍남팔 동무로 말하면—."

박삼암의 소개에 의하면, 홍남팔이라는 면당 부위원장은 북쪽에
서 파견되어 내려온 조선노동당의 공작원이라는 것이었다. 면당에
서 지도원이 마을대회에 나오는 일은 극히 드물었는데, 더구나 북
쪽에서 파견되어 온 공작원인 부위원장이 직접 나타나다니…… 마
을 사람들은 호기심과 함께 약간의 두려움이 뒤섞인 그런 눈길로
연자방아 곁에 놓인 걸상에 앉아 있는 사람을 바라보았다.

등불을 서너 개 밝혀 놓기는 했으나, 그다지 밝지가 못해서 얼굴
생김새가 분명히 드러나 보이지는 않았지만, 그런대로 얼른 보기
에 사십이 가까워 보였고, 인상이 몹시 차가운 사람 같았다. 자기
를 소개하는 데도 거의 표정이 없는 싸느랗게 굳어진 얼굴로 뻣뻣
하게 앉아 있기만 했다.

박삼암이 소개를 마치고 연자방아에서 내려오자, 그 홍남팔이라
는 사람은 여전히 굳어진 무표정한 얼굴로 걸상에서 일어났다. 그

리고 천천히 연자방아로 다가서더니 성큼 위로 올라섰다.

"여러 동무들, 반갑쉬다. 방금 박삼암 위원장 동무가 소개했듯이 나는 우리 면당의 부위원장 되는 홍남팔이라는 사람이야요."

그러자 걸상에 와서 앉은 박삼암이 박수를 요란하게 쳤다. 마을 사람들도 덩달아 박수를 쳐댔다. 말하자면 면당 부위원장을 환영하는 인사인 셈이었다. 말이 부위원장이지, 실제로는 위원장 머리 위에 앉아 있는, 면내에서 가장 권한이 센 사람이라는 것을 들어서 알고 있는 터이라 두렵기도 하면서, 순 이북 사투리인 말씨부터가 호기심을 자아내기도 해서 모두들 약간 긴장되고 상기된 그런 얼굴들이었다.

박수가 멎자 홍남팔은 연설을 늘어놓기 시작했다. 이른바 선동 연설이라는 것이었다. 싸늘하게 굳은 무표정한 인상과 마찬가지로 그의 연설하는 투도 판에 박은 듯 빳빳하게 흘러나왔다. 그러면서도 차츰 남의 가슴패기를 콱콱 건드리는 듯한 으스스한 열기 같은 것을 띠어 갔다.

"여러 동무들, 기뻐하시라우요. 우리 인민군대 전사들은 대구를 해방시키고, 부산을 향해설랑 진격하고 있다구요. 남반부 전체 인민들을 제국주의의 쇠사슬로부터 해방시킬 날도 이제 멀지 않았쉬다."

이런 식으로 이따금 공연히 혼자서 주먹을 쥐고 부르르 떨기도 하면서 연설을 늘어놓던 홍남팔의 입에서 이번에는 뜻밖의 말이 튀어나왔다.

"또 한 가지 여러 동무들께 기쁜 소식을 알려 주겠쉬다. 다름이 아니라, 우리 공산주의 형제국인 중화인민공화국의 인민의용군 전

사들도 우리와 보조를 맞추어 해방전쟁에 떨쳐 나왔다는 사실이야
요. 장개석 반동 정부를 까부수기 위해설라무니 대만에 상륙했고,
또 이 기회에 일본까지 해방시키기 위해서 구주에도 쳐들어갔다는
기야요. 참으로 통쾌한 일이 아니고 뭐이외까? 우리 동북아세아의
억압받는 전체 인민들이 해방되는 날도 멀지 않았다 그 말이야요."

　눈썹 하나 까딱하지 않고 예사로 지껄여대는 홍남팔의 말에 마을
사람들은 어리둥절 놀라는 기색들을 감추지 못했다. 중공군이 대만
에 쳐들어가고, 일본의 구주에까지 상륙을 하다니, 그렇다면 그의
말마따나 동북아세아 전체가 전쟁의 불길에 휩싸였다는 말이 아닌
가. 정말 너무나 뜻밖의 놀랍고 어리벙벙한 일이 아닐 수 없었다.

　그게 바로 선동 연설인 것이다. 그러나 터무니없는 연설을 늘어
놓고 있는 홍남팔 자신도 그 말을 전혀 거짓말이라고 생각하질 않
고 있었다. 상부, 즉 군당으로부터 그런 내용의 지령이 내려왔던 것
이다. 동북아세아 전체에 해방전쟁이 개시되었으니, 면내의 인민들
에게 알려서 사기를 돋워 지주 숙청과 토지개혁 사업에 열성적으
로 떨쳐 나오도록 미리 선동해 두라는 내용이었다. 그 지령을 받은
홍남팔은 놀라움에 가슴이 벅차지 않을 수 없었고, 그래서 이렇게
부락의 궐기대회에 직접 나와서 연설을 늘어놓기까지 하고 있는
것이다.

　그 말을 들은 박삼암은 몹시 감격스럽다는 듯이 놀라움과 함께
기쁜 빛을 담뿍 얼굴에 떠올리며 또 냅다 박수를 선도했다. 따라서
모두 박수를 치는데, 여자들 쪽 맨 앞에 앉아서 홍남팔의 얼굴을
빤히 쳐다보며 연설을 듣고 있던 분심이는 남달리 벙실벙실 웃음
까지 웃어가며 요란하게 손뼉을 쳐댔다. 분심이는 정말 가슴이 울

렁울렁 부풀어 오르기까지 하는 모양이었다.

칠성이도 남자들 속에 섞여 앉아 있었다. 그러나 그는 그저 남들이 손뼉을 치니까 자기도 덩달아 몇 번 치고서 멀뚱한 얼굴을 하고 있을 뿐이었다. 동북아세안가 뭔가가 해방전쟁에 휩싸이거나 말거나 자기와는 아무 상관이 없다는 그런 표정이었다. 그리고 동북아세아가 도대체 무슨 말이며, 중화인민공화국이라는 것이 어디쯤에 붙어 있고, 대만은 또 무엇이며, 일본 구주는 어디를 말하는 것인지, 도무지 뭐가 뭔지 잘 알 수조차 없었던 것이다.

그런데 그처럼 멀뚱한 표정을 하고서 남의 일처럼 그저 건성으로 흘려듣고만 있던 칠성이도 잠시 후엔 슬그머니 긴장이 되지 않을 수 없었다. 홍남팔의 입에서 지주 숙청에 관한 연설이 튀어 나오기 시작했던 것이다. 저녁을 먹으면서 분심이한테 들어서 오늘 밤의 회의가 지주 숙청 궐기대회라는 것을 칠성이도 알고 있었고, 또 일곱 마지기 남을 준 자기는 지주 축에 들지도 않는다고 분심이가 단호히 안심을 시키는 것이었으나, 한 가닥 불안을 떨쳐 버릴 수가 없었던 것이다.

"해방이란 무엇을 뜻하는 것인지 알겠쉬까? 여러 동무들과 같은 농민들이 해방이 된다는 것은 곧 지주의 착취로부터 벗어난다는 걸 의미하는 기야요. 그동안 여러 동무들의 피를 빨아 호의호식한 악질 반동 지주들을 이제 우리는 떨쳐 일어나 숙청해야 되갔시요."

그러자 이번에는 박삼암이,

"옳소—."

하고 고함을 지르면서 손뼉을 쳤다.

덩달아서,

"옳소―."

"옳소―."

하는 소리와 함께 또 투닥투닥 박수들을 쳐댔다.

그러나 칠성이는 박수를 치지 않았다. 박수뿐 아니라, '옳소'라는 소리도 지르지 않았다. 자기도 모르게 절로 양쪽 볼이 부루퉁하게 부풀어 올랐고, 약간 상기된 그런 눈으로 홍남팔과 박삼암을 쨰려 보고 있었다.

"반동 지주들을 모조리 숙청하고서 그 농토를 몰수해설라무니 가난한 동무들에게 나누어 주게 될 끼야요. 토지 분배를 실시하는 기지요. 그래서 우리 농촌을 인민의 낙원으로 만들어 나가는 거외 다."

토지 분배라는 말에 칠성이는 또 한 번 가슴이 덜컥하지 않을 수 없었다. 정말 자기는 분심이의 말마따나 지주 축에 들지 않는 것인 지, 만일 그렇지 않고 일곱 마지기나마 남을 준 것도 지주임에 틀림없다면 그러면 어떻게 되는 것인지, 숙청이란 도대체 뭘 어떻게 한다는 말인지, 그리고 지주의 농토를 몰수해서 가난한 사람들에게 나누어 주게 된다니 그럼 자기의 일곱 마지기도 빼앗는다는 것인지…… 도무지 알 수가 없어서 심란하고 뒤숭숭하기만 했다.

'만약 나를 지주로 몰기만 해 봐라. 가만히 있능강. 내 논 일곱 마지기가 어떻게 해서 장만한 긴데, 그걸 빼앗어? 흥, 어림도 없다. 어림도 없어.'

이렇게 속으로 혼자서 투덜거리고 있는데, 누군가가 찔벅 옆구리를 건드리며,

"엿장수 지주 양반, 큰일났네. 우짤랑공?"

하고 재미삼아서 빈정거리는 것이 아닌가. 나이가 사십을 훨씬 넘었으면서도 사람이 싱거워서 곧잘 장난 같은 실없는 짓을 잘 하는 이웃에 사는 어른이었다.

가뜩이나 뒤숭숭한 판인데 남의 비위를 건드리다니, 칠성이는 발칵 화가 치밀지 않을 수 없었다.

"내가 무슨 지준게? 나보다 가난한 사람이 누가 있능게?"

그러나 주위에 앉은 사람들이 모두 히들히들 웃었고, 어떤 사람은 재미있다는 듯이,

"악질 반동 지주는 아니라도, 명색이 지주는 지주 앙이가. 우리 동네에 지주가 둘 있다는 건 자타가 다 아는 일인데 뭐, 허허허……."

더욱 약을 올려 댔다.

"조용히들 하소!"

박삼암이 소리를 질렀고, 홍남팔은 무슨 일인가 싶은 듯 잠시 말을 멈추고 바라보다가 연설을 계속해 나갔다.

홍남팔의 선동 연설이 끝나자, 다음은 찬성 토론이었다.

"자, 여러 동무들, 면당 부위원장 동무의 좋은 말씀 잘 들었지요? 참으로 고맙고 감격스러운 말씀이었심더. 그럼 다음은 찬성 토론이 있겠심더. 누구든지 자진해서 나와 열렬한 찬성 토론을 해주시기 바랍니더."

박삼암의 말이 떨어지기가 무섭게 마치 기다리고 있기라도 했다는 듯이,

"예!"

손을 번쩍 쳐들며 일어선 것은 분심이었다.

"좋아요. 분심이 동무 어서 나와서 찬성 토론을 하소."

박삼암은 흐뭇한 표정을 지었고, 박삼암과 나란히 걸상에 앉은 홍남팔은 여전히 싸늘하게 굳은 얼굴로 그러나 눈여겨 분심이를 바라보았다.

분심이는 연단인 연자방아에 올라서기 전에 먼저 홍남팔 쪽으로 몇 걸음 다가가서 머리를 깊숙이 숙이며,

"저 추분심이라고 해예."

하고 자기의 성명까지 신고를 하듯 알렸다.

홍남팔은 살짝 고개를 끄덕였을 뿐, 여전히 별다른 표정의 변화를 보이지 않았다. 그러나 속으로는 꽤 활달하면서도 반반하게 생긴 여자로구나 하고 생각하고 있었다.

연자방아 위에 올라선 분심이는 마을 사람들을 향해서도 꾸벅 깊이 머리를 숙였다. 어딘지 모르게 여느 때의 찬성 토론 때보다 한결 진지한 태도였고, 들떠 있는 듯도 했다.

"오늘 밤 귀하신 면당 부위원장 동무를 모신 궐기대회에서 지가 이렇게 찬성 토론을 하게 된 것을 정말 무한한 영광으로 생각해예. 지는 여러 동무들께서 너무나 잘 아다시피 이 회룡리 마을에서 태어나지도 안 했고, 자라지도 안 했심더. 떠돌이 신세로 흘러들어왔다고 해도 과언이 아닌 보잘것없는 가련한 여잡니다. 그렇기 때문에 남달리 설움도 많이 겪었심더. 오늘 밤 우리 회룡리의 지주 숙청 궐기대회에 지가 부끄럼을 무릅쓰고 맨 먼저 찬성 토론을 할라고 이렇게 나선 것은 누구보다도 가슴에 맺힌 원한이 크기 때문입니더."

이렇게 시작된 분심이의 찬성 토론은 여느 때보다 월등히 열기

를 띠며 거침없이 줄줄 쏟아져 나왔다. '우리 회룡리의 악질 반동 지주인 황 참봉 영감은' 하고 서슴없이 황 참봉을 직접 들먹이며 자기가 당한 일을 하소연 하듯 늘어놓을 때는 울먹이는 듯 목소리가 격정에 떨기까지 했다. 칠성이를 사이에 두고 말하자면 자기와 황 참봉 쪽에서 서로 차지하려고 밀고 당긴, 그런 지극히 사사로운 사연에 불과했는데도, 그래서 어느 날 밤 한 번 소동이 벌어졌을 뿐인데도 마치 그것이 무슨 텃세하는 악질 지주의 횡포인 양 몰아붙였다.

분심이의 그런 찬성 토론을 누구보다도 홍남팔이 귀담아 듣고 있는 것 같았다. 여전히 표정은 냉랭하게 굳어진 채였으나, 이따금 고개를 돌려 힐끗힐끗 분심이를 쳐다보는 눈빛이 날카로웠다.

황 참봉을 '그 영감' '그 반동 지주' 심지어는 '그 악질 영감쟁이' 하고 사정없이 내뱉으며 몰아붙여 대는 분심이의 악에 받친 말주변에 마을 사람들은 어리둥절 놀라는 기색들이 역력했다. 술집의 한낱 작부에 불과했던 여자가 어쩌면 저렇게 거침없이 잘도 지껄여 대는지, 물론 언변의 전후가 조리 정연한 것은 결코 아니었지만, 다른 대회에서의 찬성 토론 때보다 월등히 열기를 담아 격정을 내뿜어 대기도 하는 것이 마치 무슨 원한에 사무쳐서 살짝 신들리기까지 한 여자 같아 두려움에 혀를 내두르는 사람도 적지 않았다. 개중에는 저 가시나가 제 세상을 만났다고 해대는 꼬락서니를 보니 필경 무슨 끔찍한 일을 저지르고야 말 것만 같은 생각이 들어 공포의 눈길로 바라보는 사람도 있었다.

그런 분심이의 찬성 토론에 두려움과 반감, 혹은 증오를 느끼며 말없이 듣고 있는 것은 대체로 황 씨들이었다. 황 씨 성바지의 종가이며 수장이라고 할 수 있는 황 참봉을 마구 욕지거리를 하듯 몰아붙여 대니 그럴 수밖에 없었다. 주먹을 불끈 쥐고 어금니를 뿌드득 물며 속으로 저년을 그저 그저…… 하면서 분심이를 매섭게 노려보고 있는 젊은이도 없지가 않았다.

황 씨 성바지보다는 수효가 적고, 사는 형편도 대체로 밑도는 박 씨들은 분심이의 광기에 가까운 열변을 어리둥절 놀란 얼굴들을 하고 듣고 있었으나, 속으로는 결코 기분들이 나쁘지가 않았다. 그동안 대대로 황 씨네에게 끓려 살아온 자기네 박 씨의 심정을 분심이가 나서서 시원하게 대변해서 풀어주고 있는 것만 같아서 은근히 고소하게 느끼고 있는 사람도 적지가 않았다. 걸상에 제법 점잖게 앉아서 분심이 동무가 제법 놀랍고 대견하다는 듯이 흐뭇한 표정을 하고 있는 박삼암이 어쩌면 박 씨네의 심정을 솔직하게 얼굴에 드러내고 있는지도 몰랐다.

황 씨도 박 씨도 아닌 외톨박이 마가인 칠성이는 성씨에 얽힌 그런 심사는 조금도 없었으나, 누구 못지않게 심정이 착잡하고 입맛이 쓰고 떫었다. 자기를 거두어 길러준 은인인 셈인 황 참봉을 악질 영감쟁이라고까지 하며 몰아붙이고 있으니 기분이 좋을 리가 없고, 또 그렇게 마구잡이로 헐뜯어 대는 그 찬성 토론자가 다름 아닌 바로 자기의 계집인 분심이니 더욱 심사가 맹랑하지 않을 수 없었다. 분심이가 황 참봉을 몰아붙이는 까닭이 바로 자기를 연선이에게 빼앗기지 않으려고 했던 그 말하자면 사랑싸움 탓인 셈이니 더더욱 얄궂고 뒤숭숭하기만 했다. 뿐만 아니라 반동 지주니 악질 지주니 하고 지주를 몰아붙이는 자체가 심히 못마땅하기도 한 것이었다. 겨우 일곱 마지기를 남을 주기는 했으나, 어쨌든 자기도 지주는 지주인 셈이니 그럴 수밖에 없었다.

그래서 생각 같아서는 그만 벌떡 일어나 뛰어나가서,

"야 이년아, 그만두지 몬 할끼가!"

냅다 소리를 지르며 분심이를 연자방아 위에서 끌어내리고 싶었으나, 그럴 수는 없는 일이라는 것을 칠성도 잘 아는 터이라, 그저 벌레 씹은 얼굴을 하고서 꾹 참으며 듣고 있는 수밖에 없었다.

어지간히 할 말을 다 뱉어놓은 분심이는 숨이 찬 듯 후훅 한 번 큰 숨을 들이쉬었다. 그리고 마지막으로 한쪽 손을 주먹 쥐고 불끈 밤하늘을 찌르듯 치켜들며,

"회룡리의 악질 반동 주지 황 참봉을 숙청합시더! 없애 삐립시더."

하고 고함을 내질렀다. 마치 실성해서 악을 쓰는 것 같았다.

그러고는 자기도 이제 정신이 얼얼한 듯 꾸벅 절을 하는 둥 마는 둥 하고는 연자방아에서 뛰어내려 제자리로 가서 털썩 무너지듯 아무렇게나 주저앉아 버렸다.

박수를 선도한 것은 이번에도 박삼암이었고, 투닥투닥 덩달아 또 박수소리가 일어났다. 그러나 박수를 치지 않는 사람도 적지가 않았다.

"자, 또 찬성 토론을 할 동무 없능게?"

박삼암이 다음의 찬성 토론을 유도했으나, 아무도 나서는 사람이 없었다. 분심이의 찬성 토론에 질려버린 것 같은 분위기였다.

"자, 또 없소? 찬성 토론할 동무 없능가 말이구마."

그러자 누군가가,

"예."

하고 손을 쳐들었다.

"어서 나와서 하소."

슬그머니 일어선 것은 어떤 젊은이였다.

"지는 토론을 할라 카는 기 앙이고, 저…… 한 가지 물어보겠심더."

"뭔데? 물어보소."

박삼암이 약간 퉁명스럽게 대답했다.

"다름이 아니라, 지주를 숙청한다는데, 뭘 우짜능 기 숙청인지 그걸 알고 싶심더."

그러자 박삼암이 좀 난처한 듯한 표정을 지으며 옆에 앉은 홍남팔을 돌아보았다.

홍남팔은 잠시 생각하는 듯하더니 불쑥,

"그건 차차 알게 될 꺼야요."

하고 무뚝뚝하게 자르듯 대답했다.

젊은이는 불만이었으나, 슬그머니 도로 자리에 앉는 수밖에 없었다.

"나도 한 가지 물어보겠심더."

손을 들며 일어선 것은 칠성이였다. 모든 사람들의 시선이 칠성이에게로 집중되었다.

"저…… 논 일곱 마지기를 남 줬는데, 그것도 지주가 되능강 우짜능강 싶어서예."

그러자 그만 여기저기서 킥킥킥 웃음들이 일어나고 말았다. 박삼암도 약간 어이가 없는 듯 히죽이 웃고 있었고, 홍남팔도 그제야 처음으로 냉랭하게 굳어져만 있던 표정이 슬그머니 풀어지며 비시

그레 이지러지는 듯한 냉소를 떠올렸다. 그리고 박삼암에게 뭐라고 몇 마디 물어보고 나더니,

"그것도 지주는 지주야요."

하고 대답했다.

8

무슨 인기척이 있어서 칠성이는 잠을 깼다. 도무지 잠을 이루지 못하고 거의 뜬눈으로 밤을 새우는 듯하다가 새벽녘에 겨우 어떻게 설핏 눈을 붙였는데, 방문 여는 소리 같은 것이 났던 것이다.

분심이가 들어서고 있었다. 간밤의 지주 숙청 궐기대회를 마치고, 그 걸음으로 상부에 바칠 메시지를 만드는 일에 가담해서 밤을 새워 그 메시지의 가장자리에 수를 새기고서 이제야 집에 돌아오는 것이었다.

칠성이는 눈에 핏발이 뻗치는 듯한 느낌이었다. 그러나 숨을 죽이고 그대로 가만히 자는 체 꼼짝도 하질 않았다.

분심이는 커다랗게 하품을 하며 적삼과 치마폭을 벗어 아무렇게나 한쪽 구석에 던졌다. 그리고 이제부터 잠을 잘 모양으로 슬그머니 자리에 누우려 들었다.

"어디 갔다 오는 기고?"

칠성이가 퉁명스럽게 물었다.

"자는 줄 알았더니……."

"어디 갔다 오노 말이다."

칠성이의 목소리가 한층 높아지자, 분심이도,

"몰라서 묻는게?"

대거리를 하듯 말했다.

"내가 우째 아노. 어디 가서 뭘 하고 오는동 내가 따라가 봤나, 우째 안단 말이고."

"멧세지 만들고 안 왔능게."

"멧세지가 뭐 말라비틀어진 기고?"

"뭐라고예?"

이번에는 분심이가 발끈해졌다. 메시지가 뭐 말라비틀어진 기라니, 너무나 뜻밖의 말에 분심이는 어처구니가 없는 듯한 눈길로 칠성이를 내려다보았다.

칠성이는 벌떡 일어나 앉으며 내뱉었다.

"멧세진가 지랄인가 그기 뭐 말라비틀어진 긴가 말이다. 그기 도대체 뭐 하는 기고? 응?"

"아니, 당신 와 이카능게? 베란간…… 참 얄궂대이."

"누가 얄궂은동 모르겠다. 지주 숙청하라고 멧세진동 문딩인동 만들어 바치는 거 앙이고 뭐고. 안 그러나?"

"……."

"나도 숙청당했으면 좋겠다 그기제?"

"헤헤헤……."

분심이는 그만 같잖고 우스운 모양이었다.

"와 웃노? 그기 앙이고 그럼 뭐고? 어제 저녁에 그 면당 부위원장인가 뭔가가 말 안 하더나. 일곱 마지기 남 준 것도 지주는 지주라고."

"지주면 다 숙청하는 줄 아능게? 당신 같은 지주는 남의 논 많이 부치는 소작인보다 훨씬 몬 하니까, 아무 걱정 없구마. 절대로 숙청 안 하느마."

"니가 우째 아노? 니 맘대로 하나?"

"두고 보라니까 그러네."

조금 울화가 수그러지는 듯하던 칠성이는 다시 윽박지르듯이 말했다.

"그리고 니 어제 저녁에 그기 뭐고? 무슨 지랄이고?"

"뭐가 말잉게?"

"몰라서 묻나? 엊저녁 일을 벌써 잊어삐렀나?"

"엊저녁에 내가 잘못한 기 뭐 있능게?"

"그럼 그기 잘한 기가? 와 핼 니가 나서서 지주를 숙청하라고 그 지랄이고 말이다. 나도 명색이 지준데……."

"내가 언제 당신 숙청하라 카덩게? 황 참봉 그 악질 지주를 숙청하라 캤지."

"황 참봉이 악질 지준지 아닌지 니가 우째 아노? 니가 이 동네에 살아 봤나?"

"꼭 살아 봐야만 아능게? 한 가지를 보면 열 가지를 아느마. 악질이 아니면 그렇게 남을 업신여기고, 몬살게 할 수가 있능게? 저거 집 머슴을 시켜서 개 끌 듯이 질질 끌어내게 한 기 누궁게? 내가 잘몬한 기 뭐 있었능게? 당신 좋아한 기 잘못잉게? 당신도 날 좋아해서 같이 살자 캤는데, 그기 뭐가 잘못이란 말잉게? 안 그렁게?"

"……."

"뭐, 다시는 칠성이를 찾아오지 말라고…… 찾아오면 가만두지 않는다고…… 흥! 자기가 뭔데. 이 동네가 뭐 자기 혼자만 사는 동넨강. 지 동넨강. 칠성이가 누군데…… 당신이 뭐 자기 자식이나 되는강. 지 맘대로 할라 카구로. 끌어내다가 실컨 좀 뚜디리 패주라고…… 다시는 얼씬도 몬하게 맛을 단단히 좀 보여 주라고…… 그런 영감쟁이가 악질이 아니고 뭐란 말잉게? 악질 중에서도 최고 악질이고, 최고 반동이구마. 그런 영감쟁이는 맛을 단단히 봐야 되느마. 절대로 가만히 두면 안 되느마. 숙청을 해야 되느마. 숙청을!"

분심이는 어제 저녁의 그 광기 비슷한 격정이 되살아 오르기라도 하는 듯 주먹을 쥐고 바르르 떨기까지 했다.

그 서슬에 눌린 듯 칠성이는 어이가 없는 것처럼 멍하게 분심이를 바라보고 있다가 사내가 계집에게 질 수는 없다는 듯이 벌컥 화를 내어 내뱉었다.

"듣기 싫어! 숙청 숙청 캐쌓지 말어!"

"와예? 와 몬 카능게?"

"글쎄, 듣기 싫단 말이다. 그놈의 소리 내사 진절머리가 나니까, 좌우간 내 앞에서는 지주니 반동이니 숙청이니 그런 말 다시는 꺼내지 말어. 그런 말 하고 싶거든 면당 부위원장인가 뭔가 하는 그 작자 앞에나 가서 캐!"

"헤헤헤……."

격정에 휘말려 있으면서도 분심이는 그만 웃음이 나오는 모양이었다.

"와 웃노? 내 말이 틀렀나? 엊저녁에 보니까 그 홍남팔인가 홍나발인가 그누묵 자석한테 잘 빌라고 어지간히 꼬리를 쳐쌓더네."

"꼬리를 쳤다고? 내가?"

"그래. 그기 꼬리를 친 기 앙이고 뭐고?"

"헤헤헤 헤헤헤……."

"이누묵 가시나야, 와 자꾸 웃노. 남의 애를 터줄라고 웃나?"

"당신 참 좋은 사나(사내)예. 그래서 내가 당신을 좋아했지. 히히 히……."

분심이는 그만 살짝 칠성이의 목을 휘감아 안는 것이었다.

"싫다 말이다. 저리 가!"

목소리는 여전히 거칠었으나, 표정은 현저히 누그러져 보였고, 떠밀어내는 몸짓도 부드러웠다.

그러자 분심이는 더욱 찰싹 달라붙으며 그만 칠성이의 입술을 쭐쭐쭐 마구 빨아대는 것이었다.

"아이구, 와 이카노. 이기 미쳤나. 누가 좋다 카나……."

"내사 좋구마."

"이기 어디 가서 멧세진가 지랄인가 만든다고 밤을 새우고 와서 와 이카노. 무슨 기운이 있어서…… 나도 잠을 몬 자서 기운이 하나도 없다 앙이가. 저리 가아라. 잠이나 자자."

"싫구마. 오래간만 아닝게."

"오래간만은 뭐가 오래간만이고? 저리 가아라 카이. 아니 이기 정말로 카나…… 아이구 아이구…… ㅎㅎㅎ ㅎㅎㅎ……."

칠성이는 그만 지르르 침을 흘리며 비실 무너지듯 쓰러져서 그녀가 하는 대로 몸을 내맡겨 버렸다.

잠시 후, 칠성이는 이마와 가슴패기에 끈적끈적하게 내밴 땀을 손바닥으로 썩썩 대강 닦았다. 그리고 그대로 천장을 향해 누워 거칠어진 숨을 가라앉히고 나서 옆을 돌아보았다. 아랫도리만 대강

가린 채 분심이 역시 아무렇게나 벌렁 사지를 내던지고 누워 가만 가만 숨을 가다듬고 있었다.

"여보."

칠성이가 부드러운 목소리로 나직이 불렀다.

"응."

분심이는 가만히 그대로 누운 채 들릴 듯 말 듯 대답했다.

"당신 너무 그러지 마아."

"뭐를?"

"황 참봉 어른한테 너무 그러지 말았으면 좋겠어."

"……."

"그 어른은 내 은인 앙이가. 나를 키워준 분이란 말이다. 세 살 때 부터 난 그 집에서 살았던 기라. 그 어른이 아니었더라면 난 우째 됐을동 모르는 기라. 그 어른이 불쌍타고 거두어 키워줬기 때문에 이렇게 당신도 만나게 된 거 앙이가. 안 그러나?"

분심이는 말없이 다소곳이 듣고만 있었다. 몸이 확 풀린 것처럼 개운하면서 나른한 게 기분이 좋기도 했고, 또 난데없이 칠성이가 당신, 당신 하고 부르는 게 조금 낯간지러우면서도 결코 싫지가 않았던 것이다.

"그 어른이 당신한테 좀 섭섭하게 한 것은 당신이 밉어서가 아니라, 나를 당신한테 뺏기지 않을라고 그렁 거 앙이가. 자기 사우를 삼을라고 말이다. 그래 된 걸 가지고 감정을 묵고서 그렇게 악질 지주로 몰아붙여 숙청을 하라 카면 우짜는 기고? 내 입장도 좀 생각해 줘야제."

"……."

"그 어른이 엄할 때는 엄하지만, 인정도 있는 분이라니까. 내가 잘 알어. 자기 딸 연선이가 불쌍해서 그렁 기지, 어디 당신이 밉어서 그랬나."

"뭐라고예?"

다소곳이 듣고만 있던 분심이가 또 불쑥 입을 열었다. 그 말에는 아무래도 못 참겠는 모양이었다.

"연선이 그년만 불쌍하고, 난 불쌍하지 않다 그 말잉게?"

"허허, 또 이카네. 내 말은 그기 아니라……."

"그기 아니고 뭉게? 결국 연선이 그년 편을 드는 기 아니고 뭐란 말잉게?"

"내가 언제 연선이 편을 들더노?"

칠성이도 그만 다시 벌컥 언성을 높였다.

"그럼 뭉게? 뭉게? 그년, 병신년, 그년도 지 애비와 함께 숙청을 해삐리야 돼. 숙청을, 숙청을……."

마치 발작이라도 일으킨 사람처럼 분심이는 벌떡 일어나 옷을 아무렇게나 팔다리에 꿰며 소리소리 질렀다. 옷을 주워 입고 당장 달려가서 연선이를 요절이라도 내버릴 듯이 말이다.

칠성이는 어처구니가 없는 듯 몸을 일으키려다 말고 도로 그대로 번듯이 누워서 분심이를 멀뚱히 쳐다보고만 있었다. 뭐 저런 인간이 다 있는가 싶었다.

그때 마침 안채에서 방문이 열리고, 토골댁이 마루로 나와 뜰로 내려서며,

"새벽부터 와 저카노? 무슨 일이고?"

투덜거리듯 말했다.

그 바람에 분심이는 수그러들었다. 풀썩 주저앉아 헐떡헐떡 거친 숨을 몰아쉬었다.

토골댁이 뒷간 쪽으로 사라진 다음, 칠성이는 입맛을 두어 번 쩝쩝 다시고 나서,

"당신 참 얄궂다. 와카노? 혼자 몸도 아니면서……."

하고 다시 타이르려는 듯이 입을 열었다.

분심이는 아무 반응이 없었다.

"알라를 밴 여자가 그렇게 자꾸 화를 내면 우짜노. 대회 때마다 맨날 나서서 토론을 해쌓는 것도 몸에 안 좋고, 밤을 새워서 멧세진가 뭔가 만드는 것도 알라한테 해롭운 기라. 뱃속의 알라를 생각해서 그런 짓 인제 그만두고, 좀 얌전히 집 안에 들어앉아 있어 도고."

그러자 분심이는 그만,

"헤헤헤……."

묘하게 웃고는,

"아으윽—."

크게 하품을 했다. 그리고 얼른 넘어지듯이 그 자리에 쓰러져 칠성이 쪽으로 등을 돌리고 누우며,

"알라 좋아하네."

들릴 듯 말 듯 중얼거렸다.

칠성이는 귀가 번쩍했다.

"알라 좋아하다니, 그럼 알라 안 뱄단 말이가?"

"……."

"응? 말해 봐. 말해 보라니까."

"……."

"와 아무 말이 없노? 응? 응?"

칠성이는 그만 벌떡 일어나 분심이를 냅다 흔들어 댔다.

분심이는 바짝 온몸에 힘을 주며 움츠러들었다.

"안 뺐구나. 맞제? 그제?"

"……."

"이누묵 가시나, 거짓말했구나. 에라잇 가시나!"

냅다 그만 칠성이는 분심이의 머리끄덩이를 두 손으로 덥석 거머쥐고 불끈 일으켜 세웠다.

"아이괴야! 와 이카노? 와? 와?"

분심이도 마구 악을 써댔다.

"이누묵 거짓말쟁이 가시나! 나가! 나가! 썩 꺼져 삐려!"

분해서 못 견디겠는 듯 칠성이는 냅다 분심이를 왈칵왈칵 끌어다가 방 밖으로 사정없이 떠밀어 냈다.

"아이고메— 사람 죽네—."

호들갑스럽게 악을 쓰며 쪽마루를 헛짚어 땅바닥으로 굴러떨어진 분심이는 입에 거품을 물고,

"죽이라! 죽이! 죽이!"

하면서 방 안으로 도로 뛰어들려고 했다.

"꺼지란 말이다! 꺼져!"

그만 칠성이는 방문으로 들이미는 분심이의 낯바닥을 주먹으로 한 대 사정없이 갈겨 버렸다.

"아이쿠—."

비명과 함께 두 손으로 얼굴을 감싸며 비실거리는 그녀를 이번

에는 냅다 발길로 아랫배를 콱 내질러 주었다.

"으악―."

분심이는 벌렁 아무렇게나 땅바닥에 나가떨어지고 말았다.

"뒈져! 뒈져! 니깐 년은 뒈져야 싸!"

칠성이는 도저히 참을 수 없는 배신을 당해서 눈이 뒤집힌 사람처럼 씩씩거리며 마구 퍼부어 댔다.

땅바닥에 아무렇게나 벌렁 늘어진 분심이는 꿈틀거리기만 할 뿐, 이제 아무 소리도 없었다. 입 밖으로 거품이 부글부글 끓어서 흘러나오고 있었다.

뒷간에서 볼일을 마치고 나오던 토골댁이 그 광경을 보고 놀라,

"아니, 이기 무슨 일이고? 이기? 새벽부터……."

두 눈이 휘둥그레지며 후닥닥 땅바닥에 늘어진 분심이에게로 다가갔다.

9

면내에 역산 몰수 선풍이 분 것은 며칠 뒤의 일이었다. 역산이란 반역자의 재산을 말한다. 그러니까 소위 반동분자와 지주들의 가산을 몰수하는 소동이었다. 몰수라고는 했지만, 우선 당장은 라디오나 시계, 재봉틀 같은 요긴한 물건만 가져가고, 나머지 쓸 만한 가재도구에는 딱지를 붙여 놓는 것이었다. 압수했으니 손대지 말라는 표시로 말이다. 나중에 상부의 지령에 따라 처분한다는 것이었다. 말하자면 공산당 권력이 공공연히 자행한 강제수탈인 셈이

었다. 재판을 거친 것도 아니고, 무슨 절차를 제대로 밟은 것도 아니었다. 그저 상부의 지령에 의해서 고장마다 저희끼리 적당히 주먹구구식으로 역산가옥을 추려내어 집행을 한 것이었다.

황 참봉네 집의 가산도 물론 역산으로 지목되어 몰수를 당했다.

아침나절이었다. 누군가가 바깥에서 대문을 쾅쾅 요란하게 두들겼다.

"문 열어! 문! 문 열어!"

남자의 거친 목소리였다.

황 참봉네 집 대문은 세상이 뒤집혀 공산당 치하가 된 뒤로는 밤이나 낮이나 늘 안으로 빗장이 걸려 있었다.

"누궁게?"

하면서 조심조심 대문간으로 간 것은 술이네였다.

"문 열어! 어서 열란 말이다!"

"누구신지……?"

"열어 보면 알 끼니까, 어서 열어!"

버럭 고함소리와 함께 쾅! 하고 발길로 대문짝을 걷어차는 바람에 놀라 술이네는 후닥닥 빗장을 뺐다.

대문을 밀고 들어선 것은 세 사람이었다. 두 사람은 장총을 메고 있었고, 한 사람은 이 더운 여름에 웬 도리우찌 모자를 쓰고 있었다. 장총을 멘 두 사람은 젊은 녀석인데, 둘 다 한쪽 팔에는 붉은 완장을 차고 있었다. 삼십이 훨씬 넘어 보이는 도리우찌는 한 손에 뭔지 신문지에 싼 것을 들고 있었다.

"이 집이 황운갑 집 맞지?"

도리우찌가 확인을 하듯 물었다.

"예, 맞심더."

"영감 어딨노?"

"저 사랑채에 계십니더."

술이네가 사랑채 쪽을 가리켰다.

그러나 도리우찌는 그쪽으로 가는 것이 아니라, 성큼성큼 안채로 향했다. 장총을 멘 두 녀석도 뒤따랐다.

그때 황 참봉은 사랑방에서 배에 뜸을 뜨고 있었다. 세상이 공산당 손아귀에 들어가자, 한동안 황 참봉은 불안과 공포에 휩싸여 입맛까지 잃고 침울한 나날을 보냈으나, 하늘이 무너져도 솟아날 구멍이 있다고 했지 않느냐, 호랑이한테 물려가도 정신만 차리면 살수 있다고 하지 않느냐, 이렇게 생각을 고쳐먹고, 절대로 공산당 세상이 오래 갈 턱이 없으니, 도로 뒤집힐 때까지 마음을 단단히 먹고 견디며 기다리기로 작심을 했던 것이다. 그래서 다시 뜸을 뜨기 시작했다. 조반을 먹고 좀 배가 꺼진 다음 아직 덜 더운 아침나절에 매일 뜸을 뜨고 있는 것이었다.

벽에 기대앉아 배를 까내 놓고 배꼽 아래 단전에다가 뜸쑥을 세워 불을 붙이고 있는데, 대문 쪽에서 떠들썩한 소리가 들려왔다. 황 참봉은 무슨 일인가 하고 가만히 귀를 기울였다. 아무래도 예삿일이 아닌 것 같았다. 어쩌면 올 것이 마침내 닥쳐온 게 아닌가 싶었다. 덜컥 가슴이 내려앉는 듯했으나 황 참봉은 지그시 눈을 감고 이를 악물었다.

"견디야지. 견디야지. 암, 견디야 되고말고. 음—."

타들어가는 쑥이 다 타서 뱃가죽에서 뜨거운 기운이 스르르 사라질 때까지 이맛살을 온통 찌푸려가며 견디어 낸 다음, 황 참봉은 단전에 남은 재를 훅 불어 버리고 일어나 바지춤을 여몄다. 그리고 아랫배에 지그시 힘을 주며 밖으로 나가보았다.

안채 마루에 웬 도리우찌를 쓴 녀석이 걸터앉아 무슨 신문지에 싼 것을 펼치고 있었다. 그 곁에 장총을 멘 두 녀석이 서 있었다.

황 참봉은 다시 가슴이 덜컥 내려앉는 것을 어쩌지 못했다. 그러나 단전에 꾹 힘을 가하여 애써 태연히 뒷짐을 지고 천천히 그쪽으로 걸음을 옮겼다.

"무슨 일들잉게?"

황 참봉의 말에,

"영감이 황운갑이요?"

하고 도리우찌는 마루에 걸터앉은 그대로 황 참봉을 쩨려보듯 바라보았다.

"그렇소만……."

"역산 몰수를 하로 왔구마."

"역산 몰수라니?"

"영감은 반동 지주 아닝게. 반동들의 재산을 몰수한다 그 말이구마."

무뚝뚝하게 내뱉는 도리우찌의 말에 황 참봉은 그만 굳게 입을 다물어 버렸다. 내가 어째서 반동 지주냐고 대거리를 한다는 것은 무모하기 짝이 없는 짓이라는 것을 칠십 년 가까이 세상을 산 황 참봉은 잘 알고 있었던 것이다.

도리우찌가 신문을 펼쳐 꺼낸 것은 한 뭉치의 종잇조각이었다. 폭이 오 센티에 길이가 십 센티가량 되는 창호지 조각들인데, 종이마다 제법 큼직한 네모진 도장이 쿡쿡 붉게 찍혀 있었다. 자기네의 관인인 모양이었다.

장총을 메고 대기하고 서 있는 두 녀석에게 그것을 한 움큼씩 나누어 주며 도리우찌는 명령을 내렸다.

"자, 행동 개시!"

그것을 받아 쥔 두 녀석은 신을 신은 채 성큼 마루로 뛰어올라, 한 녀석은 큰방으로, 한 녀석을 작은방으로 저벅저벅 마구 걸어 들어가는 것이었다.

"아이고 우야꼬―."

"이기 무슨 짓들이고―."

"아이고 얄궂어라. 얄궂어라―."

그때까지 그저 놀란 얼굴로 지켜보고만 있던 성주댁이랑 며느리, 그리고 술이네가 비명을 지르듯 말했다. 대청 한쪽에 앉아 수를 새기고 있던 연선이이도 얼굴이 노오래지며,

"우야꼬 우야꼬……."

어찌할 바를 몰랐다.

뒤뜰 감나무 밑에 놓인 살평상에서 놀다가 난데없는 침입자에 놀라 대청으로 올라선 병호랑 두 동생들도 덜컥 겁을 집어먹고 눈들이 휘둥그레져 있었다.

그러자 도리우찌가,

"모두 이리 나와! 이리!"

하고 호통을 치듯 소리를 질렀다.

가족들은 모두 겁에 질려 도리우찌가 시키는 대로 마당으로 내려섰다.

큰방으로 들어간 녀석이,

"야, 이거 억씨기 큰 시계가 있다!"

놀란 듯이 소리를 질렀다.

"무슨 시계고?"

마루에 걸터앉은 도리우찌가 기웃이 방 안을 들여다보았다.

"벽시계입니더. 이것도 그냥 딱지를 붙여 놓을까요?"

"그건 이리 들어내."

"예, 알겠심더."

녀석이 커다란 괘종시계를 벽에서 떼 내어 도리우찌 앞의 마룻바
닥에 갖다 눕혔다.

이번에는 작은방에서,

"재봉틀이 있어요!"

하는 소리가 들렸다.

"재봉틀도 있나?"

도리우찌는 절로 표정이 활짝 밝아졌다.

"예!"

"그것도 이리 들어내."

"예!"

앉아서 손으로 돌리며 바느질을 하는 재봉틀이었다. 며느리인 병
호 엄마, 즉 부면장댁이 시집올 때 가지고 온 것이었다.

그것을 들고 나오자, 병호 엄마는 그만, 자기도 모르게,

"안 돼예! 안 돼! 그건 안 되느마."

하고 소리를 지르며 와르르 달려 나가려 했다.

얼른 황 참봉이 며느리를 붙들었다.

"가만 둬라. 그런다고 되는 기 앙이다. 가만히 두고 보자."

"아부님, 가만 두다니예. 저걸 가져가 삐리면 우짜란 말입니꼬?"

그러자 황 참봉은 들릴 듯 말 듯 낮은 목소리로,

"곧 되돌아 올 끼니까 걱정 말아라."

하고 말했다.

그게 무슨 뜻인가 싶은 듯 병호 엄마는 약간 두려운 눈길로 시아버지를 힐끗 바라보았다.

그렇게 녀석들이 들어낼 것은 들어내고, 이것저것 쓸 만한 가재도구에 딱지를 붙여나가고 있을 때였다. 난데없이 천지가 진동하는 듯한 요란한 폭음 소리가 터졌다. 회룡산 쪽이었다. 산등성이를 넘어 비행기 한 대가 날아들어 마치 머리 위를 스치듯 지나갔던 것이다. 온통 회룡리 전체가 망그러져 버리는가 싶을 정도의 굉음이었다.

제트기였다. 제트기가 저공으로 날아 면소재지인 남구리를 향해 이번에는 탕탕탕탕 탕탕탕탕…… 마구 총을 쏘아 대는 것이었다. 기관포였다. 그 소리 역시 어찌나 크게 울리는지, 귀가 멍멍해질 지경이었다.

모두 혼이 나간 듯 어리둥절한 얼굴로 기관포 소리가 울리는 쪽을 바라보았다. 황 참봉네 가족들은 말할 것도 없고, 역산을 몰수한답시고 설쳐대던 세 녀석들도 넋을 잃고 입이 딱 벌어진 채 멀뚱히 서 있었다.

제트기의 폭음 소리는 어느덧 멀리 읍내 쪽으로 사라져 갔고, 곧 탕탕탕탕 탕탕탕탕…… 그쪽에서 기관포 소리가 울렸다.

황 참봉은 가만히 회심의 미소를 짓고 있었다. 속으로,

"멀지 않았어. 암, 멀지 않았고말고."

하고 중얼거리면서 말이다.

10

역산 몰수라 하여 황 참봉네 집 가재도구에 딱지를 붙이고, 일부 값진 물건을 들고 가 버렸다는 얘기를 들은 칠성이는 그날 밤 잠을 이루지 못했다. 자기도 명색이 지주인 셈이니, 어쩌면 다음은 자기 집을 덮칠지도 모른다는 생각 때문이었다. 덮쳐봤자 가져갈 만한 물건이라곤 쥐뿔도 없고, 딱지를 붙일 가재도구도 없었다. 그러나 덜컥 걱정이 되는 것은 윗목에 놓인 방 안의 유일한 가구라고 할 수 있는 반닫이였다. 오래 되어 낡아빠진 반닫이 그 물건 자체가 무슨 걱정이겠는가. 그 속 깊숙한 밑바닥에 간직되어 있는 금가락지 주머니 말이다. 혹시나 반닫이를 열어 속을 뒤져보기라도 하는 날이면 틀림없이 눈들이 휘둥그레질 게 아닌가. 이게 웬 떡이냐, 웬 횡재냐 하고 그 금가락지 뭉치를 몽땅 가져가 버릴 게 뻔했다.

그것을 빼앗기다니 될 말이 아니었다. 그게 어떤 금붙이들인가 말이다. 먹을 것 안 먹어가며, 남들 잠잘 때 일어나 엿판을 짊어지고 발바닥에 굳은살이 박히다 못해 두꺼운 쇠가죽처럼 되도록 읍내의 골목을 누비고 이 마을 저 마을을 돌아다닌, 그야말로 피땀 흘려 얻은 재물이 아닌가. 빼앗기다니 절대로 있을 수 없는 일이었다.

그런 생각에 휩싸이자 칠성이는 한쪽에 늘어져 잠이 들었는지, 아니면 숨을 죽이고 있는지 잘 알 수 없는 분심이까지가 슬그머니 두려웠다. 분심이는 칠성이한테 얻어터진 뒤로 정말 어디 몸이 좀 뼈그러지기라도 한 듯 방구석에 늘어져 누워 있기 일쑤였다. 눈두덩 한쪽이 푸르뎅뎅하게 멍이 들어 남 보기 창피하기도 했고, 심사도 갈피를 잡을 수 없을 지경으로 뒤숭숭했던 것이다. 칠성이는 자기의 아기를 뱄다고 속인 분심이가 생각할수록 괘씸하고 미웠지만, 자기를 연선이한테 빼앗기지 않으려고 그랬다는 말을 듣고 속으로 측은한 생각이 들었고, 또 여자의 얼굴을 그 모양으로 만들어 놓다니, 자기가 너무했다 싶어 슬그머니 미안하기도 했다. 그런데 이제는 분심이까지가 두려웠다. 분심이가 언젠가 했던 말이 문득 떠올랐던 것이다.

"여보, 나 금가락지 하나 안 줄랑교?"

칠성이한테 살짝 살짝 와서 자고 가게 되었던 어느 날 분심이가 불쑥 꺼낸 말이었다.

"뭐? 금가락지?"

칠성이는 뜻밖의 말에 약간 당황하지 않을 수 없었다.

"당신 금가락지 많이 갖고 있다 카던데예."

"누가 카더노?"

"소문이 났던데 뭐예. 당신한테 시집가는 여자는 열 손가락에 다 금가락지를 끼고도 남을 끼라고……."

"웃기네."

"손가락뿐 아니라, 양쪽 발가락까지 다 끼고도 한두 개 남을지 모른다 카면서 웃는 사람도 있던데예 뭐."

"발가락에 가락지를 끼는 여자도 있능강 흐흐흐……."

그만 칠성이는 웃음이 나와 버렸다.

분심이는 이때다 싶은 듯 나긋나긋한 미태를 드러내 보이기까지 하며 바짝 다가들었다.

"여보, 식은 안 올렸지만, 인제 우리가 신랑 각시나 마찬가지 아 닝게. 안 그렁교? 그러니까 금가락지 한 개만 달라 그 말입니더. 자 기 각시한테 금가락지 한 개도 안 주는 신랑이 있능게?"

"신랑은 무슨 놈의 신랑……."

"아직 신랑이 아니면 애인은 맞지예? 애인한테 금가락지 한 개 주면 안 되능게?"

"있어야 주제. 없다 카이."

"그카지 말고 한 개만 주이소. 잉? 정말이라예. 한 개만……."

분심이는 애원을 하듯 두 손바닥을 한데 포개어 내밀기까지 했다.

그제는 칠성이도 도리가 없다 싶었는지 좀 무뚝뚝한 어조로 내 뱉듯이 실토를 했다.

"있기사 있다. 그렇지만 그기 뭐 할라고 모은 긴동 아나? 논 살라 고 모은 기란 말이다. 논 살라고……. 애인 줄라고 금가락지를 수 북하게 사 모으는 사람도 있더나?"

"그런 줄 다 알아예."

"알면서 와 달라 카노?"

"그냥 금붙이 같으면 달라 카겠능게. 금가락지니까 욕심이 나서 한 개만 달라 카는 기지, 나도 여자 아닝게. 여자 마음을 그렇게 모 르능게?"

"알기사 알지. 호호호…… 그렇지만 지금은 안 된다 카이. 나중에 논 스무 마지기를 채우고 나서 줄 끼니까……."

"아이고— 인제 일곱 마지긴데, 어느 세월에 스무 마지길 다 채운

단 말잉게?"

"이삼 년만 기다려 보래. 문제없다 카이."

"알았구마. 내 신세에 금가락지를 바래능기 잘못이지. 후유—."

체념을 하듯 분심이는 조금 장난스럽게 한숨을 쉬고는 입을 다물어 버렸다.

그런 일이 있은 뒤로 다시는 금가락지 얘길 분심이는 꺼내질 않았다. 그래서 칠성이도 절로 그 일을 잊어버렸었는데, 오늘 밤 문득 그때 일이 머리에 떠올랐던 것이다. 분심이도 금가락지 뭉치가 반닫이 속에 들어 있다는 것을 짐작하고 있을 게 틀림없었다. 비록 자물쇠가 채워져 있긴 하지만, 마음만 먹으면 얼마든지 열 수가 있는 일이니, 혹시 자기가 엿을 팔러 나간 사이에 금가락지 주머니를 꺼내어 줄행랑을 놓을지도 알 수 없다는 생각이 들자 슬그머니 분심이까지 두렵지 않을 수 없었다.

묻어야겠다고 칠성이는 생각했다. 땅에 묻어두는 것이 가장 마음 놓인다는 사실을 칠성이는 이미 한 번 겪어서 잘 알고 있었다. 육칠 년 전 일제 말엽에 징용으로 끌려 나갈 때 말이다. 그때 뒷산 중턱에 있는 커다란 바위 밑에다가 금가락지 주머니를 묻어두고 떠나지 않았던가. 해방이 되어 돌아와서 캐보니 흙속에 그대로 곱게 숨어 있다가 불쑥 튀어나와 주지 않던가 말이다. 그때 칠성이는 마치 무슨 뜻밖의 횡재라도 한 것처럼 금가락지 주머니를 추켜들며 만세까지 소리 높이 외쳤었다.

그 일이 생각나자, 칠성이는 혼자서 히죽이 웃었다. 그리고 일어나 방문 밖으로 얼굴을 내밀어 보았다. 하늘에 별 한 개도 보이지 않는 칠흑 같은 밤이었다. 너무 어두워서 지금은 안 되겠다 싶었다.

이른 새벽에 갖다 묻으리라 마음을 정하고 도로 자리에 누우니, 그제야 온몸이 느슨하게 풀리며 스르르 잠이 왔다.

꼭두새벽에 눈을 뜬 칠성이는 일어나면서 먼저 분심이부터 살폈다. 분심이는 코까지 살살 골아가며 깊이 잠이 들어 있었다.

"가시나가 코를 다 고네. 흐흐흐……."

칠성이는 어둠 속에서 나직이 웃고는 반닫이의 자물쇠를 조심스럽게 땄다. 문짝을 열고는 손 하나를 깊숙이 밑바닥으로 집어넣었다. 곧 손에 금가락지 주머니가 뿌듯하게 쥐어졌다. 그것을 꺼내서 도로 문짝을 가만히 닫고, 자물쇠를 채웠다. 그리고 살그미 밖으로 나갔다. 마치 자기가 남의 금붙이를 훔쳐내는 듯한 느낌이었다.

칠성이는 이번에는 주인집인 안채 쪽으로 다가가서 집 한쪽 모퉁이에 세워져 있는 괭이를 집어 들었다. 그리고 살금살금 발자국 소리를 죽이며 사립 밖으로 빠져 나갔다. 영락없이 밤손님이 된 것만 같아 가슴까지 조금 두근거렸다.

골목길을 이리저리 돌아 제각 앞에 이르자, 칠성이는 걸음을 조금 주춤거렸다. 황 씨네 문중의 제각인데, 그곳이 지금은 회룡리 인민위원회 사무실이 되어 있는 것이었다. '농민위원회'라는 간판도 대문 한쪽 기둥에 붙어 있었다. 그 앞을 지나려니 어쩐지 좀 켕기는 기분이었던 것이다. 꼭두새벽이니 그곳에 누가 있을 턱이 없었다. 그러나 칠성이는 호젓하기만 한 담 모퉁이 길을 잰걸음으로 지났다. 그리고 찔레덤불이 시꺼멓게 우거진 둔덕을 돌아 뒷산 자락으로 접어들었다.

그때까지 호젓하기만 하던 마을에 컹컹컹…… 뒤늦게 개 짖는 소리가 일어났다. 이쪽 산을 향해 짖어대는 것만 같았다. 이제 누구의 눈에도 띌 염려가 없는데도 칠성이는 개 소리에 흠칠 놀라며 냅다 걸음을 빨리해서 달리다시피 산길을 올라갔다. 동녘하늘이 조금 희읍스름*(사물이나 그 빛이 맑지 않고 조금 흰 듯하다)하게 터 오르고 있었다.

산 중턱 커다란 바위가 있는 곳에 이르렀을 때는 새벽인데도 이마에 땀이 내배고, 숨도 꽤나 헐떡거렸다. 칠성이는 잠시 앉아서 땀을 닦고, 숨을 좀 가다듬었다. 그리고 일어나 바위 한쪽 밑을 괭이로 파기 시작했다.

괭이질 소리에 놀랐는지, 바로 가까이 우거져 있는 소나무에서 푸드득 날개 치는 소리와 함께 꾸꾸꾹 꾸룩꾸룩 꾸르륵…… 새가 우짖으며 날아올랐다.

"아이구 놀래라. 저눔의 산삐들기……."

산비둘기보다 칠성이가 오히려 더 놀라 힐끗 그쪽을 째려보고는 다시 괭이질을 계속했다.

그전에 한 번 파묻었던 바로 그 자리였다. 그래서 그런지 매우 수월하게 푹푹 잘 파였다. 육칠 년 전 그때보다 더 깊숙하게 파서 금가락지 주머니를 넣고 흙을 도로 밀어 넣었다. 그리고 꾹꾹 발로 잘 다진 다음, 흔적이 느껴지지 않도록 돌덩어리 몇 개를 주워다가 살짝 덮듯이 얹어놓기까지 했다.

"후유―."

일을 마치고 허리를 폈을 때는 어느덧 동녘하늘이 훤하게 밝아 오고 있었다.

11

하늘에 별은 반짝반짝 깔려 있었으나, 달이 없는 밤이어서 사방은 어두웠다. 밤이 꽤 이슥해서 사위는 호젓하기만 했다. 동구 앞 느티나무 밑을 지나 마을로 다가가는 거뭇한 그림자가 있었다. 어쩐지 걸음이 조심스러워 보였다. 혹시나 누구 마을 사람의 눈에 띌까 두려운 모양이었다.

방판동이었다. 면당 위원장이 되어 남구리로 떠나간 뒤 처음으로 마을을 찾아오는 길이었다. 그런데 야음을 타고 몰래 스며들 듯 찾아오다니……

어제 역산 몰수를 실시한 뒤로 방판동은 심히 마음이 편치가 않았다. 밤에는 잠이 잘 오지가 않을 정도였다. 반동분자라 하여 그 가산을 몰수한다는 사실 자체가 방판동으로서는 잘 납득이 안 가는 일이었다. 자기의 상식으로는 정말 악질 반동이면 그 죄에 합당한 만큼 벌을 주어 징역살이를 시키면 될 일이지, 그 재물부터 빼앗다니, 어쩐지 무슨 불한당이나 화적들이 하는 짓인 것 같았다. 그래서 애당초 못마땅하기는 했으나, 그렇다고 공공연히 그런 기색을 드러낼 수는 없는 일이었다. 명색이 면당 위원장이긴 하지만 바지저고리에 불과한 터이고, 또 설사 바지저고리가 아니라 하더라도 매사가 그저 상부에서 내려오는 지령대로 돌아가는 세상이라는 것을 이미 잘 알고 있는 터이라, 이의 같은 것을 제기할 엄두도 낼 수가 없었다. 설사 이의를 제기한다 해도 무슨 소용이 있겠는가. 그저 '옳소' 하는 식으로 싫어도 맞장구를 치며 몰수하라면 몰수하고, 딱지를 붙이라면 붙이는 수밖에 달리 도리가 없었다.

방판동이 간밤에 잠을 잘 이루지 못한 것은 역산 몰수 그 자체 때문은 물론 아니었다. 황 참봉네 집도 대상에 들어가 집행을 했기 때문이었다. 물론 자기가 가서 자기 손으로 직접 한 것은 아니지만, 어쨌든 면당 위원장의 명령에 의해서 이루어진 일이니까, 자기가 한 것이나 다를 바가 없었다. 네 해 동안이나 몸담아 살았던 주인집 재물을 역산이라 하여 몰수하다니, 사람의 탈을 쓰고는 할 수 없는 일이었다. 더구나 면당 위원장이 되어 그 집을 떠나올 때 밤에 사랑으로 황 참봉을 찾아가 뭐라고 말했던가. 어르신네의 은혜는 절대로 안 잊을 낍니더. 지가 이렇게 살아 있는 기 누구 덕택입니껴, 다 어르신네 덕택 아닙니껴. 지가 지서에 붙들려 갔을 때 어르신네가 꺼내주지 않았더라면 지금까지 이렇게 살아 있겠습니껴. 이렇게 말하지 않았던가 말이다. 목숨을 구해준 은인인 셈인데, 그 은혜를 원수로 갚는 결과가 된 게 아니고 무엇인가. 은혜는 절대 안 잊겠다는 말까지 해놓고서 말이다. 생각할수록 방판동은 괴로웠다.

　그렇다고 방판동이 역산 몰수의 대상자를 정할 때 한마디 입도 안 뗐는가 하면 그건 아니었다. 대상자 선정은 면당 위원장, 부위원장, 그리고 면 인민위원장과 자위대 대장, 네 사람이 모여앉아서 했는데, 그때 회룡리에서는 황운갑 한 사람이 반동 지주로서 몰수 대상에 올랐다. 황운갑이라는 성명이 거론되자 방판동은 가볍게 한 대 얻어맞은 것 같은 느낌이었다. 세 사람이 주고받는 얘기를 멀뚱멀뚱 듣고만 있다가 대상자로 결정이 되어 넘어가려 하자, 불쑥 자기도 모르게 입이 열렸다.

　"그 집은 그냥 놔두는 기 어떻겠능교. 바로 지가 살던 집 아닙니껴."

그러자 면당 부위원장인 홍남팔이 싸늘한 시선으로 바라보더니,

"위원장 동무가 머슴살이를 하던 집이라 말이외까?"

하고 물었다.

"예."

"위원장 동무, 그기 무슨 소리야요? 동무가 머슴살이를 했던 집이라면 더욱 증오심을 가지고 떨쳐 일어나설라무니 투쟁을 하야디요. 그냥 놔두다니…… 동무는 아딕 당성이 약해서 큰일이외다."

이렇게 내뱉듯이 말하고는,

"자, 그 다음은요?"

하고 싹 자르듯이 다음으로 넘어갔다.

방판동은 얼굴이 화끈 달아오르는 듯했으나, 입을 꾹 다문 채 슬그머니 고개를 숙이는 도리밖에 없었다. 누가 위원장이고 누가 부위원장인지 알 수가 없었다. 뒤바뀌어도 너무 무참할 정도로 뒤바뀐 셈이었다.

그런 일이나마 있었으니, 조금은 죄책감이 덜하다고 할 수 있으나, 방판동은 아무래도 황 참봉을 한 번 찾아가는 수밖에 없다는 생각이 들었다. 찾아가서 사죄를 하는 게 사람으로서의 도리다 싶었다. 그리고 또 역산 몰수라는 것이 도대체 뭘 어떻게 하는 것인지, 그 현장을 한 번 눈으로 보고도 싶었다. 가져올 것은 가져오고, 딱지를 붙일 것은 붙여 놓는다는 것이었는데, 황 참봉네 집은 어떻게 처리가 되었는지 궁금하기도 했다. 그래서 이튿날 밤 이슥해서 회룡리를 찾아 나선 것이었다.

마을로 접어들자, 방판동은 혹시 싶어서 이리저리 사방을 두리번거렸다. 소위 면당 위원장이라는 사람이 자기가 살던 마을을 찾아

오는데 남의 눈을 두려워해야 되다니, 방판동은 자기가 생각해도 참 더럽다 싶어 입맛이 떨떠름하기만 했다.

골목길을 황 참봉네 집 쪽으로 돌아가고 있는데, 저만큼 누군가가 다가오는 게 보였다. 방판동은 순간 자기도 모르게 걸음이 주춤 멈추어졌다. 어둠 속에서도 여자라는 것을 알 수 있었다. 처녀 같았다.

가까이 다가오던 여자 쪽에서도,

"우야꼬!"

깜짝 놀라며 걸음을 멈추더니,

"히히히 히히히……."

자꾸 웃는 것이었다.

"점례 앙이가?"

"예, 위원장 동무, 이 밤중에 우짠 일이라예?"

"응, 좀 볼일이 있어서……. 아부지 잘 기시나?"

"예, 히히히……."

박삼암의 막내딸이었다. 머슴살이를 하다가 일약 면당 위원장이 된 방판동을 처음 보는 터이고, 이 밤중에 골목길에서 마주치다니 너무나 뜻밖이어서 자꾸 웃음이 나오는 모양이었다. 그리고 말 같은 처녀가 밤늦게 돌아다니는 게 좀 쑥스럽기도 한 듯 점례는 묻지도 않는데,

"아부지 심부름을 갔다 오는 길입니다."

변명 비슷한 말을 하고는 얼른 방판동의 옆을 지나 도망치듯 뛰어가 버리는 것이었다.

방판동은 어둠 속으로 사라지는 점례를 잠시 멀뚱히 돌아보고는

잰걸음으로 황 참봉네 집으로 향했다. 어쩐지 좀 께름칙한 생각이 들었으나, 도리가 없는 일이었다.

황 참봉네 집 대문은 굳게 잠겨 있었다. 방판동 살짝살짝 두어 번 밀어보다가,

"기시능교? 기시능교?"

하면서 살살 대문짝을 흔들었다. 그러나 집 안에서는 아무런 인기척이 없었다. 안 되겠다 싶어 이번에는 좀 세게 쾅쾅 두들기고 나서,

"어르신네요, 어르신네요."

하고 사랑채 쪽을 향해 약간 큰소리를 질렀다.

그때 황 참봉은 설핏 잠이 들려 하고 있었다. 그런데 잠결에 누군가가 곧장 자기를 부르는 것만 같아 눈을 떴다.

"어르신네요, 어르신네요, 주무십니껴? 예?"

대문 두들기는 소리까지 들렸다. 이 밤중에 누굴까 싶어 가만히 귀를 곤두세웠다.

"어르신네요, 접니더. 저⋯⋯."

많이 듣던 목소리 같아 황 참봉은 벌떡 일어났다.

대문간으로 가서,

"누궁게?"

퉁명스럽게 물었다.

"어르신네요, 접니더. 방판동입니더."

"뭐라고? 아이고 이 사람아, 이기 우짠 일이고, 이 밤중에⋯⋯."

황 참봉은 얼른 대문을 열었다. 너무나 뜻밖의 일이라 빗장을 빼는 손이 떨리기까지 했다. 대문 밖 어둠속에 서 있는 방판동의 모습을 보자 황 참봉은 반가워서,

"방 서방—."

하면서도 한편 왠지 절로 온몸이 굳어드는 느낌이었다. 면당 위원장이니 그럴 수밖에 없었다.

"어르신네요, 그동안 뻴고 없으싱능겨?"

방판동은 굽신 허리를 꺾어 인사를 했다.

"별고가 없기는 와 없어. 이 사람아……."

"지가 들어가도 개않겠지요?"

"어서 들어오게."

이 밤중에 면당 위원장이 된 방 서방이 무슨 일로 찾아왔는지 얼떨떨했으나, 황 참봉은 대문을 닫을 생각도 않고 얼른 사랑채 쪽으로 앞장섰다. 방판동 역시 대문은 아랑곳없이 슬금슬금 뒤따랐다. 머슴살이 시절 같으면 으레 자기가 문단속을 할 터인데 말이다.

방에 들어가 황 참봉은 얼른 불을 켰다. 불이 켜지자, 뒤따라 들어선 방판동은 그대로 멀뚱히 선 채 우선 방 안부터 살폈다. 윗목에 놓인 문갑에 허연 딱지가 붙어 있었다. 좀 가까이 다가가서 그 딱지를 들여다 본 방판동은 제법 큼직한 네모진 도장이 벌겋게 찍혀 있는 게 눈에 띄자, 절로 시선이 돌려졌다. 보아서는 안 될 것을 본 것 같은 착잡한 심정이었다. 벽에 걸려 있는 '비룡재천'이라는 죽필화의 액자에도 척 딱지가 붙어 있었다. 방판동은 그 액자에서도 얼른 시선을 떼고, 털썩 아무렇게나 궁둥이를 내던지듯 방바닥에 앉았다.

요를 걷어붙이고, 그 앞에 약간 굳어진 표정을 하고 앉아 있는 황 참봉을 방판동은 잠시 말없이 바라보고 있다가 조심스럽게, 그러나 약간 목이 메는 듯한 목소리로 말했다.

"어르신네요, 용서해 주시이소."

뜻밖의 말에 황 참봉은 눈이 약간 휘둥그레졌다.

"아니, 뭘 말이고?"

그러나 그 말뜻을 짐작 못하는 황 참봉이 아니었다. 그래서 곧,

"방 서방, 내가 다 아네. 자네가 맘대로 몬 한다는 것을 다 알지."
하고 착 가라앉은 목소리로 말했다.

"어르신네요. 정말 뭐 하나 제 맘대로 되는 기 없습띠더. 그저 시키는 대로 안 합니껴. 상부에서 내려오는 지령대로 하는 기라요. 위원장이고 뭐고 없습띠더. 바지저구립니더."

"내가 다 짐작을 한다니까."

"어제 어르신네, 많이 놀래있지요?"

"놀래고말고. 정말 무신 그런 일이 다 있노. 응이?"

황 침봉은 "그기 날강도 짓이지 뭐고? 공산당이라는 기 그런 기가?" 하려다가, 방 서방 앞에 그런 말까지 꺼낼 일은 아니라 싶어서 꾹 참고,

"내 참 기가 맥히서……."
하고 입맛을 쩝쩝 다셨다.

"용서해 주시이소. 정말 지가 면목이 없어서 이렇게 찾아왔심더."

"그기 어디 자네가 한 일인가? 다 안다니까 그러네."

이렇게 두 사람이 마주앉아 이야기를 나누고 있을 때, 살금살금 대문을 들어서는 사람이 있었다. 박삼암이었다. 딸 점례한테서 면당 위원장이 된 방 서방이 황 참봉네 집으로 가는 것 같더라는 말을 듣고 야, 이것 봐라. 무슨 일일까…… 싶어 얼른 집을 나섰던 것이다. 면당 위원장이 전에 자기가 머슴살이를 하던 집을 찾아가다

344

니, 더구나 어제 그 집이 역산 몰수를 당했는데…… 아무래도 무슨 꿍꿍이속이 있을 것만 같아 박삼암은 바짝 호기심이 동하기까지 했다. 마침 황 참봉네 집 대문이 발름이*(발름) 열린 채여서 이거 썩 잘됐구나 하고, 박삼암은 마치 무슨 밤손님이라도 된 것처럼 살금살금 발자국소리를 죽여 가며 스며들었다.

방 안에서 주고받는 말소리가 도란도란 들리는 사랑채 모퉁이 어둠 속에 박삼암은 살짝 붙어 섰다. 그리고 바짝 귀를 기울였다.

"어르신네요, 지가 어르신네 집을 역산 몰수에서 뺄라고 애를 써 봤심더. 그래도 안 됩띠더."

"그래? 그기 정말이가?"

"정말입니더. 면 인민위원장 유 동무, 아니 유 씨하고, 자위대 대장 김 씨하고, 우리 부위원장 홍 씨하고, 지하고 너이서 회의를 했는데, 그때 어르신네 집은 지가 전에 머슴을 살던 집이니까 좀 빼달라고 사정을 안 했습니껴. 그랬더니 우리 부위원장 홍남팔 동무, 아니 홍남팔이가 막 지를 닦아 세우지 뭅니껴. 혼났심더."

"음— 그자가 이북에서 내려온 자라메?"

"예, 맞심더. 그자 맘대로 안 합니껴. 다른 사람은 모두 그자 앞에서 쩔쩔매는 기라요."

"음— 위원장이 부위원장 앞에 쩔쩔매다니, 재미있는 세상도 다 있구나. 허허허……."

어이가 없는 듯한 황 참봉의 웃음소리가 들렸다. 그리고 잠시 말이 끊겼다가 다시 들려왔다.

"어르신네요, 저 딱지 띠 삐리이소. 까짓것 나중에사 우째 안 되겠심니껴. 지가 책임질 끼니까 띠 삐리이소구마."

"그래도 되나? 정말이가?"

"정말입니더. 지가 책임지겠심니더."

"말썽이 나면 우짤라고?"

"개않심더. 까짓것……."

"허허허……."

웃고 나서 황 참봉이,

"방 서방, 내가 안에 가서 술을 한잔 내오라 칼 끼니까, 오늘 밤 둘이 술이나 한잔 하자. 어떤노?"

하고 묻는 소리가 들렸다.

익크! 하고 박삼암은 후닥닥 몸을 날리듯 그 자리를 떴다. 대문 밖으로 기척도 없이 빠져 나가면서,

"오냐, 이눔 어디 두고 보자. 반동 놈 같으니라구."

하고 중얼거리고 있었다.

12

방판동이 자위대에 붙들려 간 것은 이틀 뒤의 일이었다. 면당 사무실 위원장 자리에 앉아 너무 더워서 부채질을 하고 있는데, 어깨에 장총을 멘 젊은 자위대 대원 두 사람이 들이닥치더니 한 녀석이 다짜고짜,

"위원장 동무, 자위대까지 잠시 가시야겠심더."

하고 무뚝뚝하게 내뱉었다.

뜻밖의 일에 약간 당황한 방판동은.

"자위대에 무슨 일로?"

묻고 나서 얼른 시선을 홍남팔 쪽으로 돌렸다.

홍남팔은 자위대 대원 두 사람이 들이닥쳤는데도 모른 척하고 평소보다 더 싸늘하게 굳어진 무표정한 얼굴로 서류를 들여다보고만 있었다. 그렇다고 부위원장인 그에게 위원장이 "자위대에 가자는데 가야 됩니꾜?" 하고 물어볼 수도 없는 일이어서 방판동은 그래도 명색이 면당 위원장인지라,

"내가 무슨 일로 자위대에 가느냐 말이다. 그 이유를 알아야 할게 앙이가?"

제법 아랫배에 힘을 주고 굵은 목소리로 말했다.

그러자 홍남팔이 살짝 코언저리에 냉소 같은 것을 떠올리며 얼굴을 들었다.

"가보라우. 가보면 알 테니까."

싹 자르는 듯한 냉랭한 목소리였다.

곧 두 녀석이 방판동에게 다가들어 양쪽에서 팔 하나씩을 껴안듯 붙들고 자리에서 일으켜 세웠다. 이미 무슨 까닭인지 짐작이 가는 터이라, 방판동은 겁에 질려 안색이 거멓게 변하며 뭐라고 더 한마디 말도 못 하고 그들에게 끌려서 사무실을 나서는 도리밖에 없었다.

홍남팔은 일부러 외면을 하듯 차갑게 굳어진 얼굴로 서류 위에 시선을 떨어뜨리고 있었으나, 다른 사람들은 모두 어떻게 된 영문인지를 몰라 끌려가는 위원장 동무를 어리둥절한 표정으로 지켜보고 있었다.

면당 위원장을 자위대로 연행해 간 두 녀석은 정면에 있는 사무

실로 들어가질 않고, 건물을 돌아 곧바로 뒤편에 있는 취조실로 데리고 갔다. 그렇게 지시를 받은 모양이었다.

떠밀리다시피 하여 취조실에 들어선 방판동은 대번에 불알이 바짝 오그라 붙는 듯한 느낌이었다. 실내의 광경이 한눈에 무엇을 하는 곳이라는 것을 알 수 있게 했던 것이다. 책상 하나가 덜렁 놓여 있고, 그 양쪽에 혼자 앉는 의자 한 개와 서너 사람이 앉을 수 있는 긴 나무 걸상이 하나 놓여 있었다. 개라도 때려잡는 듯한 작대기와 몽둥이가 여러 개 벽에 세워져 있거나 바닥에 굴러 있었다. 그리고 밧줄 같은 것이 흩어져 있기도 했고, 물이 절반가량 담긴 바께쓰도 눈에 띄었다. 마룻바닥에 핏자국 같은 것이 거무칙칙하게 눌어붙어 있기도 했다.

"앉어!"

시키는 대로 방판동은 걸상에 궁둥이를 내려놓았다.

한 녀석은 장총을 멘 채 사무실 쪽으로 갔고, 다른 녀석은 어깨에서 장총을 벗겨 한쪽 구석에 세웠다. 그리고 이마에 내밴 땀을 닦으며,

"억씨기 덥데이. 위원장 동무도 덥지요?"

빈정거리듯 말하고는 짓궂은 웃음을 살짝 코언저리에 떠올렸다.

곧 자위대 부대장이 들어섰다. 째보였다. 스물너덧 살 먹어 보이는데, 주둥이가 불쑥 튀어나오고, 입술이 두툼한 데다가 째보여서 보기에 몹시 흉물스럽고 우악스럽게 느껴졌다. 그 뒤를 따라 장총을 멘 녀석도 들어섰다.

"이거 위원장 동무, 우째 된 일잉게?"

좀 걸걸하게 말하며 째보는 방판동이 앉아 있는 맞은편 의자

에 가서 앉았다. 보기와는 달리 사람이 헐렁헐렁하고 너그러운 듯했다.

방판동은 면괴스러운 듯 말없이 고개를 살짝 떨구었다가 들면서 책상 맞은편에 와서 앉은 부대장을 바라보았다. 구원을 바라는 듯한 그런 눈길이었다. 면당 위원장이 된 뒤로 안 사이지만, 몇 차례 같이 술을 마신 적도 있었던 것이다.

"위원장 동무, 지금부터 내가 묻는 말에 솔직하게 대답해야 됩니대이. 거짓말을 하면 안 되느마, 알겠능게?"

째보의 어조가 뻣뻣해졌다. 그러나 말하자면 아직은 같은 간부끼리라 그런지 위원장 동무라는 호칭을 붙였고, 말도 경어를 썼다.

"예, 알겠심더."

방판동의 대답하는 말투나 태도에는 면당 위원장, 즉 면내에서는 가장 권한이 있는 티가 전혀 없고, 완전히 피의자였다.

"그저께 밤에 위원장 동무는 어디서 뭘 했능게?"

"……."

"대답하소. 어디 가서 뭘 했는가 사실대로 털어놓으소."

예상했던 대로 바로 그저께 밤 그 일 때문이라는 것을 알자, 방판동은 새삼스럽게 이마빼기를 한 대 얻어맞은 것 같은 느낌이었다. 절로 고개가 숙여질 뿐, 뭐라고 말이 나오지가 않았다.

"말 안 하겠어?"

째보의 언성이 높아졌고, 반말로 바뀌었다.

그러나 방판동은 묵묵부답으로 굳어져만 있었다. 도대체 한밤중에 아무도 몰래 살짝 황 참봉네 집을 찾아갔다 돌아왔는데, 어떻게 그 일을 알고 있는지, 참 귀신이 곡할 노릇 같았다.

"회룡리에 갔었지? 그저께 밤에……."

"……."

"다 알고 있는데 와 대답을 안 하노. 응? 맛을 좀 봐야 알겠나?"

그러면서 째보는 작대기랑 몽둥이가 세워져 있는 벽 쪽을 힐끗 한 번 바라보았다.

"황 참봉 집에 갔었지?"

쾅! 하고 째보는 주먹으로 책상을 쳤다.

"예, 갔심더."

방판동의 입이 반사적으로 열렸다.

"뭐 하로 갔었노?"

"……."

"반동 지주 집에 뭐 하로 갔었노 말이다. 한밤중에……."

방판동의 입은 다시 굳어들었다. 아마도 그날 밤에 황 참봉을 만나 나눈 얘기까지 다 알고 있는 듯한 눈치인데 도대체 어떻게 된 영문인지 멍멍하기만 했다. 마을 골목길에서 점례와 부딪쳤으니 그래서 황 참봉의 집을 방문했다는 것은 설사 알게 되었다 치더라도, 사랑방에서 단둘이 은밀히 나눈 얘기까지 어떻게 알고 있는지, 정말 기가 찰 노릇이었다. 혹시 집안사람 누군가가 엿들었다 하더라도 그런 말을 바깥에까지 새나가게 할 턱이 만무인데 말이다.

"이렇게 자꾸 말을 안 하고 애를 묵일 끼가?"

째보는 눈을 부릅뜨고 방판동을 노려보더니,

"맛을 좀 비 주까?"

버럭 소리를 질렀다. 그리고 심문하는 것을 지켜보고 서 있는 두 대원에게 눈짓을 보냈다. 두 녀석은 얼른 다가들어 방판동을 걸상에서 끌어내리려 했다.

"예, 예, 말하겠심더. 말하겠심더."

방판동은 걸상에 그대로 눌러앉으려 버티며 허겁지겁 항복을 하듯 입을 열었다.

"어디 말해 봐. 뭐 하로 갔었노?"

"저…… 다름이 앙이라……."

좀 뜸을 들이듯 머뭇거리고 나서 방판동은 이제 도리 없으니 사실대로 털어놓고, 자기 생각을 솔직하게 말하는 수밖에 없다 싶어서 아랫배에 지그시 힘을 주었다.

"황 참봉을 찾아간 것은 그 어른한테 용서를 빌라고 그랬심더."

"뭐, 용서를 빌어? 무슨 용서?"

"저…… 그 집은 지가 머슴을 살던 집 아닙니껴. 사 년 동안 그 집에서 살았심더. 그리고 황 참봉 그 어른은……."

"어른 소리는 빼. 듣기 싫어. 어른은 무슨 놈의 어른, 반동 지주를 가지고……."

"예, 그 영감은 저…… 지 은인입니더."

"뭐, 은인? 우째서?"

"지를 살리 줬다 그 말입니더."

"살리 주다니, 언제?"

"몇 해 전에 지가 지서에 붙들린 적이 있심더. 남로당에 가입했다고 말입니더. 그때 그 어른이, 아니 그 영감이 나서서 지를 빼내 줬지 뭡니껴."

"그기 사실이가?"

"사실입니더. 안 그랬으면 지는 죽었을 낍니더. 그때 붙들린 사람

들은 모두 골로 안 갔습니껴. 그러니까 목숨의 은인이 아니고 뭡니
껴."

"음——."

그런 일이 있었느냐는 듯이 쩨보는 고개를 두어 번 끄덕이고
나서,

"그런데 그저께 밤에 찾아간 용무는 뭐고 말이다. 용서를 빌라고
갔다 캤는데, 무슨 용서를 빌로 갔노?"

일부러 더 뻣뻣한 어조로 윽박지르듯이 물었다.

"다름이 앙이라 저…… 그런 은인 집의 재물을 몰수했기 때문에
미안한 생각이 들어서 찾아간 깁니더. 안 그렇겠능교? 생각해 보이
소. 지 목숨을 구해준 은인인데, 그 집의 재물을 역산이라고 몰수를
하게 됐으니, 사람으로서……."

"사람으로서 뭐가 우쨌단 말이고?"

쩨보는 버럭 언성을 높였다.

방판동은 절로 움츠러들지 않을 수 없었다.

"어서 말해 봐. 사람으로서 어떻다는 기고?"

"사람으로서 할 짓이 아니라 말입니더."

방판동은 내뱉듯이 말해 버렸다.

"야, 인제 보니까 이거 순 반동이로구나. 이런 반동이 면당 위원
장이라니…… 허허허……."

어이가 없는 듯 쩨보는 그만 웃음을 터뜨렸다. 갈라진 윗입술 사
이로 바람이 새는 듯한 그런 웃음이었다. 곧 웃음을 거두고서 쩨보
는 이번에는 벌컥 화를 내듯 언성을 높였다.

"그래, 만나서 무슨 얘길 했노? 말해 봐!"

"별 얘기 안 했심더. 그저 미안하다고 사과를 했심더."

"그것뿐이가?"

"그것뿐입니더."

"다 알고 있어. 거짓말 말고 솔직하게 털어 놔. 그렇지 않으면……."

"면당 위원장이 돼가지고 그것 하나 몬 봐줘서 죄송하다 했심더. 그것뿐입니더."

"정말이가?"

"정말입니더."

"안 되겠는데……. 아무래도 좀 맛을 봐야겠어. 동무들, 이눔을……."

째보는 두 부하에게 눈짓을 보냈다. 다시 두 녀석이 달려들어 이번에는 버티려는 방판동을 기어이 걸상에서 끌어내려 마룻바닥에 꿇어앉혔다. 그리고 한 녀석은 작대기를, 한 녀석은 몽둥이를 가서 집어 들고 다가와 양쪽에 버티고 섰다. 그 동작이 꽤나 익숙한 것이 벌써 많이 그런 식으로 해본 것 같았다.

꿇어앉아 살짝 고개를 떨군 방판동을 향해 째보는 이번에는 빈정거리는 듯한 어조로 말했다.

"위원장이 부위원장한테 쩔쩔맨다 캤다면서?"

"……."

"머슴을 살던 집이니까 역산 몰수에서 빼달라 캤다가 부위원장한테 혼났다고, 이북에서 내려온 부위원장 앞에 위원장이고 뭐고 모두 쩔쩔맨다 캤다 카던데, 정말이가?"

"……."

"대답 안 할 끼가?"

째보의 언성이 또 거칠어졌고, 작대기를 든 녀석이 그것으로 꿇어앉은 방판동의 옆구리를 쿡 찌르면서,

"어서 대답해!"

하고 윽박질렀다.

"예, 캤심더."

들릴 듯 말 듯한 소리가 방판동의 입에서 흘러나왔다.

"위원장이 부위원장을 욕하다니…… 홍남팔 부위원장 동무가 어떤 분인지 알기나 하나? 팔로군 출신이란 말이다. 팔로군."

방판동이 팔로군이 뭔지 알 까닭이 없어 그저 멍청한 얼굴로,

"욕한 기 아닙니더."

하고 대꾸를 했다.

"욕한 기 앙이고, 그럼 뭐고? 자랑을 했나?"

"그저 사실을 사실대로 말했을 뿐입니더."

"사실을 사실대로 말했다고? 허허— 내참 기가 맥히서…… 저런 기 다 면당 위원장이니 뭐가 되겠노."

째보는 어이가 없는 듯 투덜거리고 나서 바짝 다시 긴장된 표정을 지었다.

"그거 말고 또 한 말이 있지?"

"……."

"그 반동 지주 영감쟁이한테 마지막으로 한 말이 안 있나?"

마치 째보 자신이 그날 밤의 대화를 시종 엿들은 것 같은 말투였다. 방판동은 그의 눈치를 살피듯 힐끗 바라보았다.

"다 알고 있으니까, 어서 말해."

"……."

"마지막으로 뭐라 캤노 말이다."

방판동은 불알이 탱탱 오그라 붙는 듯한 느낌이었다. 그 말을 자복했다가는 아무래도 끝장이 날 것만 같았다.

"맞어야 말하겠나?"

"아닙니더, 아닙니더."

"그럼 어서 말해."

그러자 이번에는 몽둥이를 든 녀석이 슬그머니 그 연장을 보라는 듯이 방판동의 얼굴 앞으로 내밀었다.

어물어물 잠시 뜸을 들이고 나서 방판동은,

"뭐라 캤는동 잘 생각이 안 납니더."

하고 얼버무렸다.

"생각이 안 나다니…… 그저께 밤 일인데 벌써 잊어삐렀다 말이가?"

"예."

"그렇게 돌대가리가?"

"예."

"예 예, 대답이사 잘 한다. 야, 이 능구랭이 같은 놈아, 딱지 붙인 것을 뭐 우째라 캤다면서? 그래도 생각 안 나나?"

"……."

"뭐 우째라 캤노? 말해 봐."

"……."

"말 안 할 끼가?"

째보는 얼굴이 험상궂게 이지러지며 작대기를 든 부하에게 힐끗 눈짓을 보냈다.

"어서 말해!"

녀석이 꽥 소리를 지르면서 냅다 작대기로 한 대 갈겼다.

"아야야! 예예, 말하겠심더, 말하겠심더."

소처럼 미련하게 생긴 그 겉모습과는 달리 방판동은 몹시 겁이 많은 듯 엄살까지 떨어 댔다.

"말해 봐."

그런 방판동이 재미있다는 듯이 쩨보는 마치 고양이가 쥐를 가지고 놀 듯 다시 느긋한 표정으로 바뀌었다.

"저…… 저……."

아무래도 선뜻 입이 떨어지지가 않는 모양이었다.

"저 저가 뭐꼬? 어서 말해."

"……."

"명색이 면당 위원장이니까 체면상 말하기가 곤란하시다 그기지? 그렇다면 내가 말해 주지. 딱지를 띠 삐리라 캤다면서? 그 반동 영감쟁이한테……."

"……."

"캤나? 안 캤나?"

반응이 없자, 이번에는 몽둥이를 든 녀석이 연장의 끄트머리를 가지고 그만 방판동의 한쪽 볼때기를 쿡 쑤셨다.

"으이크! 으으으……."

방판동은 볼때기를 감싸 쥐고 고개를 깊이 떨구며 얼떨결에 그만,

"캤심더."

하고 신음을 하듯 내뱉었다.

"됐어."

이제 끝났다는 듯이 째보는 성큼 자리에서 일어났다. 사무실 쪽으로 걸음을 옮기며,

"시작해라."

나직하면서도 무뚝뚝한 소리로 두 대원에게 지시를 내렸다.

지시가 떨어지기 무섭게 기다렸다는 듯이 두 녀석은 작대기와 몽둥이를 휘두르기 시작했다.

"이눔의 배신자, 혼 좀 나보래."

"니눔이 바로 속 다르고 겉 다른 악질 반동이었구나. 맛 좀 봐라구마."

슬슬 구슬리듯 지껄여가며 번갈아 쾅쾅 마구 두들겨 댔다. 사정이 없었다.

"윽! 아이구 나 죽네— 아윽! 아윽!"

꿇어앉았던 방판동은 금세 그만 마룻바닥에 이리 데굴 저리 데굴 마구 뒹굴었고, 마침내 헉, 헉…… 헛숨을 토하는 듯한 소리를 내며 널브러져 버렸다.

두 녀석은 잠시 땀을 닦으며 숨을 돌리고 나서 바께쓰의 물을 갖다가 한 녀석이 뻗어진 방판동의 얼굴에다가 좍 쏟아 부었다. 정신이 드는 듯 방판동이 꿈틀대자, 머리끄덩이를 거머쥐고 냅다 억지로 일으켜 앉히고는 다시 타작을 하듯 번갈아 두들기기 시작했다.

그렇게 방판동이 몽둥이찜질을 당하고 있을 때, 다른 두 젊은 대원이 장총을 메고 달리다시피 회룡리를 향해 가고 있었다. 황 참봉네 집을 찾아가는 것이었다. 역산 몰수 때 붙여놓은 딱지를 정말

떼 버렸는지 어쨌는지 확인을 하고 오라는 명령을 부대장한테 받았던 것이다.

13

방판동이 자위대에서 놓여나온 것은 사흘 뒤의 일이었다. 밤중이었다.

자위대 정문 앞 길 건너편 공지에 임시로 죄인들을 가두어 두는 구류간이 있었다. 공산당 치하가 되기 전에는 소방기구들을 넣어 두는 창고였다. 잡아들인 소위 반동분자들의 수효가 불어나자 정식 유치장으로 감당할 수가 없어서 그곳까지 구류간으로 쓰고 있었다.

방판동은 그 구류간의 한쪽 구석에 늘어져 누워 있었다. 남의 집 머슴살이로 노상 일 속에 묻혀 살아서 소처럼 실팍해진 몸이었으나, 사정없는 몽둥이찜질에 그만 온몸이 뻐그러지듯이 되어서 굴신을 못하고 누워서 끙끙 앓고만 있었다. 한 번 그렇게 혼찌검을 낸 뒤로 다시 불러내는 일도 없어서 그저 갖다 주는 밥이나 겨우 일어나 앉아 먹고는 다시 늘어져 누워 버리곤 했다.

앞으로 자기 신세가 어떻게 되는 것인지…… 잠을 이루지 못하고 누워서 이따금 끙끙거리고 누워 있는데, 구류간 자물쇠 열리는 소리가 났다. 무슨 일인가 싶어 방판동은 고개를 그쪽으로 돌렸다.

삐거걱— 문이 열리며,

"방판동, 이리 나와."

하는 소리가 들렸다.

어둠 속이었으나, 그게 자위대 대장 김가라는 것을 알 수 있었다.

이 밤중에 무슨 일인가 싶어 가슴이 덜컥 내려앉는 듯했으나, 방판동은 자기도 모르게 어느새 부스스 일어나고 있었다. 엉금엉금 기다시피 하여 밖으로 나가니, 거기 뜻밖에도 홍남팔이 서 있었다.

"위원장 동무, 고생이 많았수다."

더구나 그가 나직한 소리로 이렇게 말했다.

"아이고 부위원장 동무, 이거 정말……."

방판동은 엉거주춤해 가지고 어쩔 줄을 몰라서 굽실굽실 머리를 숙였다.

홍남팔은 살짝 얼굴에 웃음까지 떠올리며,

"자, 갑시다."

하고 돌아섰다.

앞장서 걸음을 떼놓는 홍남팔을 바라보며 방판동은 그제야 자기가 석방이 되는 모양이구나 싶었으나, 얼른 걸음이 떨어지지가 않아 머무적거렸다. 그러자 자위대 대장 김가가 다가서며 부축을 해주려는 듯 한쪽 팔을 꼈다.

면당 부위원장인 홍남팔의 선심에 의해서 방판동은 놓여나게 되었던 것이다. 홍남팔은 방판동을 어떻게 처리할 것인가 여러 모로 생각을 해보았다. 방법은 몇 가지가 있었다. 첫째는 내무서(경찰서의 그들 명칭)로 넘겨 버리는 일이었다. 그렇게 되면 방판동의 운명은 자기 손아귀를 떠나서 상부의 판단에 맡겨지게 되는데, 보나마나 뻔했다. 혁명 과업 방해죄, 당원으로서의 배반죄, 적과 내통한 죄 등으로 적어도 십 년 이상 인민교화소(교도소의 그들 명칭) 신세를 지게 될 게 틀림없었다. 그의 앞날은 끝장이나 마찬가지였다. 홍남팔은 그렇게까지 그를 구렁텅이에 밀어넣어 버리고 싶지는 않았다. 머슴살이를 했던 사람이라 그런지 우직하면서도 어딘지 모르게 순박하고, 고분고분하는 구석이 있는 것 같아서 동정이 갔던 것이다. 잘 길들여 나가면 좋은 지도원 동무가 될 것 같은데, 당장은 봉건적인 낡은 관념을 떨쳐 버리지 못하는 게 아쉬웠다.

둘째는 자위대의 구류간에다가 그대로 푹 썩혀 두었다가 나중에 풀어주어 버리는 방법이었다. 그럴 경우는 면당 위원장을 다른 사람으로 교체하는 수밖에 없었다. 신세를 망쳐 놓지는 않지만, 그 대신 감투는 떼어 버리는 셈이었다. 셋째는 한 번 선심을 써서 용서를 해주고, 다시는 그런 일이 없도록 잡도리를 해나가는 일이었다. 몽둥이맛을 단단히 보았으니까, 앞으로는 엉뚱한 짓을 하지 않고, 한결 고분고분 말을 잘 들을 게 아니겠는가.

생각한 끝에 홍남팔은 세 번째 방향을 택하기로 한 것이다. 그렇게 선심을 쓰는 쪽으로 결정을 내릴 수 있었던 것은 황 참봉 집의 가재도구에 붙여 놓은 역산 몰수 딱지가 그대로 고스란히 붙어 있었기 때문이기도 했다. 두 자위대원이 가서 확인을 해보니, 한 장도 손을 대지 않고 그대로 잘 붙어 있었던 것이다. 만일 그렇지 않고, 딱지를 떼어 버리기라도 했더라면 황 참봉을 잡아들였을 것이고, 그렇게 되었으면 일이 확대되어 아무래도 그냥 간단히 처리할 수가 없었을 것이다. 황 참봉은 생각이 깊은 노인이라, 비록 면당 위원장인 방판동이 까짓것 자기가 책임질 테니 떼어 버리라고는 했지만, 그 딱지에 손을 대서는 안 된다는 것을 잘 알고 있었다. 머지 않아 세상이 도로 뒤집힐 터인데, 공연히 쓸데없는 짓을 해서 긁어 부스럼을 일으킬 필요는 없다 싶어서 몹시 못마땅하고 보기도 싫었지만 그냥 그대로 내버려 두었고, 가족들에게도 절대로 손을 대지 말도록 단단히 일렀던 것이다.

홍남팔이 또 사흘 만에 방판동을 꺼내 오기로 생각을 굳힌 것은 8·15해방 기념일이 다가오고 있기 때문이기도 했다. 해방 기념일에는 면단위의 궐기대회를 열어야 하는데, 그 회의에 면당 위원장의 얼굴이 안 보여서는 안 되겠다 싶었던 것이다.

그래서 석방 결정을 내렸는데, 잘못을 저지르기는 했지만, 어쨌든 면당 위원장 감투를 그대로 씌워 두기로 했으니 그 체면을 위해서 대낮에 사람들이 보는 앞에서 구류간에서 꺼내올 수는 없어서 밤을 택했고, 이왕 선심을 쓰는데 자기의 생색도 내고 싶어서 홍남팔은 직접 자위대 대장을 앞세우고 가서 구류간의 문을 열게 했던 것이다.

방판동을 숙소로 데리고 돌아온 홍남팔은 그를 앞에 꿇어앉혀 놓고 밤이 이슥토록 단단히 꾸짖고, 또 타이르기도 했다. 말하자면 교양학습을 시킨 셈이었다. 머슴살이를 했던 사람이 옛 주인을 못 잊는 것은 노예근성이며, 봉건적 사고방식이라는 것이었다. 그런 감상주의에 빠져서는 위대한 혁명 과업을 수행할 수가 없으니, 이번 기회에 그와 같은 봉건 잔재를 깨끗하게 털어 버리고 새로운 당의 아들로 태어나라고 했다. 그런 옛 주인은 자기를 착취한 반동이고 적이니까, 오히려 남들보다 더 증오심을 가지고 무자비하게 투쟁을 전개해야 된다면서, 만일 앞으로 다시 그런 감상주의에 빠지는 일이 눈에 띄면 그때는 용서 없이 숙청해 버릴 터이니 명심하고, 가일층 떨쳐 일어나라는 것이었다.

'봉건적 사고방식'이니 '감상주의'니 '잔재'니 하는 말이 무슨 뜻인지 방판동은 도무지 알아들을 수 없었으나, 말하는 줄거리는 알수가 있어서 예, 예, 하고 굽실거리며 대답을 했다.

끝으로 홍남팔은,

"며칠 뒤면 8·15해방 기념일이디요. 궐기대회가 열리는데, 그때 자아비판을 하라우요. 알겠쉬까?"

명령을 내리듯 말했다.

이미 몇 차례 회의 때 자아비판을 하는 광경을 보았기 때문에 방판동은 가슴이 덜컥 내려앉는 느낌이었다. 그러나,

"예."

하고 대답하는 수밖에 없었다.

며칠 뒤, 8·15해방 기념일의 궐기대회가 인민학교(국민학교의 그들 명칭) 교실에서 개최되었다. 면당을 비롯해서 인민위원회, 자위대, 민청, 여맹 등등 각 기관의 간부를 비롯한 사무원들과 인민학교 교원들, 그리고 각 부락의 인민위원장들이 참석했는데, 교실 안에 사람들이 빽빽이 들어찼다. 운동장에서 면민들을 대대적으로 동원해서 궐기대회를 개최할 생각도 없지가 않았으나, 제트기의 기총소사가 두려워서 장소를 교실로 정했고, 인원을 그렇게 제한했던 것이다.

교실 전면의 한가운데는 국장(國章)이라는 것이 붙어 있었고, 그 양쪽에 스탈린과 김일성의 사진이 걸려 있었다. 그리고 그 바깥쪽 양편에 '위대한 해방자 스탈린 원수 만세'니 '경애하는 수령 김일성 장군 만세' 따위 구호가 나붙어 있었다. 그러나 그것은 해방 기념 궐기대회를 위해서 특별히 마련된 것이 아니라, 인민학교의 어느

교실에나 똑같이 늘 장식되어 있는 것이었다. 교단 옆 한쪽에 풍금이 갖다 놓여져 있었다.

궐기대회는 죽은 공산당원과 인민군들, 그리고 전사한 소위 해방군인 소련 군대에 대한 묵념으로부터 시작되어 교원이 치는 풍금 소리에 맞추어 '아침은 빛나라……' 어쩌고 하는 국가를 제창했고, 이어서 '장백산 줄기줄기……'니 뭐니 하는 〈김일성 장군의 노래〉라는 것을 불렀다. 그리고 면당 부위원장의 해방 기념 보고라는 것이 있었다. 홍남팔은 그 보고에서 8·15해방을 소련군과 만주에서 빨치산 투쟁을 한 김일성 장군이 가져다 준 선물이라고, 눈썹 하나 까딱 안 하고 지껄여대는 것이었다. 듣고 있는 사람들도 속으로는 그게 새빨간 거짓말이라는 것을 다 알고 있으면서도 아무런 이의도 없는 듯한 멀쑥한 표정들을 하고 그저 묵묵히 홍남팔의 얼굴을 바라보고 있었다.

홍남팔에 이어 인민위원장의 혁명 과업 보고가 있었고, 다음은 몇몇 사람이 나서서 찬성 토론을 했다. 그러고 나서 사회자가,

"이번에는 면당 위원장인 방판동 동무의 자아비판이 있겠심더."

하고 선언을 했다.

앞쪽 장짜리들 좌석에 섞여 앉아 있던 방판동에게로 모든 시선이 집중되었다. 바짝 굳어든 얼굴로 방판동은 부스스 자리에서 일어나 단 위로 올라섰다. 아직 몸이 성하질 않아서 약간 엉거주춤한 자세로 서서 잠시 머뭇거리다가 입을 떼었다.

"지가 큰 잘못을 저질러서 여러 동무들 앞에 낯을 들 면목이 없심더. 지는 원래 여러 동무들도 다 아시다시피 남의 집 머슴살이를 한 사람이라 뭐 하나 아는 기 없심더. 그래서 어리석은 소견에 그

만……."

거기까지는 잘 나가다가 콱 말이 막혔다. 자아비판을 하라는 지시를 받고 자기 딴은 밤으로 누워서 무슨 말을 어떻게 할 것인가 하고 천장을 바라보며 중얼중얼 여러 번 연습까지 했었는데, 막상 여러 사람 앞에 서니 말문이 제대로 돌아가지가 않는 것이었다.

이미 면당 위원장이 자위대에 갇혔었다는 사실을 다 알고 있었고, 그 사건의 내막도 대충 들어서 잘 알고 있는 터이라, 사람들은 모두 조금은 착잡한 심정이 되어 측은한 시선으로 지켜보고 있는데, 그의 말문이 막히자 더욱 민망스럽고 안타깝기까지 했다. 개중에는 나오려는 웃음을 참느라 큭큭거리며 고개를 숙여 버리는 사람도 없지가 않았지만 말이다.

홍남팔이 냉랭한 목소리로 말문이 막힌 방판동을 향해,

"자기가 잘못한 일을 그대로 이야기하라우요."

하고 재촉을 하듯 내뱉었다.

방판동은 벌레 씹은 표정이 되어 억지로 다시 입을 열었다.

"황 참봉 어른을, 아니 그 영감을 지가 밤에 찾아갔심더. 뭐 하로 찾아갔는가 하면 그날 역산 몰수가 있었는데……."

방판동의 이마에서 땀이 한 줄기 지렁이처럼 지르르 기어 내리고 있었다.

그런 방판동의 몰골을 뒷좌석에 앉아 속으로 회심의 미소를 지으며 바라보고 있는 사람이 있었다. 박삼암이었다.

14

부락마다 '토지개혁위원회'라는 것이 구성된 것은 무더위가 한풀 꺾이고, 바람결에 서늘한 기운이 약간 섞이기 시작했을 무렵이었다. 이미 조직되어 있는 '농민위원회'가 그대로 토지개혁위원회가 되기도 했고, 조금 인원을 보강하기도 했으며, 부락에 따라서는 구성 인원의 일부를 교체하기도 했다. 다른 어떤 조직체보다도 부락민들의 민감한 반응을 불러일으킨 것이 토지개혁위원회이기 때문에 그 구성에서부터 이러쿵저러쿵 말들이 많았다. 농민위원회라는 그저 막연한 조직체에는 위원으로 들어가도 별 말썽이 없던 사람이 토지를 분배하는 위원회에는 끼어서는 안 된다는 그런 식의 쑥덕공론이었다.

회룡리의 경우도 말썽이 없지가 않았다. 부락 인민위원장인 박삼암이 농민위원회 위원장을 겸하고 있었다. 농민위원회라는 것이 조직되기는 했으나, 아직까지는 별 하는 일도 없는 유명무실한 것이었기 때문에 아무도 그것에 대해 입을 여는 사람이 없었는데, 그 농민위원회의 위원장인 박삼암이 자동적으로 토지개혁위원회의 위원장을 겸하게 되자 말들이 적지 않았다. 한 사람이 세 개의 감투를 다 차지하는 데 대한 불평이 첫째였고, 또 토지 분배라는 직접적으로 이해관계가 얽히기 마련인, 어쩌면 지금까지의 그 어떤 일보다도 월등히 중대한 과업까지가 박가인 그의 손아귀에 들어가게 되자 주로 황 씨 쪽에서 불만을 터뜨렸다. 그러나 대놓고 이의를 제기하는 사람은 없었다. 그런 마을 사람들의 입방아질이 박삼암의 귀에 안 들어갈 턱이 없었으나, 그는 뱃심 좋게 모르는 척하고 자기가 그 위원장 감투까지 푹 눌러써 버렸던 것이다.

토지개혁위원회라는 것이 생겼다는 소식을 들은 칠성이는 마을 사람들 그 누구보다도 바짝 긴장이 되었고, 일이 어떻게 결말이 나는 것인지, 안절부절을 못 했다. 칠성이는 처음에는 박삼암이 감투를 세 개나 써서 이번에 또 위원장이 됐거나 말거나, 누가 위원장이든 그런 것에는 별로 관심이 없었다. 소작을 준 논 일곱 마지기의 운명이 어떻게 되는 것인지, 오로지 그것만이 걱정이었다. 그런데 이 사람 저 사람 얘기하는 것을 들어보니 아무래도 위원장인 박삼암이 하기 달린 것 같아 그가 위원장이 된 게 자기에게 별로 해롭지 않다는 생각이 슬그머니 들었다. 박삼암과 자기는 뭐 나쁠 것도, 그렇다고 별로 좋을 것도 없는 그저 담담한 사이지만, 분심이와는 가까운 사이라고 봐도 무방할 것 같았다. 언젠가 황 참봉이 집을 찾아와서 머슴이었던 방판동을 시켜 분심이를 끌어내 버리려 했을 때 나서서 말린 사람이 박삼암이었고, 또 인공 세상이 된 뒤로 분심이는 마을 여맹에 가입해서 남달리 부지런을 떨었고, 대회가 열리면 곧잘 찬성 토론에 나서서 주먹을 휘두르기도 했으니, 박삼암의 눈에 들어 좋게 생각하고 있을 게 틀림없었다. 그렇다면 분심이를 보아서라도 논 일곱 마지기를 살려주지 않을까 싶었다. 그리고 사실 자기만큼 마을에서 가난한 살림을 하는 사람도 없고, 또 손발이 닳도록 엿을 팔아서 장만한 논이니 비록 소작을 주기는 했지만 지주라고 할 수는 없는 처지라는 것을 박삼암이 인정해 줄 것만 같았다. 그렇게 생각하면 조금 마음이 놓이기도 했지만, 그러나 역시 불안한 생각을 떨쳐 버릴 수가 없었다.

칠성이는 분심이에게 그런 말을 꺼내 보았다. 밤에 잠자리에 누워서였다.

"토지 분밴가 지랄인가를 한다 카던데, 우리 논은 우째 되는동 모르겠다 앙이가."

"……."

"박 영감이 토지개혁위원횐가 뭔가 그 위원장까지 됐다제? 당신 도 알제?"

"……."

"자나?"

옆에 등을 돌리고 누운 분심이를 찔벅 건드리자 그제야,

"듣고 있구마."

심드렁하게 입을 열었다.

분심이는 칠성이에게 얻어터진 뒤로 심사가 풀리질 않고, 그 응 어리가 속에 남아 언제까지나 살살 꿈틀거리는 사람처럼 노상 부 루퉁한 얼굴이었다. 그녀로서는 뭔가 골똘히 다시 생각해 보는 것 같았고, 마음이 흔들리는 듯했다. 칠성이한테 붙어 있어 보았자 신 세가 별수 없을 것이라는 걸 깨닫기는 했으나, 그렇다고 당장 어디 로 보따리를 싸 들고 나갈 방도도 없는 그런 막연하고 심란한 처지 에 빠져 있는 듯이 보였다. 그전 같은 세상이라면 다시 술집을 찾 아 훨훨 나서면 그만인 것이지만, 이미 그런 세월이 아니니 말이다.

"아무래도 당신이 한 번 박 영감을 찾아가 보는 기 좋겠어."

"……."

"위원장이 봐줄라 카면 봐줄 수 안 있겠나 말이다. 한 번 찾아가 서 부탁해 보는 기 어떻겠노?"

"……."

"와 대답이 없노?"

그러자 분심이는,

"당신 논인데 당신이 찾아가지, 와 나한테 찾아가라 카능게?"

빈정거리듯이 말했다.

"뭐라고?"

칠성이는 슬그머니 화가 치밀었다. 그러나 분심이의 요즘 심사를 짐작하는 터이라 지그시 화를 눌렀다.

"그카지 말고 한 번 찾아가 봐도고. 같이 산다는 기 뭐고? 내 논이 당신 논이고, 당신 논이 내 논 앙이가."

"내 논이 어디 있능게?"

"말하자면 그렇단 말이다."

그러면서 칠성이는 여전히 등을 돌린 채 누워 있는 분심이의 궁둥이를 슬그머니 다가가 끌어안았다.

"아이고 덥구마. 저리 가소."

"덥기는……."

"내사 덥구마."

분심이는 꿈틀꿈틀 궁둥이를 흔들어 칠성이를 밀어내고는,

"부탁하나마나 뻔하구마."

하고 말했다.

"뻔하다니, 무슨 소리고?"

"부탁한다고 봐주고, 부탁 안 한다고 안 봐주는 그런 식이 아니란 말이구마. 그건 전에 반동들이 하던 짓이지. 우리 공화국에서는 그런 일이 없구마. 상부의 지령대로 하는 기라예."

칠성이는 "우리 공화국 좋아하네" 하고 내뱉으려다 말고,

"그럼 우째 된단 말이고? 우리 논 일곱 마지기는?"

다그치듯 물었다.

"내가 우째 아능게."

"인제 와서 그카면 우야는 기고? 전에는 절대로 걱정 없다 카더니…… 일곱 마지기 남 준 것은 남의 논 많이 부치는 소작인보다 몬 하니까 지주 축에도 안 들어간다고 누가 캤노? 니 입으로 안 캤나?"

"아 글쎄, 누가 뭐라 카능게? 우째 될동 모른다 그기지. 꼭 몰수당할 기라고 안 캤구마. 내 참……."

"음—."

칠성이는 속이 부글부글 끓어올라 견딜 수가 없었다. 그만 분심이의 머리끄덩이를 덥석 움켜쥐고 끌어 일으켜서 냅다 사정없이 마구 두들겨 패주면 좀 속이 시원할 것 같았다.

돌아누워 있으면서 분심이는 칠성이의 핏대가 바야흐로 빳빳해져 가지고 화끈화끈 달아오르고 있다는 것을 육감으로 알 수가 있었다. 등줄기에 그런 기운이 으스스하게 와 닿는 것만 같았다. 그래서 슬그머니 어조를 바꾸어 말했다.

"가만있어 보소. 괜찮을동 누가 아능게. 사내대장부가 맘을 좀 크게 묵고, 너무 걱정하지 마소. 내 생각에는 괜찮을 것 같구마."

"음—."

"까짓것 만약에 몰수를 당하더라도 허는 수 없지 뭐게. 상부에서 지령이 그렇게 내리왔으면 그렇게 되는 수밖에 없는 기니까……."

"뭐라고?"

칠성이는 벌컥 고함을 지르듯 내뱉었다.

"화내지 마소. 화낸다고 되는 일이 아니잖는게. 몰수를 당하더라도 참아야지 우야능게. 다 같이 잘 사는 좋은 세상을 맨들라고 그러능 긴데……."

"에라잇 이년! 순 빨갱이년 같으니……."

그만 칠성이는 울화통이 터지고 만 것처럼 벌떡 자리를 박차고 일어났다. 냅다 발로 분심이를 콱 짓밟아 버릴 듯이 서서 노려보다가,

"아이구 복쟁이*('복장'의 영천말) 터져 몬 살겠다! 몬 살겠어!"

악을 쓰듯 뇌까리고는 후닥닥 그만 밖으로 뛰어나가 버렸다. 맨발로 마당에 나가 서서,

"아이구 미치겠다니까! 미치겠어! 지기미 씨발, 미치겠다 말이다! 아이구—."

정말 살짝 실성한 사람처럼 밤 허공을 향해 울부짖듯 내뱉어 댔다.

이튿날, 칠성이는 엿 팔러 나가는 일을 그만두어 버렸다. 토지 분배 결과가 어떻게 되는지 궁금하고 걱정이 되어 입맛까지 뚝 떨어진 판이어서 엿판을 짊어지고 한가롭게 이 마을 저 마을을 돌아다닐 수가 없었던 것이다. 비 오는 날 외는 하루도 쉬는 일이 없던 칠성이로서는 참으로 이변이 아닐 수 없었다.

분심이 그년은 그 따위로 말을 했었지만, 아무래도 사람이 하는 일인데 부탁을 하면 설마 좀 안 봐주겠나 싶어서 아침을 한술 뜨는 둥 마는 둥 하고 칠성이는 박삼암을 찾아갔다.

박삼암은 벌써 집에 없었다. 어디 갔느냐고 물으니, 오늘 면인민위원회에서 회의가 있다고 일찍 나갔다는 것이었다. 틀림없이 토지 분배에 관한 회의일 것이고, 어쩌면 오늘 회의에서 모든 것이

결정이 나는지도 모른다는 생각이 들자 칠성이는 조바심이 나서 견딜 수가 없었다. 어떻게든지 결정이 내려지기 전에 박삼암을 만나 부탁을 해 봐야겠다 싶어서 칠성이는 그 걸음으로 남구리를 향해 갔다.

무슨 급한 볼일이라도 있는 것처럼 헐떡거리며 잰걸음을 쳐가던 칠성이는 문득 방판동 아재 생각이 떠올랐다. 자기와 그저 그런 사이인 박삼암보다 방판동 아재를 만나 부탁하는 편이 훨씬 효과가 있지 않을까 싶었다. 부락의 위원장보다는 어느 모로나 면당 위원장이 말발이 서지 않겠는가 말이다.

"와 진작 그런 생각을 몬 했노. 흐흐흐……."

칠성이는 혼자 좋아서 히들히들 웃기까지 했다. 그런 든든한 빽을 놓아두고서, 분심이한테 공연히 박삼암을 좀 찾아가 보라는 말을 꺼냈다가 퇴자를 맞은 어젯밤의 일이 어리석기 짝이 없게 여겨졌다.

남구리에 들어선 칠성이는 곧바로 면당 사무실을 찾아갔다. 전에 한 번 통행증을 부탁하러 방판동 아재를 만나 보았다가 허탕을 친 일이 생각나서 기분이 개운치도 못하고, 큼직한 간판이 걸린 대문을 들어서려니 어쩐지 좀 켕기는 듯도 했다. 그러나 아랫배에 꾹힘을 주고서 뚜벅뚜벅 걸어 들어갔다. 재수 좋게도 마침 사무실에 방판동 아재가 혼자 앉아 있었다. 다른 사람들은 아직 출근을 안 했는지, 아니면 벌써 모두 밖으로 과업을 수행하러 나갔는지 잘 알 수가 없었다.

"칠성이 앙이가, 우짠 일이고?"

자리에 앉은 채 먼저 방판동이 약간 반색을 하며 입을 열었다.

"방 씨 아재요, 아니 위원장 동무, 그간 벨고 없으싰능교?"

칠성이는 일부러 꾸벅 머리를 깊이 숙여 인사를 하고는, 들어오라는 말도 없는데 신을 벗고 마루로 올라서서 사무실로 쓰고 있는 방으로 들어갔다.

"오늘은 엿 팔로 안 갔나?"

"엿 팔 기분이 나야 말이지예."

그러면서 칠성이는 책상 곁에 놓인 걸상에 가서 궁둥이를 내렸다.

"기분이 와? 니가 엿 팔로 안 간 걸 보니 무슨 일이 단단히 있는 모양이제?"

그러자 칠성이는 됐다는 듯이 말머리를 꺼냈다.

"있다 뿐잉교. 그래서 아재를 안 찾아왔습니껴. 야단났심더. 아재요, 날 좀 살리 주이소."

"아니 무슨 일인데 그카노?"

"아재도 아시다시피 내가 빼 빠지게 엿을 팔아서 묵을 것 안 묵고, 입을 것 안 입고 모은 기 논 일곱 마지기 아닙니껴. 그 일곱 마지기는 내 목숨이나 마찬가집니더. 만약 그 논이 없어진다 카면 나는 다 살았심더. 살아서 뭐합니껴? 안 그렇습니껴? 아재요. 생각해 보이소."

"토지 분배 때문에 그카는구나. 음—."

방판동은 알았다는 듯이 무겁게 고개를 끄덕였다.

"맞심더. 바로 그깁니더. 그래서 찾아왔심더. 그 일곱 마지기를 몰수해 가지고 남에게 나눠 줘삐리면 나는 우짭니껴? 죽으라 카는 기나 마찬가지 아닙니껴? 나보다 더 가난하고 불쌍한 사람이 어디 있습니껴? 나를 지주라 카면 말도 안 됩니더. 안 그렇습니껴? 아재요, 날 한 번 살리주는 셈 치고 그 일곱 마지기를 몰수 안 하도록 좀 해주이소. 부탁입니다. 정말 그 은혜는 죽어 저승에 가도 잊지 않을 낍니더."

"니 심중이사 내가 안다. 그렇지만……."

"그렇지만 뭡니껴? 안 된단 말입니껴?"

"음—."

방판동은 말을 꺼내기가 매우 난처한 듯 이마에 주름까지 굵게 접으며 잠시 입을 다물었다.

"아재요, 한 번만 봐 주이소. 예?"

"……."

"부탁입니더. 아재요."

"내가 봐주기 싫다는 기 앙이라……."

"그럼예?"

"칠성아, 내 말 잘 들어 보래이."

"예."

방판동은 조금 뜸을 들이듯이 숨을 크게 쉬고 나서 제법 무겁게 입을 열었다.

"인제 세상이 달라졌다는 거 니도 알제? 그전 세상과는 근본적으로 다른 기라. 무슨 말인고 하면…… 인제 내 것이라는 기 없는 기라. 알겠나?"

"……."

"내 재산이라는 기 없다 그 말이다. 내 논도 없고, 내 밭도 없는 기라."

"그럼 와 토지 분배를 하능게? 지주의 논을 몰수해서 소작인들에게 나눠 준다 카던데에."

"아 글쎄, 내 말을 들어 보라카이. 토지개혁을 하는데 말이다, 그기 이번 한 번으로 끝나는 기 아닌 기라. 이번이 1찬 기라. 2차 3차가 머지않아 또 있다 그 말이다. 그래서 결국 나중에 가서는 내 논 니 논이라는 기 없어져 삐리고 마는 기라. 내 논 니 논이 따로 있는 기 앙이라, 모두가 같이 농사를 지어 가지고 똑같이 나눠 묵는 기라. 그기 바로 공산주원 기라. 알겠나?"

"……."

"그러니까 말이다, 설사 이번에 니 논 일곱 마지기가 그대로 니 앞으로 남아 있게 된다 치더라도 나중에는 결국 없어져 삐리고 마는 기라. 누구 끼 되고 안 되고가 문제가 아니다 그 말이다."

"그럼 논은 전부 누구 끼단 말잉게?"

"모든 사람들의 끼지. 공동 소유란 말이다."

방판동은 그동안 들은풍월도 있고, 또 실제로 교양학습을 거듭해서 이제 제법 '공동 소유'라는 말까지 써가며 아는 체를 했다. 그러나 칠성이는 도무지 그게 무슨 소린지 아리송하고 알궂기만 했다.

"모든 사람의 끼면 임자가 없는 기나 마찬가지 아닝게."

"공산당이 임자라고 생각하면 되는 기지. 나라가 임자라고 생각해도 개않고……."

"……."

"그러니까 칠성이 니도 인제 지 재산을 모을 생각은 버리 삐리야 한다 앙이가."

"그럼 엿장시도 하지 말라 그 말잉게?"

"나중에는 엿장시도 몬 하게 될걸…… 그것까지는 내사 잘 모르 겠다마는, 지 재산을 늘리기 위해서 하는 장사라는 건 없다 카니 까, 아매 엿장시도 몬 할 끼다."

"그럼 나는 우째 사능게? 뭐 해 묵고 사능게?"

"농사를 지어야겠지 뭐."

"논도 다 뺏기 삐리고 뭘 가지고 농사를 짓능게?"

"허허 글쎄, 뺏긴 기 앙이라 카이 그러네. 공동 소유라 카이. 공동 소유."

"공동 소유가 뭥게? 도대체……."

"이눔아야, 지금까지 그렇게 가르치 줘도 모르겠나? 니 딜꼬 답 답해서 얘기 몬 하겠다."

방판동은 정말 답답하다는 듯이 살짝 얼굴을 돌렸다.

칠성이는 한 가닥 남아 있던 기대마저 와르르 무너져 버리고, 눈 앞이 캄캄해진 것만 같아 견딜 수가 없어서 그만 입에서 나오는 대 로 내뱉었다.

"나도 아느마. 머슴살이 하라 그 말 아닝게. 공산당 머슴살이 말 이구마."

"뭐라고?"

방판동의 얼굴이 험악해졌다.

"안 그렇게. 논 임자가 공산당이라면서요. 그럼 그 논에서 농사 를 지어 나눠주는 대로 받아 묵고 산다면 새경 받는 기나 뭐가 다 른게? 그기 머슴살이지 뭥게? 그래 가지고 무슨 재미로 산단 말잉 게?"

"말조심해! 아눔아야."

"내 말이 틀렸능게?"

"말이면 다 해도 되는 줄 아나? 니가 아직 세상 무섭은 줄을 모르는구나. 맛을 좀 봐야 알겠나?"

"맛을 보다니, 내가 와 무슨 맛을 보능게?"

"니 자꾸 그칼 끼가? 분주소에 넘기 삐린다. 분주소에 가서 몽딩이 찜질을 당하기 전에 입 닥치라 말이다."

자위대가 그동안에 분주소(지서의 그들 명칭)로 바뀌어 있었다.

"뭐이가? 누구디?"

그때 불쑥 홍남팔이 사무실로 들어섰다.

방판동의 표정이 굳어졌고, 칠성이도 바짝 긴장이 되었다. 얼른 보아도 그전에 한 번 지주 숙청대회 때 마을에 왔던 면당 부위원장이라는, 이북에서 내려온 사람이라는 것을 알 수가 있어서 칠성이는 후닥닥 자리에서 일어났다.

"갈래? 잘 가제이."

방판동은 재빨리 표정과 어조를 바꾸어 아무 일도 없었던 것처럼 말했다.

"예, 아재요, 잘 기시이소."

칠성이도 그런 눈치는 빨라서 예사롭게 인사를 하고는 얼른 사무실을 나갔다.

도망치듯 허겁지겁 마당을 걸어 나가는 칠성이의 걸음은 마치 땅바닥을 헛딛기라도 하는 것처럼 휘청거렸다.

집에 돌아온 칠성이는 방바닥에 비실 힘없이 쓰러져 버렸고, 몸살이라도 난 사람처럼 이따금 끙끙 앓기까지 했다. 맥이 풀릴 대로 풀려서 정말 병이 날 것만 같았다. 이제 토지 분배의 결과 따위도 아랑곳이 없었다. 일곱 마지기 논이고 뭐고, 엿장수고 뭐고 다 소용이 없었다. 모든 것이 끝난 것만 같았다. 그동안 이를 악물고 아등바등 뼈가 빠지게 살아온 세월이 원통하고 허망하기 짝이 없었다. 공든 탑이 무너져도 이렇게 어처구니없게, 송두리째 뒤집어지듯 망가져 버릴 수가 있는 것일까 싶으니 미칠 것만 같았다. 분하고 슬펐다.

"으악—."

끙끙 앓다가 그만 냅다 악을 쓰듯 고함을 내지르기도 했다. 살짝 실성한 사람 같았다.

그날 밤, 칠성이는 잠을 이루지 못하고 이리 뒤척 저리 뒤척 하다가 무슨 생각에선지 부스스 일어나 밖으로 나가더니, 부엌으로 가서 식칼을 들고 나왔다. 그리고 안채 모퉁이로 가서 주인네 숫돌도 찾아 들고 왔다. 부엌 앞뜰에 숫돌을 놓고 앉아서 식칼을 갈기 시작하는 것이었다. 달이 제법 있었다.

슥싹 슥싹…… 식칼을 갈아대면서 칠성이는,

"어디 보자, 이누묵 자식들, 모조리 죽이 삐릴 끼다. 죽이 삐리. 모조리 모조리……."

하고 중얼거렸다. 그리고 뿌드득 뿌드득 이까지 갈아 댔다.

슥싹 슥싹…… 칼 가는 소리에 설핏 잠이 들었던 분심이가 깼다. 슥싹 슥싹 슥싹……. 저게 도대체 무슨 소린가 하고 가만히 귀를 기울이다가, 분심이는 몸을 일으켜 그 소리가 나는 바깥을 내다보았다.

달빛 속에 앉아 칠성이가 칼을 갈고 있는 것이 아닌가. 으스스 소름이 좍 온몸을 흘러내렸으나, 분심이는 일부러 잠에 취한 듯한 목소리로,

"아니, 당신 뭐하능게! 이 밤중에⋯⋯."

하고 물었다. 그리고 억지로 크게 하품을 한 번 했다.

칠성이는 힐끗 이쪽을 보았을 뿐 아무 대답이 없었다. 좀 섬뜩하기는 했으나, 분심이는 일어나 밖으로 나가서 한쪽 울타리 가에 가 쪼그리고 앉아 찍— 볼일을 보았다. 그리고 슬금슬금 칠성이에게 다가갔다.

"얄궂대이. 뭐 할라고 부엌칼을 가능게?"

"⋯⋯."

"그만 잡시더."

오늘 밤은 좀 생각이 다른지 분심이의 목소리는 나긋했다.

그러자 칠성이는 힐끗 쳐다보며 갈던 식칼을 번쩍 쳐들었다. 달빛에 칼날이 빛났다.

"니도 죽이 삐리까구마."

불끈 쥔 식칼을 불쑥 분심이의 젖가슴을 향해 내밀었다. 칠성이의 두 눈이 무섭게 번들거렸다.

"우야꼬! 와 이카노!"

질겁을 하고 분심이는 후닥닥 뒤로 물러섰다.

칠성이는 벌떡 일어서며,

"이누무 빨갱이들 모조리 죽이 삐릴 끼다구마. 모조리⋯⋯."

정말 그 식칼로 분심이를 푹 쑤셔 버릴 듯이 으르렁거렸다.

"아이고메—."

냅다 비명을 지르며 분심이는 정신없이 방 안으로 뛰어들었다. 그리고 방문을 닫고, 안으로 문고리를 걸어 버렸다.

"훗훗흐⋯⋯ 까짓거 모조리 죽이 삐린다니까. 모조리 모조리⋯⋯

훗훗흐 훗훗흐……."

칠성이는 마치 실성한 사람처럼 뇌까리고 웃어젖히며 밤하늘을
향해 냅다 식칼을 쿡쿡 내질러 댔다.

안채에서 주인집 사람들이 잠을 깨어 무슨 일인가 하고 밖으로
나오고 있었다.

15

남구리의 면 인민위원회 건물에 불이 난 것은 이틀 뒤의 밤이었
다. 자정이 훨씬 넘은 밤중에 불이 났기 때문에 처음에는 아무도
몰랐다. 불길이 하늘로 치솟으며 훨훨 기세 좋게 마구 타오르고 있
을 때에야 숙직원의 눈에 띄었다. 그때는 이미 본 건물에서 조금 떨
어져 있는 숙직실에도 불길이 옮겨 붙고 있었다. 두 사람의 숙직원
은 하마터면 불길 속에 휘말려 버리고 말 뻔했다.

"불이야—."

"불이야, 불!"

혼비백산하여 뛰어다니며 두 숙직원이 외쳐 대는 바람에 인근의
사람들이 잠을 깨어 놀라 뛰어나왔다. 개까지 짖어 대고 온통 난리
였다. 어찌나 불길이 거센지 남구리 일대가 훤할 지경이었다.

별다른 소방기구가 있는 것도 아니고, 사람들이 물을 퍼다가 뿌
리는 그런 소동이어서 불길은 좀처럼 잡히지가 않았다. 결국 불길
은 건물을 거의 다 태우고야 가라앉았다.

날이 밝은 뒤에 보니 타다 남은 시커먼 기둥이 몇 개 삐죽 서 있

을 뿐, 온통 잿더미였다. 물론 정문과 둘레의 담은 멀쩡하게 그대로 남아 있었다. 그런데 정문 한쪽 기둥에 붙어 있던 인민위원회 간판이 자취를 감추고 없었다. 이상한 일이 아닐 수 없었다.

그런 점으로 보아서도 화인은 방화에 틀림없었다. 바람결에 서늘한 기운이 섞이기는 했으나, 아직 숙직실에 저녁으로 불을 때는 것도 아니고, 또 불이 사무실인 본 건물에서 났으니 말이다. 누전 따위는 의심의 여지도 있을 수가 없었다. 전기 시설이 되어 있기는 했지만, 전쟁이 일어난 뒤로 단전이 되어 버린 터이니까.

명백한 방화인데, 그렇다면 어떤 놈의 소행인가 하는 점이었다. 결코 간단히 넘길 수가 없는, 아주 중대한 사건이 아닐 수 없어서, 분주소를 위시한 면당과 직접 피해자인 인민위원회 사람들은 바짝 긴장이 되어 긴급회의를 여는 등 숨 가쁘게 돌아갔다.

소문은 삽시간에 온 면내에 퍼졌다. 면내뿐 아니라 이웃 면과 읍내에까지 놀라운 소문이 되어 퍼져 나갔다. 바로 토지 분배가 실시된 직후여서 가뜩이나 뒤숭숭한 판국인데, 면 인민위원회에 불을 질러 몽땅 태워 버렸다니 놀라운 일이 아닐 수 없어서, 더욱 이러쿵저러쿵 말들이 분분했다. 틀림없이 이번 분배에 불만을 품은 사람의 소행일 것이라는 얘기들이었다.

회룡리에도 물론 소문은 퍼졌고, 분심이의 귀에도 그 소문은 와 닿았다. 그 얘기를 들은 분심이는 대뜸 속으로 혹시나…… 싶었다. 아무래도 수상한 것이었다. 마을 우물에서 몇 가지 간단한 빨래를 하다가 그 말을 들었는데, 분심이는 공연히 가슴이 두근거려서 대충대충 빨래를 헹구어 짜가지고는 잰걸음으로 집으로 향했다.

칠성이는 아직까지 일어나질 않고 늘어져 자고 있었다. 해가 벌써 중천으로 기어오르고 있는데 말이다. 그것부터가 미심쩍은 일이 아닐 수 없었다. 엿을 팔러 안 나가는 지는 벌써 며칠이 됐으니까 그렇다 치고, 간밤에 어디를 가서 무얼 했는지 거의 새벽녘에 돌아와서는 지금까지 자고 있으니 말이다.

분심이는 간밤에 자다가 오줌이 마려워 일어났었다. 잘 뜨이지 않는 눈을 비비며 밖에 나가 볼일을 보고 돌아와서 자리에 누우려고 하다가 보니, 옆에 자고 있어야 할 칠성이가 보이지 않았다. 이 밤중에 어딜 갔는가, 덜컥 겁이 나지 않을 수 없었다. 식칼을 갈던 일이 생각났던 것이다. 얼른 부엌으로 가보았더니, 식칼이 그대로 있어서 좀 마음이 놓였다. 설마 무슨 일이야 없겠지, 또 실성기가 생겨서 한밤중에 돌아다니는 모양이지, 그러다가 돌아오겠지, 논 일곱 마지기가 남한테 분배되고 말았으니 그럴 만도 하겠지, 싶으며 분심이는 다시 잠이 들었는데, 거의 새벽녘에야 칠성이가 돌아왔던 것이다. 어렴풋한 잠결에 알았으나, 모르는 척하고 돌아누워 버렸었다.

"여보, 아직 자예? 일어나예. 우짠 잠을 이렇게 자능게."

분심이는 칠성이 곁으로 가서 흔들어 깨웠다.

"으응—."

기지개를 켜며 칠성이가 눈을 떴다.

"여보, 큰일 났구마. 면 인민위원회에 불이 나서 다 타 삐렀다 카느마."

그러면서 분심이는 칠성이의 표정을 눈여겨 살폈다.

"그기 무슨 큰일이고. 잘 타 삐렀지 뭐고."

"뭐라고예? 잘 타 삐렀다고?"

"그래, 내사 속이 시원하다 와?"

"당신 어젯밤에 어디 갔다 왔능게?"

"......."

"어서 말해 보소."

"어디 갔다 왔기나 와?"

"음—."

그러자 칠성이는 슬그머니 돌아누우며,

"오늘 밤에도 또 불이 날 끼다. 두고 보래."

하고 예사롭게 내뱉었다.

그만 입이 얼어붙은 듯 분심이는 말없이 칠성이를 매서운 눈으로 쏘아보고 있었다. 속이 와들와들 떨리고 있었다.

16

면 인민위원회 건물이 불타 버린 사건에 대해 누구보다도 당황하며 핏대를 시퍼렇게 세워 화를 내질러 댄 것은 홍남팔이었다. 도대체 어떤 악질 반동 놈의 새끼가 간이 배 밖에 나도 분수가 있지 그런 어처구니없는 짓을 저질렀단 말인가 하고, 평소의 그 차갑도록 무표정하고 침착하던 성품과는 정반대로 입에 거품을 물며 악을 써 댔다. 그럴 수밖에 없는 것이 틀림없이 그 일로 해서 상부로부터 무거운 책임 추궁을 당할 것이기 때문이었다. 자아비판 정도로 끝나지 않을 게 뻔했다. 만일 범인까지 잡아내지 못한다면 어쩌면 숙청을 당해 버릴지도 모를 일이었다. 그래서 인민의 원수인 그 방화범을 어떤 일이 있더라도 잡아내어 공개리에 타살해 버려야 된다면서, 빨리 그놈을 잡아들이라고 서릿발 같은 명령을 내렸다.

비단 면당 부위원장인 홍남팔만이 그처럼 놀라고 당황한 것이 아니라, 피해 당사자이면서 직접 책임이 있는 인민위원장 역시 모가지가 날아갈 게 뻔해서 사색이 되어 어찌할 바를 몰랐고, 공안 책임자인 분수소장 또한 숙청의 두려움에 떨며 바짝 긴장이 되어 정신없이 설쳐 댔다. 그러나 방판동은 자기가 명색이 면내의 최고 책임자인 면당 위원장이면서도 아직 공산당 체제의 냉혹함을 잘 모르는 터이라, 그저 어떤 놈이 그런 간덩이 부은 짓을 했는지, 참 별일도 다 있다는 정도로 어리둥절할 뿐, 조금도 자기 모가지를 염려하지는 않았다. 물론 그 역시 다른 사람들과 마찬가지로 범인을 속히 잡아야 되겠다고 꽤나 심각한 표정을 짓기는 했지만, 한편 오히려 매우 놀랍고 흥미 있는 사건이 터졌구나 하고 내심 재미있어하기도 했다.

서릿발 같은 홍남팔의 명령이 떨어지자, 일을 당한 인민위원회 쪽은 물론이고, 사건의 담당 부서인 분주소를 비롯해서 민청이니 여맹까지 모든 조직원들이 총동원 되어 범인 색출에 나섰다. 말하자면 온 면내에 방화범 체포의 비상이 걸린 것이었다.

몇 사람씩 조를 짜서 각 부락으로 나가 마을에 있는 조직체까지 동원을 해서 의심나는 사람이 없는가 탐문을 했고, 조금이라도 수상한 자가 떠오르면 무조건 일단 분주소로 끌고 갔다. 한 부락에서 한 사람도 피의자를 못 찾아냈을 경우에는 담당한 자들이 힐책이라도 당할까 봐 별 수상한 점도 없는 애매한 사람을 억지로 끌고 가기도 했다. 그래서 분주소는 끌려온 피의자들로 별안간 만원을 이루었다. 한동안 소위 반동분자들을 잡아들일 때와는 또 다른 긴장감이 감돌며 벅적거렸다. 내무서에서도 몇 사람이 나와서 지휘를 하고, 끌려온 피의자들을 직접 심문하기도 했다.

회룡리에서는 논 일곱 마지기를 몰수당한 칠성이가 으레 의심받을 만했다. 토지개혁 바람에 엿 팔러 나가는 일까지 그만두고 밤으로 식칼을 갈아 대기도 하며 약간 실성한 사람처럼 굴었으니 말이다. 더구나 본래 사람이 좀 모자라는 듯한 구푼이어서 분하고 억울함을 못 이겨 그만 그런 엉뚱한 짓을 저질렀을 가능성이 충분히 있는 것이다.

그러나 칠성이는 용케 그 용의자 색출 그물에서 벗어날 수가 있었다. 아무도 그를 들먹이는 사람이 없었던 것이다. 마을 사람들 가운데는 그가 틀림없이 범인일 것이라고 생각하는 사람도 적지 않았다. 그러나 그 인생이 하도 가련할 뿐 아니라, 어떻게든지 한번 잘 살아 보겠다고 아등바등 몸부림을 쳐 온 지난날을 잘 알고 있는 터이라, 그의 논 일곱 마지기까지 몰수해서 다른 사람에게 분배해 버린 이번 처사는 어느 모로나 너무한 것 같아 내심 모두 딱하게 여기고 동정을 하고 있어서 어느 누구도 그가 의심스럽다는 말을 꺼내지 않았다. 확실하지도 않은 일을 가지고 그를 용의자로 지목한다는 것은 아주 몹쓸, 천벌이라도 받을 짓을 하는 것만 같은 그런 생각이 들었다고나 할까. 더구나 이번 일은 이만저만한 사건이 아니어서 범인으로 밝혀지는 날이면 틀림없이 목숨을 부지하지 못할 터인데, 섣불리 그를 들먹인다는 것은 곧 죽음의 구렁텅이로 밀어넣어 버리는 것과 다를 바가 없었기 때문에 사람들은 서로 눈치를 볼 뿐 굳게 입을 다물었던 것이다.

그러나 마을의 감투 세 개를 쓰고 있는 박삼암은 기어이 한마디 입을 열었다. 분심이를 향해서였다. 마을 인민위원회의 사무실로 쓰고 있는 황 씨네 제각이 말하자면 범인 탐색의 임시본부가 되어 사람들이 드나들었는데, 부락 여맹원인 분심이도 연락을 받고 그곳에 갔었다. 그녀를 보고 처음에는 아무 말이 없던 박삼암이 나중에야 문득 생각이 떠오르기라도 한 듯 불쑥 물었다.

"칠성이는 어젯밤 뭐 했노? 집에서 잤나?"

"예."

분심이는 얼른 대답했다.

"지금 뭐 하고 있노? 요새 엿장시도 안 한다면서?"

"어디 아픈가 봐예. 지금도 누워 있심더."

"그래?"

"어제 저녁부터는 밥도 안 묵고 꿍꿍 앓기까지 하네예."

분심이는 표정이 약간 굳어져 있기는 했으나, 자연스러운 말투였다.

"음—."

박삼암은 고개를 두어 번 끄덕였다. 그 역시 내심 칠성이를 의심했던 모양으로, 분심이의 말을 듣고는 그게 아니었구나 하는 그런 얼굴이었다. 박삼암은 분심이의 말을 곧이 믿었던 것이다. 본시 열성적인 여성 동무인데, 거짓말을 할 까닭이 없다 싶었다.

그런 분심이의 깜찍한 능청에 의해서 칠성이는 위기를 무사히 넘길 수가 있었던 것이다.

그러나 분심이가 칠성이를 끝까지 두둔하고 덮어두려는 생각에서 그처럼 능청을 떨었던 것은 아니었다. 머리가 잘 돌아가는 그녀의 순간적인 재치였다. 자기도 모르게 그런 새빨간 거짓말이 혀끝에서 굴러 나왔던 것이다. 살을 섞으며 같이 살아온 사내에 대한 여자의 본능적인 보호심리라고 할 수 있었다.

시치미를 뚝 떼고 그런 능청을 떨었으니, 분심이는 속으로 덜컥 겁이 났다. 거짓말이 탄로 날까 싶어서였다. 그래서 그녀는 기회를 보아 슬금슬금 그곳을 빠져나와 집으로 잰걸음을 쳤다.

바깥세상이 어떻게 돌아가고 있는지도 모르고 칠성이는 마침 잠에서 깨어 일어나 앉으며 하품과 함께 커다랗게 기지개를 켜고 있었다. 분심이는 후닥닥 방으로 뛰어 들어가 낮은 목소리로 지금 방화범을 잡으려고 온 동네가 발칵 뒤집어졌다는 식으로 호들갑을 떨며, 방금 자기가 박삼암에게 둘러 붙인 말을 그대로 옮겼다. 그리고 아픈 것처럼 계속 누워 있으라고 왈칵 떠밀기까지 했다.

"그기 정말이가?"

칠성이는 눈이 휘둥그레지며 얼른 도로 방바닥에 옆으로 쓰러져 새우처럼 몸을 오그려 붙였다. 그리고 정말 어디가 몹시 아픈 것처럼 살살 앓는 시늉까지 했다.

그런 칠성이를 가만히 지켜보고 있던 분심이는 벌떡 일어나 부엌으로 갔다. 울화통이 터져서 견딜 수가 없는 모양이었다. 부엌바닥에 궁둥이를 내던지듯 털썩 주저앉아 두 무릎을 싸안고 그 위에 얼굴을 묻었다. 혹시나 싶었는데, 이제 보니 틀림없는 범인이 아닌가 말이다. 이 일을 어쩌면 좋을지, 정말 난감하고 두렵기까지 했다. 만약 나중에 칠성이가 범인이라는 것이 탄로 나기라도 하는 날이면 영락없이 자기도 공범자로 몰려 붙들려 갈 게 아닌가. 범인을 숨기려고 그처럼 능청스럽게 거짓말을 했으니 말이다. 그렇다고 조금 전에 한 말을 금세 번복해서 칠성이를 고발하고 나설 수도 없는 노릇이었다. 그러면 스스로 깜찍한 거짓말쟁이라는 것을 알리고, 얄팍한 속만 드러내 보여 오히려 더 미움을 살지도 모를 일이었다. 이미 때는 늦은 것 같았다.

분심이는 괴로웠다. 칠성이에게선 이미 마음은 멀어졌다고 할 수 있다. 아기를 뱄다고 거짓말을 한 것이 탄로 나 얻어터진 뒤로 정나미가 떨어졌는데, 더구나 이번 토지개혁으로 일곱 마지기 논까지 날아가 버려 한 가닥 남아 있던 기대마저 여지없이 뭉개져 버렸고, 또 지주였다는 성분 때문에 반동으로 분류되어 앞으로 아무런 희망이 없는 암담한 신세로 굴러 떨어진 그런 사람과 함께 살아 보았자 앞날은 보나마나인 것이다. 게다가 어처구니없게도 인민위원회에 불까지 지르지 않았는가. 이제 깨끗이 끝장이었다. 당장 보따리를 싸가지고, 걸음아 날 살려라 하고 어디로든 멀리멀리 자취를 감추고 싶은 심정이었다. 그러나 통행증 없이는 이웃 면에도 잘 갈 수 없는 세상이 아닌가.

도리 없이 분심이는 좀 더 두고 보기로 했다. 칠성이가 "오늘 밤에도 또 불이 날끼다. 두고 보래" 했으니, 혹시 다시 방화를 할지 모르니까, 그때는 앞뒤 돌볼 것 없이 고발을 해야겠다 싶었다. 그런데 고발을 할 경우, 어디다가 하는 것이 좋을까 하고 분심이는 생각해 보았다. 분주소를 찾아가는 게 당연할 것 같았다. 범죄는 분주소 소관이니까 말이다. 그러나 분주소에는 아는 사람이 하나도 없어서 어쩐지 선뜻 내키지가 않았다. 아무래도 안면이 있는 사람을 찾아가는 게 옳을 것 같았다. 퍼뜩 머리에 떠오르는 것이 홍남팔이었다. 그와 안면이 있다고 할 수 있을지 모르지만, 그렇다고 전혀 생소한 사이는 아닌 것이다. 지주 숙청대회가 열렸던 밤에 한 번 서로 본 일이 있으니 말이다. 그때 자기가 남달리 열을 올려 찬성 토론을 했으니까, 홍남팔이 어쩌면 기억하고 있을 것 같았다. 면내에서 진짜 제일 높은 사람인 그를 직접 찾아가 범인이 누구라는 것을 일러바치면 그가 자기를 남다른 눈으로 볼 게 아닌가. 더구나 그 범인이 남도 아닌 같이 사는 남자라는 것을 알면 참으로 열성적인 동무라고 틀림없이 감복할 것만 같았다.

"옳지."

분심이는 번쩍 얼굴을 들었다. 두 눈에 야릇한 미소가 떠오르고 있었다. 어쩌면 팔자를 고칠 좋은 기회가 아닌가 싶은 것이었다. 아무리 이북에서 내려온 철저한 공산당원이라 하지만, 자기도 불알을 찬 사내임에는 틀림없을 것이니, 그 불알을 살살 간질이면 전들 별수 있겠느냐 싶었다. 그래서 엿장수인 사내의 품을 벗어나 면내에서 제일 높은 사내의 품으로 옮겨 가야지 하고, 분심이는 마치 무슨 큰 횡재덩어리라도 한 개 눈앞에 굴러오고 있는 것처럼 별안간 가슴이 부풀어 오르기까지 했다. 왕년의 술집 갈보다운 생각인 셈이었다.

이번 사건에 대한 놀라움과 두려움이 오히려 전화위복을 바라는 기대감으로 바뀌게 된 분심이는 부엌에 이렇게 앉아 있을 게 아니라는 듯이 벌떡 일어나 활짝 밝은 얼굴로 집을 나서 다시 인민위원회 사무실 쪽으로 걸음을 옮겼다. 여전히 시치미를 뚝 뗀 표정을 하고서 말이다.

그날 회룡리에서 용의자로 끌려간 사람은 다름 아닌 황 참봉의 맏손자인 병호였다. 대구에서 학교를 다니다가 전쟁 바람에 집에 돌아와 있는 중학 3학년생인 병호를 별 까닭도 없이 의심스럽다고 끌고 간 것이었다. 누군가가 그녀석이 범인인지도 모른다고 귀띔을 했던 것이다. 열여섯 살인 병호는 가뜩이나 한창 반항심 같은 것이 밖으로 나타날 때인데, 세상이 뒤집어져서 자기 아버지가 어디론지 피신을 가고, 역산 몰수라 하여 집 안의 기물에 딱지가 덕지덕지 붙게 되자, 분통이 치밀어서 걸핏하면 담 밖으로 냅다 겨냥도 없이 돌팔매질을 해대기도 했고, 또 이번 토지개혁 바람에 자기네 전답이 거의 남의 손에 넘어가 버리자, 살짝 머리가 어떻게 된 아이처럼 몽둥이를 들고 나가서 공연히 마을의 개들을 닥치는 대로 패대기도 했던 것이다. 그런 행동으로 미루어보아서 혹시 그녀석이 이번 일을 저질렀을지도 알 수 없다고 살짝 일러바친 사람이 있었던 것이다. 끌려가면서 병호는 내가 안 했다고, 아무 죄도 없는 사람을 왜 잡아가느냐고 고래고래 울부짖으며 냅다 몸부림을 쳐대기도 했다.

그날 밤 분심이는 잠을 이루지 못했다. 칠성이가 한밤중에 자기가 말한 대로 또 불을 지르러 집을 나가는지 어떤지 지켜보기 위해서였다. 어둠 속에 누워 쏟아져 오는 잠을 억지로 참으며 곧잘 나오는 하품을 칠성이가 눈치 채지 않도록 살짝 입을 벌려 소리 없이 내뱉곤 하는 분심이는 심중이 꽤나 착잡했다. 칠성이가 방화를 하러 나가기를 바라고 있었다. 그래야 홍남팔을 찾아가 밀고를 할 수 있으니까. 그러나 만약에 방화를 하다가 칠성이가 붙들리기라도 하는 날이면 만사는 물거품이 아닐 수 없었다. 밀고를 할 기회를 잃어버리게 될 뿐 아니라, 십중팔구 자기까지 화를 입게 될 터이니 말이다. 칠성이가 방화범이었는데 능청스럽게 거짓말을 해서 그를 두둔했으니, 어쩌면 공범으로 몰릴지도 몰랐다. 비록 그 말을 박삼암에게 했지만, 그때 몇몇 사람이 가까이 있었으니 그 말이 묻혀버릴 턱이 없었다. 그러니까 칠성이가 방화를 하되, 안 붙들리고 첫 번째처럼 무사히 집에 돌아와 줘야 일이 제대로 풀려서 전화위복이 될 수 있는 것이다.

그런 생각 때문에 머릿속이 뒤숭숭해진 분심이는 나중에는 차라리 아무 일도 없이 밤이 지나가 주기를 바라는 그런 심사로 슬그머니 바뀌고 있었다. 아마도 오늘 밤은 경계가 유난히 심할 터인데, 잘못 나섰다가는 낭패를 볼 것만 같은 생각이 들어 불안했다.

아니나 다를까, 칠성이는 속으로 그런 계산이 있었는지, 그날 밤 집을 나서지 않았다.

이튿날 점심때쯤 참으로 놀라운 소식이 마을에 전해져 왔다. 방화범이 다름 아닌 황 참봉 손자인 병호라는 것이었다. 자백을 했다는 것이다. 그 소식을 들은 마을 사람들은 누구나 입을 딱 벌렸고, 눈들이 휘둥그레졌다.

그 소식을 들은 분심이는 어리둥절했다. 아니 그렇다면 칠성이는…… 아무 일도 없는 멀쩡한 사람을 범인으로 단정하고서 혼자 속으로 이런 생각 저런 수작을 다 했었구나 싶으니 어이가 없기만 했다. 그런데 칠성이가 왜 그런 말을 했던 것일까…… "오늘 밤에도 또 불이 날 끼다. 두고 보래"라는 말 말이다. 알 수 없는 일이었다. 하기야 그 말이 반드시 자기가 또 불을 지르겠다는 뜻은 아니라고 할 수도 있다. 그러나 은연중 자기가 또 지른다는 의미가 풍기는 말이 아니고 무엇인가. 그리고 어제 방화범을 잡으려고 사람들이 들이닥쳐 마을이 발칵 뒤집혔으니 계속 누워서 아픈 시늉을 하라고 했을 때 겁을 집어먹고 얼른 도로 쓰러져서 새우처럼 몸을 오그려 가지고 살살 앓는 시늉까지 했던 것은 또 무엇인가 말이다. 분심이는 도무지 어떻게 된 영문인지 알 수가 없었다. 어느 모로 미루어 보아도 칠성이가 틀림없는 범인인 것 같은데, 엉뚱하게도 병호가 진범이라니…… 분심이는 몸에서 맥이 사르르 풀리는 느낌이기도 했다. 전화위복의 기대가 물거품처럼 사라져 버렸으니 그럴 수밖에.

그 소식을 분심이는 마을 우물에서 김칫거리를 씻다가 들었다. 두레박으로 물을 길어 올리던 한 아낙네가,

"아이고 그렇구나. 난 또 칠성이를 의심했다 앙이가."

하고 분심이를 향해 히죽 웃었다.

"뭐라 카능게? 그런 소리 마소."

분심이는 농담이지만 듣기 싫다는 듯이 내쏘아 주었다. 그래도 살을 섞으며 같이 살아온 사내라고 속마음과는 달리 재빨리 그런 지어미다운 말이 튀어 나왔다.

김칫거리를 대강대강 씻어 가지고 얼른 집으로 간 분심이는 쪽마루에 멀뚱히 걸터앉아 있는 넋 나간 것 같은 칠성이에게,

"병호가 범인이라느마."

하고 호들갑스럽게 말했다.

"뭐라고?"

"병호가 말이구마, 불을 지른 범인이라니까예."

"그래? 누가 카더노?"

"소문이 쫙 퍼졌구마."

"……."

"내사 정말 뭐가 우째 돌아가는동 알 수가 없다니까."

그러면서 분심이는 칠성이의 표정을 힐끗 살피듯 바라보았다.

"웃훗훗흐……."

칠성이는 그만 콧구멍을 위로 쳐들며 웃음을 터뜨렸다.

"와 웃는게?"

"우습어서 안 웃나."

"와 우습운게 말이구마. 병호가 범인이라는 기 그렇게 웃습운
게?"

그러자 칠성이는 슬그머니 일어나 방으로 기어 들어가며,

"억씨기 얻어맞은 모양이지. 흐흐흐……."

혼자 중얼거리고는 또 히들히들 웃었다.

그 말을 듣자 분심이는 대뜸 하하, 그렇구나, 싶었다. 머리가 잘
돌아가는 여자라, 칠성이의 그 말뜻을 대번에 알 수가 있었다. 분
주소에 끌려가 많이 얻어맞았기 때문에 그 매질에 못 이겨 그만 자
기가 그랬다고 거짓자백을 했다는 뜻이 아니고 무엇인가. 그리고
그 웃음도 바로 엉뚱한 사람이 범인이 되어 버린 것이 우스워서 흘
러나온 게 아니고 무엇인가 말이다.

그렇다면…… 다시 분심이의 눈빛이 살아나며 음흉스럽게 반질
거렸다. 이제 범인이 칠성이라는 것은 조금도 의심할 여지가 없었
고, 또 오늘 밤에는 아마 틀림없이 그가 다시 불을 지르러 나갈 것
이라는 생각이 들기도 했다. 범인이 잡혀서 이제 경계가 풀어졌을
터이니 말이다. 그래서 오늘 밤의 두 번째 방화 역시 성공할 것이
라는 생각이 들어 분심이는 다시 전화위복이라는 그 횡재덩어리가
되살아나서 서서히 눈앞으로 굴러오기라도 하는 듯 묘하게 가슴이

울렁거렸다.

부엌으로 들어가 김치를 담그는 손놀림도 한결 생기가 있어 보였다.

"배고프다. 점심 묵자."

방에서 칠성이의 목소리가 들렸다.

"예, 김치 당구고예. 쪼매만 기다리소, 잉?"

대답하는 목소리까지 앙큼스럽게도 밝았다.

17

그날 밤, 자정이 훨씬 지나서였다. 칠성이는 부스스 일어났다. 분심이도 그때까지 잠들지 않고 있었다.

살그시*('살며시'의 방언) 밖으로 나가는 칠성이를 향해,

"어디 가예? 이 밤중에……."

분심이는 나직한 목소리로 물었다. 마치 속삭이는 듯한 어조였다.

칠성이는 마치 어둠 속에 뒷덜미라도 잡힌 것처럼 흠칠 놀라며,

"아니, 아직 안 잤나?"

약간 당황하는 듯한 말투로 내뱉었다.

"잤심더."

분심이는 일부러 방금 깬 듯이 아으윽— 하고 억지로 하품을 했다.

"오짐 누로 가지 어디 가까 봐."

볼멘소리를 하고는 마당으로 나간 칠성이는 정말 소변이 마려웠

던지 울타리 가로 가서 아무데나 촤— 물줄기를 내뿜았다.

그대로 가만히 누워서 바깥쪽으로 귀를 곤두세우고 있던 분심이는 정말 오줌 줄기 내뻗는 소리가 들리자, 뭐 저래, 싶었다. 오늘 밤에도 그냥 넘길 것인가 싶으니 스르르 맥이 풀리며 슬그머니 화가 나기도 했다. 문득 자기가 경망스럽지 않았나 하는 생각이 들었다. 칠성이가 일어나 살그머니 밖으로 나갈 때 모르는 체하고 가만히 지켜보고만 있을 것을, 공연히 어디 가느냐고 입을 연 것이 아무래도 실수인 것 같았다. 그의 행동을 만류한 셈이니 말이다. 방정맞은 입이 원망스러웠다. 그가 일어나 움직이기를 기다리고 있었던 터이라, 그만 자기도 모르게 그런 소리가 입 밖으로 흘러나와 버렸던 것이다. 또 불을 지르러 가기를 기대하면서도 한편 그것을 은연중 두려워하고 있었던 모양이다.

오줌 줄기 뻗는 소리가 그치더니 잠시 아무 기척이 없었다. 바짝 분심이의 신경이 곤두섰다. 혹시 볼일을 보고 나서 사립 밖으로 나가지나 않을까 싶어서였다. 그러나 잠시 후 발자국소리가 이쪽으로 다가왔고, 부스스 다시 방으로 기어 들어왔다. 어떻게 할까 망설이다 아무래도 께름칙해서 도로 방으로 돌아오는 것 같았다. 분심이는 후유— 실망스러운 한숨을 가만히 내쉬었다.

칠성이가 말없이 자리에 눕자, 분심이는 그에게 등을 돌리고 돌아누웠다. 그리고 곧 살살 숨소리를 높이며 코까지 조금씩 고는 시늉을 하기 시작했다. 잠드는 체 해보는 것이었다.

한참 뒤에 칠성이는 다시 어둠 속에 가만히 몸을 일으켰다. 앉은 채 분심이를 살폈다. 깊이 잠든 것 같았다. 칠성이는 조심스레 일어섰다. 그리고 가만가만 밖으로 나갔다. 부엌으로 가서 성냥을 찾아들고 살짝 그림자가 사라지듯 사립을 빠져나가는 것이었다.

분심이는 후유— 큰 숨이 터져 나왔다. 자는 체 하느라 바짝 긴장이 되었던 몸이 풀리면서 묘하게 바르르 떨렸다. 소름 같은 것이 쫙 등골을 타고 흘렀다. 그리고 가슴이 벌떡벌떡 후끈거리며 뛰었다. 두려움과 함께 기대감이 온몸을 휘감아 오고 있었다.

그냥 가만히 누워 있을 수가 없어서 분심이는 일어나 밖으로 나갔다. 구름 사이로 조각달이 내다보이기는 했으나, 사방은 어두침침했다. 분심이는 마당에 서서 먼저 안채 쪽을 살폈다. 주인집 사람들은 모두 깊이 잠이 들어 있는 것 같았다. 살그머니 사립을 빠져나갔다. 호젓한 골목길을 걸어가면서도 분심이는 혹시나 누구의 눈에 띄지 않을까 조심스럽기만 했다.

동구 앞 느티나무 밑에 이르자 분심이는 걸음을 멈추었다. 슬그머니 두려운 생각이 들었던 것이다. 그리고 무엇 하러 자기가 여기까지 걸어 나왔는지도 잘 알 수가 없었다. 칠성이를 뒤따라 가보고 싶은 생각에서인지도 몰랐다. 그러나 불을 지르러 가는 사람의 뒤를 밟아서 뭘 어쩐단 말인가. 같이 불을 지른단 말인가, 아니면 끈단 말인가. 우습기도 했다. 초조하고 불안하면서도 기대감에 가슴이 두근거려 그대로 가만히 누워 있을 수가 없었을 뿐이었다.

칠성이는 이미 멀리 어둠 속으로 묻혀버린 듯 흔적도 느낄 수가 없었다. 부지런히 남구리 쪽을 향해 걸음을 재촉하고 있을 게 틀림없었다. 가만히 그쪽 어둠을 바라보고 서 있는 분심이는 두려움과 기대감에 다시 온몸이 야릇하게 굳어드는 느낌이었다. 마치 자기가 칠성이와 공범인 것 같은 생각이 들기도 했다. 부디 가서 또 불을 한 군데 잘 지르고서, 붙잡히지 않고 전번처럼 무사히 돌아와 주기를 바라고 있으니 말이다. 그러나 실은 공범이 아니라, 오히려 그 등을 냅다 쳐서 팔자를 고쳐보려고 꾀하고 있는 배반자인 것이다. 자기가 생각해도 지독하게 무서운 여자가 아닐 수 없었다.

분심이는 자기가 본시 그런 나쁜 여자가 아니었다는 생각을 애써 해보았다. 비록 술집을 전전한 몸이지만, 남에게 짓밟힘을 받으면 받았지, 결코 자기 자신이 남을 밟아본 일은 한 번도 없는 것이다. 칠성이만 해도 그를 어떻게든지 자기 남편으로 삼으려고 얼마나 애를 쓰며 정성을 쏟았는가 말이다. 세상이 바뀌어 어쩌다가 일이 이 지경에 이르러서, 죽느냐 사느냐 하는 갈림길에 선 거나 마찬가지 처지가 되었기 때문에 별수 없이 사는 길을 택하기 위해서 그를 배반하는 것이지, 그렇지 않다면 왜 같이 살던 남자를 죽음의 구렁텅이로 밀어 넣을 생각을 하겠는가. 자기가 그렇게 하지 않더라도 어차피 칠성이는 이제 끝장난 인생이 아닌가. 불을 두 번이나 지르고도 무사할 수가 있는가 말이다.

이런 생각을 하며 분심이는 스스로 자기의 괴로운 심사를 달래고 있는데, 마침 그때 구름에 잠시 가렸던 조각달이 삐죽이 얼굴을 다시 내밀었다. 그 조각달이 눈에 들어오자, 분심이는 그만 등골이 으스스해지며 소름이 좍 흘러내렸다. 조각달이 마치 하늘에서 거창한 누군가가 노려보는 한쪽 눈인 것 같이 느껴졌던 것이다. 내일의 배반을 은밀히 숨겨놓고 있는 자기의 가슴속을 섬뜩하게 꿰뚫어보는 것만 같아 분심이는 얼른 돌아섰다. 그리고 집을 향해 도망치듯 걸음을 재촉했다.

집에 돌아와 자리에 누웠으나, 잠이 올 턱이 없었다. 자정이 훨씬 지난 깊은 밤중이라 사방은 기분 나쁠 지경으로 고요하기만 했다.

지금쯤 칠성이는 남구리에 당도했을 것이다. 이번에는 어디다가 불을 지르려는 것일까. 분주소? 면당? 불을 지르다가 만약 발각이 되는 날이면…… 그런 생각을 하니 분심이는 덜컥 또 두려움이 온몸을 휘감아 와서 옆으로 돌아누워 바짝 몸뚱이를 오그려 붙였다. 재수 없는 그런 생각을 떨쳐 버리고, 잠을 자보자고 애를 써도 오히려 그럴수록 머릿속이 더 맑아지는 것만 같았다. 후유— 지쳐서 분심이는 한숨을 내쉬기도 했다.

얼마나 지났을까. 하품이 나오고, 스르르 눈이 감겼다. 잠이 올 것 같았다. 온몸이 약간 나른해지며 머릿속이 몽롱해지고 있었다. 그런데 그때, 어렴풋이 총소리 같은 것이 들리는 것 같았다. 분심이는 번쩍 눈을 떴다. 대번에 정신이 도로 맑아져 왔다.

따쿵 따쿵 따따쿵…… 분명히 총소리였다. 멀리서 울리는 총소린데도 사위가 너무 고요해서 선명하게 들려왔다.

분심이는 순간 반사적으로 벌떡 몸을 일으켰다. 그리고 후다닥 밖으로 뛰어나갔다.

따따쿵 따쿵 따쿵…… 틀림없이 남구리 쪽이었다. 분심이는 덜컥 가슴이 내려앉으며 절로 온몸이 와들와들 떨렸다. 얼른 도로 방으로 들어가 버릴까 하다가 분심이는 무슨 생각에선지 사립 밖으로 나갔다. 조심조심 그러나 잰걸음으로 골목길을 빠져나가 남구리 쪽을 바라보았다. 느티나무가 있는 곳까지 가지 않아도 골목을 벗어나면 곧 남구리 방향이 바라보였다.

새까만 어둠 속에 한 가닥 불길이 오르고 있었다. 틀림없는 남구리였다. 칠성이의 방화가 성공한 모양이었다. 그러나 그 불길은 약했다. 어두운 밤이라 불이 훨훨 제대로 타오르고 있다면 훨씬 더

훤하게 비칠 터인데, 그렇지가 못했다. 타다가 사그라들고 있는 것 같았다.

따쿵 따쿵…… 총소리가 두어 번 더 나더니 잠잠해졌다.

"우야꼬, 이 일을……."

절로 분심이의 입에서 절망적인 그런 소리가 흘러 나왔다. 방화에는 성공했으나, 아무래도 무사히 도망치지는 못한 것만 같았다.

정신없이 집으로 돌아오니, 총소리를 듣고 잠이 깼는지 토골댁이 마당에 우두커니 서 있었다.

"색시, 어디 갔다 오노? 총소리 들었나?"

"예."

"무슨 일이지?"

"모르겠심더. 또 불이 난 것 같애예."

분심이는 약간 겁을 집어먹은 듯한 목소리로 말했다.

"뭐라꼬? 또 불이 나? 남구리에 말이가?"

"예."

"아니, 우짠 일이지? 병호가 불을 질렀다 카더니…… 아이고 얄 궂에라."

토골댁은 어디 나도 한 번 가보자는 듯이 얼른 사립 밖으로 걸음을 떼 놓았다.

방에 들어와, 엣다 모르겠다는 듯이 몸을 아무렇게나 내던지듯 자리에 누워 버린 분심이는 일부러 찔끔 두 눈을 감았다. 아무 생각도 하고 싶지가 않았다. 될 대로 되라는 심정이었다. 그러나 슬 그머니 또 머릿속이 뒤얽히기 시작했다. 칠성이가 총에 맞아 죽었 다면 어떻게 되는 것일까. 범인이 밝혀졌으니 밀고란 있을 수가 없었다. 전화위복의 기대가 덧없는 물거품으로 사라져 버리는 것이다. 그것으로 그치는 것이 아니라, 틀림없이 자기도 붙들려 가 조사를 받을 것 같았다. 능청스럽게 거짓말을 해서 칠성이를 감싸 주었으니 말이다. 어쩌면 공범으로 몰릴지도 몰랐다. 그렇게 되면 어떻게 될까…… 분심이는 더 생각하고 싶지가 않았다. 몸서리가 쳐지는 것이었다.

"몰라 몰라."

냅다 그만 분심이는 눈을 감은 채 대가리를 마구 흔들어 댔다.

18

먼동이 트는 듯 방문 창호지에 희부연 새벽 기운이 어리자, 분심이는 부스스 일어나 앉았다. 머리가 띵하면서 가벼운 현기증이 지나갔다. 아으윽— 크게 하품이 나왔다. 두 눈이 씀벅씀벅 조금 따갑기까지 했다. 한숨도 잠을 이루지 못한 것이었다. 칠성이가 총에 맞아 죽었는지 붙들렸는지, 아니면 살아서 도망을 쳤는지…… 도무지 어떻게 됐는지 알 수가 없어, 답답하고 심란하고 겁이 나기도 해서 잠을 이루려야 이룰 수가 없었던 것이다. 총소리가 들린 지 벌써 서너 시간은 족히 되었을 터인데, 아직까지 돌아오지 않는 걸 보니 아마도 죽었거나 붙들린 것 같았다. 그렇다면 큰일이 아닐 수 없었다. 틀림없이 자기도 붙들려 가 조사를 받게 될 터이니 말이다. 분심이는 가만히 누워 있을 수가 없어 일어나 앉은 것이다.

앉아서 조금 정신을 가다듬은 다음, 분심이는 주섬주섬 보따리를 싸기 시작했다. 여차하면 걸음아, 날 살려라 하고 도망을 쳐야지, 등신처럼 가만히 앉았다가 붙들려 갈 수는 없다 싶었던 것이다.

보따리래야 뭐 별로 쌀 것도 없었다. 치마저고리 몇 벌과 속옷 나부랭이, 꿰맨 버선 두어 켤레, 그리고 분갑과 빗 따위가 고작이었다. 사내랍시고 같이 살았어도 어찌나 구두쇠였는지, 그 많은 금가락지 중에서 제일 쪼끄만 것 한 개도 차지하질 못 했으니, 그동안 살을 벌려주고 보리밥을 얻어먹은 꼴밖에 아무것도 아니었다.

꾸린 보따리를 앞에 놓고 앉아 분심이는 아무리 생각해도 정말 한심하다는 듯이 비식 웃었다. 팔자가 기박해도 이렇게 기박할 수가 또 있을까 싶었다. 가난하고 천대받던 사람들이 기를 펴고 산다는 공산당 세상이 되었는데도 보따리 한 개를 덜렁 들고 또 어디라 정처도 없이, 더구나 남의 눈을 피해 도망을 가야 하다니…… 정말 울고 싶도록 더러운 신세가 아닐 수 없었다.

후유— 분심이는 기구한 팔자를 창자 속으로부터 토해내듯 꺼지게 한숨을 쉬고 나서, 어떻게 하는 것이 좋을까, 잠시 생각해 보았다. 날이 밝기를 기다렸다가 칠성이가 어떻게 됐는지 확실한 결과를 알고서 행동을 할 것인지, 아니면 지금 당장 떠나가 버릴 것인지…… 망설이다가 아무래도 불안하고 초조해서 가만히 집에 있을 수가 없을 것 같아 보따리를 들고 성큼 일어섰다.

그림자처럼 살그머니 사립을 빠져나가면서 분심이는 힐끔 한 번 뒤를 돌아보았다. 그래도 몇 달 동안 몸담아 살았던 집이라 조금은 섭섭한 정이 뒤를 당기는 듯했던 것이다. 주인집 쪽도 힐끔 살폈다. 아직 아무도 잠을 깨지 않은 듯 고즈넉하기만 했다. 그러나 분심이는 얼른 걸음을 빨리했다.

동구 앞 느티나무 밑에 이르자, 분심이는 또 걸음을 멈추고 가만히 뒤를 돌아보았다. 희붐한 새벽빛 속에 마을은 가라앉아 있는 듯 호젓하기만 했다. 조금도 섭섭한 정 같은 것이 느껴지지가 않았다. 오히려 누가 보고 있지나 않은가 싶어 슬그머니 두렵기만 했다. 얼른 다시 걸음을 재촉하는데, 느티나무 그늘 한쪽에 놓인 연자방아가 힐끗 눈에 들어왔다. 그 방앗돌을 보자, 분심이는 심정이 착잡해졌다. 저녁으로 궐기대회가 열릴 때마다 곧잘 그 방앗돌 위에 올라서서 주먹을 휘두르기도 하며 누구보다도 열성적으로 찬성 토론을 하곤 했는데, 아무런 보람도 없이 오히려 방화의 공범으로 몰려 악질 반동으로 처단될까 두려워서 이렇게 이른 새벽 어스름을 타고 도망치는 신세가 되고 말다니, 정말 지랄같고, 억울하고 분하기도 해서 분심이는 입맛이 쓰기만 했다. 말짱 헛거라는 듯이 그 연자방아를 향해 무의식중에 마른코를 팽! 풀어 던졌다. 썩썩 손가락을 치마폭에 문지르고는 달리다시피 잰걸음을 쳐 분심이는 마을에서 멀어져 갔다.

삼거리에 이르는 동안 분심이는 기분이 약간 가라앉았고, 생각도 조금 바뀌고 있었다. 칠성이가 죽었는지 붙들렸는지, 결과도 확실히 모르고서 당장 어디로 멀리 도망쳐 버린다는 것은 어쩐지 너무 겁을 앞세운 어리석은 일인 것만 같았다. 비록 몇 달밖에 같이 살지 않았지만, 그래도 한 솥의 밥을 먹고, 한 방에서 살을 맞댄 남자인데, 그 사내의 생사도 알아보지 않고서 지레 겁을 집어먹고 도망쳐 버린다는 것은 아무래도 사람이 할 짓이 아니라는 생각이 들었다. 그런 여자로서의 반듯한 생각과 함께 슬그머니 또 한 가닥 고약한 기대가 머리를 쳐들었다. 칠성이가 혹시 살아서 도망을 쳤는지도 알 수 없다는 생각이었다. 집에 돌아오면 붙들릴까 두려워서 산으로라도 도망쳐 버렸는지 모를 일이었다. 그렇다면…… 아득히 멀어져 갔던 횡재의 덩어리가 다시 가물가물 굴러오고 있는 듯 분심이는 가슴이 조금씩 두근거리며 얼굴에 서렸던 그늘이 벗겨지고, 대신 생기가 되살아나고 있었다.

삼거리에 이르자, 분심이는 대추나무집으로 들어섰다. 회룡리 마을과 칠성이네 셋방과는 달리 대추나무집은 분심이에게 묘하게 끌어당기는 정이 있었다. 불과 서너 달밖에 머물지 않았었지만, 작부였던 여자에게는 술집이 아무래도 친정 같은 느낌을 안겨주는 모양이었다.

먼동이 꽤 터 올랐으나, 집 안은 고요하기만 했다. 마당가에 서 있는 두 그루 대추나무에는 주렁주렁 대추들이 열려 이슬에 젖어서 새벽빛 속에 귀물스럽게 반질거렸다.

분심이는 가만가만 마당을 걸어 들어가 큰방 앞마루에 가서 보따리를 놓으며 걸터앉았다.

"누고?"

방 안에서 오금녀의 목소리가 들렸다. 벌써 잠은 깼으나, 그대로 자리에 누워 있는 모양이었다.

"저라예."

"누구…… 향심이가?"

"예."

방문이 열렸다.

"이렇게 새벽에 우짠 일이고?"

오금녀는 힐끗 보따리를 눈으로 스치며 물었다.

"집을 나와 삐맀심더."

"와? 무슨 일이 있었나?"

"그저 심란해서예."

오금녀는 가만히 분심이의 표정을 살피듯 바라보더니,

"들어와라, 와."

조금 굳어진 듯한 목소리로 말했다.

"낯 좀 씻고예."

분심이는 보따리를 마루에 놓아둔 채 우물로 갔다.

세수를 하고 나서 큰방으로 들어간 분심이는 도로 자리에 누워

있는 오금녀에게 우선 인사치레의 말부터 건넸다.

"요새 장사는 잘 됩니껴?"

"되기는 뭐가 돼. 누가 술을 묵으로 와야 말이제. 낮으로 국시를

팔고 안 있나."

"혼자서예?"

"그래."

오금녀는 세상 재미없게 되었다는 말이 곧 입에서 튀어 나오려

했으나, 꿀꺽 삼키는 눈치였다.

"저……."

분심이는 잠시 뜸을 들이다가,

"지난밤에도 또 불이 났지예?

하고 조심스럽게 말을 꺼냈다.

"또 누가 불을 질렀단 말이가?"

오금녀는 모르고 있었다. 약간 놀라는 기색이긴 했으나, 누운 채

그대로 일어나려고도 하지 않았다. 장사가 잘 안 돼서 그런지, 세

상이 재미없어선지 모르지만, 사는 일에 의욕을 잃어버린 사람 같았다.

"총소리 몬 들었습니껴?"

"총소리…… 무슨 총소리?"

"불이 나자, 막 총을 쏘아 댑띠더."

"봤나?"

"예, 자다가 총소리가 나길래 뛰어나가 보니 글쎄, 남구리 쪽에 불길이 오르고, 막 총소리가 나지 뭡니껴."

"그랬나? 내사 자니라고……."

뭐 별로 흥미도 없다는 그런 투였다.

분심이는 맥이 빠지는 듯해서 그저 머쓱하게 앉아 있었다.

그러자 오금녀는,

"누가 또 불을 질렀을까? 간도 크제."

혼자 중얼거리듯이 말하고는 아으윽— 크게 하품을 하며 기지개를 켰다. 그리고 부스스 자리에서 일어났다.

"범인이 총에 맞아 죽었는지, 살았는지……."

분심이는 절로 그런 말이 독백처럼 입에서 흘러나왔다. 그러나 아차 싶어 재빨리,

"난 저 방에 가서 한숨 잘랍니더."

하고 일어섰다.

"와? 잠을 몬 잤나?"

오금녀는 멀뚱히 바라보았다.

"예."

어쩐지 자기의 속이 드러나는 것만 같아 분심이는 얼른 큰방에

404

서 나가 건넌방으로 갔다.

　자기가 술을 따르고, 잠을 자고 하던 방이라 그런지 그 방에 쓰러지자, 분심이는 곧 잠이 쏟아져 왔다. 옛 보금자리에 돌아온 셈이니 긴장과 불안이 풀리고, 마음이 꽤나 편안해졌던 것이다.

　얼마나 지났을까. 밖에서 사람 소리가 어렴풋이 들리는 듯해서 분심이는 잠을 깼다. 가만히 하품을 한 번 하고서 누운 채 귀를 기울였다.

　"남구리는 지금 야단이구마."

　"와예?"

　"불을 또 질렀으니 말이구마. 이번에는 면당에다 질렀지 뭉게."

　"우야꼬, 간뎅이도 크제. 누군지……."

　꿀컥꿀컥 목구멍으로 물 넘어가는 소리가 들렸다. 누군가가 큰방 앞마루 끝에 걸터앉아 막걸리를 한 사발 들이켜는 모양이었다. 그르륵 트림을 하고서 말을 이었다.

　"두 번이나 불을 지르다니, 어떤 놈인지 간뎅이가 큰기 앙이라, 죽고 싶어서 환장을 한 기지."

　"총을 쏘아 댔다면서예?"

　"총소리 몬 들었능게?"

　"자니라고 몬 들었구마."

　"총을 쏘기는 쏘았는데, 죽이지도 몬하고, 붙들지도 몬 했다지 뭉게. 놓쳤다는 기라요."

　그 말을 듣는 순간 분심이는 자기도 모르는 새 벌떡 일어나 앉고 있었다.

　분심이가 대추나무집을 나선 것은 한참 뒤의 일이었다. 말할 것도 없이 남구리로 면당 부위원장인 홍남팔을 찾아가기 위해서였다. 보따리를 들고 갈까 어쩔까 망설이다가 놓아두고 가기로 했다. 한 손에 보따리를 들고 면당을 찾아간다는 것은 아무리 생각해도 꼴이 우스웠던 것이다. 그리고 보따리를 꾸린 것은 도망치기 위해서였는데, 이제 그럴 필요가 없어졌으니, 그냥 아무 데나 놓아두었다가 나중에 언제든지 찾아가면 된다 싶었다.

"남구리에 좀 가보고 오께예."

하고 분심이가 신을 신고 나서자 오금녀는,

"남구리에 뭐 하로?"

멀뚱히 바라보았다.

"좀 볼일이 있어서예. 보따리는 저 방에 놔두고 갑니대이."

"그러라마."

아무 관심도 없다는 듯이 시들하게 말했다.

남구리에 들어선 분심이는 슬그머니 긴장이 되는 것을 어쩌지 못했다. 비록 칠성이를 배반하여 방화범이 누구라는 것을 홍남팔에게 알리고, 환심을 사서 그의 품으로 옮겨가 팔자를 고쳐보려고 하는 터이지만, 그게 뜻대로 될지 어떨지 알 수가 없고, 또 거리의 분위기가 여느 때와는 달리 어쩐지 험악하게 느껴졌던 것이다.

분심이는 곧바로 면당을 찾아가질 않고, 길가에 있는 점방으로 들어갔다. 무엇을 살려고 들어선 것이 아니었다. 살래야 뭐 살 만한 물건도 없었다. 그저 팔다 남은 물건 부스러기 같은 것이 부우연 먼지에 덮여 있었고, 햇사과와 햇복숭아가 함지에 담겨 놓여 있을 뿐이었다.

점방에 들어섰으니 그냥 가만히 있을 수가 없어서,

"아이고 그 복성(복숭아) 맛있게 생겼다."

하면서 분심이는 복숭아를 한 개 집어 들고 점방 안 쪽마루에 걸터앉았다.

그제야 가겟방 문이 열리며 주인 아낙네가 얼굴을 내밀었다.

"복성 한 개 묵심대이."

분심이는 복숭아를 치마폭에 썩썩 문질러서 덥석 한 입 베어 물었다. 와삭와삭 씹어 꿀꺽 넘기고 나서 문득 생각이 난 듯 입을 열었다.

"참, 어젯밤에 어떤 놈이 또 불을 질렀다지예?"

"몰랐능게?"

"회룡리에 살기 때문에……."

"얼매나 놀랬는동…… 총소리가 나서 우리도 알았구마."

"면당에 불을 질렀다지예?"

"맞구마. 해동집이 면당 아닝게."

"다 탔는가예?"

"불이 붙자 곧 알았기 때문에 다는 안 탔구마."

"불을 지른 놈은 우째 됐는고예? 총에 맞아 죽었능교, 붙들렸능교?"

"도망쳤다느마. 나락논 속으로 기어들어가 삐리서 총을 쏘아도 어디로 갔는동 잡을 수가 있능게. 더구나 밤이라서……."

"두 번이나 불을 지르다니, 누군지 그놈 지독한 놈이지예?"

분심이는 시치미를 떼고 입으로는 그렇게 말했으나, 속으로는 이제 됐다는 듯이 노오란 웃음을 머금고 있었다. 칠성이가 도망쳤다는 게 사실인지, 다시 한 번 확인을 해보고 싶었던 것이다.

점방을 나선 분심이는 그제는 곧바로 면당을 찾아갔다. 여인숙 겸 술도 팔고 밥도 팔던 해동집이 면당 본부로 쓰이고 있는데, 분심이가 그곳을 찾아가기는 처음이었다. 지난밤의 방화에 두두룩한 초가지붕이 거의 다 타고, 한쪽만 시꺼멓게 그을려 을씨년스러운 꼬락서니를 하고 있었다. 면당 바로 옆에는 몽땅 타서 폭싹 시꺼멓게 주저앉아 버린 인민위원회도 보였다. 그런 광경이 눈에 들어오자, 분심이는 칠성이의 간덩이가 정말 보통 아니구나 하는 생각이 들며 등골이 으스스 떨렸다. 그러나 지그시 이를 물며 조심스럽게 대문 안으로 걸음을 들여놓았다.

불이 난 뒤라 분위기는 어수선하고 살벌하기까지 했다. 지붕은 거의 다 탔으나, 면당 사무실과 몇몇 간부들의 숙소로 쓰이고 있는 방들은 그대로 남아 있었다. 그러나 사무실에 차분히 앉아 일을 보고 있는 사람은 아무도 없었다. 모두가 심각한 얼굴들을 하고 이리 갔다 저리 갔다 서성거리고 있었다.

분심이는 홍남팔을 만나는 일이 쉽지는 않으리라 생각하고 있었다. 어쩌면 자기 같은 부락의 일개 여맹원에 불과한 여자는 만나주지 않을지도 모른다 싶었다. 면내에서 가장 실권이 있는 높은 사람이니 말이다. 그럴 경우에는 이렇게 이렇게 해야지 하고 속으로 미리 수작을 생각해 두고 있었다. 그런데 뜻밖에도 싱거울 정도로 쉽게 만날 수가 있었다.

분심이가 대문을 들어서서 안채 쪽으로 조심스레 마당을 걸어 들어가는데,

"뉘기야?"

불쑥 다가오는 목소리가 있었다.

힐끗 돌아보니 바로 홍남팔이었다. 집 뒤꼍에 있는 변소에 갔다
가 돌아 나오는 중인 모양이었다.

"우야꼬."

분심이는 깜짝 놀라며 재빨리 얼굴에 필요 이상의 나긋나긋한 미
소를 활짝 떠올렸다. 그리고 얼른 두 손을 앞에 공손히 모으고서,

"위원장 동무님, 오래간만에 뵙겠심더."

하고 깊숙이 머리를 숙여 인사를 했다. 부원장을 위원장이라고 했
고, 자기도 모르게 '동무님'이라는 말이 입에서 나왔다.

"뉘기지요?"

험악할 정도로 바짝 굳어져 보이던 홍남팔의 표정이 약간 풀리
는 듯했다.

"회룡리에 사는 분심입니더. 전에 한 번 저녁에 회룡리에 나오싰
지예? 지주 숙청 궐기대회 때 말입니더."

"회룡리……?"

홍남팔은 기억을 조금 더듬는 듯한 표정이었다.

"그때 지가 찬성 토론을 안 했습니꺄. 모르겠습니꺄?"

"알겠쉬다. 그런데 무슨 일로?"

홍남팔은 여전히 싸늘하게 굳어진 얼굴로 덤덤하게 물었다.

"저…… 위원장 동무님을 만나 뵐라고 찾아왔심더."

"누구, 위원장? 방 동무 말이요?"

방판동 위원장을 말하는 줄 아는 모양이었다.

"아닙니더. 동무님 말이라예."

분심이는 교태까지 어린 표정으로 바로 당신이라는 표시를 해보
였다.

"나를?"

"예."

"무슨 일로?"

"중대한 디릴 말씀이 있어서예."

"중대한?"

"어디 말해보라우."

"여기서는 좀……."

그러면서 분심이는 재빨리 앞장서서 집 모퉁이로 돌아갔다. 홍남팔도 무슨 중대한 일인가 싶은 듯 무뚝뚝한 표정으로 뒤를 따랐다.

집 모퉁이 호젓한 곳에 서자, 분심이는 한결 더 요염한 기색을 떠올리며 입을 열었다.

"저…… 다름이 아니라, 지가 불을 지른 놈이 누군지 알았심더."

"뭐이?"

홍남팔은 귀가 번쩍 트이는 모양이었다.

"그게 뉘기가?"

"칠성입니더."

"칠성이?"

"예."

"칠성이가 어떤 놈의 새끼가? 어디 사는 놈이가?"

홍남팔의 표정이 겁이 나도록 험악해지자, 분심이는 절로 두려움에 꿀컥 침이 한 덩어리 목구멍을 넘어갔다.

"우리 동네 삽니더."

대답하는 목소리가 조금 떨렸다.

"그 놈이 지금 어디 있는 기야?"

"어디 있는진 모릅니다. 집에 안 돌아왔심더."

"뭐이? 집에 안 돌아와?"

"예, 어젯밤에 나가고는 안 돌아왔심더."

"그럼 한 집에 사는 놈이란 말이구랴."

"같이 사는……."

말끝을 흐리면서 분심이는 약간 두려움이 깃든 그런 눈으로 홍남팔을 바라보았다.

"같이 사는? 아니, 당신 남편이라 그기야?"

"남편은 아니지만……."

"그럼 뭐이가?"

홍남팔의 말소리에 벌컥 짜증이 섞여 나왔다.

"그저 같이 사는……."

우물거리는 분심이를 홍남팔은 가만히 쏘아보고 있더니,

"이리 오라우."

무뚝뚝하게 내뱉고는 성큼성큼 걸음을 떼 놓았다.

분심이는 지금까지의 기대가 가슴속에서 와르르 무너지는 듯 어쩐지 켕겼다. 슬그머니 목을 움츠리며 가만가만 뒤를 따랐다.

마당으로 돌아 나간 홍남팔은 부하인 젊은 사무원 하나를 불렀다.

"이 여자를 조사하도록 분주소로 데려다 주라우. 방화한 놈이 이 여자하고 같이 사는 놈이라는 기야. 철저히 조사하도록 내가 지시하더라고 이르라우."

분심이를 그만 그에게 인계해 버리는 것이었다.

분심이는 눈앞이 노오래지며 얼굴에 핏기가 가셨다.

"자, 가자!"

젊은 사무원은 분심이의 한쪽 팔을 불끈 끼고는 잡아끌었다.

분심이는 울상을 하고 홍남팔을 돌아보며 애원을 하듯 말했다.

"위원장 동무님, 동무님한테 자세한 얘기를 하겠심더. 예? 위원장 동무님."

그러나 홍남팔은,

"동무님이 뭐이가?"

빈정거리듯 싹 자르고는 냉정한 얼굴로 돌아서 사무실 쪽으로 걸어가 버렸다.

19

"대추나무집에 있었지? 전에⋯⋯."

"예."

"언제부터 칠성이하고 살았나?"

"같이 살기는 해방전쟁이 시작되고부터예."

"그럼 그 전부터 둘이 좋아했었단 말이가?"

"예, 해방전쟁이 일어나기 몇 달 전부터예."

분심이는 자기가 비록 부락의 여성동맹 맹원에 불과하지만 열성 분자라는 것을 은연중 내풍기려는 듯이 '해방전쟁'이라는 말을 강조하듯 거듭 입에 담으며 째보의 질문에 대답했다.

분주소의 취조실이었다. 자위대의 부대장에서 정식으로 분주소 의 부소장이 된 째보가 책상을 가운데에 두고 마주앉아 분심이를 심문하는 것이었다. 긴장이 되어 긴 나무 걸상에 웅크리고 앉은 분심이는 자기보다 너덧 살 아래로 여겨지는 째보에게 어떻게든지 잘 보이려고 일부러 얼굴에 억지 교태까지 살짝살짝 떠올리며 묻는 말에 대답해 나갔다. 말하자면 이제 홍남팔의 불알을 움켜잡아 팔자를 고쳐보려는 기대는 물거품처럼 허망하게 꺼져 버리고, 대신 무서운 수렁이 커다랗게 아가리를 벌리며 다가오고 있는 것 같아서 그 수렁에 빠지지 않으려고 안간힘을 쓰는 셈이었다.

분심이는 혀를 깨물고 싶도록 후회가 막심했다. 보따리를 싸들고 집을 나섰을 때 그만 걸음아 날 살려라 하고 어디로든 멀리멀리 도망을 쳐버렸으면 되었을 터인데, 공연히 허황한 기대를 가지고 면당을 찾아가다니, 제 발로 죽음의 소굴 속으로 걸어 들어온 것만 같아 견딜 수가 없었다. 그러나 이제 도리가 없는 일이었다. 받아놓은 밥상인 셈이지만, 그 밥상을 어떻게든지 잘 물리쳐야 된다는 생각뿐이었다. 튀어야지, 기회만 있으면 도망을 쳐야지, 죽기 아니면 살기라고 분심이는 속으로 단단히 다지고 있었다.

"칠성이가 불을 지른 범인이라는 것을 어떻게 알았나?"

"태도가 아무래도 수상해서 잘 살폈심더. 그랬더니 어젯밤 한밤중에 집을 나서지 뭡니꼬."

"그래서?"

"가만히 일어나서 저도 동구 앞까지 나가 봤심더, 뒤를 따라서예."

"그랬더니?"

째보의 표정이 슬그머니 긴장이 되고 있었다.

"벌써 어디로 갔는지 안 보이대예. 아무래도 이상하다 싶었지만,

우짤 수가 있어야지예. 도로 집으로 돌아가 잘라고 했심더. 허지만 잠이 와야 말이지예. 한참 있으니까 총소리가 나대예. 깜짝 놀래서 다시 나가 봤더니 멀리 남구리 쪽에 불길이 보이지 뭡니꼬. 그래서 틀림없이 칠성이가 불을 지른 범인이라는 것을 알았심더.”

“지금 그놈 어디 있나?”

“그 뒤로 집에 안 돌아왔심더.”

“어디 도망가서 숨어 있을 만한 곳도 모르나?”

“글씨예…….”

분심이는 칠성이가 그럴 만한 곳이 어딜까 하고 생각해 보았으나, 머리에 떠오르는 곳이 없었다.

“첫 번째 불을 지를 때는 몰랐단 말인가?”

“예.”

분심이의 표정이 눈에 띄게 굳어지고 있었다.

그런 기색을 쩨보가 눈여겨보더니, 불쑥 어조를 돋워 거칠게 물었다.

“와 몰랐노? 그때도 밤중에 집을 나갔을 낀데…….”

“자니라고 몰랐심더.”

“그때는 불을 지르고서 집에 돌아왔었단 말이지?”

“…….”

“와 대답이 없노? 집에 돌아왔었으니까, 어젯밤에 다시 방화를 하로 나간 거 앙이가.”

“예.”

기어들어 가는 듯한 목소리였다.

“그때 집에 돌아와 숨어 있을 적에 알리 줘야지, 두 번이나 불을 지르고 도망친 다음에 알리 주면 무슨 소용이 있노?"

"그때는 정말 몰랐심더. 정말이라예. 알았으면 와 가만히 있었겠어예. 이런 악질 반동은 인민의 이름으로 용서할 수가 없심더. 인민의 이름으로 처단을 해야 됩니더."

분심이는 '인민의 이름'이라는 말을 거듭 강조하며 말했다.

째보는 코언저리에 비식 웃음을 떠올리고 있었다.

그때였다. 사무실 쪽에서 젊은 소원(所員) 하나가 긴장된 표정으로 나타나더니, 째보 곁으로 와서 귀에다가 대고 뭐라고 속살거렸다.

"아니, 정말이가?"

깜짝 놀라며 심각한 얼굴을 하고 째보는 자리에서 일어났다. 사무실 쪽으로 걸음을 옮기다가 부하인 소원에게,

"저 여자, 구류간에 집어넣어 두어."

하고 일렀다.

분심이는 순간 안색이 새하얗게 변했다.

째보는 얼른 사무실 쪽으로 사라져 갔다.

분주소 소장을 체포하러 읍에서 정치보위부 분소에서 나왔던 것이다. 분주소 소장뿐 아니라, 면당 부위원장과 면 인민위원회 위원장 세 사람을 체포하러 온 것이었다. 말할 것도 없이 두 번이나 거듭된 방화의 사건과 그 범인을 잡지 못한 데 대한 책임을 물어서였다. 숙청인 것이었다.

20

검은 그림자 하나가 재빠르게 대문간으로 다가가 살짝 한쪽에
붙어 섰다. 어둠 속에서 뒤를 한 번 휘둘러보고는 살짝 대문짝을
밀었다. 안으로 빗장이 질러져 있어서 삐극 조금 소리를 낼 뿐 그
만이었다. 이 깊은 밤중에 대문이 열려 있으리라고는 애당초 기대
하지 않았으나, 그래도 혹시 싶어 한 번 밀어보았을 뿐인 듯 검은
그림자는 곧 이번에는 문짝 틈서리로 바싹 눈을 가져가 가만히 안
을 살폈다. 어둠에 묻혀서 무엇이 잘 보일 턱이 없었으나, 온 집 안
이 한밤중의 정적 속에 무겁게 가라앉아 있었고, 집안사람들도 모
두 깊은 잠에 골아 떨어졌다는 것을 확인할 수가 있었다.

검은 그림자는 담벼락을 따라 살금살금 걸음을 옮겨갔다. 집 뒤
편 한쪽 모서리께의 담이 좀 야트막했다. 쌓아올린 담의 높이는 같
은데, 그곳 바깥쪽이 좀 두두룩한 둔덕을 이루고 있어서 담을 타넘
기에 안성맞춤이었다. 그런 사정을 잘 알고 있는 듯 검은 그림자는
그곳에 가서 멎었다. 그 둔덕진 곳에 서서 담 너머를 잠시 살피더니
냅다 그만 몸을 날려서 담을 타넘어 가볍게 안쪽으로 뛰어내렸다.

철버덕! 사위가 너무 호젓하기 때문에 땅에 떨어지는 소리가 꽤
나 크게 울렸다.

검은 그림자는 혹시나 싶어서 그 자리에 엉거주춤한 자세로 가
만히 서서 귀를 곤두세우며 사방을 살폈다. 집안사람 누군가가 그
소리에 깨어 일어나지나 않을까 해서였다. 그러나 아무 기척이 없
이 여전히 사위는 고즈넉하고 조용하기만 하다.

검은 그림자는 살금살금 걸음을 떼 놓았다. 안채 부엌의 뒷문 쪽

으로 다가갔다. 부엌의 앞문은 더러 안으로 고리를 거는 일이 있지만, 뒷문은 언제나 그냥 닫아만 둔다는 것을 알고 있는 듯 검은 그림자는 외짝으로 된 문을 살그머니 잡아당겼다. 삐그그그…… 소리를 내며 문은 열렸다.

검은 그림자는 가만히 한 발을 부엌 안으로 들여놓았다. 조심스레 곧 또 한쪽 발마저 들여놓으려 하는데,

"누고? 병호가?"

하는 소리가 들려왔다. 부엌방 쪽에서였다. 병호가 자다가 일어나 목이 마려워서 물을 먹으로 부엌으로 들어서는 줄 아는 모양이었다. 잠이 덜 깬 그런 목소리였다.

검은 그림자는 흠칠 놀라 그 자리에 빳빳이 굳어지듯 서 버렸다.

"병호 앙이가?"

아무 대답이 없자, 부엌방 쪽에서 부스스 일어나는 기척이 느껴졌다.

"얄궂다. 누가 부엌문을 연 것 같은데……."

방문이 열렸다.

"누궁게?"

약간 놀라는 기색이었다. 부엌에 들어서 있는 거뭇한 것이 눈에 띈 모양이었다. 다름 아닌 연선이의 목소리였다.

그제야 검은 그림자는 나직하게,

"연선아, 나다."

하고 말했다.

"아니, 누구……?"

"나다 나, 칠성이다."

"우야꼬!"

연선이는 깜짝 놀라지 않을 수 없었다.

"조용히."

부엌의 어둠 속에서도 칠성이는 얼른 손가락 하나를 세워 입으로 가져가 보였다.

잠결에 누군가가 어렴풋이 인기척을 느꼈는지 큰방 쪽에서,

"아으— 뭐고? 으으응—."

하면서 돌아눕는 기척이 들렸다.

잠시 후, 도로 폭 잠이 드는 듯 코고는 소리까지 나는 듯하자, 숨을 죽이고 있던 칠성이는 다시 가만히 입을 뗐다.

"연선아, 나 좀 살리 도고."

"아이고 오빠야."

연선이의 입에서 절로 오빠라는 소리가 떨려 나왔다. 난데없이 이 한밤중에 이게 웬일이냐는 듯이 연선이는 어둠 속을 더듬어서 목발을 찾아 짚고 부엌으로 나오는 것이었다.

부엌보다는 아무래도 뒤뜰이 나을 것 같아 칠성이는 살그머니 도로 밖으로 나갔다. 어기적어기적 목발을 짚고 뒤따라 나온 연선이를 칠성이는 장독대 뒤쪽에 있는 석류나무 그늘로 데리고 갔다.

마주선 칠성이와 연선이는 잠시 숨을 죽이고 두려움에 굳어진 그런 시선으로 마주보고만 있었다.

"오빠, 우째 된 일이고?"

먼저 연선이가 입을 열었다. 들릴 듯 말 듯 두려움에 떠는 그런 목소리였다.

"연선아, 나 밥 좀 도고."

칠성이의 입에서 불쑥 튀어나온 말이었다. 자세한 사정은 나중으로 미루고, 우선 배가 고파 못 살 지경이니 입에 뭐 좀 먹을 것을 넣어야 되겠는 모양이었다. 밥이라는 말을 입 밖에 내고 나니 별안간 더 허기가 옆구리를 쑤시는 듯 칠성이는 가벼운 현기증을 느끼며 무너지듯 그 자리에 비실 아무렇게나 주저앉아 버렸다.

"아이구야꼬, 가만있어 봐. 내가……."

연선이는 기우뚱거리면서 후닥닥 부엌으로 갔다.

먹나 남은 식은 밥에다가 듬뿍 김치를 얹어서 숟가락을 푹 꽂아 가지고 온 뚝배기를 받아든 칠성이는 마치 걸신들린 사람처럼 정신없이 마구 퍼먹어 댔다. 그럴 수밖에 없는 것이 곡기를 입에 대지 못한 지가 벌써 엿새째인 것이다.

그날 밤 총소리에 쫓겨 산중으로 숨어 들어간 칠성이는 이리저리 옮겨 다니면서 풀뿌리나 나무 열매를 가지고 허기를 면해 보려 했으나, 그것으로는 도저히 견뎌 낼 재간이 없었다. 하루하루 맥이 풀리고 기운이 빠져 정신까지 가물가물 흐릿해지는 듯해서 이러다가는 도리어 산중에서 아무도 모르게 숨을 거두고 말 것만 같아 안 되겠다 싶어서 산을 내려왔던 것이다. 숨어들 곳은 아무리 생각해도 어릴 적부터 한 식구처럼 몸담아 살았던 황 참봉 집뿐인 것 같았다. 분심이가 걱정을 하며 기다리고 있을지도 모르는 자기 집으로 갈까 하는 생각도 해보았으나, 아무래도 호랑이 아가리 속으로 발을 들여놓는 짓인 것 같아 두려웠다. 불을 지른 범인이 누구라는 게 탄로가 나서 이제는 모두가 다 자기를 잡으려고 눈에 불을 켜고 있을 것만 같았다. 그래서 죽기 아니면 살기로 이렇게 마을 사람들의 눈을 피해 마치 무슨 도둑질이라도 하려는 것처럼 담을 넘어 숨

어든 것이다. 실제로 칠성이는 부엌에 들어가 우선 밥부터 훔쳐 먹
을 생각이었다. 무엇보다도 그 일이 바빴다. 그러고 나서 어디 으
슥한 곳에 몸을 숨길 작정이었다. 그 집에서 뼈마디가 굵은 터이라,
집안의 구석구석까지를 잘 알고 있어서 감쪽같이 몸을 숨기기에는
별 어려움이 없을 것 같았다. 낮으로는 깊숙이 은신해 있다가 한밤
중에만 몰래 부엌을 찾아가 허기를 때우면 되는 것이었다. 결코 칠
성이는 황 참봉네 가족들 앞에도 모습을 드러내고 싶지가 않았다.
반동으로 몰려 가재도구와 농토를 몰수당한 황 참봉네 가족들이
자기를 공산당들에게 붙들려 가게 할 리는 없겠지만, 그러나 사람
의 속이란 알 수가 없는 것이고, 또 주둥아리라는 것은 근질근질해
서 놀리지 않고는 못 배기는 법이니, 말이 어느 틈으로 새어 나갈는
지 마음을 놓을 수가 없는 일이니까, 어쨌든 아무 눈에도 띄지 않
는 것이 상책이었다. 그런데 그만 재수 없게 연선이에게 발각이 되
고 만 것이다.

"천천히 묵어. 얹히겠다."

주저앉아 정신없이 밥을 입에 퍼 넣고 있는 칠성이를 서서 가만
히 지켜보고 있던 연선이가 입을 열었다.

힐끗 한 번 쳐다볼 뿐, 칠성이는 여전히 불룩불룩 입안의 것을 씹
어 댈 따름이었다.

연선이는 절름거리며 다시 부엌으로 가서 물을 한 대접 떠 가지
고 왔다. 투가리*('뚝배기'의 방언) 밑바닥까지 싹싹 긁어 치우고 나
서야 칠성이는 물그릇을 받아 벌컥벌컥 목줄기가 울리도록 들이켰
다. 그제야 살겠다는 듯이,

"연선아, 고맙대이."

420

하고는 그르륵— 커다랗게 트림을 했다.

"고맙기는, 오빠도 참……."

"연선아."

이제 정신을 좀 가다듬은 듯 칠성이는 무겁게 입을 열며 가만히 연선이를 쳐다보았다.

"응?"

"내가 와 이렇게 됐는동 아나?"

"안다."

"소문이 났더나?"

"응."

"나는 잽히면 죽는 기라."

연선이는 떨리는 듯한 숨을 가만히 몰아쉬고 나서,

"오빠가 불을 지른 기 사실이구나. 소문대로……."

몹시 두려운 듯이 말했다.

"그래, 사실이다. 두 번 다 내가 안 질렀나. 와 불을 질렀는동 니는 알겠제?"

"응."

연선이는 고개를 끄덕였다.

"오늘 밤 내가 담을 넘어 이렇게 너거 집에 들어온 것은 몸을 숨기기 위해서다. 허기도 좀 면하고……."

"그동안 어디 있었는데?"

"산에 안 있었나. 산에서는 붙잽힐 염려는 없는데, 묵을 기 있어야 말이제. 배가 고파 견딜 수가 없어서 생각다 몬해 오늘 밤 이렇게 내리온 기라."

"……."

"연선아, 내 목숨은 인제 니한테 달렸다. 니가 공산당들한테 일러바치면 나는 잽히 가 죽는 기고, 그렇지 않으면 사는 기고……."

"오빠, 무슨 그런 소릴 다 하노? 내가 오빨 공산당들한테 일러바치다니, 그기 말이라고 하나?"

연선이는 몹시 섭섭하다는 투로 내뱉으며 어둠 속에서 살짝 눈을 흘겼다.

"오냐, 고맙다. 니를 믿는다. 그런데 말이다 연선아, 내가 집 안에 숨어 있다는 말을 입 밖에 내면 안 된대이. 집 안 식구들한테도 절대로 말해서는 안 되는 기라. 말이라는 것은 한 번 입 밖에 나가면 막을 도리가 없는 기니까."

"알았어."

"정말이대이. 아무리 입이 근질근질해도 말하지 마래이, 알겠제?"

"알았다니까."

"실은 말이다, 부엌에서 밥을 좀 찾아 묵고, 아무도 모르게 곳간 속으로 들어가 숨어 있을라 캤는 기라. 낮에는 숨어 있다가 한밤중에 부엌에 가서 밥을 좀 실례하고 말이다. 흐흐흐……."

칠성이는 이제 웃음이 나올 만큼 마음이 놓였다.

"매일 밤 밥을 훔쳐 묵을라 캤구나. 호호호……."

연선이도 킥킥킥 낮은 소리로 조심스럽게 웃었다.

"그런데 그만 니한테 안 들키 삐맀나. 재수 없게……."

"재수 없기는…… 오히려 잘 됐다 앙이가. 곳간 속에 숨어 있으면 내가 밤으로 아무도 모르게 밥을 날라다 줄 끼니까."

"아이고 고맙어래이. 연선아, 정말 니만 믿는대이. 내 목숨은 인제 니한테 달렸다 앙이가."

"호호호…… 걱정 말어, 오빠."

"후유—."

이제 살았다는 듯이 칠성이는 안도의 숨을 내쉬며 한 손으로 연선이의 목발을 잡고 의지하듯이 무거운 몸을 일으켜 세웠다.

곳간 속에 쌓여 있는 빈 가마니 더미 한쪽 구석에 은신처를 마련한 칠성이는 낮으로는 그곳에 누워 낮잠도 자고, 답답하면 곳간 안을 가만가만 거닐어 보기도 하면서 밤을 기다리는 그런 나날이 시작되었다. 말하자면 죽음을 피해서 스스로 죄수가 되어 곳간 속에 갇힌 격이었다. 답답하고 지루하고 불안하기도 한 하루하루였으나, 밤으로 연선이를 만나는 일이 유일한 낙이었다. 어쩌면 연선이보다도 그녀가 가지고 오는 밥이 더 간절한 기쁨인지도 몰랐다.

연선이도 한밤중에 집 안 식구들 아무도 모르게 음식을 가지고 곳간 속의 칠성이를 찾는 일이 낙이라고 할 수 있었다. 혹시나 누구에게 들킬까 봐 조마조마하고, 어머니와 술이네가 눈치 채지 않도록 음식을 미리 따로 들어내 놓거나 몰래 장만하는 일 또한 아슬아슬해서 긴장이 되면서도, 한편 묘하게 짜릿한 재미 같은 것이 느껴졌다. 두려움이 가져다주는 쾌감이라고 할 수 있었다. 목발에 몸을 의지하고 절름거리면서도 연선이는 그 일을 잘 해냈다. 그리고 연선이는 자기가 난생 처음으로 여자 노릇을 하는 것 같은 야릇한 기쁨에 들떠 있기도 했다. 한 남자의 치다꺼리를 자기 손으로 하게 되다니, 그것도 남의 눈을 피해서 은밀히 한밤중에 말이다. 마치 지아비를 뒷바라지 하는 지어미 같은 느낌이 들어서 공연히 가슴이 벅차오르기도 했다.

어느 날 밤, 음식을 칠성이 앞에 갖다 놓고 그가 퍼먹어 대는 것을 다소곳이 앉아 지켜보고 있다가, 밥그릇 바닥을 닥닥 긁어 마지막 숟가락을 입으로 가져가자 연선이는,

"오빠, 와 오빠가 불을 지른 범인이라는 기 탄로났는동 알아?"

하고 입을 열었다.

가만가만 예사롭게 물은 말이었으나, 연선이는 그 말을 꺼낼까 말까 하고 꽤나 망설였다. 아무래도 칠성이에게 크나큰 충격이 될 것 같아서였다. 그리고 칠성이와 분심이 사이를 자기 손으로 갈라 놓는 셈이어서 어쩐지 속을 드러내 보이는 듯 낯이 좀 뜨겁기도 했던 것이다. 나중에 남의 입을 통해서 그 일이 알려지는 게 자기로서는 떳떳할 것 같았다. 그러면서도 한편 얼른 그 사실을 칠성이가 알아서 분심이로부터 마음이 뚝 떨어져나가 버렸으면 속이 시원할 것 같았다. 한때 칠성이와 혼담이 있었던 처녀의 짓궂은 심보인 셈이었다. 비록 한쪽 다리를 못 쓰는 병신이기는 하지만, 연선이도 역시 여자임에는 틀림없는 것이었다. 입이 근질근질해서 참을 수가 없어 결국 말을 꺼내고 말았던 것이다.

칠성이는 마지막 입안의 것을 불룩불룩 씹어 꿀꺽 넘기고서 입을 열었다.

"모른다. 우째서 탄로가 났는데?"

"와 탄로가 났는공 하면……."

연선이는 어쩐지 목이 막히는 듯해서 억지로 침을 한 덩어리 삼키고 나서 엣다 모르겠다는 듯이,

"분심이 때문인 기라."

하고 내뱉어 버렸다.

"뭐? 분심이 때문에?"

칠성이는 눈이 휘둥그레졌다.

"응."

"분심이가 우쨌는데?"

"일러바쳤다 앙이가."

"뭐라? 일러바쳐? 누구한테?"

"면당을 찾아가서 이북에서 내려왔다는 부위원장인가 뭔가 하는 사람한테 오빠가 불을 지른 범인이라고 밀고를 했다는 기라."

"그기 정말이가?"

"소문이 그렇게 났다 앙이가."

"음— 때리 죽일 년 같으니…… 어디 보자, 이년."

칠성이는 분해서 못 견디겠는 듯 뿌드득 이를 갈며 불끈 주먹을 쥐고 부르르 떨기까지 했다.

"그런데 오빠, 밀고를 한 분심이 지도 분주소로 넘겨져서 조사를 받았다지 뭐고. 지금도 아매 거기 갇혀 있을 끼다. 집에 돌아오지 않는 걸 보니……."

"그래? 그년 고소하게 잘 됐다. 망할 년. 지하고 같이 살던 남자를 밀고를 하다니 그기 인간이가. 그런 년은 천벌을 받고도 남을 끼다. 두고 보래."

"사람의 탈을 쓰고 우째 그럴 수가 있을까? 아무리 술집에서 술을 파는 여자였다고는 하지만……."

연선이는 은연중 분심이를 깎아내리며 속으로 은근히 쾌감을 맛보고 있었다.

"똥갈보가 벨수 있겠어. 그런 걸 다 가시나라고 딜꼬 산 내가 등신이지."

칠성이는 서슴없이 내뱉고 나서,

"그런데 그 년이 우째서 밀고를 할라면 바로 분주소에다가 안 하고, 엉뚱하게 와 면당으로 그 홍 뭐라는 부위원장 놈을 찾아갔을까?"

잘 납득이 안 되는 듯한 표정을 지었다.

"글쎄…… 우짜면 그 사람이 이북에서 내려왔고, 면내에서 제일 높은 사람이라니까 그 사람한테 잘 빌라꼬 그랬는지도 모른다 앙이가."

연선이는 여자로서의 재빠른 느낌으로 그렇게 말했다.

"그년 순 회양년*('화냥년'의 방언)이라니까. 누가 지한테 술집 똥갈보 년이라고 안 칼까 봐 그 지랄을 떠능공? 더럽은 년. 그년의 시커먼 가리쟁이*('가랑이'의 방언)를 짝 찢어 놔야 된다니까."

분노에다가 벌건 질투심까지 뒤섞여 솟구쳐 오르는 듯 칠성이는 입에 거품을 물며 마구 내뱉었다.

어찌나 듣기 민망스러운 육두문자를 마구 쏟아 놓는지, 연선이는 살짝 고개를 돌리지 않을 수 없었다.

칠성이의 화가 좀 수그러지기를 기다렸다가 연선이는 머리에 떠오른 놀라운 소식을 알려 주기 위해 다시 반짝이는 눈으로 그를 바라보았다.

"오빠, 그런데 말이지, 그 홍간가 뭔가 면당 부위원장하고 면당 인민위원회 위원장하고 또 분주소 소장하고 세 사람 다 붙들리 갔다는 기라."

"뭐라고?"

칠성이는 눈이 번쩍 뜨이는 모양이었다.

"뭐라 카더라…… 뭐 정치보호부, 아니 보이부라 카덩가…… 거기서 세 사람을 잡아갔다지 뭐꼬."

"와 잡아갔능공?"

"오빠가 불을 질렀기 때문이라 캐. 불을 두 번이나 질렀는데, 범인을 몬 붙들었다고 책임을 따질라고 잡아갔다는 기라."

"흐흐—."

칠성이는 절로 콧구멍이 위로 쳐들리며 웃음 같은 콧김이 흘러나왔다.

"숙청이라 캐."

"숙청? 흐— 그거 참 고소하게 잘 됐다."

"숙청은 모가지를 싹 해삐리는 기지?"

연선이는 한 손으로 자기의 목을 싹 잘라 버리는 시늉을 해보이며 물었다.

"응, 그렇다 카더라."

"면내의 세 우두머리를 오빠가 싹, 싹, 싹, 해삐린 셈 앙이가. 말하자면 그제?"

손으로 세 번 칼질을 해보이며 연선이는 짓궂은 미소를 떠올렸다.

"흐흐흐 흐흐흐……."

칠성이는 역시 잘려진 세 개의 모가지가 마치 눈앞에 보기 좋게 굴러 떨어지기라도 한 것처럼 기분이 우쭐해져서 히들히들 자꾸 웃었다.

웃음을 가라앉히고 나서 칠성이는 문득 생각이 떠오른 듯 물었다.

"병호는 우째 됐노?"

"나왔어. 억씨기 뚜디리 맞았는 모양이라. 견디다 몬해 그만 지가 불을 질렀다고 캐삐릿다는 기라."

"그런 줄 알았어. 하마터라면 병호가 내 대신 골로 갈 뻔 안 했나."

"맞어. 큰일 날 뻔했다 앙이가."

"그래서 실은 내가 두 번째 불을 또 질렀단 말이다. 병호가 범인으로 밝혀졌다는 말을 듣고 안 되겠다 싶었지 뭐고. 우습기도 하고. 불은 내가 질러 놓고 엉뚱한 사람이 뒤집어쓰면 되겠나. 더구나 아직 어린 병호가 그놈들 손에 죽기라도 하면 우짜노 말이다. 그렇잖아도 또 불을 지를까 우짤까 하던 참인데, 잘됐다 싶었지 뭐꼬. 이놈들아 봐라, 범인은 이렇게 따로 있대이 하고 또 불을 질러 삐린 기라."

그 말에 연선이는 가슴이 묘하게 벅차오르는 듯 말없이 칠성이를 바라보고 있었다. 그저 엿이나 팔고 돈이나 모으는 일밖에 모르는 구두쇠이고, 약간 모자라는 구석도 있는 구푼인 줄만 알아왔는데, 이제 보니 그게 아니라, 사람으로서 반듯하고 깊은 생각까지 지니고 있구나 싶어서 적이 놀랍기만 한 것이었다. 휴— 약간 떨리는 듯한 큰 숨을 조심스럽게 내쉬고 나서 연선이는 혼자 중얼거리듯이,

"병호가 어서 일어나야 될 낀데…… 아직 눕어 있다 앙이가."

하고 말했다.

칠성이는 곳간 속에 은신을 하고 있었지만, 매일 밤 찾아오는 연선이를 통해서 바깥세상의 동정을 대충 알 수가 있었다. 연선이 역시 본래 바깥출입을 잘 안 하는 터인 데다가, 전쟁이 터지고 공산

당 세상이 된 뒤로 집 안에 갇혀 있는 꼴이 되어서 세상이 어떻게 돌아가는지 자세히는 알 수가 없었으나, 소문이라는 것은 어쩌면 바람 같은 것이어서 반동 지주로 몰린 황 참봉네 집에도 어느 틈으론지 스며들 듯 들려와서 연선이의 귀에도 어김없이 와 닿았다. 작은 얘깃거리가 됐든 큰 소식이 됐든 가리질 않고 연선이는 그것을 곳간 속의 칠성이에게 알려주었다.

하루는 참 어처구니없는 얘기를 연선이는 들었다. 그것은 입에서 입으로 전해지면서 변질이 되고, 부풀어 오르기 마련인 그런 소문이 아니라, 그날 실제로 회룡리에서 있었던 일이었다.

"오빠, 오늘은 말이다 무슨 일이 있었는공 하면……."

그날 밤, 칠성이 앞에 음식을 갖다 놓고 퍼지고 앉기가 바쁘게 연선이는 입이 근질근질해서 못 견디겠는 듯 대뜸 말을 꺼냈다.

"무슨 일이 있었는데?"

"내 참 기가 맥혀서…… 아 글쎄, 벼 이삭에 붙어 있는 나락을 한 개 한 개 다 셌다지 뭐꼬."

"그기 무슨 소리고? 나락을 세다니, 누가 말이고?"

칠성이는 숟가락으로 푹 밥을 떠서 입으로 가져가며 물었다.

"누군 누구라, 공산당들이지. 아 글쎄, 현물센가 뭔가를 매긴다 카면서 면 인민위원회에서 나와 가지고 그랬다는 기라."

"현물세가 뭔데?"

"추수를 해가지고 나락으로 바치는 기라 캐."

"공출이구나. 말하자면 일제 때 공출……."

"공출하고도 다르다 캐. 공출은 하면 그 값이 나온다 카대. 얼매가 됐든지…… 그런데 현물세는 돈도 안 받고 그냥 공짜로 바치 삐리야 된다는 기라."

"와 바쳐야 되는공?"

"몰라. 그러니까 우습지. 그 현물센가 지랄인가를 매기는데 글쎄, 벼 이삭에 붙은 나락을 한 개 한 개 다 세본다 카더라니까."

"뭐할라꼬 세보는공?"

"이삭 하나에 나락이 몇 개나 붙었는지가 알아야 된다는 기라."

"알아서 뭐하는공?"

"하하하……."

그만 연선이는 웃음이 나와 버렸다.

"그눔아들 할 일도 디기도 없는 갑다. 벼 모가지에 붙어 있는 나락이 몇 갠가 하나하나 다 세구로."

"그래야 얼매나 수확이 되는동 확실히 안다는 기라. 벼 이삭 하나에 나락이 몇 개 붙었는가 세고, 벼 한 포기에 이삭이 몇 갠가도 세고, 그리고 논 한 평 안에 벼 포기가 몇 갠가도 다 세고…… 그래 가지고 곱해서 논 평수대로 계산하면 수확량이 아주 정확하게 나온다나. 대강 이 논에서는 얼매가 수확될 것 같으니, 얼매를 현물세로 내라 안 카고, 그렇게 계산하는 기 과학적인 방법이라는 기라. 과학적이 뭔동……."

"과학적인 방법인지 지랄인지, 그눔아들 좌우간 지독한 놈들이다. 무슨 할 짓이 없어서 벼 모가지에 붙어 있는 나락을 하나하나 다 세고, 이삭이 몇 갠가, 벼 포기가 몇 갠가 다 세노 말이다."

"글씨 말이다. 그래서 사람들이 모두 정내미가 떨어진다고 헛바닥을 내둘렀다지 뭐고."

"그눔아들 그러면 현물세를 받을 때도 나락을 한 개 한 개 다 세서 받아야 정확할 끼 앙이가."

"맞다. 히히히……."

"과학적이고 그제? 흐흐흐……."

칠성이와 연선이는 공연히 재미가 나는 듯 마주보며 웃어 댔다.

칠성이가 곳간에 은신을 한 지 엿샌가 이레째 되는 날 밤이었다. 달이 꽤나 밝은 듯 곳간의 한쪽 벽 높은 곳에 뚫려 있는 됫박만 한 창구멍으로 달빛이 유난히 연연하게 흘러 들어오고 있었다. 그래서 그런지 칠성이는 여느 밤보다 한결 쓸쓸하고 묘하게 허전하기도 했다. 벌렁 누워 팔베개를 하고서 흘러드는 달빛을 바라보며 칠성이는 문득 이제 추석도 얼마 남지 않았구나 하는 생각이 들었다. 가을은 차츰 깊어 가는데, 도대체 이렇게 언제까지 곳간에 숨어 있어야 되는 것인지, 심란하고 암담하기만 했다. 이러다가 나중에는 결국 어떻게 되는 것인지, 정말 황 참봉 말마따나 세상이 머지않아 도로 뒤집히는 건지…… "이 녀석아, 공산당 세상이 오래 갈 줄 아나? 올 가을까지 갈 것 같으냐? 택도 없다. 곧 도로 뒤집히고 만다. 두고 보래" 하고 호통 치듯 내뱉던 황 참봉의 말이 떠오르자, 칠성이는 불현듯 영감이 보고 싶어졌다. 기어이 자기를 연선이에게 장가들게 하려고 그처럼 애를 쓰던 양반이 지금은 어떤 심정이 되어 있을까. 이미 가을인데……. 그 양반도 자기와 별로 다를 게 없는 신세가 되어 사랑방에 갇히다시피 하고 있겠지. 바로 지척에서 지금은 깊이 잠이 들어 있으리라 생각하니 서로의 처지가 너무 기구해서 우습기도 하고, 어이가 없기도 했다. 만일 전쟁이 일어나지 않았다면, 공산당 세상이 되어 버리지 않았다면 어쩌면 지금쯤 결혼식 날을 받아 잔치 준비를 하고 있을지도 모른다 싶으니 왠지 조금

슬퍼지며 절로 한숨이 나왔다.

그리고 칠성이는 문득 연선이가 과연 여자구실을 할 수 있을까, 아기를 낳을 수 있을까 없을까, 하는 생각이 들었다. 그런 생각이 머리에 떠오르자, 별안간 가슴이 조금 두근거리며 아랫도리가 야릇하게 뜨끈해 왔다.

"으음—."

칠성이는 괴롭게 신음하며 돌아누웠다.

그리고 보니 여자의 살맛을 보지 못한 지도 벌써 꽤 오래된 것 같았다. 토지개혁으로 논을 빼앗긴 뒤로는 분심이의 살을 탐하지 않았던 것이다.

오늘 밤따라 연선이의 찾아오는 시각이 늦은 것 같아 안타까웠다. 물론 배도 고팠다. 어디선지 멀리 첫닭 우는 소리가 가물가물 들려왔다. 혹시 오늘 밤은 무슨 사정이 있어서 연선이가 음식을 가져오지 못하는 게 아닌가 싶어 슬그머니 화가 나기도 했다.

"으음—."

다시 괴롭게 돌아눕고 있는데, 또각 또각 또각…… 곳간 쪽으로 다가오는 목발 짚는 소리가 들렸다.

칠성이는 벌떡 일어났다. 곳간 안으로 들어서는 연선이가 왜 그렇게 반가운지,

"와 인제 오노? 얼매나 기다렸다고."

하면서 와락 껴안을 듯이 다가들었다.

여느 밤보다 유별나게 반기는 바람에 연선이는 약간 당황하며,

"많이 시장하제? 오빠."

자기도 모르게 살짝 얼굴이 붉어졌다.

배가 몹시 고프던 터이라, 칠성이는 허겁지겁 우선 밥을 퍼먹기 시작했다. 어쩐지 밥을 먹고 있는 칠성이의 표정이 여느 밤과는 조금 다른 듯해서 연선이는 속으로 야릇한 긴장감 같은 것을 느끼며 다소곳이 앉아 지켜보고 있었다.

불룩불룩 음식을 씹다가 힐끗 칠성이가 바라보았다. 그 눈빛이 묘하게 화끈한 느낌을 주어 연선이는 얼른 고개를 살짝 숙였다. 이마에 칠성이의 뜨거운 시선이 와 닿는 듯해서 절로 가슴이 야릇하게 두근거렸다.

칠성이가 밥을 다 먹고 숟가락을 놓자, 연선이는 재빨리 빈 그릇을 챙겼다. 왠지 자기도 모르게 서둘러지는 것이었다.

"연선아."

칠성이는 덥석 연선이의 손목 하나를 잡았다.

야릇하게 번질거리는 칠성이의 두 눈을 보자, 연선이는 얼굴이 온통 벌겋게 달아오르는 듯했다.

"가지 말고 나하고 여기서……."

그러면서 칠성이는 연선이를 끌어당겨 품 안에 안으려 했다.

"우야꼬, 안 돼, 안 돼."

연선이는 놀라 버둥거리며 후닥닥 한 손을 뻗어 목발을 집으려 했다. 얼른 목발을 칠성이가 먼저 집어 저만큼 밀어 던져 버렸다. 그리고 그만 불끈 연선이를 끌어안았다.

"아이고, 오빠, 오빠."

어찌할 바를 모르며 연선이는 와들와들 떨기까지 했다. 비록 나이는 스물여섯이지만, 아직 한 번도 사내에게 안기기는 고사하고 손도 한 번 잡혀본 적이 없는 숫처녀다운 티가 역력했다.

그런 점이 분심이와는 확연히 달라 칠성이는 못 견디게 좋았다.

"연선아, 내 말 들어 보래."

"……."

"니는 말이다. 전쟁이 안 일어났으면 이번 가을에 내 각시가 될 참이었어. 너거 아부지가 니한테 장개들라고 얼매나 캤는동 아나? 알고 있제?"

"몰라."

"모르기는…… 다 알고 있으면서……."

"분심이한테 장개들어 놓고 뭐라 카노."

연선이는 약간 사팔뜨기인 눈을 살짝 흘겼다. 그 흘긴 눈에 연연한 달빛이 어려 괴이하게 아름다웠다.

칠성이는 히힉 웃으면서,

"장개들기는…… 그저 잠깐 딜꼬 놀았을 뿐인 기라."

하고는 연선이를 안은 팔에 뿌듯이 힘을 주었다.

"딜꼬 놀아?"

"그래, 술집 가시나니까 딜꼬 놀았지 뭐."

"오빠 참 고약하대이. 히히히……."

연선이는 결코 기분이 나쁘지가 않은 듯 킬킬거렸다.

"인제 오빠라 카지 말어."

그리고 칠성이는 그만 연선이의 그 웃는 야들야들한 입술을 덥석 자기의 두툼한 입술로 덮쳐 버렸다.

"아으으―."

바르르 떨며 연선이는 신음을 하듯 자지러들었다.

곧 칠성이는 연선이를 안은 채 쓰러졌고, 손 하나를 그녀의 한쪽

다리로 가져갔다. 고들고들 시들어져 있는 듯한 가느다란 불구의
다리였다.

"우야꼬, 싫어! 싫어!"

깜짝 놀라며 연선이는 버둥거렸다.

얼른 칠성이는 그 다리에서 손을 떼어 성한 쪽 다리로 옮겼다. 성
한 다리는 아주 대조적으로 놀랍도록 피둥피둥했다. 뜨거운 긴장
감과 함께 야릇한 호기심이 칠성이의 머릿속에 꿈틀거리고 있었다.
과연 연선이의 몸이 여자구실을 할 수 있는 것일까 하는 궁금증이
었다. 치마 속으로 칠성이의 손이 슬금슬금 기어 들어갔다.

뜻밖에도 연선이의 깊은 곳은 분심이보다도 월등히 무성하고 풍
부했다. 칠성이는 놀라 흐흐흑 뜨끈한 숨을 들이마셨고, 연선이는
질겁을 하듯 오그라들었다.

잠시 후, 연선이는 입을 딱 벌렸다. 창구멍으로 흘러드는 달빛이
일렁일렁 흔들리는 듯 몽롱해지고 있었다.

얼마나 지났을까. 그녀는 흐느끼기 시작했다. 살짝 사팔뜨기인
그녀의 눈에서 눈물이 흘러내리고 있었다. 눈물에 젖은 그 눈에 달
빛이 어려 으스스하도록 고왔다.

"와 우노?"

연선이에게서 떨어져 나가 축 늘어져 있던 칠성이는 좀 열쩍은
얼굴을 하고 그녀의 눈물을 손바닥으로 가만가만 닦아주었다.

이튿날도 그다음 날 밤도 곳간 속에서는 칠성이와 연선이의 감
미로운 신음소리가 이어지고 있었다.

21

마당 한가운데에 황 참봉은 우두커니 혼자 서 있었다. 밤이었다. 달이 휘영청 밝은 듯 마당이 여느 때보다 훨씬 넓어 보여 휑한 느낌마저 들었다. 그러나 하늘에 달은 걸려 있지 않았다. 담 너머로 거뭇한 회룡산 봉우리가 바라보이고, 그 줄기가 멀리 뻗어 가물거리고 있었다. 산봉우리 역시 여느 때보다 한결 우뚝 솟아오른 것 같았고, 산줄기도 월등히 길게 뻗어 흐르고 있는 듯이 느껴졌다. 사위는 너무 적요했다. 가느다란 벌레 울음소리도 한 가닥 들리지 않아, 마치 황 참봉은 한 폭의 수묵화 속에 자신이 우두커니 서 있는 듯한 묘한 느낌이었다.

수묵화처럼 검정 일색으로만 보이는 눈앞의 풍경에 불그레한 빛깔이 서리기 시작했다. 산봉우리의 뒤편이었다. 하늘이 밝아오고 있었다. 곧 둥그런 것이 불쑥 밀고 올라오듯이 모습을 나타냈다. 달이었다. 주황빛으로 번들거리는 그 달덩어리 역시 다른 때보다 월등히 더 컸다. 열 배도 넘을 것 같았다.

"햐—."

절로 황 참봉은 입이 딱 벌어졌다. 그리고 고개가 갸웃이 기울어지지 않을 수 없었다. 이상한 일이었다. 하늘에 달이 걸려 있지 않았는데도 온 마당에 달빛이 새하얗게 깔려 있는 것도 그렇고 또 저렇게 거창한 달이 떠오르다니 알 수 없는 일이었다.

잠시 후, 황 참봉은 더욱 눈이 휘둥그레지지 않을 수 없었다. 거뭇한 산봉우리가 꿈틀꿈틀 움직이기 시작한 것이다. 이어서 산줄기도 일렁일렁 흔들렸다. 꿈틀거리던 봉우리가 우뚝 하늘로 솟구치는데 보니까, 용이었다. 용이 포효를 하듯 아가리를 짝짝 벌리며 하늘로 대가리를 쳐들고 있었다. 여전히 아무 소리도 들리는 게 없었다. 마치 그림 속의 사물이 움직이고 있는 것만 같았다. 그런데 신기하게도 지금까지는 수묵화처럼 검정빛이던 것이 서서히 껍질을 벗듯 흑색이 벗겨지며 푸른빛으로 바뀌고 있었다. 대가리뿐이 아니라, 산줄기였던 용의 몸뚱어리와 꼬리 역시 마찬가지였다. 청록색으로 번들거리는 거대한 한 마리의 용이 그야말로 용트림을 하며 하늘을 향해 솟구쳐 오르는 것이었다. 둥글넓적한 달이 여의주인 듯 용의 턱 아래에 걸려 있었다.

눈앞의 하늘을 온통 뒤덮는 듯한 휘황하면서도 괴이하기도 한 광경에 놀라 넋을 잃은 듯 황 참봉은 자기도 모르게 서너 걸음 뒤로 물러서고 있었다.

그때였다. 뒤편에서 무슨 소리가 들려왔다. 지금까지는 마치 그림 속에 황 참봉 자신이 서 있는 듯 무음향 상태였는데, 별안간 귀가 열린 듯 소리가 와 닿았다. 힐끗 뒤를 돌아보니, 저쪽 구석진 곳에 있는 곳간 문이 열리며 그 속에서 스르륵스르륵 미끄러지듯이 용 한 마리가 기어 나오고 있었다.

"허허허……."

절로 황 참봉은 웃음이 나왔다. 하늘에 솟구쳐 오른 거대한 용에 비하면 너무 작았던 것이다. 마치 거대한 그 용의 새끼인 듯했다.

역시 청록색으로 반들거리는 그 작은 용이 쭈욱 이쪽으로 대가리를 내뻗는데 보니 뜻밖에도 사람 형용이었다. 어디선지 많이 본 듯한 얼굴이었다. 누굴까…… 고개를 갸웃거리고 있는데,

"ㅎㅎㅎ ㅎㅎㅎ……."

소리를 내어 웃는 것이 아닌가. 마치 황 참봉 자신을 알아보고 반기는 듯한 그런 웃음이었다.

"아니, 이기 우째 된 일이고?"

황 참봉은 깜짝 놀라고 말했다. 칠성이였던 것이다.

여기에서 꿈을 깼는데, 그 꿈을 황 참봉은 조반을 먹으면서도 되새기듯 머리에 떠올려 보고 있었다. 참 이상한 꿈이 아닐 수 없었다. 두어 달 전에도 한 번 산이 용이 되어 솟구쳐 오르는 꿈을 꾼 일이 있는데, 그때는 하늘이 시뻘겋게 물들며 훨훨 타올라서 그 거대한 청룡은 불길에 휘감겨 몸부림을 치다가 그만 배때기를 허옇게 뒤집고 말았었는데, 이번에는 검정 색깔이던 용이 푸른빛으로 바뀌어 번들거리면서 솟구쳐 오르질 않았는가. 마치 죽었던 용이 되살아나듯이 말이다. 그리고 커다랗게 떠올랐던 달이 흡사 큼직한 여의주처럼 용의 턱 밑에 걸려 있기도 했다. 전번의 꿈과는 정반대로 대단한 길몽이 아닐 수 없었다.

그리고 곳간 속에서도 조그마한 용이 기어 나왔었는데, 얄궂게도 그 새끼용은 다름 아닌 칠성이가 아니었던가. 참 묘한 꿈이었다. 그건 길한 것인지, 흉한 것인지, 황 참봉은 잘 해몽을 할 수가 없었으나, 그 꿈 역시 길하면 길했지, 결코 흉한 것은 아니라고 생각하며,

"오늘 무슨 좋은 일이라도 있을 끼가……."

혼자서 중얼거리기도 했다.

집 안에 갇히다시피 하여 지내는 처지에 좋은 일은 무슨 좋은 일이 있겠나 싶으며, 힘없이 수저를 놀리고 있는데 바깥에서,

"할아부지예!"

냅다 고함을 지르듯 호들갑스럽게 부르는 소리가 들렸다. 병호의 목소리였다.

"와? 무슨 일이고?"

황 참봉은 약간 놀라지 않을 수 없었다. 얻어맞은 골병이 어지간히 풀린 듯 병호는 며칠 전부터 자리에서 일어나 살살 기동은 하고 있지만, 그의 입에서 저렇게 생기가 넘치는 고함소리가 튀어 나오다니, 의외였던 것이다.

"세상이 바꿨답니더."

하면서 병호는 후닥닥 마루로 뛰어올라 방문을 열었다.

"뭐라? 세상이 바꼈다고?"

너무나 뜻밖의 말에 황 참봉은 놀라 그만 들었던 숟가락을 떨어뜨렸다.

"그기 정말이가?"

"예, 정말입니더."

"누가 카더노?"

"용만이가 캅띠더. 어젯밤에 남구리의 공산당들이 하나도 없이 다 도망을 갔답니더. 서류 같은 것을 전부 불태우고예."

"야— 이기 우짠 일이고. 우짠 일. 응이? 꿈이가 생시가?"

황 참봉은 밥상 앞에 앉아 있을 수가 없는 듯 벌떡 일어나 그만 덩실덩실 춤을 추기 시작했다.

"하하하 하하하……."

할아버지의 춤추는 모습을 처음 본 병호는 우스워서 못 견디겠는 모양이었다.

용만이는 한 마을에 사는 병호의 국민학교 때 동기생이었다. 친

구일 뿐 아니라, 같은 황 씨이고, 촌수도 그다지 멀지는 않았다.

병호는 웬일인지 오늘 아침엔 대문 밖으로 나가보고 싶어졌다. 집 밖으로 나가보지 않은 지가 벌써 꽤 오래였다. 분주소에 붙들려가 모진 매를 맞고 돌아온 뒤로는 물론이고, 그 전에도 집 안에만 들어박혀 있었던 것이다. 마치 무슨 남의 마을에 처음 발을 들여놓기라도 한 것 같은 좀 서먹하고 켕기는 듯도 한 그런 묘한 기분으로 살살 골목길을 걸어가는데, 용만이가 이쪽으로 오고 있었다. 병호를 보자 용만이는 대뜸,

"병호야, 세상이 뒤집힜단다. 공산당들이 모두 도망갔다 캐. 어젯밤에. 니한테 알리 줄라꼬 찾아가는 길인데……."

하고 두 눈을 반질거리면서 말했다. 자기 아버지가 남구리에 볼일이 있어서 아침 일찍 나갔다가 그런 놀라운 소식을 들었고, 그들이 도망가면서 서류 나부랭이를 모조리 불태워 놓았는데, 그 현장까지 직접 눈으로 보았다는 것이었다.

그 말을 듣자 병호는 대뜸,

"야! 신난다—."

환성을 내질렀다. 그리고 후닥닥 돌아서서 집으로 달렸다. 대문을 들어서자 먼저 할아버지에게 그 소식을 알려 드려야겠다 싶어 사랑채 쪽으로 향했던 것이다.

마치 살짝 실성기라도 있는 사람처럼 덩실덩실 춤을 추어 대던 황 참봉은 춤을 멈추고서 병호에게,

"그기 정말이제? 틀림없제?"

재차 다짐을 하듯 물었다. 너무 꿈같아서 잘 믿어지지가 않는 모양이었다.

"할아부지도 참, 틀림없다니까예. 용만이 저거 아부지가 아침 일찍 볼일이 있어서 남구리에 갔다가 봤답니더. 서류 같은 것을 전부 태워 놨더랍니더. 틀림없심더. 그런 말을 장난으로 하겠습니꾜. 큰 일 날라꼬예."

"얼씨구나, 왔다니까, 왔어—."

무엇이 왔다는 것인지, 황 참봉은 우물쭈물 활갯짓을 하면서 마루로 나갔다.

신을 신고, 할아버지가 안채로 향하자, 병호도 좋아서 곧장 싱글거리며 뒤를 따랐다,

그 소식을 듣자, 집안사람들은 너나할 것 없이 모두 눈이 휘둥그레지고, 입이 딱 벌어졌다. 너무나 뜻밖의 일에 놀라고 기뻐서 어쩔 줄을 몰랐다.

"우야꼬! 인제 살았구나, 인제 살았어. 이기 꿈이가, 생시가?"

성주댁은 손에 숟가락을 든 채 자기도 모르게 벌떡 일어났고,

"아이고 잘 됐대이. 잘 됐어. 그 문딩이 같은 놈들 잘도 없어져 삐렸대이."

병호 엄마는 좋아서 어쩔 줄을 모르면서도 절로 입에서 욕지거리가 튀어나왔다. 농토를 몰수당하고, 가재도구에 딱지가 붙었을 뿐 아니라, 아들이 분주소에 붙들려 가 골병이 들도록 얻어맞기까지 해서 그 원한이 절로 그렇게 내뱉어졌던 것이다.

"그래 가지고사 어디 사람이 살겠더나. 오래가지 몬할 줄 알았다 앙이가."

부엌일을 하던 술이네까지가 얼굴이 활짝 밝아졌다.

세상이 도로 바뀌었다는 말에 누구 못지않게, 오히려 더 놀라고

기뻐서 어쩔 줄을 모르는 것은 연선이였다.

"아이고 됐어, 됐다니까. 하하하 하하하……."

무엇이 됐다는 것인지, 곧장 그 말을 뇌까리며 깔깔깔 웃기까지
했다.

연선이는 먹던 밥을 걷어치우듯이 일어나 밖으로 나갔다. 목발
을 짚고 무슨 급한 볼일이라도 있는 사람처럼 마당을 질러가는 것
이었다.

가족들은 모두 연선이의 행동이 좀 유별난 것 같아서 무슨 일인
가 싶어 가만히 지켜보듯 바라보고 있었다.

자기에게 모아지는 시선들을 의식했던지 연선이는 걸음을 멈추
고 뒤를 돌아보았다. 왈칵 쑥스러운 생각이 들어 혼자서 살짝 얼굴
을 붉히며 좀 머뭇거리다가,

"병호야, 이리 와 보래."

하고 병호를 불렀다.

병호가 무슨 일인가 하고 다가오자, 연선이는 낮은 목소리로 속
삭이듯이 말했다.

"니가 가서 저 곳간 문을 열어 보래."

"곳간 문을 와?"

"글쎄, 열어 보라니까."

"……."

"열어 보면 안다니까."

"무슨 일인데?"

미심쩍은 듯 고개를 갸웃거리면서 병호는 슬금슬금 곳간 쪽으로
다가갔다.

연선이는 그 자리에 멈추어 서서 좀 부끄럽기도 하고 재미있기도 한 그런 묘한 표정으로 그쪽을 바라보고 있었다. 무슨 영문인가 싶어서 다른 가족들도 모두 시선을 그쪽으로 보내고 있었다.

병호는 곳간 문을 열고 안을 들여다보았다. 안이 어두워서 잘 보이지가 않아 눈을 껌벅거리며 잠시 이리저리 살피다가,

"고모— 뭐 아무것도 없는데……."

뒤를 돌아보며 소리를 질렀다.

"가마니 뒤쪽을 보라니까."

연선이는 묘한 미소를 떠올리며 대답했다.

"가마니 뒤쪽에 뭐가 있단 말이고."

투덜거리듯이 내뱉으며 병호는 곳간 안으로 들어가 한쪽에 쌓인 가마니 더미 쪽으로 다가갔다.

보금자리에 누워 아직 잠을 자고 있던 칠성이는 그 인기척에 잠을 깼다. 누군가가 다가오고 있는 것 같아 후닥닥 옆으로 돌아누워 온몸을 바짝 오그려 붙였다. 연선이가 찾아올 때가 아닌데, 도대체 누굴까…… 숨을 죽이고 귀를 곤두세우고 있는데,

"아니, 이기 누고? 여기 누구 있다!"

깜짝 놀란 듯이 누군가가 냅다 소리를 질렀다. 칠성이도 흠칫 놀라며 얼굴을 들었다.

"아니, 칠성이 아재 앙이가?"

"병호가?"

"우야꼬! 칠성이 아재가 여기 숨어 있었구나. 햐—."

정말 너무나 뜻밖이어서 병호는 놀라 어쩔 줄을 모르다가 얼른 문 쪽으로 가서 바깥을 향해,

"칠성이 아재가 곳간 속에 숨어 있심더."

큰소리로 외쳤다.

"뭐라?"

황 참봉은 눈이 휘둥그레졌고,

"아이구야꼬!"

"그기 정말이가?"

"아이구 얄궂어라. 얄궂어라."

다른 가족들도 모두 어안이 벙벙해서 모두 한마디씩 내뱉으며 곳간 쪽으로 몰려왔다.

병호는 얼른 칠성이 있는 데로 다시 가서,

"세상이 도로 바뀌었어. 공산당들이 도망갔다니까."

하고 알려 주었다.

"뭐라꼬?"

멀뚱히 일어나 앉아 있던 칠성이는 그만 소스라치듯 놀라며 벌떡 일어섰다.

"그기 정말이가? 병호야, 정말이제? 장난으로 카는 기 앙이제?"

"하하하…… 정말이라니까."

"야— 살았다! 살았어! 살았다니까! 흐흐흐 흐흐흐…… 만세! 살았어, 살아. 만세! 만세!"

곳간의 어둠 속에서 칠성이는 너무나 감격하여 그만 살짝 실성기라도 돈 것처럼 외치고 웃어 대다가, 두 손을 번쩍번쩍 쳐들어 만세까지 불러 젖혔다. 그리고 얼른 곳간 밖으로 뛰어나갔다.

"아이고 칠성아, 니가 여기 숨어 있었구나."

"아이고 얄궂어래이. 칠성이가 우리 집 곳간 속에 숨어 있을 줄이야 누가 알았겠노. 응이?"

"글쎄 말이다. 아이고 잘했다. 아이고 잘했어. 인제 살았다. 칠성
아, 니도 살고, 우리도 살고……. 관셈보살 관셈보살—."

아낙네들은 놀라움과 반가움에 어쩔 줄을 몰랐고,

"헛헛허…… 불을 지른 범인이 바로 우리 집에 숨어 있었다
니…… 엇헛헛허……."

황 참봉은 곧장 웃음을 터뜨렸다.

칠성이는 바짝 황 참봉 앞으로 다가서서,

"어르신네, 그동안 잘 기있능교?"

굽신 깊이 머리를 숙여 인사를 했다.

"헛헛허…… 그것 참 이상하다. 이상해. 헛헛허 헛헛허……."

문득 어젯밤 꿈에 곳간 속에서 기어 나오던 새끼 용이 다름 아닌
칠성이였던 생각이 나서 황 참봉은 신기한 일이라는 듯이 고개를
기울이며 웃어 댔다.

칠성이가 곳간 속에서 모습을 나타내고, 가족들이 놀라서 반기
자, 연선이는 불현듯 몹시 수줍고 쑥스러워져서 슬금슬금 모습을
감추려는 듯이 돌아서 안채 쪽으로 향했다.

그런 연선이를 황 참봉은 힐끗 돌아보고 있었다. 일이 참 희한하
게 돌아가는구나 싶은 듯 코언저리에 회심의 미소를 떠올리며 가
만가만 고개를 끄덕였다.

회룡산 봉우리 위로 한 뼘 가량 솟아오른 아침 해가 신선한 햇살
을 황 참봉네 집을 향해 좍 쏟아붓듯이 눈부시게 비춰오고 있었다.

에필로그

1

　사랑채 앞 화단에 서 있는 목련의 잎들이 누릇누릇하게 물들어 가고 있었다. 어떤 잎사귀는 벌써 말라서 바람도 없는데 저절로 나부껴 떨어져 내리고 있었다.

　해질녘이었다. 황 참봉은 아자형의 미닫이문을 활짝 열어놓고 앉아 장죽을 빨면서 바깥을 내다보고 있었다. 단풍이 들고 있는 목련 나무에 멎었던 눈길을 들어 담 너머 맞은바라기 산을 바라보았다. 회룡산의 봉우리께도 제법 울긋불긋 단풍이 물들고 있었다.

　가을이 깊어가는구나, 금년 여름은 팔자에 없는 홍역께나 치르느라고 지겹도록 길고, 또 덥기도 지랄같이 더웠지, 싶으니 절로 또 감개가 무량해져서 황 참봉은 장죽을 크게 빨아들였다가 훅— 하고 길게 연기를 내뿜었다.

세상이 도로 바뀌어 공산당들이 사라져 버린 지도 어느덧 한 달이 가까워지고 있었다. 가을걷이도 서서히 시작되고 있었다.

황 참봉은 대꼭지를 놋재떨이에 탕 두들겨 다 탄 담뱃재를 떨었다. 장죽을 놓고, 수염을 쓰다듬어 내리며, 며칠 뒤엔 벼 베기를 시작해야 되겠지 하고 생각했다. 금년 같은 난리판 속에서도 벼는 그런대로 잘 여물어 주어서 평작은 웃돌 것 같았다. 물고 뜯고 죽이고 부수며 엎치락뒤치락하는 인간사와는 상관없이 비는 내리고 햇볕은 내려쪼여서 익을 것은 익고, 영글 것은 영글게 하는 자연의 손길이라는 것이 한없이 놀랍고, 고맙다는 생각이 들기도 했다.

그런 생각에 젖으며 산과 그 위의 하늘, 그리고 연보랏빛으로 물들며 둥실 떠 있는 구름송이들을 바라보고 있던 황 참봉은 문득 방 서방 생각이 머리에 떠올랐다. 곧 추수가 시작되는데, 그 일 잘하던 상머슴이 없으니 큰일이었다. 공산주의니 뭐니 하는 그런 것과는 거리가 먼 사람이 고약한 세상을 만나 마음에도 없는 면당 위원장인가 뭔가가 되더니 그만 신세를 망치고 만 게 아닌가. 아마 지금쯤은 인민군들을 따라 북쪽으로 도주를 했거나, 아니면 산으로 들어가 공비가 되었겠지, 싶으니 측은한 마음에 절로 한숨이 쉬어졌다. 역산이라 하여 집안의 가재도구 가운데서 값진 것은 당장 가져가고, 나머지에는 딱지를 붙여놓은 소동을 벌였던 그다음 날 밤에 몰래 찾아와서, "어르신네요, 용서해 주시이소. 정말 뭐 하나 제 맘대로 되는 기 없습띠더. 그저 시키는 대로 안 합니껴. 상부에서 내려오는 지령대로 하는 기라요. 위원장이고 뭐고 없습띠더. 바지저구립니더. 지가 어르신네 집을 역산 몰수에서 뺄라고 애를 써봤심더. 그래도 안 됩띠더. 어르신네요, 저 딱지 띠 삐리이소. 까짓것 나중에사 우째 안 되겠심니껴. 지가 책임질 끼니까 띠 삐리이소구마"
이렇게 말하던 방판동의 그 순박한 모습이 눈앞에 아른거려 황 참
봉은 그만 코허리가 시큰해지며,
"부디 죽지나 말아야 할 낀데……."
하고 중얼거렸다.
　다시 담배를 피우려고 장죽 꼭지에 엽연초를 담고 있는데, 성주
댁이 찾아와 마루로 올라서며,
"여보 여보."
무슨 요긴하면서도 은밀한 사연이라도 생긴 듯이 입을 뗐다.
　황 참봉은 무슨 일인가 싶었으나, 그저 멀뚱히 바라보기만 했다.
　방에 들어와 앉자, 성주댁은 주름이 진 얼굴에 웃는 듯한 그러면
서도 약간 찡그리는 것도 같은 그런 묘한 표정을 떠올리며 말했다.
"아 글쎄, 연선이가 이상하지 뭬게."
"이상하다니?"
"구역질을 한다니까예."
"구역질을? 체한 모양이지."
"헤헤헤…… 그런 구역질이 앙이라, 헛구역질 말이구마. 모르능
게?"
"그럼…….."
"틀림없는 것 같다 아잉게."
"아니, 그럼 연선이가 알라를 뱄단 말이가?"
"그렇구마."
"뭐라고?"
도무지 믿어지지가 않는, 너무나 의외의 말이어서 황 참봉은 어

처구니가 없는 모양이었다. 가뜩이나 주름진 이마를 잔뜩 찌푸리니 온통 주름살 투성이였다.

"참 얄궂은 일도 다 있지예?"

"음ㅡ."

"누구 알란지 아무리 물어도 대답을 안 하지 뭐게."

그러자 황 참봉은 살짝 화를 내듯이,

"그기사 뻔 안 하나. 칠성이지 누구까 봐."

하고 내뱉었다.

"나도 그럴 끼라 짐작을 했지만…… 아이고 얄궂어라. 둘이서 곳간 속에서 연애를 했던 모양이제. 헤헤헤 헤헤헤……."

성주댁은 재미있다는 듯이 헬름헬름 곧장 웃었다.

"뭐가 그리 우습노? 그기 웃을 일가?"

"안 우숩운게. 글쎄, 곳간 속에서 둘이서…… 헤헤헤 헤헤헤……."

"이누무 할망구가 쓸개가 터졌나, 와 자꾸 웃노. 그만 웃어라 말이다!"

벌컥 화를 내자,

"성은 와 내능게? 내 참 헤헤헤……."

혀끝으로 위아래 입술을 축이고 나서 성주댁은 좀 진지한 표정을 지으며 말했다.

"우짤라 카능게? 칠성이를 불러다가 얘기를 하고, 빨리 혼사를 치라 삐리야 안 되겠능게."

"임자가 걱정 안 해도, 내가 다 알아서 한다 앙이가."

황 참봉은 퉁명스럽게 내뱉고는 고개를 돌려 버렸다.

"흥!"

콧방귀를 퉁 뀌고는 그만 성주댁은 자리에서 일어났다.

토라져서 나가 버리는 늙은 마누라의 뒷모습을 황 참봉은 못마
땅한 듯이 쏘아보며,

"재미가 나서 웃어? 뭐가 그리 우습노. 지 뱃속으로 안 놓은 아라
고…… 흥! 고얀 할망구."

공연히 심사가 꼬여서 중얼중얼 입속말로 투덜댔다. 그리고 장
죽에 불을 붙여 물고서 뻑뻑 빨아 대며, 그것들이 설마 그렇게까지
갔을 줄은 미처 짐작도 못했다는 듯이,

"허 그것 참, 허 그것 참……."

곧장 쓰디쓴 입맛을 다셨다.

칠성이가 곳간 속에 피신해 있다가 나왔을 때, 황 참봉은 대뜸
연선이가 남몰래 뒷바라지를 했다는 것을 알았으나, 설마 둘이 그
속에서 그 짓거리를 해서 아이까지 만들어 버렸을 줄은 정말 미처
생각도 못했던 것이다. 혼사 전에 아이를 가지다니, 망측하기 짝이
없는 일이었다. 집안 망신이 아닐 수 없었다.

"고이얀 것들 같으니…… 뭐 그런 덜돼묵은 것들이 다 있제. 허
내 참……."

뻑뻑 장죽을 빨아 푸— 푸— 화를 내뿜듯 연기를 내뿜어 댔다.

그러나 황 참봉의 꼬였던 심사는 담배연기와 함께 조금씩 내뿜
어 졌는지, 장죽을 놓았을 때는 꽤나 누그러져 있었다. 어떻게 생각
하면 기왕지사 까짓것 잘 된 게 아닌가 싶기도 했다. 어차피 칠성
이와 결혼을 시킬 작정이었으니 말이다. 그리고 황 참봉은 다른 한
가지 걱정을 덜어 버린 것 같기도 했다. 그런 불구의 몸인 연선이가
결혼을 해서 과연 여자구실을 제대로 할 수 있는 것인지, 아이를

가질 수가 있는 건지, 의문이 아닐 수 없었는데, 벌써 그 일을 앞당겨 저희끼리 깨끗이 해결해 버린 셈이 아닌가. 그렇게 생각하니 약간 어이가 없으면서도,

"그것 참, 허허허……."

묘하게 됐다는 듯이 웃음이 흘러나오기도 했다.

일이 그쯤 됐다면 이제 서둘러 혼례를 치러 버리는 수밖에 없었다. 연선이의 배가 남의 눈에 띌 지경으로 불러 오르기 전에 말이다.

아무튼 심사가 개운해진 것은 결코 아니어서,

"살다보니 벨일도 다…… 내 참……."

쩝쩝 입맛을 다시고 있는데, 찌르릉— 대문간 쪽에서 자전거 소리가 났다. 두원이 퇴근해 돌아오는 기척이었다.

삼십 리가량 되는 이웃 면의 매부 집 쪽으로 피신을 했던 부면장 황두원은 용케 공산당들의 눈길을 피해 있다가, 수복이 되자 집에 돌아와 이제 면장 직무대리가 되어 분주한 나날을 보내고 있었다. 자위대로 붙들려 가서 내무서로 넘겨져 그곳에서 썩고 있던 전 면장이 공산당들이 물러가면서 유치장에 가두어 놓은 소위 반동이라는 사람들을 한밤중에 모조리 끌어내어 타살을 해버리는 바람에 참혹한 죽음을 당하고 말았던 것이다. 그런 비통한 최후를 맞은 전 면장의 뒤를 이어 아직 정식으로 발령이 나진 않았지만, 그 직무를 대행하게 된 황두원은 이제 그 전과는 달리 목에 보타이를 매질 않았고, 길게 길러 올백으로 넘겼던 머리도 적당히 잘라 버린 그런 모습으로 수복된 뒤의 면내의 여러 가지 치다꺼리에 발 벗고 나서 있었다.

장남인 두원의 그런 변모를 황 참봉은 속으로 무척 흐뭇해하고

있었다. 이번 난리를 겪는 바람에 그처럼 속을 차리게 되었으니, 그 점 한 가지만은 전쟁의 덕을 본 것 같은 느낌이었다.

그날 저녁, 밥상을 물리고 나자, 황 참봉은 곧 병호를 불러 얼른 가서 칠성이를 데리고 오라고 일렀다. 그 녀석을 당장 불러앉혀 놓고 좀 꾸짖기도 하고서, 혼사를 밀어붙여 매듭지어 버려야 되겠다 싶었던 것이다. 그래야 잠이 올 것 같았다. 공산당 치하에서의 심고(心苦)가 너무 심했던 탓인지, 세상이 도로 바뀌어 마음이 풀리자 황 참봉은 매사가 느슨해져서 연선이의 혼사도 추수나 끝내놓고, 천천히 겨울 동안에든 명년 봄에든 적당히 치르면 되지 않겠느냐고, 느긋하게 마음을 먹고 있었는데, 별안간 사정이 그럴 수가 없게 되고 만 것이다.

곧 칠성이는 병호를 따라왔다.

"어르신네, 부르싰능교?"

하면서 칠성이가 방에 들어와 윗목에 앉자, 황 참봉은 공연히 좀 못마땅한 듯이 이맛살을 찌푸리며,

"와 불렀는지 알제?"

퉁명스럽게 입을 열었다.

칠성이는 약간 멋쩍은 듯한 표정을 지었을 뿐 대답이 없었다.

"니 잘못을 아나, 모르나?"

"······."

"응?"

조금 굳어져서 힐끗힐끗 눈치를 볼 뿐, 칠성이는 여전히 입을 떼지 않았다.

"니 곳간 속에 숨어 있을 때, 연선이한테 손을 댔제?"

452

"……."

"댔나, 안 댔나?"

"……."

"이 녀석아, 대답을 해 봐. 불알을 찬 사내 녀석이 뭐 이러노? 다 알고 있는데……."

그제야 칠성이는,

"댔심더."

히죽 조금 웃으면서 대답하고는 얼른 고개를 떨구었다.

"이눔아, 남의 처녀한테 함부로 손을 대도 되는 기가? 응?"

윽박지르듯이 말하면서도 황 참봉은 속으로는 이제 됐다, 하고 은근히 고소를 머금고 있었다. 연선이가 아이를 뱄다는 말부터 꺼냈다가 혹시 이 녀석이 딱 잡아뗄까 싶어서, 미리 그 뒷덜미부터 콱 잡아 버린 셈이었다.

황 참봉은 속으로는 노오랗게 웃고 있으면서도 겉으로는 뻣뻣하게 목에 힘을 주고, 이맛살까지 찌푸리고서,

"연선이가 알라를 뱄다 앙이가. 니 우짤 끼고?"

불쑥 들이밀 듯이 말했다.

"예? 그기 정말입니껴? 어르신네."

"이 녀석아, 내가 니를 딜꼬 그런 거짓말을 하겠나?"

"ㅎㅎㅎ ㅎㅎㅎ……."

칠성이는 그만 코를 쳐들며 히들히들 웃어댔다.

"이 녀석아, 와 웃노?"

"안 우습운교?"

"뭐가 우습노? 니가 이눔아, 알라를 배게 해놓고서 우습다니……

고이얀 놈 같으니. 댁끼놈!"

"흐흐흐……."

"이눔아야, 자꾸 웃을 끼가?"

황 참봉은 대갈빼기를 한 대 갈길 듯이 장죽을 집어 들었다. 칠성이가 목을 찔끔 움츠리며 웃음을 거두자,

"우얄 끼고? 말해 봐."

다그치듯이 내뱉었다.

말뜻을 얼른 못 알아들은 듯 칠성이는 멀뚱한 표정으로 황 참봉을 바라보기만 했다.

"연선이가 알라를 뱄는데, 우얄 끼고 말이다."

그제야 칠성이는,

"장개를 들지 뭐예. 전에 약속을 안 했습니껴."

시원시원하게 대답했다.

그렇다면 이제 일이 다 된 셈이어서 황 참봉은 속으로는 절로 웃음이 떠오르고 있었으나, 여전히 겉으로는 못마땅한 것처럼 한마디 이죽거렸다.

"이 녀석아, 그래 장개도 들기 전에 알라부터 맨들다니, 챙피하지도 않나? 우리 집안 망신이다. 알겠나? 고이얀 녀석."

"어르신네, 죄송합니더."

"죄송한 줄 알면 이눔아, 그라지 말지 와."

"알라를 맨들라고 그라진 안 했는데……."

칠성이는 한 손을 뒤통수로 가져가 슬슬 긁었다.

"엑끼 이눔! 허허허……."

도리 없이 그만 황 참봉의 입에서도 웃음이 나와 버렸다. 어이가

없는 것이었다. 얼른 웃음을 거두어, 황 참봉은 다시 표정을 바짝 조이면서 말했다.

"잔치를 서둘러야겠다. 연선이 배가 불러 오르기 전에 말이다. 알겠제?"

"예, 알겠심더. 지도 그리고 싶었심더."

"그래? 그러면 와 진작 니 발로 찾아와서 그런 말을 안 했노?"

"부끄럽어서예."

"부끄럽긴 뭐가 부끄럽노? 연선이한테 손부터 댔으니까 부끄럽다 그 말이가?"

"예."

"사내대장부가 부끄럽긴……."

"호호호 호호호……."

사내대장부라는 말도 듣기가 좋고, 늙었지만 어르신네 역시 남자라서 서로 통하는구나 싶어서 칠성이는 또 히들히들 웃음을 흘렸다.

"그런데 말이다 칠성아, 니가 딜꼬 살던, 뭐라 캤제, 그 가시나……."

"분심이 아닙니껴. 술집에 있을 때는 향심이고예."

"분심인가 향심인가 그 가시나는 우째 됐노? 인제 니하고 딱 끊어졌제? 그 후에 아무 소식도 없제?"

"없심더, 산에 들어가 공비가 됐다 캅띠더. 누가 카는데……."

"그래? 그 가시나도 참 팔자가 기구하구나."

"나쁜 년입니더. 나를 밀고 안 했습니껴."

"그기 정말잉강?"

황 참봉도 그 얘기를 들었다.

"정말입니더. 밀고한 지도 분주소에서 조사받다가 째보라는 놈하고 붙었다지 뭡니껴."

"째보가 누군데?"

"몰라예. 분주소 뭐 부소장이라 카던가…….."

"흠―."

"세상이 도로 뒤집어지자, 그놈 따라 산으로 들어갔다는 기라예."

황 참봉은 말없이 고개를 끄덕였다.

"소식이 있을 택이 있습니껴. 그년 만일 내 앞에 나타나기만 하면 가만 안 둘 낍니더. 지하고 같이 살던 남자를 밀고하는 년이 그기 사람입니껴?"

"그러니까 내가 안 카더나. 술집 가시나는 그저 잠깐 딜꼬 놀다가 마는 기지. 마느래를 삼아서는 안 되는 기라고…….."

"지도 마느래를 삼을 생각은 없었심더. 그저 외롭아서 잠깐 딜꼬 놀았을 뿐입니더."

"오냐, 인제 됐다. 그 일은 그렇게 끝난 셈이고…….."

황 참봉은 가만가만 수염을 쓰다듬어 내렸다. 기분이 매우 개운해진 듯 은은한 미소가 떠오르고 있었다.

"어르신네요."

불쑥 칠성이가 입을 열었다.

"와?"

"그런데 약속은 지키시야 됩니대이."

"무슨 약속?"

"잊어삐릿심니껴?"

"무슨 약속이 있었띠나?"

일부러 황 참봉은 심한 건망증이라도 생긴 듯한 표정을 지었다.

"논 말입니더. 연선이한테 장개들면 논 열세 마지기를 주실라 안 캤습니껴."

"그랬던가? 허허허……."

"어르신네도 참, 농담하시지 마이소. 그 약속 지키시야 됩니대이."

"이 녀석아, 그 약속은 니가 우리 연선이한테 손을 안 댔을 때 한 기 앙이가. 손을 대가지고 벌써 알라까지 배게 해놓고서 무슨 염치로 그런 말이 입에서 나오노. 안 그러나?"

황 참봉은 재미있다 싶어서 시치미를 뚝 떼고 말했다.

"아이구 어르신네, 그라면 논을 몬 주시겠다 그 말씀입니껴? 약속을 안 지키시겠다는 깁니껴?"

"사람은 염치가 있어야 되는 기라."

"알라를 좀 미리 배게 했다고 약속을 안 지키시면 우짭니껴 그라면 내사……."

"우짠단 말이고?"

곧 칠성이의 입에서 위태위태한 말이 튀어나올 것만 같아 황 참봉은 표정을 확 풀고 웃음을 떠올렸다.

"이 녀석아, 걱정 말어. 내가 니하고 한 약속을 안 지키겠나? 연선이랑 결혼하면 니가 내 사우 앙이가. 사우한테 약속을 안 지키다니 말이 되나?"

"흐흐흐…… 그러면 그렇지, 어르신네가 약속을 안 지키실 택이 있나. 어르신네요, 지가 연선이한테 장개들면 어르신네는 지 장인이지예?"

"그래. 니 장인이다. 몰라서 묻나?"

"ㅎㅎㅎ ㅎㅎㅎ……."

기분이 매우 좋아서 실컷 웃고 나서 칠성이는 또 입을 열었다.

"그런데 말입니더, 어르신네요."

"또 뭐꼬?"

"저…… 논으로 주시지 말고, 열세 마지기를 팔아서 돈으로 주시이소."

"뭐라? 팔아서 돈으로?"

"예."

"그건 또 무슨 빈덕(변덕)이고?

"빈덕이 아닙니더. 논은 인제 싫심더. 지주는 안 할랍니더."

"지주는 안 해? 허허허…… 와?"

"이번에 시껍(질겁)했심더. 정말 다시는 안 하랍니더."

"또 뭐 공산당 세상이 되까 싶어서? 인제 안 된다. 걱정 말아라."

"좌우간 지주는 안 할 낍니더."

"허허허…… 그럼 뭐 할 끼고? 언제까지나 엿장사만 할 끼가?"

"아닙니더. 나중에 고물 장사를 할 생각입니더."

"고물 장사? 난데없이 우짠 고물 장사는?"

"고물 장사를 해야 돈을 많이 벌 것 같심더."

"우째서?"

"읍내에 군인들이 많이 들어와 있거든예. 코쟁이 군인도 많이 들어왔심더. 읍내가 군인들의 뭐라 카더라…… 무슨 기지라 카던데……."

"병참기지가 된다 카더라. 나도 들었다."

"맞심더. 벵참이 뭐든동 그 기지가 된다 캅띠더. 벌써 대포알 상자를 수두룩하게 갖다가 쌓아 놓았심더. 자꾸 가지고 온답니더. 그래서 앞으로 부대에서 고물이 많이 쏟아져 나올 끼라 캐예. 그것을 왕창 사 모으는 기라예. 그러면 베락부자가 될 수 있답니더. 구 씨가 캅띠더."

"구 씨가 누군데?"

"읍내에 있는 엿도가 주인 아닙니꺼. 구 씨가 엿도가 때리치우고, 고물 장사를 할 생각입띠더. 지한테 돈이 있으면 같이 하자 카던데예. 돈이 억씨기 많이 든답디더."

"흠—."

들고 보니 허황한 생각은 아닌 듯해서 황 참봉은 곧장 고개를 끄덕였다.

"그래서 논을 팔아 돈으로 달라는 깁니더. 지 논 일곱 마지기도 팔아 삐릴 생각입니더."

"음— 그렇구나."

"엿장사를 해가지고는 큰돈은 몬 만집니더. 고물 장사를 해야 큰돈을 거머쥐지예. 왕창 한 번 끌어 모을 작정입니더. 어르신네요, 두고 보이소. 나중에 지가…… 흐흐흐……."

"알았다. 음—."

황 참봉은 웃질 않았다. 가슴이 벅차오르는 것을 어쩌지 못했다. 이 녀석이 아무래도 보통 놈이 아니로구나, 물욕은 남달리 대단한 놈이로구나, 싶은 것이었다.

가만히 칠성이를 바라보고 있는 황 참봉의 머리에 문득 지난번 꿈에 곳간 속에서 기어 나오던 조그마한 용이 떠오르고 있었다.

2

찰각찰각 찰그락 찰각찰각 찰그락……

가볍게 가위소리를 날리며 칠성이는 골목길을 걸어 나가고 있었다. 이른 아침이었다.

"자— 엿 사이소— 울릉도라 호박엿, 강원도라 감자엿, 쫄깃쫄깃 쩐득쩐득 달고도 화한 엿, 날 보고 웃어 보소. 공짜로도 디리누마. 자—."

읍내 엿도가에 엿을 떼러 나서면서 벌써부터 칠성이는 공연히 홍얼홍얼 엿타령이었다. 여느 아침보다 월등히 기분이 좋은 것이었다. 그럴 수밖에 없는 것이 내일이 장가가는 날이었다.

우물에서 물을 긷고, 쌀을 씻고 있던 두 아낙네가 칠성이의 가위소리와 엿타령에 고개를 들었다. 남실이 어메와 신소리 잘하는 동식이네였다.

"칠성이, 오늘 아침 기분 억씨기 좋구나. 내일 장개간다제? 내일 맞제?"

동식이네가 먼저 입을 열었다.

"예, 맞구마."

칠성이는 싱그레 웃으며 대답했다.

"내일 장개가는 사람이 오늘도 엿 팔로 나가나? 오늘은 좀 안 쉬고."

남실이 어메도 웃음을 떠올리며 말했다

"쉬만 뭐하능게. 오늘 장개가는 것도 아닌데……."

"아이고 지독하대이. 그렇게 돈 벌어 가지고 다 뭐 할 끼고? 오늘은 이발도 하고 목욕도 해야 안 되나."

그러자 동식이네가 받았다.

"맞다. 이발도 하고, 목욕도 깨끗이 해야 되는 기라. 칠성아, 어디를 특별히 깨끗이 식거야 되는동 알제?"

"흐흐흐……."

"아는 모양이구나."

"오늘 장사를 마치고, 읍내에서 이발도 하고, 목욕탕에도 갈라 카느마."

"그래, 특별히 목욕을 깨끗이 해야 된대이. 그래야 연선이가 좋아할 끼니까."

"흐흐흐…… 자— 엿 사이소— 엿! 꿀맛 같고 찰떡같은 경상도라 박하엿, 전라도라 생강엿, 충청도라 수수엿, 자— 칠성이 장개가요, 장개! 내일 가요, 내일! 엿 사이소— 엿! 말 한마디 잘만 하소. 공짜로도 디리누마. 자—."

찰그락찰그락 찰각 찰그락찰그락 찰각……

저만큼 멀어져가는 칠성이의 뒷모습을 바라보며,

"저 녀석이 좌우간 보통 넘는다니까, 내일 장개드는 신랑이 오늘도 장사를 나가다니…… 지독하지, 지독해."

"지독하고말고. 글쎄, 지 논 뺏겼다고 두 번이나 불을 지른 녀석 앙이가. 그래서 공산당 우두머리 세 놈의 모가지를 안 짤랐나 말이다."

"맞어.

"보통이 넘고말고."

동식이네는 고개를 끄덕이고 있었고, 남식이 어메는 혀를 살살 내두르고 있었다.

찰각찰각 찰그락 찰각찰각 찰그락…….

가위소리와 함께 칠성이는 벌써 느티나무 아래를 지나가고 있었다. 밝아 오르는 동녘 빛을 받아 단풍이 든 느티나무도 오늘따라 한결 우람하고 싱싱하게 바라보였다.